本书系国家社会科学基金项目"'陈三五娘'故事的传播及其当代意义"（11BZW107）成果

"陈三五娘"故事的传播研究

的传播研究

黄科安 等◎著

中国社会科学出版社

图书在版编目（CIP）数据

"陈三五娘"故事的传播研究/黄科安等著．—北京：
中国社会科学出版社，2018.4
ISBN 978－7－5203－1389－6

Ⅰ.①陈…　Ⅱ.①黄…　Ⅲ.①民间故事—文学研究—
福建　Ⅳ.①I207.7

中国版本图书馆 CIP 数据核字（2017）第 273490 号

出 版 人　赵剑英
责任编辑　郭晓鸿
特约编辑　席建海
责任校对　朱妍洁
责任印制　戴　宽

出　　　版　**中国社会科学出版社**
社　　　址　北京鼓楼西大街甲 158 号
邮　　　编　100720
网　　　址　http://www.csspw.cn
发 行 部　010－84083685
门 市 部　010－84029450
经　　　销　新华书店及其他书店

印刷装订　北京君升印刷有限公司
版　　　次　2018 年 4 月第 1 版
印　　　次　2018 年 4 月第 1 次印刷

开　　　本　710×1000　1/16
印　　　张　24.25
字　　　数　312 千字
定　　　价　99.00 元

"陈三五娘学术研讨会"在泉州召开（2015 年 11 月 9 日）

《歌仔戏四大出之二·陈三五娘》（1998）封面

明嘉靖《荔镜记》戏文书影（日本天理大学与英国牛津大学图书馆藏）

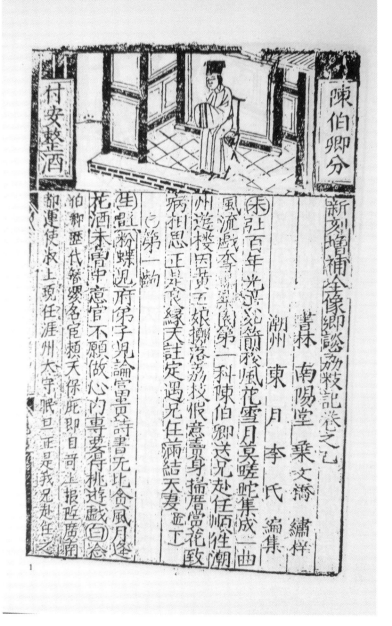

明万历《荔枝记》戏文书影（奥地利国家图书馆藏）

清光绪（1884）《荔枝记》戏文书影

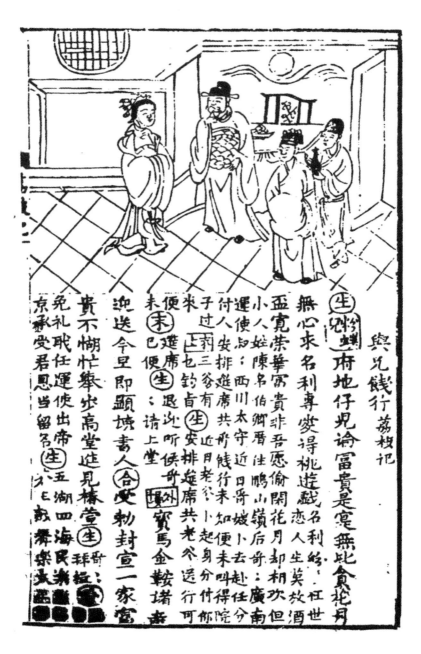

與兄餞行荔枝記

（生）（粉蝶）府地仔兒論富貴是寔無比貪花月，無心求名利專要得桃遊戲，恋人生莫教酒……狂世。盃寬榮拳寫貴非吾愿，偷閑花月卻相歡。但……小姓陳名伯卿，晉住鵬山鎮后奇：廣南任運使，卻近日哥嫂小去赴……付人安排進席，共前餞行，未知便未叫得卿院分……子过三爺，有近月老爹卜起身，分付竹……（末）已進席也。（生）安排進席，共老爹送行可……（末）已釣肖。（生）退此听候奇。（外）寶馬金鞍堵奇……迎送今旦即顯境書人。（合受）勒封宣一家寔……貴不惱忙舉步，高堂进見椿萱。（生）拜揖……免礼耿任運使出席。（生）五湖四海民乐業，京承受君恩當留名……载舞乐……

清顺治（1651）《荔枝记》戏文书影（日本神田喜一郎珍藏）

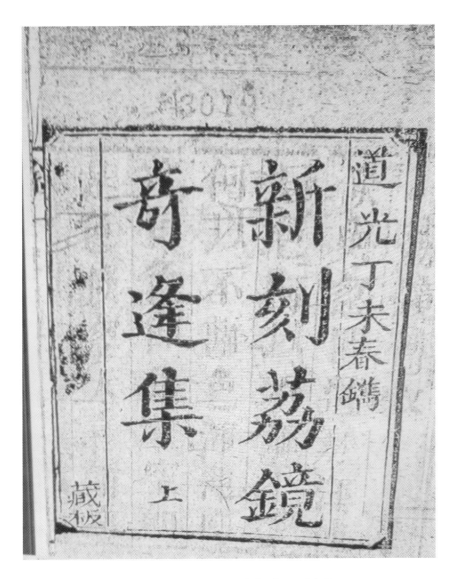

清道光丁未《二刻荔镜奇逢集》小说书影

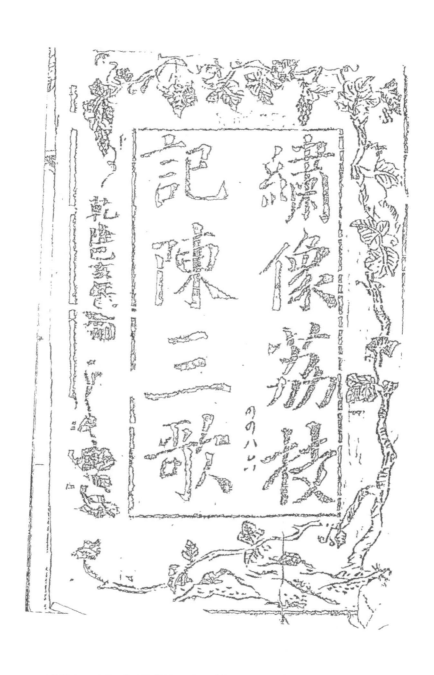

清乾隆己亥年《绣像荔枝记陈三歌》俗曲唱本书影（国家图书馆藏）

前　言

当下活跃在舞台上的泉州地方戏曲，系闽南文化中最具特色的组成部分，其归属中国南戏范畴，剧种包括梨园戏、高甲戏、歌仔戏、打城戏、提线木偶、掌中木偶（布袋戏）等。这些剧种虽历经沧桑、师承有别，但至今仍然焕发着顽强的生命活力和精湛的艺术魅力。那么，泉州地方戏曲在全国剧种中处于什么样的历史地位？现在人们对它的发掘、保护、传承情况怎样？学术研究达到一个什么样的进展？这些问题都吸引着人们去思考和追问。

泉州曾被学界誉为"戏窝子"，但从 20 世纪 30 年代开始直至新中国成立，戏曲却因战乱频仍、民生凋敝而迅速走向式微。而它重新崛起的奇迹是 1954 年，在华东区戏曲观摩演出大会中，福建省梨园剧团新编梨园戏《陈三五娘》一举获得了剧本一等奖等六项大奖，轰动了当时全国剧坛，并开始引起闽南区域外的观众尤其是学界的格外关注。其实从现在的文献发现看，泉州戏曲早在明代的闽南区域就已是相当的繁荣与鼎盛。明何乔远在《闽书》中说："（龙溪）地近于泉，其心好交合，与泉人通。虽至俳优之戏，必使操'泉音'。一韵不谐，若以为楚语。"[①] 龙

---

① 何乔远：《闽书》，福建人民出版社 1994 年版，第 946 页。

溪属漳州府管辖,操漳州腔的闽南话,然而搬演戏文时,却必须操"泉音",可见当时泉腔戏曲的影响之大。陈懋仁在《泉南杂志》中记载道:"优童媚趣者,不吝高价,豪奢家攘而有之。蝉鬓傅粉,日以为常。然皆'土腔',不晓所谓,余常戏译之而不存也。"① 何乔远、陈懋仁均为明万历年间之人,他们的叙述反映当时"泉腔"戏曲在本地的风行与鼎盛。而作为泉州著名剧种梨园戏代表性作品明嘉靖本的《荔镜记》戏文,自 20 世纪分别从英国牛津大学图书馆和日本天理大学图书馆发现以后,经学者考证,被指认为是"现存最早的闽南方言文献"②。然而,这并不是"陈三五娘"故事最早的版本,因为该版本的出版商在卷末告白道:"因前本《荔枝记》字多差讹,曲文减少。今将潮泉二部,增入颜臣勾栏诗词北曲,校正重刊,以便骚人墨客闲中一览。"③由此可知,《荔镜记》前至少还有潮泉二部的《荔枝记》戏文,至于时间在未有新文献发现之前则属于不可考。而值得一提的还有荷兰籍汉学家、英国牛津大学荣誉讲座教授龙彼得在英国和德国的图书馆里发现了中国明代刊本《新刻增补戏队锦曲大全满天春》《集芳居主人精选新曲钰丽锦》《新刊弦管时尚摘要集》三种闽南戏曲、弦管选集。经过长期的考证和研究,他撰写了一篇名为《古代闽南戏曲与弦管——明刊三种选本之研究》的长篇论文,并和这三种明刊本一起汇编出版。"明刊三种"收录了弦管曲词二百七十二首,这些弦管曲词大部分仍在今天的南音界中传唱,其中《满天春》下栏"戏队"收录了十八出折子戏,有十六出是泉州梨园戏的传统剧目,至今相当大部分仍然在舞台上演出。据龙彼得考证,其实"明刊三种"能找到戏曲痕迹的达二十六出,他

---

① 陈懋仁:《泉南杂志》,王云五主编《丛书集成初编》,商务印书馆 1936 年版,第 25 页。

② 吴守礼:《〈荔镜记戏文〉研究序说》,《明嘉靖荔镜记戏文校理》,(台北)从宜工作室 2001 年版,第 1 页。

③ 明代嘉靖丙寅刊本《荔镜记》,郑国权主编《荔镜记荔枝记四种》(第一种),中国戏剧出版社 2010 年影印版,第 240 页。

说："我们可以从中找到二十六出戏的痕迹，其中有几出已不复存在。有的在中国任何场合都没有记载。"① 其后，泉州地方戏曲社同人又经认真比对，认为"明刊三种"中"可找到的不只是二十六出而是三十多出戏的痕迹"。可以说，"明刊三种"的发现"在某种程度上再现了明代泉州戏曲、弦管的历史风貌"，即有力地说明了"泉州地区在明代及明代以前的戏剧演出活动是十分繁荣的，大量的题材、不同类型的剧目都曾经上演过"②。

那么，盛行于明万历年间及其之前的泉州地方戏曲是否有更早的源头可追溯？从"明刊三种"中，我们可以发现这 30 多出戏的痕迹，存留不少是属于"宋元旧篇"，除了南戏"实首之"的《王魁》《蔡伯喈》和"荆、刘、拜、杀"四大南戏外，还有《朱文》《孟姜女》《祝英台》《张琪》《陶学士》《貂蝉》《秋胡》等。它们或以全本戏文由师傅一代代地借泉州方言口传身授地传承下来，或在明代就已成"残曲"留存在弦管当中。最突出的一例是《满天春》中的《朱文》，在明初的《永乐大典》里，只辑录了"佚曲三支：《中吕近词·红衫儿》《前腔换头》《杵歌》"。泉州梨园戏却还能搬演这个剧目的三折戏，这主要得益于 20 世纪 50 年代在民间购得了一本清同治年间的手抄残本。经林任生整理，于 1955 年曾进京汇报演出，引起全国戏曲界的重视，以为这是"宋元南戏在海内仅存的孤本，不意在僻处东南海隅的古剧种梨园戏保存着，无异于瑰宝的发现"③。而《满天春》中的《朱文》就收录《一捻金点灯》和《朱文走鬼》两折戏，经本土学者校对，可以认定清代

① ［荷］龙彼得：《古代闽南戏曲与弦管——明刊三种选本之研究》，泉州地方戏曲社编《明刊戏曲弦管选集》，中国戏剧出版社 2003 年版，第 3 页。

② 郑国权：《校订本出版前言》，泉州地方戏曲社《明刊戏曲弦管选集》，中国戏剧出版社 2003 年版，第 15—16 页。

③ 吴捷秋：《泉腔南戏的宋元孤本——梨园戏古抄残本〈朱文走鬼〉校述》，泉州地方戏曲社编《南戏遗响》，中国戏剧出版社 1991 年版，第 5 页。

的抄本是承袭了明代的版本。不仅如此，南戏"实首之"的《王魁》《蔡伯喈》等剧目至今仍然活生生地在舞台上搬演，它们中的大量唱段，"早在明代或明代以前就被弦管所吸收，并历经数百年一直传唱下来"①。通过明代这一中间环节，泉州地方戏曲的源头可直追宋元时代，这个学术判断是有史实依据的，是没有问题的。

南戏重要研究专家钱南扬在《戏文概论》中就指出："戏剧的传入泉州，唐代已经如此，不始于宋戏文。如闽南梨园戏中有《士久弄》《妙择弄》《番婆弄》等戏名，'弄'之一辞，乃唐人语，这是唐戏弄传入泉州的明证。到了南宋，戏文在陆续传入福建。"② 自然所谓的"唐戏弄"属于"歌舞戏"，是"小戏"范畴，并非南宋那种脚色行当一应俱全，搬演复杂故事的"戏文"。中国艺术研究院刘念兹认为："南戏的生产地点，以前研究南戏的人大部分都认为是在温州，这是有根据的，然而不全面。根据历史文献的记载及中华人民共和国成立后古老剧种的发掘、调查，我们认为南戏是在闽浙两省沿海一带同时出现，而互相影响，产生的地点具体来说是在温州、杭州以及福建的莆田、仙游、泉州等地。"③ 刘念兹的观点，旨在让人们"应该正视福建地区在南戏史上应有的地位和贡献"④。

泉州地方戏曲进入现代学人的关注与研究视野甚迟。1936 年，向达在《瀛涯琐志——牛津所藏的中文书》一文中刊载牛津大学图书馆所藏的《荔镜记》戏文书影，首次向外界披露《荔镜记》戏文及其相

---

① 郑国权：《校订本出版前言》，泉州地方戏曲研究社编《明刊戏曲弦管选集》，中国戏剧出版社 2003 年版，第 16 页。

② 钱南扬：《戏文概论》，（台北）木铎出版社 1982 年版，第 30 页。

③ 刘念兹：《南戏新证》，中华书局 1986 年版，第 20 页。

④ 赵景深：《南戏新证·序》，刘念兹《南戏新证》，中华书局 1986 年版，第 7 页。

关资料。① 然而，处在动荡与战乱中的闽南社会，那些传承几百年的泉州民间戏班，还是无可奈何地走向衰落，更遑论对它加以深入系统的研究。1952 年，华东文化部艺术事业管理处将先前《戏曲报》上发表介绍本地区剧种的若干篇文章汇集出版，取名为《华东戏曲剧种介绍》，内有收入文浩的《闽南戏的现状》、傅佩韩的《关于闽南的傀儡戏》、文浩的《闽南的傀儡戏——四美戏与掌中戏》。后来，华东文化局又指示华东戏剧研究院进一步深入田野调查，于 1955 年以"丛书"形式重新出版五辑的《华东戏曲剧种介绍》，将泉州的梨园戏、高甲戏、法事戏（即打城戏）、木偶戏作为华东地区 77 种代表性剧种予以介绍。20世纪 60 年代，福建戏曲研究所开始有组织、有计划地对莆仙戏、梨园戏等剧种进行广泛的田野调查，通过有关剧目的对照，并对音乐唱腔、表演艺术进行比较分析，从中发现了莆仙戏、梨园戏保存着不少宋元南戏的剧目、曲牌唱腔和表演艺术等特色，让学界关注到福建的莆仙戏、梨园戏与宋元南戏有着密切的关系。一些南戏研究专家如周贻白《中国戏剧发展史》、叶德均《戏曲小说丛考》、钱南扬《戏文概论》等，均对泉州地方戏曲和梨园戏的经典剧目《荔镜记》有所论述。1959 年，中国戏曲研究院刘念兹接受张庚院长布置的任务，开始对福建南戏遗存情况进行实地考察，形成了《福建古典戏曲调查报告》，接着他又应邀参加 1962 年福建戏曲研究所组织的田野调研活动，进而撰写《南戏新证》初稿，提出了后来在学界引起广泛争议的南戏起源"多点论"。② 与此同时，与大陆一海之隔的台湾也有少数学人在关注和研究泉州地方

---

① 向达：《瀛涯琐志——牛津所藏的中文书》，《北平图书馆馆刊》第 10 卷第 5 期，1936 年 10 月。巧合的是，同一年龚书辉撰写的《陈三五娘故事的演化》一文，发表于《厦门大学学刊》1936 年 6 月，也是就"陈三五娘"故事的相关历史文献做了综合的梳理与考辨，其文本载体涉及小说、剧本、南音唱曲和俗曲唱本等。

② 关于南戏起源的"一点论"与"多点论"之争，具体可参阅黄科安《闽南文化与泉州戏曲研究》一文的相关综述，《福建论坛》（人文社会科学版）2012 年第 3 期。

戏曲。吴守礼，一位闽南方言研究专家，他费时逾一甲子而致力于研究嘉靖本《荔镜记》与明清各本《荔枝记》的校理，出版了《荔镜记戏文研究——附校勘篇》及《荔镜记》《荔枝记》系列校理本，因而有学者称他"陈三五娘故事的研究"与顾颉刚"孟姜女故事的研究"堪以相互媲美。①

在大陆，泉州地方戏曲研究真正进入学理层面的探讨，是始于改革开放的新时期。福建戏曲研究所重建于1980年，该所先后承担和参与国家重点科研项目《中国戏曲志·福建卷》《福建省志·戏曲志》《福建省志·文化艺术志》等编纂工作，出版了《南戏论集》《闽台民间艺术散论》《福建戏史录》等多种著作，其中论述虽然面对全省各种剧种，但因泉州地方戏曲独特的历史地位和艺术价值，所以相关论述文字占有相当大的篇幅。而在泉州地方戏曲研究队伍中，本土团队的出现和崛起，是一股不可小觑的学术研究力量。起初，他们在《泉州文史资料》等内部刊物上发表一些零散介绍性或研究性文字，诸如，吴捷秋的《梨园戏著名戏剧家传略》，陈日升的《高甲戏元老董义芳》，詹晓窗的《"闽南猴王"曾火成》《泉州打城戏》，黄少龙的《线戏大师张秀寅》，曾连昭的《"南曲状元"陈武定》，周海宇、林建平的《木偶头雕刻家江加走的艺术成就》，周海宇的《泉州布袋戏来源一勺》，陈德馨的《名扬中外的泉州提线木偶戏》《泉州提线木偶戏史话》《泉州"嘉礼"三艺人》《泉州南派布袋戏》，周石真的《旧时代"戏仔"的痛楚生涯》。而后，有些老艺人、戏曲爱好者和研究者渐渐地萌发了"抱团"想法，旨在借助研究平台发出自己的声音。于是，1985年冬，泉州地方戏曲研究社成立。该社先后协办和筹办了"南戏学术讨论会""中国

---

① 娄子匡、朱介凡：《五十年来的中国俗文学》，（台北）正中书局1987年版，第90—91页。

南戏暨目连戏国际学术研究会""96'泉州中国南戏国际学术研讨会"
等三次大型学术会议。他们凭着对本土戏曲的痴迷和热爱，以惊人的毅
力，孜孜不倦地发掘、整理和研究着，先后编辑了《泉州地方戏曲》
第一期、第二期；出版论文集《南戏论集》（与其他单位合作）、《南戏
遗响》两种；整理出版十五卷本的《泉州戏曲丛书》《荔镜记荔枝记四
种》等大型资料文库；在个人论著编著方面，出版了陈瑞统的《泉州
木偶艺术》、黄少龙的《泉州傀儡艺术概述》、吴捷秋的《梨园戏艺术
史论》、刘浩然的《泉腔南戏简论》、庄长江的《泉州戏班》等。

与此同时，台湾戏曲学界从 20 世纪 80 年代也掀起一股研究泉州地
方戏曲的热潮。王士仪的《泉州南戏史初探》、陈香的《陈三五娘研
究》、曾永义的《梨园戏之渊源形成及其所蕴含之古乐古剧成分》、陈
益源的《〈荔镜传〉研究》、施炳华的《〈荔镜记〉音乐与语言之研
究》、沈冬的《陈三五娘的荔镜情缘》、陈兆南的《陈三五娘唱本的演
化》等都是很有分量的论文或专著。1997 年，台湾中正文化中心举办
"海峡两岸梨园戏学术研讨会"，邀请福建省梨园戏实验剧团赴台演出。
两岸学者就梨园戏的渊源形成、历史地位、艺术成就，乃至闽台的传
播、剧团之营运、新人之培养等，展开深入的探讨，在会后又编印了
《海峡两岸梨园戏学术研讨会论文集》。而在闽台戏曲研究队伍当中，
尤其引人注目的是一大批台湾硕、博士生的崛起，他们将自己的学位研
究课题锁定在泉州地方戏曲方面。如，沈东的《泉州弦管音乐历史初
探》、林艳枝的《嘉靖本〈荔镜记〉研究》、陈衍吟的《南管音乐文化
研究——由历史向度、社会功能与美学体系谈起》、曹珊妃的《"小梨
园"传统本研究——以泉州艺师口述本为例》、高碧莲的《福建泉州及
台湾高雄悬丝傀儡戏剧本研究》、宋敏菁的《〈荆钗记〉在昆剧及梨园
戏中的演出研究》、柯世宏的《南管布袋戏〈陈三五娘〉之创作理念与
制作探讨》、康尹贞的《梨园戏与宋元戏文剧目之比较研究》、蔡玉仙

的《闽南语词汇演变之探究——以陈三五娘故事文本为例》、张锦萍的《南管在梨园戏的运用与表现》、王晨宇的《〈张协状元〉与闽地戏曲关系研究》、张筱芬的《台湾〈陈三五娘〉今昔的演出差异与变化》、刘美芳的《七子戏研究》、沈婉玲的《南管对"西厢故事"之接受与传化》、杨淑娟的《南管与明初五大南戏文本之比较研究》等。这一大批硕、博士学位论文的出现,极大地丰富了闽南文化与泉州地方戏曲研究的多元视角,将泉州地方戏曲研究推进到各个关联的文化领域,使之达到前所未有的广度、力度和深度。

随着多元研究视角的介入,泉州地方戏曲研究呈现出从未有过的开阔格局。20 世纪 80 年代以来,人们不再局限于南戏本体的研究,而更愿意将其置于政治、经济、文化、民俗、宗教、教育、音乐等领域中加以探讨,产生一批富有创见的研究成果,如薛若邻的《商品经济与南戏——兼及艺术继承》、叶明生的《试论宗教文化在南戏发生学中的地位》、陈泗东的《闽南戏发生发展的历史情况初探》、林庆熙的《台湾戏曲与祖国大陆的血缘关系》、吴天赐的《在艺术教育中培养新人》、汪照安的《梨园戏音乐的继承与发展》等。近年来,陈世雄借助西方文化人类学中的传播主义提出的"文化圈"概念,提出"闽南戏剧文化圈"主张,他认为"闽南戏剧文化圈是一个在时间与空间两个维度上展开的概念,在展开的过程中,有传承,也有变异"[1]。那么,所谓"闽南戏剧文化圈"就是要研究它的历史变化,研究其中的各个剧种是怎样继承了传统,又怎样予以创新,借此我们可以在不同的历史阶段、不同的文化背景下,研究这些剧种发生怎样的变异。陈世雄这一戏剧研究理论的构建,为我们深入开展闽南戏剧(泉州地方戏曲)研究提供了一个新的诠释框架和理论依据。也许营造一个充满理论创造和研究活

---

[1]　陈世雄、曾永义:《闽南戏剧》,福建人民出版社 2008 年版,第 1 页。

力的学术界生态系统是至关重要的，唯有如此，我们才能将那些跨文化的戏曲研究不断地推向前去。

　　基于以上的认知，2011 年，笔者带领一支特别富有朝气的、具有不同学科背景的年轻学人，以在闽南文化区域中广泛流传的"陈三五娘"民间爱情故事作为研究对象，申请获批了国家社会科学基金项目""陈三五娘"故事的传播及其当代意义研究"。本书拟在宏观背景下，从不同的层面展开溯源与探讨，彰显其作为民间爱情故事之强大生命力和广阔的阐释空间，分析并描述这一民间爱情故事的起源、发展、影响与趋势；从多学科的理论视域，探索以"陈三五娘"为代表之传统地方戏曲的内涵及其传播维度；在跨文化的多元语境中，梳理研究这一民间爱情故事在各类文体的传承与流变；服务于"一带一路"的国家文化战略构想，也为非物质文化遗产的保护与开发提供具体的理论阐释和实践依据。

目　　录

绪论 "陈三五娘"故事的学术史回顾、研究方法和意义

一 "陈三五娘"故事的学术史回顾

(一) 作为始基的文献整理

"戏曲文献整理与研究在戏曲研究中处于入门和起步的地位。"① 作为流布于"闽南戏剧文化圈"② 的经典传奇,"陈三五娘"曲中有戏、戏中有曲,深入探勘其"形成、发展、变化的基本样貌,和一派相承的顽强生命力,让人们看到这个泉腔戏曲继承宋元南戏遗响并历经坎坷与变革而成长壮大的历史轨迹",③ 无疑需要建基在戏曲史料的广泛搜集与系统整理之上。然而正如泉州地方戏曲研究社负责人郑国权,于2012年12月在泉州师范学院举办的"两岸闽南文化的传承创新与社会

---

① 孙崇涛:《戏曲文献学》,山西教育出版社2008年版,第3页。
② "闽南戏剧文化圈"是由厦门大学中文系教授陈世雄在《闽南戏剧》一书中提出的概念。他认为,作为在时空两个轴线展开的"闽南戏剧文化圈",其形成与发展既是一个地理过程又是一个历史进程,土生土长的闽南戏曲剧种,在空间维度上向闽南族群聚居的其他地域传播,同时在时间维度上其亦在其他因素的影响下发生变异。因此,我们认为古今海上丝绸之路形成"闽南戏剧文化圈"与"海丝文化圈"在一定程度上具有重叠关系,这一观点在后文论述中将会具体体现。
③ 王文章:《序〈荔镜记荔枝记四种〉》,《福建艺术》2010年第4期。

发展"国际研讨会上的会议报告所言,这并非易事,其结集成册、公之于世,着实得益于诸多机缘巧合,体现着闽南戏曲的跨文化传播。具体来讲,现存已知的最早刊本,据言是建阳麻沙书商新安堂余氏,刊刻于明朝嘉靖丙寅年间(1566)的《重刊五色潮泉插科增入诗词北曲勾栏荔镜记戏文》。这一俗称嘉靖本的《荔镜记》,"只藏于日本天理和英国牛津的大学图书馆各一本",① 其时国内已然无存,因而未被内地学者、梨园艺人所知所闻。直到1956年,著名戏剧家欧阳予倩、京剧表演大师梅兰芳两位名流,率领中国京剧团访问日本期间,获赠日本天理大学图书馆所珍藏的一套书影,尘封已久的历史真貌方才开启。尽管在中国京剧团回国之后,中国艺术研究院随即复制留存,同时地处东南一隅的福建梨园实验剧团也购得一套。然而十年"文化大革命"却使这一来之不易的珍贵文献毁于一旦,令人扼腕不已。

值得我们欣慰的是,任教于台湾大学的吴守礼,早在两位名流访日的前两年,便已经通过相关渠道获取这一版本,并且在1959年又寻得牛津本的影印本,进而在1959—1962年,将东西两部《荔镜记》(现存最早的闽南方言文献)进行互补合校,开启今后从事《荔镜记》各版本整理、借由古典文献探究早期闽南语方言、完成早期闽南语文献校勘等相关工作。其次就是与嘉靖本相距15年,由"朱氏与耕堂"② 于明万历辛巳年(1581)刊刻的《新刻增补全像乡谈荔枝记》被发现,其发现和流传亦具传奇色彩,标志着地方性知识在全球本土化语境中的命名与播撒。据吴守礼在《闽南语史研究的回忆》中所言,其所觅得的万历本是由英国剑桥大学教授、著名汉学家龙彼得在奥地利维也纳图书馆发现的。除此之外,吴守礼还从其师日本著名汉学家神田喜一郎处

---

① 郭汉城:《史料难觅 弥足珍贵——琐谈〈泉州传统戏曲丛书〉》,《中国戏剧》2003年第5期。

② 原本写为"與畊堂",本书按照规范,一律改写为简体字。

获得，刊刻于清顺治辛卯年（1651）《新刊时兴泉潮雅调陈伯卿荔枝记大全》的照相资料。至于从嘉靖刊本《荔镜记》、顺治刊本《荔枝记》直接演变而来的，由"三益堂"刊行于清光绪十年（1884）的《陈伯卿新调绣像荔枝记真本》，其原本照相资料的获取与刊印，也是辗转多人、一波三折，有赖于国际友人的穿针引线。据吴守礼自述，乃由其时已转任牛津大学的龙彼得前往法国，征询友人施博尔博士同意而拍照邮寄。需要指出的是，"吴守礼汇编的《明清闽南戏曲四种》，只编入明嘉靖本、清顺治本、光绪本，再加上一本明万历本，共四种，尚无道光本"①。而由"泉州见古堂"在道光辛卯（1831）年刊刻的《陈伯卿新调绣像荔枝记全本》，据郑国权所言，乃是于"2008 年在泉州当地发现的世上孤本"，"其发现遂使这部戏曲的明清刊本成为系列，即明嘉靖、清顺治、道光、光绪都有'陈三五娘故事'题材的戏曲刊本，既一脉相承，又有所变化"②。

既然前期的材料征集已有成效，将之结集成册而有利于今人研究，便提上议事日程。泉州地方戏曲研究社在其所编纂的《泉州传统戏曲丛书》第一卷，就将嘉靖本、顺治本、光绪本、梨园剧团所保存的 20 世纪 50 年代新文艺工作者许书纪根据梨园戏老师傅蔡尤本口述记录本《陈三》，以及 1954 年 10 月荣获"华东区戏曲观摩演出大会"大奖（剧本、演出、导演、音乐、舞美设计及演员 6 个一等奖）的版本收入其中。此后考虑到新发现的此前未闻、承前启后的道光本，加之先前的《丛书》，只是刊载校订本而并没有附上原刊本书影，泉州地方戏曲研究社又在 2010 年 6 月，推出包含有"嘉靖本、顺治本、道光本、光绪本"的《荔镜记荔枝记四种》。然而美中不足的是，当时郑国权考虑到

---

① 郑国权：《一脉相承五百年——〈荔镜记荔枝记四种〉明清刊本汇编出版概述》，《福建艺术》2010 年第 4 期。

② 郑国权：《荔镜奇缘古今谈》，中国戏剧出版社 2011 年版，第 8 页。

万历本,"从剧情及其采用的方言文字判断,它是地道的潮州刊本,故未予编入本系列"①。嗣后为了弥补缺憾,郑国权又在 2011 年秋出版《明万历荔枝记校读》一书作为后续补充,并且在同期出版的另一部新书《荔镜奇缘古今谈》中,"编入几篇平常少见的珍贵资料,有明代'陈三五娘故事'的文言小说《荔镜传》(又名《奇逢集》)和微型文言小说《绣巾缘》,还附录台湾成功大学陈益源 1993 年发表于北京《文学遗产》的《〈荔镜传〉考》一文;同时收录陈香 1985 年在台湾出版的《陈三五娘研究》一书全文"②。

(二)众声喧哗的戏曲文本研究

正所谓"问题的关键不在于故事所讲述的年代,而在于讲述故事的年代"。作为才子佳人的老套模式,其在具体时空中的各式表述,本身就构成饶有趣味的永恒议题。林立的《传统与现实之间的平衡——20世纪 50 年代梨园戏〈陈三五娘〉的改编》,就在文艺社会学的历史阐释视域中,探讨这一传奇在"戏改"语境中的现代性重述。在悉心考辨蔡尤本口述本《陈三》以及据此改编而成的华东会演得奖本《陈三五娘》中的同与不同、表象呈现与深层蕴意,其发人深省地指出后者"在保留许多经典场面和曲词的同时,对主题、剧情、人物等按当时的意识形态要求进行了改造","在保留传统的同时,又努力符合当时的意识形态要求,呈现的是一种传统与现实的平衡"③。林立的另一篇文章《情欲与精神——戏曲〈陈三五娘〉情爱观的变迁》,继续延续这一"重新语境化"的致思方式,从深处开掘而将问题焦点锁定在情爱观念,相继分析《陈三》(作为民间立场的具象表达)与新中国成立后潮

---

① 曾永义:《极其贵重的民族文化资产》,《福建艺术》2010 年第 4 期。
② 郑国权:《明万历荔枝记校读》,中国戏剧出版社 2011 年版,第 3 页。
③ 林立:《传统与现实之间的平衡——二十世纪五十年代梨园戏〈陈三五娘〉的改编》,《安徽文学》2007 年第 12 期。

剧改编本《陈三五娘》（主导性观念形态的时代铭文）的改写挪用，以之作为例证，"说明解放前后这段时间民间情爱观念与解放后官方所提倡的情爱观的差异，从一个角度去探索这种观念的变迁"①。实而言之，林立关于戏曲文本内容与时代主潮（如新《婚姻法》的颁布实施）的互文探讨，其价值并不在于问题本身的解决程度，而是开启遮蔽已久的另一面相，即"一脉相承五百年"的"陈三五娘"故事，为何为主流文学史所忽略，其选择性遗忘的原因究竟何在？

陈雅谦的《〈荔镜记〉的思想内涵及"陈三五娘"故事的演变》，借由审视这出戏曲民间化到经典化的历史嬗变过程，试图在比较文学的角度解答民间集体记忆与文学史书写的辩证关系，最终得出"陈三五娘"故事"虽被闽南人奉为戏曲经典，却并未得到国内现在刊行的各种版本文学史的充分重视"②的根本原因。在比较方法论的理论视域下，其穿透线性进步史观的思维雾障，提出一个让人耳目一新而又难以接受的观点。在他看来，作为祖本的《荔镜记》，其思想价值较之其他版本反而更高，其理由是当中五娘所秉持的"姻缘由己"的自由诉求、"女嫁男婚、莫论高低"的择偶标准，在日后的演变过程中不仅未作充分发挥，反而被人为淡化甚至有意消解。据此，陈雅谦主张应根据《荔镜记》来重构经典，复原戏曲历史的应有面貌。显而易见，长期从事比较文学研究的作者，乃是基于启蒙现代性的进步视域来论述问题的，其所使用的理论工具与操持话语，实为人本主义的宏大话语与理论修辞。应该承认，分享类似观点的学者不在少数，比如华金余的《一曲人本主义的赞歌——解读梨园戏〈陈三五娘〉》、宋妍的《审美现代性视野中的〈陈三五娘〉研究及其意义》，当然前者承续的是启蒙主义思潮的余

---

① 林立：《情欲与精神——戏曲〈陈三五娘〉情爱观的变迁》，《时代文学》2008年第1期。
② 陈雅谦：《〈荔镜记〉的思想内涵及"陈三五娘"故事的演变》，《泉州师范学院学报》2011年第1期。

波回响，肯定戏曲本身之"讴歌男女自由婚姻"、① 反对封建道统的历史现代性立场，而后者则从现代性的负面因素入手，批判性地解构戏曲所精心营构的解放神话和爱情迷思。不言而喻，学院派戏曲评论家的细读分析，赋予古老故事以美学新义，其价值所在有目共睹，但也存有用力过猛的过度诠释，难免将戏曲文本变成批评工具的演武场，陷入脱离实际的抽象讨论和自说自话的玄思冥想。

与上述学者重理念分析、轻文本寻绎的论述思路有所不同，另外一批学者则以严谨求实的史料研究态度，"辨章学术，考镜源流"。韩山师范学院"潮学"研究所的吴榕青，在《明代前本〈荔枝记〉戏文探微》中，就以扎实的考据功夫和无可辩驳的艺文史实，明确指出"嘉靖本和万历本都不是原创本……存在着一个编成于成化十二年至嘉靖三年（1476—1526）间的《荔枝记》，这个本子就是编万历本时所依据的前本。在没有新材料出现之前，要断定传奇小说与戏曲产生孰前孰后，为时尚早"②。其文还从嘉靖本、万历本所存留之删改未尽的蛛丝马迹，以及后世流传之唱本传说的相互印证中，敏锐地寻觅出《荔枝记》的原初戏曲（明代中叶之前），并非现今所认为的单线演进，而应为双线交织的复线结构，即存在着黄五娘与陈三、林大情感纠葛一线，亦有"六姐（娘）"这一人物及相关情节。如果说吴榕青倾心于追溯戏曲的前世因缘，那么厦门大学台湾研究院的朱双一的《台湾新文学中的"陈三五娘"》，则侧重戏曲之"大跨度、高概括"的影响研究，指陈闽台之间密切的文化联系，"以及闽台地方文化以其个性特征和活力对于中华文化整体的丰富"③。顺带一提的是，作为闽南戏曲研究

① 华金余：《一曲人本主义的赞歌——解读梨园戏〈陈三五娘〉》，《四川戏剧》2009 年第 2 期。
② 吴榕青：《明代前本〈荔枝记〉戏文探微》，《泉州师范学院学报》2007 年第 1 期。
③ 朱双一：《台湾新文学中的"陈三五娘"》，《台湾研究集刊》2005 年第 3 期。

重镇之一的厦门大学,先后有数代学者致力于"陈三五娘"故事的研究,不仅《陈三五娘研究》(首部专著)的作者陈香毕业于此,而且厦大蔡铁民的《明传奇〈荔枝记〉演变初探——兼谈南戏在福建的遗响》《一部民间传说的历史演变——谈陈三五娘故事从史实到传说、戏曲、小说的发展足迹》等论文,已然构成这一领域之无法绕开的经典文献。

(三) 日渐精进的方言研究

正如国内方言学家、厦门大学教授李如龙所言,"闽语地区的地方曲艺、戏曲十分多样,流传时间长,这些唱本、戏曲脚本中所记录的方言材料是一笔浩繁而多彩的文化遗产"①。正因为如此,许多语言学者以极大的热情投入到以《荔镜记》为代表的明清戏曲刊本的研究当中,并且以其清晰的客观性和内在的科学性,超越模糊地带的地域之争。王建设长时间致力于明清戏曲刊本的语言学研究,其所发表的《从明清闽南方言戏文看"著"的语法化过程》《明刊闽南方言戏文校注之得失》《谈明刊闽南方言戏文的校注》等系列论文,涉及闽南方言戏文之文字、语音、词汇、语法诸多方面在近四百年来的悄然演变。在笔者看来,如果说潮州籍学者的著述(如饶宗颐的《明本潮州戏文五种说略》、曾宪通的《明本潮州戏文所见潮州方言概述》、梅祖麟的《闽南语复数人称代词形成何音的年代》),暗示《荔镜记》以"潮州话为主而夹杂泉州话";那么王建设的研究成果则提示学界对此反思,其实《荔镜记》是以"泉州话为主而兼有潮州话"的。

在此要特别提到海峡对岸的进展状况,除了吴守礼"筚路蓝缕、以启山林"的校注工作,以及施炳华之《〈荔镜记〉音乐与语言之研究》原创著述之外,近年来不少年富力强、受过严格科研训练的研究生,也

---

① 张嘉星:《闽方言研究专题文献辑目索引》,社会科学文献出版社 2004 年版,第 3 页。

以之作为选题方向抒发原乡情结，撰写出一批高质量的学位论文，与西岸高校的相关研究交相辉映。当中翘楚者有台湾清华大学语言学研究所钟美莲的硕士学位论文《〈荔镜记〉中的多义词"著"》，其主要以"概念结构"来统摄《荔镜记》中"著"的多义现象，用生动厚实的语料指陈"著"的诸多义项，其实是同一个概念结构体现在表层句法结构的不同结果，进而测绘"著"在不同方言中的演变图谱。台南大学蔡玉仙的硕士学位论文《闽南语词汇演变之探究——以陈三五娘故事文本为例》，则将《荔镜记》中的闽南语词汇制作成翔实直观的次数统计表，并且依照台湾闽南语的构词方式分类归纳，从不同时空中的文本用字中，历时稽考闽南语词汇语音的演变情形，进而在为台湾文学提供词汇素材的同时，指出闽南语民间文学强调音准重于字正，其词汇一方面变化速度缓慢；另一方面则被普通话词汇所快速置换，因此整理词汇可以窥知社会变迁。台北教育大学陈怡苹的硕士学位论文《陈三五娘歌仔册语言研究：以音韵和词汇为范围》，由"从历史演变看《陈三五娘》歌仔册"与"《陈三五娘》歌仔册语言分析"两大部分构成。前半部分依据逢甲大学中文系陈兆南的《陈三五娘唱本的演化》，将这一故事的"歌仔册"版本分为"全歌系、四部系、抄本、竹林本"四类，而遵循时间先后按序整理；后半部分则借由对比会文堂出版的木刻本《绣像荔枝记陈三歌》和台北黄涂本在用字特色、押韵特点、特殊词汇等方面的殊同，绘制其时口语词汇的使用图景，进而实现对彼时庶民文化的认知重构与在地想象。

（四）艺术特质的经验论述

正如国内知名戏曲学者傅谨所言，"戏剧之所以是戏剧而不是一般的文学样式，欣赏戏剧之所以不同于对剧本的阅读，就在于戏剧的文本需要通过演员在舞台上的表演最终完成，而欣赏戏剧也需要通过在剧场里欣赏演员的现场表演，才能真正感受到它特殊的魅力"①。诚哉斯言，"陈三五娘"故事并非案头文学与纸上戏曲，其存在于具体可感、生动形象的观演活动当中，缘此学院中人基于语言文学之维的长篇大论，尽管探幽烛微、发人深省，然而受制学术建制的外部规训，极易流于晦涩难懂的概念游戏与烦琐抽象的智力操演，而与现实层面的戏曲活动出现背离。由此观之，业界人士的经验之谈，虽略显素朴浮露，但却将剧种研究从空气稀薄的学术高空，拉回生气勃勃的艺术实践大地，更加"接地气"与贴近戏曲本源。

福建省梨园戏实验剧团主任舞台技师陈德华的《"行头"之于"人物造型"——简论梨园戏〈陈三五娘〉人物造型的演变》，历时性地描述梨园戏"陈三五娘"人物造型在新中国成立前、新中国成立后与21世纪三个阶段的历史演变，阐释源远流长的传统戏曲"行头"与现代崛起之"人物造型"的传承转变、融合创新，耐人寻味地指出"现代人物造型的创作设计不能以毁弃剧种传统行头为代价，而应该以其为根本基础，去粗存精，传承融合"②。与之相映成趣的是，陈德华的梨园剧团同事，国家一级演员李红女士作为黄五娘的卓越扮演者，在《程式的理解与人物的体验——梨园戏〈陈三五娘〉中"五娘"一角浅识》中，从戏剧观演的"同质同步、双向逆反"的互动关系出发，认真总结绵延数十年的舞台表演经验，阐明美妙绝伦的戏曲程式在当下语境中的变化运用，借以达到"形神统一，技艺相谐，贴近观众的审美情趣"③。无独有偶，类似这种源自舞台一线、发自肺腑的经验感悟，还有厦门市"金莲升高甲剧团"团长吴晶晶所作的《我演黄五娘》一文，

---

① 傅谨：《新中国戏剧史》，湖南美术出版社2002年版，第4页。

② 陈德华：《"行头"之于"人物造型"——简论梨园戏〈陈三五娘〉人物造型的演变》，《文学界》2010年第5期。

③ 李红：《程式的理解与人物的体验——梨园戏〈陈三五娘〉中"五娘"一角浅识》，《福建艺术》2005年第3期。

不仅饱含深情地回顾其自十七岁至今演出黄五娘一角的心路历程，而且借由新本《审陈三》采用"陈三模式"①之女扮男装的性别表述，于不期然间建构出男性目光凝视中的女性形象，极具反讽意味地将女性追求个性解放、反对封建桎梏的惊人之举，合乎逻辑地诠释为男性话语启蒙之下的镜像模仿。

（五）走向整合的文化研究

平心而论，在文化研究的西风东渐波及戏曲研究之前，大陆学者对戏曲文化的检视关注，在传统思维的惯性作用下还是比较关注地方风物、民俗典仪的追索介绍，而较少纵深推进到戏曲文本与时代精神的繁复驳杂的互文关系，进而揭示戏剧观演景观所蕴含的话语权力运行机制和现代性多重张力结构。例如，中山大学中国古文献研究所钟东发表的《掞荔与磨镜——对潮州戏文〈荔镜记〉②中婚俗的探讨》，就将地方戏曲作为"观风俗、知教化"的采风依据，从风俗事项的描述、相关目的艺术评判、价值观念的分析、风化传播的考察四个方面，逐次比较一厢情愿之现实型礼聘婚与两情相悦之浪漫型志愿婚的矛盾冲突，进而道出"中国古代婚姻礼俗在民间移易轨迹"③。

然而本书此处言及的文化研究，显然不同于钟东的研究路径，其表征着学术范型转换之后的知识生产，特指年轻一代的戏曲学者，自觉运用德国法兰克福学派、英国伯明翰学派的大众传媒理论，在后现代文化消费语境中重新审视《陈三五娘》这一经典剧目的故事新编、老戏重排，以及影视再造。本课题组成员古大勇新近发表的《"媚俗""媚雅"

---

① 吴晶晶：《我演黄五娘》，《福建艺术》1998年第1期。

② 我们认为，钟东此处使用《荔镜记》不妥，严格意义上应使用《荔枝记》。具体原因，请参见后文对明清诸刊本的论述。

③ 钟东：《掞荔与磨镜——对潮州戏文〈荔镜记〉中婚俗的探讨》，《戏曲研究》2006年第2期。

时代中的"坚守"——梨园戏〈陈三五娘〉和青春版〈牡丹亭〉的改编合论》《大众文化时代下〈陈三五娘〉的改编和发展之路——以青春版〈牡丹亭〉成功改编为"参照"视角》，就体现着借助理论工具阐释当下观演活动的不懈努力。面对着梨园戏之山河日下、惨淡经营的演出困窘，作者希望复制青春版《牡丹亭》之"古典为本、现代为用"① 的成功经验，缘此，他从扬起陈旧理念、发挥名人效应、明确受众定位、开发衍生产品、利用声光电色、联姻影视媒体等维面，提出地方剧种在新兴传媒语境中的因应之道。不言而喻，论者在行文中一再强调对剧目改编展演之商业化运作的充分理解，然而其念兹在兹的还是凌空高蹈的"作品本身的艺术和思想水准"，② 字里行间透露出文化精英改造民俗曲艺的审美趣味与艺术倾向，因而在高雅与通俗、艺术性与商业化、理论言谈与实际操作的两端之间尽可能做到平衡。

面对本体研究与外部研究之双峰对峙的竞合局面，我们深感对"陈三五娘"故事的当下重访，其要旨并不在于绘制"条理清晰的本质脉络和自足封闭的剧种知识系谱，而是超越中心与边缘的预置立场，将以梨园戏为代表之传统地方戏曲的研究，真正纳入关系主义、建构主义的参照视野之中，视之为一种面向日常审美生活的文化实践，一种在全球化语境中展示无限可能的跨界行动"。③ 有鉴于此，我们希冀在发挥传统研究方法的长处之后，尝试性地在诸多研究范式之间进行更进一步的整合，探勘"闽南戏剧文化圈"之中的荔镜情缘，及其如何始终与时代保持着对话关系，并且深刻投影着闽南戏曲文化的历史嬗变等问题。

---

① 古大勇：《大众文化时代下〈陈三五娘〉的改编和发展之路》，《福建论坛》（人文社会科学版）2012 年第 3 期。

② 古大勇：《"媚俗""媚雅"时代中的"坚守"——梨园戏〈陈三五娘〉和青春版〈牡丹亭〉的改编合论》，《大庆师范学院学报》2012 年第 4 期。

③ 王伟：《跨界的想象：当下梨园戏研究范式述评（2000—2010）》，《福建论坛》（人文社会科学版）2012 年第 3 期。

二 研究方法与意义

(一) 传统研究与跨界研究并重

根据前文的梳理,针对"陈三五娘"的当代传播,在传统上主要存有两种范式,一是本体研究,二是外部研究。前者受惠于学术界与戏曲界的热络互动,从"服饰道具、舞台设计、器乐伴奏、照明音响、人物科步、宾白演唱"等小处着眼而无微不至。后者得益于后学理论的加持境界始大、格局始宽,从性别政治、身份认同、国族想象诸论域切入,蔚为壮观。然而有趣的是,前者的精致讨论往往在戏曲与时代的互文关系上有所疏忽,无法完整敞开"陈三五娘"的现代性演进脉络;而后者则更多体现在用线性叙述的宏观描述,较难以精细刻画艺术与历史在细微处的裂隙错位。有鉴于此,我们认为这两种研究方法刚好可以形成有趣的互补关系,不仅构成我们今日进行研究的"先在视域",而且也是我们普遍采用的研究方法。除此之外,本书还尝试性地引入公共观演空间这一具有建构主义底色的概念,试图在跨学科的交叉视域下的诸种范式之间搭建浮桥,在传统研究方法与新的研究方法并重相融的基础上,勾连"观"与"演"、戏中与戏外、私人空间与公共领域、普遍性与地方化等二元对立范畴,进而从时间之维梳理其"一脉相承五百年"的演化脉络,从空间之维描绘其在"闽南戏剧文化圈"中的流变图景,从跨界之维敞开其跨越剧种、跨越文类、跨越媒介的传播景观。下面我们就对这与传统研究方法有所区别的研究方法稍作诠释。

我们所使用的跨界想象这一词语其来有自。其主要承袭的是德国著名思想家哈贝马斯的公共交往理论、法国社会学家布尔迪厄的"场域"理论、法国后结构主义者福柯档案考古学等西方知识谱系。若以

之来烛照 "陈三五娘" 这一故事的流布规律与传播脉络，重建其在全球化情境中的本土论述，则需层层剥笋地深入探勘。首先，存在于特定时空的戏曲交往活动，既是仪式化的，又是嵌入仪式的（整个仪式活动规范着戏曲搬演），这一进程询唤出两个戏剧活动主体（传播主体与接受主体），二者在公共观演空间中进行对话与交往。其次，就共时性水平传播而论，戏曲传播活动往往 "以己之肾肠，代人之口吻"，其所呈现的歌舞世界乃是现实生存的生动再现，同时日常生活也模仿艺术性的戏曲世界。再次，就历时性的纵向传递而言，戏曲传统作为积淀下来的诗化思维与集体记忆形塑当下活动，同时当下活动也改变着人们对传统戏曲的认知。最后，就跨文化全球传播来说，地方文化参与域外文化的建构；另一方面域外文化也参与地方文化的建构，双方在对话交往中形成 "视域融合"。概言之，作为人类精神档案与文化历史记忆的戏曲活动，参与整体文化的系统循环，同时人类文化也建构戏曲活动。缘此，以此作为观照入口来透析 "陈三五娘" 故事的传播印迹，有助于还原其幕前幕后的话语结构，即狂欢化的民间草根话语、寓教于乐的主流观念形态话语、启蒙为旨归的知识精英话语、消费主义导向的商业资本话语等话语系统之间的博弈关系。

（二）"陈三五娘" 故事的意义、价值

如前所述，作为闽南地方剧种的活化石，"陈三五娘" 不仅长期在梨园界内外享有 "一出戏救活一个剧种" 的至高声誉，而且突破时空与媒介界限在港澳台地区、东南亚乃至日韩广泛传播，在 "闽南戏剧文化圈" 中产生了广泛而深远的影响。因此，在跨学科与交叉学科视域下进行 "陈三五娘" 爱情故事的传播研究，无疑具有重要的理论与实践价值。

从理论意义而言，首先，能够考镜源流、反本开新，开启地方传统戏曲的研究新视角。"陈三五娘"在"闽南戏剧文化圈"中的"变"与"不变"，不仅体现为海上丝绸之路沿线国家与地区在传统农业社会向现代工业社会、后现代消费社会历史转型的时代语境中，城市商品经济发展、海外交通贸易、政治社会沿革与传统地方戏曲的互文关系，而且能够以小见大测绘出全球化情境中区域文化的灿烂图景。其次，可以拓展戏曲文本研究的新内涵。作为异文众多的典型个案，"陈三五娘"在"闽南戏剧文化圈"中的传播研究，体现了戏曲史界在透析传统戏曲现代转型路径的同时，超越传统戏曲史的本质主义话语，在建构主义的跨学科交叉视域中丰富文化建设的新内涵。再次，能够在建设21世纪海上丝绸之路的大背景中，形成闽南戏曲研究之本土话语的新路径。比如从海外知名图书馆搜集而成的《荔镜记荔枝记四种》的出版刊行，既让原本流落域外之零散无章的戏曲史料，连缀起来以整体面貌呈现，又重新审视大量尘封已久的戏曲档案，从而为抢救与保护非物质文化遗产做出新的贡献。

就现实意义而论，发掘作为进入国家"非遗"名录的"陈三五娘"传说，不仅可以对地方戏曲生态进行"生产性保护"，促成非物质文化遗产保护发展的新模式，而且能够建构共有的历史文化记忆，并为"闽南戏剧文化圈"的战略构想提供材料依据。具体来说，"陈三五娘"故事在"闽南戏剧文化圈"内，特别是闽台戏曲文化核心区内的传播，提示了闽台之间的文化渊源，以及闽台地方文化与整个中华文化的部分与整体、个性与共性、支流与本源的辩证关系，表明地方文化是某一地区特定环境和特殊历史际遇下的产物，既是生态系统的一部分，又有属于自己的个性特征，并以特质丰富整体。正是这种同根与分叉的树形构造，使华夏文明拥有生生不息的生命活力。

最后，能够在全球本土化的时代语境中，提升闽南地区文化的软实力，构建和谐的文化生态。戏曲在特定文化圈或者不同文化圈当中的表演交流，隐喻传统与现代、内地与境外、东方与西方彼此他者化以实现自我认同，而对这一现象的深入把握，能够清晰呈现闽南文化所孕育的核心价值，从而为其在"一带一路"的国家战略下最终走向世界奠定基础。

上编

时空之维

上编小引 "真人真事"?

——"陈三五娘"故事的时空印迹

　　"陈三五娘"故事是广泛流传于闽台、潮汕、东南亚等地区的爱情故事，讲述了泉州书生陈三于潮州城邂逅近潮州佳人黄五娘，为实现美好自由爱情，五娘投荔示情，陈三破镜卖身，几经曲折，两人相携私奔。这个故事始于闽南民间传说，在很长时期里借由不同的传播体式——小说、戏曲、歌谣、俗曲唱本、电影等广为流传。在漫长的流播过程中经庶民大众的生发、文人学士的增饰，其故事情节不断发展丰富。由于编撰者的编创立场和思想倾向的不同，在后期故事的延展增饰中甚至出现截然不同的故事结局。或"始于离者终于合，始于困者终于亨"，写陈三五娘历经艰险终喜成眷属；或"非写得字字是血痕，终未极情之至"，写陈家被抄陈三五娘双双投井遗恨长存。无论何种结局，时至今日"陈三五娘"故事仍为闽粤台等地区百姓所津津乐道。

　　在漫长的流播过程中，随着故事样貌的日益生动化、具体化，故事接受者也越来越相信故事基型的真实性，不断在泉潮两地的传说或遗迹中求证。今潮州西郊有花园村，相传为五娘之父黄九郎府第蔚园所在。屋舍早已不存，旧址尚存一口古井，人称"五娘井"，相传五娘常于此井汲水浇花。附近有"五娘墩",传说系五娘梳妆观景之所。西郊还有一个地段名曰"楼下",传为五娘绣楼旧址。还有一条为纪念月老李公而命名的"李公街"。又传说,陈三与五娘私奔途中经过诏安一座山头,五娘不慎坠下簪花(三丹花),此后满山开遍三丹花,因而此山得名"坠花山"。此山附近有一条小溪,名为"胭脂溪"或"脂粉溪",传为五娘解帕洗手,误坠胭脂,染红了溪水沙石而得名。而泉州洛江一带同样有各种与"陈三五娘"故事相关的旧迹。洛江区双阳街道有水利堤坝"陈三坝",相传陈三回泉后任当地官吏,为解决水患问题率乡民修建而成。在洛江朋山岭上有座古庙"青阳室"(又称"清凉室"),传为陈三隐居读书之所。据相关资料记载,20世纪40年代这里曾出土一块墓碑,上刻"陈三墓志铭",详述陈三身世经历,轰动一时。凑巧的是,这附近还有一座"运使宫",据当地村民介绍,祭祀的就是曾任广南转运使的陈三之兄长陈伯贤及其夫人。洛江梧宅村内还有一座陈家妆楼和传为五娘投井所用的八角井。凡此种种,言之凿凿,有迹有证。所有遗迹似乎都反复证明"陈三五娘"故事的真实性。然而,细究"真实性"的诸多论据,我们不得不说,"真人真事之论"只是一些富有乡土情结的性情中人的美好臆断。

"真人真事论"的第一个立论根据是明代文言小说《荔镜传》中的两篇"实录":"陈必卿实录""王碧琚实录"。这两篇"实录"详细介绍了故事男女主人公的姓名、籍贯、家世、品貌等,其信息资料与明清戏文所涉基本一致。不少人因"实录"的名称,认定"陈三五娘"故事源于真人真事。实际上此"实录"并非真的实录。以"陈必卿实录"为例,据郑国权考证,查遍《泉州府志》也"没有'登景炎间进士'陈必贤(伯延)的名字,更无'西川(崖州)太守''广南运使'以及'潮州令'等名宦的片言只字……陈三显赫的家族及其人其事,于方志正史无据",① 由此可证这一故事原型并非真人真事。其实，小说开篇的两份"实录"，就其本质而言，类似于话本小说中的"入话"，主要借介绍男女主人公的基本情况，暗示故事的基本内容及人物关系。之所以称为"实录"，恐怕与文言小说史上广泛存在的实录观念有关。在文言小说史上，不少作品尽管内容非写实甚至离奇不经，却常表以真人实迹的样态，强调其纪实性与非虚构性。因此，此处的"实录"不能简单地顾名思义，将之理解为某人某事的"真实记录"。

　　"真人真事论"的第二个立论根据是曾经轰动一时的"陈三墓志铭"。墓志铭中有如下文字："吾邑世家子陈麟，字伯卿，行三，风流倜傥，工诗善文，无意仕进，时人称之。尝游潮邑，娶潮邑黄九郎之第五女碧琚为妻……元兵入泉，杀戮宋室臣僚，伯卿不甘受辱，与妻碧琚投井死。其兄运使，于归家路上，遥望家门起火，亦于朋山之顶，与妻吞金自尽。元兵入侵，举家殉焉。"② 据传该碑石是一农民在泉州朋山岭古庙"清凉室"附近无意掘出，后被土匪高维国磨光另作他用，其真实面貌我们无以考证。现传铭文是当时"清凉室"住持陈传秘诵记、文史学者许书纪抄录而得。铭文所记陈三五娘的身份、事迹与《荔镜传》中的"实录"相近，唯主人公的最终死因与小说戏曲所载有所不同。关于这篇墓志铭的可靠性，早在 20 世纪 80 年代，就有泉州文史专家，如陈泗东，提出质疑。他认为此篇墓志铭的表述语气，不像是为陈三立墓志铭，而似邑人为"清凉室"奉祀的陈三所写的碑文。而且立碑时间应为元朝至正十九年，也就是 1359 年。除了陈泗东提出的两点质疑外，郑国权又从修坝的经费、时间两方面论证了墓志铭中所提到的陈三修坝是不成立的。实际上，查阅《泉州府志》我们就知道"陈三

---

① 郑国权编撰：《荔镜奇缘古今谈》，中国戏剧出版社 2011 年版，第 26 页。
② 许书纪：《关于陈三墓志铭》，《泉州文史资料》1980 年第 2、3 辑合刊本。

坝"的名称实属张冠李戴。明万历刊本《泉州府志·舆地志·山川部》记载："县北四十一都曰爱育里,有留公陂。旧名丰谷陂,在谷口。宋右史留公元刚筑,纵六十步,衡一百三十尺,深视衡十之一,为斗门五,留氏庄在焉。堤埠高广,望之屹如长城,今俗呼'陈三坝'。"①"陈三坝"实为"留公陂",是南宋泉州名臣留元刚所筑。

"真人真事论"的第三个立论根据是清代潮州人郑昌时《韩江闻见录》中有"陈三诡计越娶黄五娘"的记录。在《韩江闻见录》的记载中陈三、五娘、林大皆有实人,只是故事没有小说戏曲中"荔镜情缘"的浪漫色彩,陈三纯粹就是个工于心计、事有所成的抢亲者。关于《韩江闻见录》中"陈三五娘"故事的可信度,台湾地区研究者林艳枝就从《韩江闻见录》的创作宗旨这一角度论述了作者"为先人释嫌的苦心"②。大概因为明清时期"陈三五娘"故事在潮粤等地广泛流传,林大纨绔恶俗的反面形象太深入人心,以致作为潮州人的郑昌时无法接受,就做了这么一篇破绽百出的翻案文章。

虽说陈三五娘并非真人真事,但作为一则广泛流传并得信于民间的爱情传说,其相关情节有一定的生活基础。历史上潮州与闽南、与泉州有难以割舍的渊源关系。唐代,潮州曾三度归属福建管辖,而潮州管辖范围则至今漳州以下各县;宋代,大量闽籍官员到潮州主政,促进了中原文化的传播和同为闽南语系的潮州话的形成;明代,作为中国东南沿海主要口岸的潮州和泉州,其经济和人员来往更为密切。可以说,陈三五娘私奔通婚的文化现象就是当时社会生活的艺术展现。故事中的男主人公我们无法也不应坐实为某人某事,但其原型与宋代陈洪进家族事迹

---

① (明)阳思谦修,徐敏学、吴维新纂:《万历重修泉州府志》(卷三),(台北)台湾学生书局1987年影印本,第185—186页。

② 林艳枝:《嘉靖本〈荔镜记〉研究》,硕士学位论文,(台北)中国文化大学,1989年,第28页。

却存在着若有若无的联系。据明代泉州人李光缙《景璧集》卷十六为陈愧泉夫妇所撰写的《墓志铭》，朋山陈氏始祖陈邕唐代进士出身，官至太子太傅，因与宰相李林甫不和，被谪入闽。至族人陈梓开始创业定居于泉州朋山岭玉泉乡。因陈梓曾任宋代转运使，一些专家学者认为陈梓就是故事中陈三兄长陈伯贤的原型。此外，另有专家学者结合《宋史》《泉州府志》及一些民间材料（如南安《美山尊王记录》），认为宋初闽南名臣陈洪进（陈梓的曾祖）实为陈三兄长的原型。不过此一论断明显受到清代小说《绣巾缘》的影响。事实上，文艺创作的魅力就在于想象虚构的活力。或许"陈三五娘"故事形成之初真的与陈洪进家族事迹有那么丝缕联系，但在长期流传过程中这一故事经历了无数村俗庶民、文人雅士的增饰提炼，其故事一方面展现了文艺创造变化的多种可能；另一方面也使其本事是否真实越加隐晦难寻。尽管泉、潮两地留存至今的诸多相似遗迹，无法直接证明"陈三五娘"故事的历史真实性，却有力地说明了两地百姓对"陈三五娘"故事的喜爱程度。

第一章 "陈三五娘" 戏曲刊本的纵向传承

第一节 明清戏曲刊本版本概况

目前所能见到的关于"陈三五娘"故事的最早文字记载是明代嘉靖丙寅年间刊刻的《荔镜记》。这一刊本末叶有一段告白:"重刊荔镜记戏文,计有一百五叶。因前本荔枝记字多差讹,曲文减少。今将潮泉二部,增入颜臣勾栏诗词北曲,校正重刊,以便骚人墨客闲中一览。名曰荔镜记。"① 由此可知,在明嘉靖之前"陈三五娘"故事就已广泛搬演于闽粤地区的戏曲舞台,并形成了"潮泉二部"。遗憾的是,虽经诸多前贤访查探究,还是未能准确还原"前本荔枝记"的真貌。

可以肯定的是,闽、粤两地的戏曲表演历史由来已久。从文献资料的记载,闽地戏曲表演最早可追溯到汉代余善在广业里教士卒作傀儡戏。到南宋,闽地优戏、傀儡戏更是盛行。著名诗人刘克庄在其诗文中

---

① 明代嘉靖丙寅刊本《荔镜记》,郑国权主编《荔镜记荔枝记四种》(第一种)影印,中国戏剧出版社 2010 年版,第 240 页。

多有描述，如《田舍即事十首》其九："儿女相携看市优，纵谈楚汉割鸿沟。山河不暇为渠惜，听到虞姬直是愁。"① 这首诗不仅交代了戏曲表演内容，还简单勾勒了当时的观演盛况与观众的情感反应。值得一提的是，由于闽南方言的独特性，闽地，以泉州为代表，其戏曲在发展过程中逐渐形成具有鲜明特点的声腔——泉腔戏曲。语言是声腔的基础，尽管我们难以准确描述泉腔戏曲的发展历史，却无法否认泉腔戏曲在方言、曲调上与传统的四大声腔（昆山腔、海盐腔、余姚腔、弋阳腔）及其他地方戏曲的差别。漳浦人蔡奭在《官音汇解释义》中就特别指出："做正音，唱官腔，做白字，唱泉腔，做潮调，唱潮腔。"可见，当时泉腔、潮腔和官腔是截然不同的。而演述"陈三五娘"故事的最早戏曲刊本《荔镜记》恰恰就是由"潮泉二部"整合而成的。现今流传下来的关于这个故事的明清戏曲刊本除了嘉靖本外，还有四本，依次为万历本、顺治本、道光本、光绪本。下面就各个版本的基本情况列表如下（见表1-1），并一一说明。

表1-1　　　　"陈三五娘"五种明清戏曲刊本版本简况

	嘉靖本	万历本	顺治本	道光本	光绪本
书题	重刊五色潮泉插科增入诗词北曲勾栏荔镜记戏文	新刻增补全像乡谈荔枝记	新刊时兴泉潮雅调陈伯卿荔枝记大全	陈伯卿新调绣像荔枝记全本	陈伯卿新调绣像荔枝记真本
刊刻年代	嘉靖丙寅年（1566）	万历辛巳岁冬月（1581）	顺治辛卯岁仲秋（1651）	道光辛卯年（1831）	光绪十年（1884）

---

① 北京大学古文献研究所编：《全宋诗》，北京大学出版社1998年版，第36284页。

	嘉靖本	万历本	顺治本	道光本	光绪本
作者	不著	潮州东月李氏编集	不著	不著	不著
刊行者	余氏新安堂	朱氏与耕堂梓行 书林南阳堂叶文桥绣梓	书林人文居梓行	见古所	三益堂发兑
版式行款	凡五十五出，不分卷。共一百零五页。每半页分三栏。上栏依次是《颜臣全部》《新增勾栏》《新增北曲正音》，每半页十四行，行五字。中栏是插图，插图两旁各有诗句两行，合为七言四句诗一首。下栏为正文，每半页十一行，行十六字，宾白小字双行。四周单栏，双鱼尾，下鱼尾下刻页码	凡四十七出，分四卷。共八十九页。每半页分两栏。上栏约占四分之一，为插图，两旁各有二到五不等字概述内文主要内容。下栏为正文，每半页十二行，行二十字。四周单栏，双鱼尾，上鱼尾下刻《全相荔枝记》及卷数，下鱼尾下刻页码	目录为五十七出，内文实为三十五出，不分卷。共七十二页。中附插图十帧。插图页分上下两栏，上图下文，每半页十行，行十七字，宾白小字双行。其余全栏，每半页十行，行三十字，宾白小字双行。四周单栏，单鱼尾，下刻《荔枝记》及页码	目录为五十一出，内文实为四十六出，不分卷。共六十四页（个别页码紊乱）。中附插图七帧。插图页分上下两栏，上图下文，每半页十一行，行十九字，宾白小字双行。其余全栏，每半页十一行，行三十一字，宾白小字双行。四周单栏，单鱼尾，鱼尾上刻《荔枝记全本》，下刻二字或三字出名	目录为五十一出，内文实为四十五出，不分卷。共八十三页。中附插图七帧。插图页分上下两栏，上图下文，每半页十行，行十七字，宾白小字双行。其余全栏，每半页十行，行二十六字，宾白小字双行。四周双栏，单鱼尾，上刻《荔枝记大全》，下刻页码

一 书题

关于书题，无论哪一个版本，都强调"重刊""新刻""新刊""新调"，试图在标题上显示出该本与其他书坊刻本或旧刻本的不同。不同时期不同书坊的争相传刻，可以印证"陈三五娘"故事长期以来在闽南地区受观众欢迎的程度。嘉靖本自告由"潮泉二部"合编而成，题目中还与众不同地凸显"戏文"二字。尽管对"戏文"这一概念目前学术界没有一个准确统一的界定，但多数人认为它是中国戏剧最早的成熟形式，用代言体的形式敷演长篇故事。考察嘉靖本《荔镜记》的体制特点，可以说，书题中"戏文"之名未尽失实。第一，"开场"不标出次，由副末用一阕词演述家门，概括主要剧情，存有南戏"副末开场"的古意。第二，在场次安排上，第二、三出男女主角悉数登场，与南戏体制一样。第三，在曲牌格律上，分"引子""过曲""尾声"，不仅"过曲"没有明分粗细，单支"引子""过曲"也能成为套数。所押韵脚都属方言俗韵，且平上去入四声可通押。总体来说，格律宽松、灵活更近南戏本色。第四，脚色体制上，虽标"五色"，实有生、旦、占、外、末、丑、净七类，各个脚色担任之职与南戏《张协状元》相似。不过，《荔镜记》刊刻于明嘉靖年间，此时正是南戏向传奇过渡转型的最后时期，《荔镜记》在体制状貌上又带有传奇的特点，故我们不能将这个作品归入纯粹的南戏范畴。书题"荔镜记戏文"将传奇常用书名称呼"记"与南戏标志性名号"戏文"糅合交叠，正显示了嘉靖本《荔镜记》所独有的因过渡而不纯粹的体制特点，这也奠定了这一版本在戏曲发展史上在考察南戏与传奇的血缘关系这一主题上的重要文献价值。万历本书题中则特地标署"乡谈"二字，以此凸显此本"潮腔"的鲜明地方特色。顺治本书题中最有意味的是"泉潮雅调"四字，相比于嘉靖本的"潮泉"二字，顺治本这一微调显示了以泉州为宗的基本立场。

二 刊刻年代

关于刊刻年代，五个刊本从明代中期一直延续到清代末年。漫长的300多年的历史岁月里，一部地方戏曲作品不断传刻，其艺术生命力不言而喻。就内容而言，五个刊本之间也不是简单的重刻再版关系，而是有所变化、有所增删，具有活态艺术不断传承变化的基本性质。

三 作者

关于作者，诸本只有万历本标明"潮州东月李氏编集"。戏曲向来不登大雅之堂，就连被誉为"一代文学"的元曲都遭遇"两朝史志与《四库》集部，均不著于录；后世硕儒，皆鄙弃不复道"①的命运，更别提流传范围不广的民间地方剧作。能署上编集者籍贯、姓氏已是不易。而这仅有的一点信息并不能给关于作者的考证带来多大的帮助，我们无以得知"潮州东月李氏"的具体生平资料。

四 刊行者

关于刊行者，嘉靖本于卷末告白明言"买者须认本堂余氏新安云耳"。据汉学家龙彼得教授收集稽考，在法国、英国、日本尚有三种明代万历藏本其刊行者与"新安堂"名号有关，分别是"新安余绍崖自新斋刊本""书林余幼山新安堂刊本""书林余苍泉新安堂刊本"，因刊行时间相近，刊物性质相似（同为民间通俗读物，其中还有一部《新刊韩朋十义记》同为戏曲刊本），龙彼得推论嘉靖本《荔镜记》的刊行者应与上述诸人有关，刊刻地点应是福建建阳。福建建阳余氏刻书由来已久，在中国刻书史上赫赫有名。它始于北宋，世代为业，连绵相沿，

---

① 王国维：《自序》，《宋元戏曲史》，东方出版社1996年版，第1页。

直至清初才逐渐衰落。

而万历本《荔枝记》卷一首题"书林南阳堂叶文桥绣梓,潮州东月李氏编集",卷二、卷四之首又署"闽建书林南阳堂叶文桥绣梓"。由此可知,"南阳堂"是福建建阳书坊,堂主是叶文桥。但此本书末另有牌记"万历辛巳岁冬月朱氏与耕堂梓行"。据龙彼得教授考证,朱氏与耕堂也是福建建阳书坊,堂主是朱仁斋。在古代刻书史上,版片易主是常有的事。目前,我们可以肯定的是万历本《荔枝记》曾由南阳堂与与耕堂两个书坊刊印过,但究竟孰先孰后不得而知。

顺治本的刊行者"人文居"因目前无其他旁证资料我们难究其实。不过从其倒转嘉靖本书题"潮泉"二字为"泉潮",而且刊本中标有【潮调】的曲词仅剩三支,其出于闽人之手的可能性极大。

道光本的刊行者是"见古所"。这一刊刻单位未见文献载录。笔者查阅了很多资料,发现一条与之相关的线索。福州大学西观楼藏书有一本刊刻于清道光年间的歌仔册,该书封面下端残缺,上端横书"道光辛卯年新镌",其下竖写书名,可惜书名只存留"新集"二字。书之首页有"绣像上大人歌,附刻新集录歌,泉城道口街见古堂书坊"字样。令人惊喜的是这里明确指出"见古堂"这一书坊位于泉州道口街。回顾福建刻书史,我们知道,清中后叶泉州刻书业很繁荣。泉州刻书业的发展得益于宋代理学家朱熹。朱熹曾于宋绍兴二十一年(1151)至泉州讲学,一洪姓子弟从其学习金石镌刻。洪姓子弟出师后初刻图章,后繁衍发展为木刻雕版,其子孙多继承祖业,聚居于涂门城外的田庵村。故泉州绝大多数刻工都出自田庵村。泉州的道口街则是清代书坊最为集中的区域,其中不乏辅仁堂、绮文居、郁文堂、尚志堂、会文堂、湖山草堂等一些有精本传世的书坊。虽说"见古所"与"见古堂"有一字之差,但两书刊刻年份相同,封面版式相同。而且,在古代刻书史上,民间书坊堂铺名称因某种特殊原因略有改动,比如书坊规模的变化或营销分点的设立等原因，改变书坊堂铺名称也是正常之事。福建连城四堡邹氏的"素位堂"与"素位山房"即为一例。至此，不妨推论："见古所"即"见古堂"，是清道光时期活跃于泉州道口街的一家民间书坊，主要刊刻具有地方特色的民间日常读物及通俗文学作品。当然，此一论断的最终确立还需新的文献证据的旁证。

光绪本的刊行者为"三益堂"，"三益堂"同样未见文献载录。不过此本在宣统辛亥（1911）曾由"泉郡绮文居"石印再版。后来在福建省梨园戏实验剧团资料室又找出一本钤有"许书纪家藏书"印章的光绪本《荔枝记》（许书纪，晋江安海人，曾为《陈三五娘》剧目的整理做出极大贡献）。这本"许书纪家藏书"，与法国施博尔博士所藏光绪本实为同一版本，但保存更为完好。

五　版式行款

从版式行款上看，五种刊本都有插图，都采用上图下文的版式，但插图数量随着时代推移而递减，文字逐渐取得主导地位。嘉靖本共有插图 208 幅，构图比较细腻，主要表现舞台表演场景，图版旁还有四句与剧情内容相关的诗句，这些插图与诗句配合得很好，传达了剧中人物各种特定的情感意绪。或许正如卷末告白所言，嘉靖本是"以便骚人墨客闲中一览"的案上本。万历本共有插图 175 幅，图版左右是一句榜题式的文字，用以概括图版内容，这些插图具有一定的连环图画的性质。到顺治本，插图数量锐减为 10 幅，而且图版旁无任何文字说明，这些插图作为版面装饰的意义更突出些。道光本与光绪本在插图数量与画面内容上如出一辙，插图与剧情内容虽有一定联系，但仅仅是版面点缀而已。从五种刊本插图数量与性质的变化来看，嘉靖本、万历本案上阅读欣赏的价值更大，而顺治本、道光本、光绪本更接近于舞台演出本。

以上我们从版本的角度对五种"陈三五娘"明清戏曲刊本做了简要介绍。可以看到，在明清三四百年的历史岁月里，五种刊本一脉相承，不断传刻，清晰地展现了"陈三五娘"故事发展演变的历史轨迹。

第二节　明清戏曲刊本比较研究

在漫长的历史岁月里，"陈三五娘"故事展现出令人赞叹的生命力，五种戏曲刊本一脉相承，不断衍化充实。如果我们细心比对各本的情节安排，会发现各个刊本在相似的情节框架下采用了各具特色的穿插、铺陈的叙述技巧。

表1-2　　　"陈三五娘"五种明清戏曲刊本情节对照

嘉靖本	万历本	顺治本		道光本（内文）	光绪本（内文）
		目录	内文		
1.（末脚开场）	（末脚开场）				
2. 辞亲赴任	1. 与兄饯行	1. 伯卿饯行	1. 送兄饯行	1. 送兄饯行	1. 送兄饯行
3. 花园游赏	2. 五娘赏春	2. 五娘赏花	2. 五娘赏春	2. 五娘赏春	2. 五娘赏春林大邀朋
	3. 金潘饯行				
4. 运使登途	4. 运使登途				
5. 邀朋赏灯	5. 邀朋赏灯	3. 林大邀朋	3. 林大邀朋	3. 林大邀朋	

续表

嘉靖本	万历本	顺治本 目录	顺治本 内文	道光本（内文）	光绪本（内文）
				4. 益春请李姐	3. 益春请李姐
6. 五娘赏灯	6. 五娘赏灯	4. 五娘看灯			
		5. 元宵奇逢	4. 五娘看灯	5. 元宵赏灯 士女斗歌	4. 元宵赏灯（士女答歌）
7. 灯下搭歌		6. 士女答歌			
8. 士女同游	7. 灯下答歌	7. 戏掞桥梭			
9. 林郎托媒				6. 林大托媒	5. 林大托媒
10. 驿丞伺接					
11. 李婆求亲	8. 李婆求亲			7. 黄门求亲	6. 黄门求亲
12. 辞兄归省					
13. 李婆送聘	9. 小七扫厅			8. 林门纳聘	7. 林门纳聘
	10. 李婆送聘	8. 黄门定聘			
		9. 五娘责媒	5. 打媒姨	9. 五娘责媒	8. 五娘责媒
14. 责媒退聘				10. 命婆训女	9. 命婆训女
	11. 训女就婚	10. 黄门训女		11. 训女就婚	10. 训女就婚
	12. 遇宿李公				
15. 五娘投井	13. 五娘投井	11. 五娘投井	6. 五娘投井	12. 五娘投井	11. 五娘投井
		12. 焚香拜月			

续表

嘉靖本	万历本	顺治本		道光本（内文）	光绪本（内文）
		目录	内文		
	14. 丈老扫堂 15. 五娘求签				
		13. 辞兄回潮		13. 别兄回潮	12. 别兄回潮
				14. 遇歇李公	13. 遇歇李公
16. 伯卿游马	14. 伯卿游街		7. 伯卿游街	15. 伯卿游街偶挨荔枝	14. 伯卿游街
17. 登楼抛荔	15. 登楼抛荔	15. 偶挨荔枝			
18. 陈三学磨镜	16. 求艺李公	16. 求艺李公	8. 见李公	16. 求艺李公	15. 求艺李公
19. 打破宝镜	17. 打破宝镜	17. 伯卿磨镜	9. 伯卿磨镜	17. 伯卿磨镜设计为奴	16. 伯卿磨镜设计为奴
		18. 诈寓为奴			
20. 祝告嫦娥					
21. 陈三扫厅	18. 陈三扫厅	19. 伯卿扫厝	10. 伯卿扫厝	18. 伯卿扫厝	17. 伯卿扫厝
		20. 求计益春			
22. 梳妆意懒	19. 代捧盆水	21. 代捧盆水	11. 代捧盆水	19. 代捧盆水	18. 代捧盆水
		22. 伯卿被斥			
23. 求计达情					
		23. 五娘梳妆	12. 五娘梳妆	20. 五娘赏花	19. 五娘赏花
24. 园内花开	20. 花园相会	24. 对月自叹	13. 月下自叹	21. 月下自叹	20. 月下自叹
		25. 花园赏月			
		26. 托花譬喻			

续表

嘉靖本	万历本	顺治本		道光本 （内文）	光绪本 （内文）
		目录	内文		
25. 陈三得病	21. 陈三得病				
	22. 安童寻主	27. 安童寻三爹	14. 安童寻三爹 益春留伞	22. 安童寻主	21. 安童寻主
	23. 益春留伞	28. 益春留伞		23. 益春留伞	22. 益春留伞
		29. 托春传书			
26. 五娘 刺绣	24. 五娘 刺绣	30. 巧绣孤鸾	15. 巧绣孤鸾	24. 刺绣孤鸾 五娘私约	23. 刺绣孤鸾 五娘私约
		31. 见书责春			
		32. 执荔私约			
	25. 林大催亲	33. 林大催亲	16. 林大催亲	25. 林大催亲	24. 林大催亲
27. 益春退约	26. 益春退约	34. 益春退约	17. 益春退约	26. 益春退约	25. 益春退约
28. 再约佳期	27. 再约佳期				
		35. 伯卿待月			
29. 鸾凤和同	28. 鸾凤和同	36. 私会佳期	18. 私会佳期	27. 私会佳期	26. 私会佳期
		37. 益春送花	19. 益春送花	28. 益春送花	27. 益春送花
30. 林大催亲					
31. 李婆催亲	29. 李婆催亲				
32. 赤水收租		38. 上庄收租	20. 上庄收租	29. 上庄收租	28. 上庄收租
		39. 推病回家			

续表

嘉靖本	万历本	顺治本		道光本（内文）	光绪本（内文）
		目录	内文		
33. 计议归宁	30. 设计私奔	40. 三人私奔	21. 设计私奔	30. 设计私奔	29. 设计私奔
	31. 三人私奔				
34. 走到花园	32. 走到花园				
	33. 途中叙情				
35. 闺房寻女	34. 闺房寻女	41. 阿妈寻女	22. 阿妈寻五娘	31. 阿妈寻五娘	30. 阿妈寻五娘
36. 途遇小七		42. 赶回阿公	23. 小七报阿公	32. 小七报亚公	31. 小七报亚公
37. 登门逼婚	35. 黄门讨亲	43. 黄门讨亲		33. 林门讨亲	32. 林门讨亲
38. 词告知州	36. 林大告状	44. 林大告状	24. 林大告状	34. 林大告状	33. 林大告状
39. 渡过溪州	37. 渡过溪州	45. 渡过溪州			
40. 公人过渡					
41. 旅馆叙情					
42. 灵山说誓					
43. 途中遇捉	38. 公差捉拿	46. 差拿奸情	25. 公差拘拿	35. 公差拘拿	34. 公差拘拿
44. 知州判词	39. 知州审判	47. 审问奸情	26. 审奸情	36. 鞫审奸情	35. 鞫审奸情
45. 收监送饭	40. 五娘探牢	48. 五娘探牢	27. 五娘探牢	37. 五娘探牢	36. 五娘探牢
46. 叙别发配	41. 叙别发配		28. 起解崖州	38. 起解崖州	37. 起解崖州
		49. 发配崖州	29. 发配崖州	39. 发配崖州	38. 发配崖州
	42. 陈三自叹	50. 途中自叹			

续表

| 嘉靖本 | 万历本 | 顺治本 | | 道光本（内文） | 光绪本（内文） |
		目录	内文		
47. 敕陞都堂					
48. 忆情自叹	43. 遣仆递书	51. 遣仆递书	30. 遣送封书	40. 遣送封书	39. 遣送封书
49. 途遇佳音	44. 途遇佳音	52. 途遇家仆	31. 小七送书见三爹	41. 小七送书见三爹 42. 途遇家童	40. 小七送书见三爹 途遇家童
50. 小七递简	45. 小七递简				
51. 驿递遇兄	46. 驿递遇兄	53. 见兄貌嫂	32. 遇兄升迁	43. 遇兄荣归	41. 遇兄荣归
		54. 五娘思君	33. 五娘思君	44. 五娘思君	42. 五娘思君
52. 问革知州		55. 提革知州	34. 提革知州	45. 提革知州	43. 提革知州
53. 再续姻亲	47. 合家团圆	56. 送聘黄门		46. 送聘成亲	44. 送聘成亲
54. 衣锦回乡		57. 荣归团圆	35. 成亲团圆		
55. 合家团圆				47. 合家团圆	45. 合家团圆

一　嘉靖本

　　嘉靖本共 55 出，除第一出外，每一出都标有出次、出名。从内文演述内容上看，是五个古刊本中出目最多的。但它头绪清晰，结构布局不臃肿拖沓。在关目设计上甚为细密。第一出仿南戏规制，由副末开场简介故事梗概。第二、三出男女主人公分别登场亮相。在男女主人公的初识上，编撰者颇费苦心，设计了"士女同游"一出。在"灯烧陆海、人踏春阳"的热闹元宵节里，女主人公步出深闺游赏街头，偶遇送兄上任途经潮州的男主人公陈三，双方一见钟情。五娘吟唱"好天时，好月色，实是清气。好人物，好打扮，宫娥无二。鳌山上神仙景致，香车宝马来往都佃。王孙士女都同游嬉，可惜今暝灯光月圆人未团圆"①。从此念念不忘灯下郎君；而陈三得知五娘身份后，不由得感叹"袂得近伊兜，力拙恩爱全头共伊细说。星稀灯疏更漏短，转去伤心共谁说"②。以致到了哥嫂任所还"暝日着伊割吊"。这一面之缘使男女主人公在追求幸福婚姻的路上有了一个明确的奋斗目标，也使接下来关键的一出戏"登楼抛荔"不会显得过于盲目冲动。面对鲁莽粗俗的林大的求亲，五娘一反平日温顺守礼的作风，竟泼辣愤激地责媒退聘，大胆宣称："富贵由天""婚姻由己"③"女嫁男婚，莫论高低"④。在以死抗争不得的情况下，五娘苦盼"灯下郎君，早来见面"。于是"登楼抛荔"一出中，"恰即得桃忆着伊，忽然楼上看见（ヒヒ），春心惹动先有意"⑤。五娘看见了"灯下郎君"，果决地将裹着手帕的荔枝抛出去，迈出追求自由幸福婚姻生活的关键一步。而拾得信物的陈三因无法接近"伊人"而"闷如江海"，"恨不生翼飞入伊房内，结托恩爱"⑥，于是向同乡李公求计。恰巧益春奉命来请李公磨镜，陈三灵机一动借机进入黄府。为进一步接近五娘，陈三不惜破镜典身，放下官宦子弟的身架为人奴仆。此后陈三多次诉说衷肠，可惜五娘深藏不露，若即若离。其间安童来访劝主返乡，陈三拒绝。这一细节描写一方面表现了陈三的痴情，另一方

---

① 明代嘉靖丙寅刊本《荔镜记》，郑国权主编《荔镜记荔枝记四种》（第一种）影印，中国戏剧出版社 2010 年版，第 52 页。

② 同上书，第 53 页。

③ 同上书，第 67 页。

④ 同上书，第 74 页。

⑤ 同上书，第 85 页。

⑥ 同上书，第 86 页。

面让益春确证了陈三的真实身份，全力推动二人的爱情发展。后来在"林大催亲"的刺激下，陈黄二人大胆决定私奔泉州。可惜，天不遂人愿，一番奔波后陈三、五娘还是被官府抓回，陈三被发配崖州。幸运的是，发配路上"驿递遇兄"，陈三得救，与五娘再续姻缘，并衣锦还乡、合家团圆。整部戏情节曲折但主线鲜明，以抛荔、破镜分别为女主人公、男主人公的核心行动，浓墨重彩地刻画了一对青年男女大胆冲破礼教束缚、执着追求婚姻自由的曲折经历。整部戏依循南戏惯例，以生、旦、占（贴）、末、净、丑、外七种脚色搬演全剧，脚色分布较为匀称，同时注意冷热场的合理穿插安排，是一部既适于案头阅读，又便于场上搬演的戏剧。

二　万历本

万历本共47出，有出次无出名。文中原标有两个第十五出，实际上第十四出"丈老扫堂"与第十五出"五娘求签"应合并为一出。相比于嘉靖本，万历本在情节内容上有所增删调整。万历本也以末开场概述剧情大意，但不列为第一出，而将生的冲场戏作为第一出。其次，增加了"金潘钱行""遇宿李公""丈老扫堂""五娘求签""益春留伞""途中叙情""陈三自叹"这七出内容，减少了"士女同游""驿丞伺接""辞兄归省""祝告嫦娥""求计达情""公人过渡""旅馆叙情""灵山说誓""敕陛都堂""问革知州""衣锦回乡"这些内容。除此之外，将"林大托媒"合并到"灯下答歌"一出，将"伯卿游马"归到"遇宿李公"，将"林大催亲"提前至"益春退约"，而"赤水收租"仅在"李婆催亲""三人私奔"两出中略提。又从"陈三得病"一出中离析出"安童寻主"一出。

可以说，万历本的这些变化利弊并存。其中最核心的改变就是增加了"丈老扫堂""五娘求签"两出。实际上，"丈老扫堂"与"五娘求签"应合并为一出。一则"丈老扫堂"仅丈老上场念个开场白加两句诗，简略得不成为一出戏；二则"五娘求签"与"丈老解签"两出内容一以贯之。三则目次上两个十五出重复出现，显然是编集者笔误。因此这两出应合而为一。而万历本不少出目情节的增删皆源于此。此出写五娘因不满林门之亲投井未成转而求签问神。丈老为其解签预言："六月初六，有一骑马官人，在许楼下站，对伊人结亲成"，"到尾官司口舌是定"①。此一关目不仅预告往后情节的发展方向，而且将陈三五娘的情缘归于命定，落入了传统的姻缘天定的爱情俗套。为此，万历本删去了"士女同游"这一生动描绘男女主人公一见倾心的关键一出。嘉靖本中，在元宵这么一个"金吾不禁"、花灯锦簇的美好夜晚，陈三、五娘一见钟情，彼此心里埋下了爱情的种子。之后投井不成的五娘念念不忘"灯下官人"，这才有"祝告嫦娥"一出。万历本却删去这关键两出，将陈三五娘首次见面延至"登楼抛荔"，写五娘在灵签的启示下，六月初六结彩楼，断然却又贸然地将荔枝抛给马上郎君——陈三。当然，剧本中为了让陈三五娘的偶遇显得更合理一些，增加了"遇宿李公"一出，交代了陈三于六月初六骑马赏夏的缘由。在万历本中，姻缘既是天定，五娘确定陈三身份后与其私奔，自然就没有嘉靖本中"旅馆叙情""灵山说誓"的担忧与犹豫。不过万历本"益春留伞"一出戏的增加很精彩。陈三典身为奴只为亲近五娘，却一再被冷落，苦恋无果的陈三相思成病。此时恰逢"安童寻主"，触动了陈三的乡思，他决意转归乡里。这是整部戏的一大转折，剧中三个重要人物的心理在这出戏里都经受了考验，推动故事情节一步步走向"私奔"的高潮。陈三，一个为爱情抛弃一切却始终见不到希望的追求者，苦闷无奈不免萌生退

---

① 明代万历刊本《荔枝记》，饶宗颐、龙彼得主编《新刻增补全像乡谈荔枝记》影印，（台北）新文丰出版公司1999年版，第40页。

意。益春，一个有心相助却两头不讨好的中间者，焦急劝留中尽显聪慧热心。五娘，一个渴望自由爱情、内心却谨慎脆弱的被追求者，在患得患失中心意渐坚。在这出戏中，人物情感变化细腻真实，场上表演扣人心弦，尤其是增加贴的戏份，使生贴之间的周旋成为别具一格的、表演性极强的一出戏。在之后的流传中，《益春留伞》遂成为这个故事的一出招牌戏。从增加的出目看，"金潘钱行"实属多余，作为陪衬性人物的金潘二人在戏中出现仅此一次，既无益于情节的进展，又增加了脚色的负担。从删减的出目看，大量删减戏中次要角色"陈运使"的戏份，让作品集中围绕陈三五娘爱情故事展开。除此之外，万历本在关目设置上还有一个很有意味的细小改变。嘉靖本写陈三、五娘在潮州黄府完婚后，"夫妻相随返乡里"，一家人于泉州大团圆。万历本则改为陈三获释后到黄府与五娘相聚，第二日陈三兄长等人也到黄府叙亲道喜，一家团圆。将故事的终结地改为潮州，可见万历本编集者以潮州为本位的地域意识。不过，在脚色安排上，万历本有一明显不足。除生、旦外，其他脚色安排较混乱，如黄九郎时称"外"时称"公"；陈运使时称"外"时称"使"，剧中屡屡有以人物姓名或身份代替脚色类型的情况，可见编集者的脚色体制意识不强。

三　顺治本

顺治本目录有57出，但内文只有35出。从目录数量上看还略多于嘉靖本，但其故事内容与嘉靖本相近，甚至在主要情节关目上比嘉靖本还简略些。这主要是因为顺治本大量删减戏中配角的主戏。比如，陈运使的主戏仅剩"提革知州"一出，李婆的主戏仅剩"黄门定聘"一出，就连戏中二号男主角林大的主戏也仅剩"林大邀朋""林大催亲""林大告状"三出。从总目看，其出目数量之所以多，就在于反复细致地叙写男女主人公的主戏，尤其是他们的对手戏。比如嘉靖本中的"打破宝镜"一出在顺治本中细分为"伯卿磨镜""诈寓为奴"两出；"梳妆意懒"细分为"代捧盆水""伯卿被斥"两出。实际上，这样的分解有时并不符合戏剧舞台的表演要求。比如总目中第二十四出、第二十五出、第二十六出，戏剧场景同为黄府后花园，人物同为五娘、陈三、益春，若分解为三出，人物频繁上下场，只会造成脚色表演的负担，并影响戏剧冲突的展开。在这一点上，顺治本内文有所调整。它往往将总目中出场人物相同、情节内容相关的出目合并在一起。有时内文一出就包含目录中两出到四出的情节。比如上述第二十四、第二十五、第二十六出三出就合并为"月下自叹"一出。总体来说，内文基本上以戏剧场景的变化作为分出的依据，这样既便于舞台表演，又大大削减了演出时间。所以内文应是舞台演出节略本。

仔细检视顺治本内容，可以发现除了删减戏中配角的主戏外，还删除了"陈三得病"及两人私奔逃亡的相关情节，但增加了三个情节。第一，"元宵奇逢"中"拾扇"一节。写陈三向李婆索取遗落的扇子，这为陈三五娘的首次见面提供了富有情致的理由和足够的时间，后来灯下相逢彼此之间的属意也显得更加自然细腻。第二，与其他版本相比，顺治本留存独有的"戏捸桥梭"一出。这一方面展现了潮州元宵佳节独特的"石捸桥梭"的民间习俗，另一方面李婆的戏侃恰恰道出五娘心底思春的情愫。第三，增加了"益春送花"一出。这是陈三、益春调情私合的一出戏。嘉靖本中在陈三五娘爱情发展道路上益春功不可没，但她始终是陈三五娘爱情生活的局外人。尽管第二十八出"再约佳期"演述陈三对益春的多方挑逗，但在益春的严词拒绝下陈三赔笑道歉。这既保全了陈三的情痴形象，又刻画了益春纯洁刚正的性格特点，使剧中人物性格突出而鲜明。万历本增加了益春的戏份，"益春留伞"一出集中表现了益春穿针引线、推波助澜的作用。到顺治本，又增加了"益春送花"一出，使益春彻底成为这个爱情故事的当事者。此出写陈三五娘私合后，陈三"惜花连枝惜"与益春大胆调情。被五娘撞破后，陈三以"爱卜三人同一心，相随不甘放离"[1]为借口说服五娘，五娘竟欣然同意并帮忙说服益春与之私合。也许，我们对此情节安排嗤之以鼻，但编剧者自有用心。益春是五娘的贴身丫鬟，在古代封建社会中，大户人家小姐出嫁时基本上都会让自己的贴身丫鬟陪嫁。这一"陪嫁"往往不仅"陪"小姐，还要"陪"姑爷。陈三、益春私合的情节不违反当时人们的道德观念。从顺治本通俗浅白的语言风格及篇章中诸多的戏谑鄙俗的插科打诨场面看，其演出接受对象主要是下层平民百姓。故事中陈三风流倜傥有情有义、五娘雍容华丽不嫉不妒、益春聪慧善良有礼有节，三人同心同合，如此的情节安排恰恰迎合了那些渴望娶妻养妾又不能实现的下层市井观众的意淫心理。这一点我们从顺治本陈三上场词中可以得到印证。"府地仔儿，论富贵是实无比。贪花月无心求名利，专爱得桃游戏……荣华富贵非吾愿，偷闲花月却相欢。"[2] 在此陈三反复强调的是"花月"之情。顺治本改编者似乎更热衷于在观众面前展现生、旦、贴三者带有艳情色彩的情感发展过程。相比而言，我们不得不说，顺治本些许情节的增删已经影响了作品的思想倾向。另外，顺治本在脚色安排上还有一个特别之处，即生脚除了扮演男主人公陈伯卿外，还在第三十六出兼扮库吏、丞差这两个跑龙套形象，一反南戏脚色惯例。

四 道光本

道光本目录共 51 出，内文实为 46 出。只有出名不标出次，目录与内文出目名称略有差别，如第三十出，目录为"三人私奔"，内文改为

---

[1] 清代顺治辛卯刊本《荔枝记》，郑国权主编《荔镜记荔枝记四种》（第二种）影印，中国戏剧出版社 2010 年版，第 108 页。

[2] 同上书，第 7 页。

"设计私奔";第三十三出,目录为"黄门讨亲",内文改为"林门讨亲"。另外,内文有五处将目录中内容相关的两出合并为一出,如"元宵赏灯""士女斗歌"在目录中是前后相连的两出,内文则将之合并为一出。所以,虽然目录有五十一出,内文只有四十六出,但实际上内文与目录在内容上并无不同。仔细对照道光本与顺治本,会发现从情节关目到唱词道白两本都极为相似,只是在个别枝节上略有差别。其差别在于三点。第一,将顺治本内文省略的一些配角的主戏重新补充进来。比如"林大托媒""黄门求亲"两出。这让情节进程更为明了完整,而且适当穿插让各种脚色轮流上场减轻了主角的演出压力。第二,增加了此前诸本皆无的"益春请李姐"一出。将顺治本中的李婆邀五娘改为五娘遣益春邀李婆,这让五娘的赏灯之行由被动转为主动,突出了五娘积极大方的性格因素。同时增加了益春的戏份,在结构上又能和"林大邀朋"相呼应。第三,增加了"命婆训女"一出。此出极为简短,纯粹是外、末的过场戏,且与下出"训女就婚"在内容上相连属,实无独立成戏的必要。总体来说,道光本应是在顺治本的基础上改撰而成的舞台演出本。

五 光绪本

光绪本目录共 51 出,内文则为 45 出。全本与道光本如出一辙。比如,其内文也合并了目录中少数情节,甚至于道光本目录出名与内文出名的细小差异也为光绪本所继承。在出目上,两本的差别仅在于光绪本将"五娘赏春"和"林大邀朋"合为一出。但检视光绪本内文,此出中几个主要人物各有上下场,实为两出规制。合并为一出应当是编撰者无意的笔误。而且,光绪本与道光本在唱词话白与角色安排上几乎一样,差别在于光绪本用了更多的繁体字。甚至于两本的插图数量、内容也完全一致。试比较下列两支曲文:

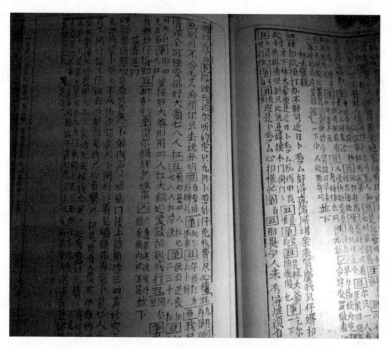

图1-1 道光本《荔枝记》内文第二十五出

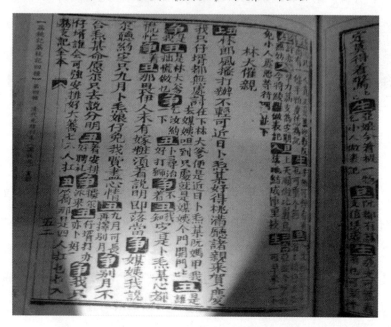

图1-2 光绪本《荔枝记》第二十四出

这是"林大催亲"一出的部分曲文。显而易见,两支曲文内容几乎一模一样。更值得注意的是,道光本此出开头将扮演林大的脚色"净"误写为"丑",这一细微失误居然也被光绪本所承传!可以说,光绪本与道光本是同一原本在不同时代由不同刊刻单位刊印的舞台演出本。

以上我们简略梳理了"陈三五娘"五种明清戏曲刊本的情节流变过程。可以看出各本出目不尽相同,但主要情节基本一致,大致遵循这样一个故事模式:陈三饯行→五娘赏春→林大邀朋→元宵赏灯→林家求亲→五娘责媒→五娘投井→游街抛荔→求艺李公→伯卿磨镜→伯卿扫厝→代捧盆水→园内示爱→五娘刺绣→益春退约→私会佳期→三人私奔→林大告官→公差捉拿→审问奸情→发配崖州→遣仆递书→驿递遇兄→成亲团圆。这一故事基型由嘉靖本肇始,之后各本稍有变化,各有用意。其中变化最大的当数益春的戏。从万历本增加"益春留伞",到顺治本的"益春送花",再到道光本的"益春请李姐",益春的戏份越来越多,乃至与生、旦两角的戏份不相上下,而且益春由生旦爱情故事的局外人逐渐变为微妙三角恋的当事者。这种变化的根源在于益春聪慧热心的形象越来越得到下层观众的喜爱,下层观众乐意看到二女共侍一男的大团圆结局。与情节的变化相呼应,戏中人物性格亦有所变化。最突出的当数陈三。嘉靖本的陈三是一个对爱情坚定执着且有勇有谋的情痴形象,万历本基本维持其情痴形象,但少了嘉靖本的陈三的一份担当与韧性。到顺治本、道光本、光绪本,陈三则是一个贪花月、爱游乐的公子哥儿形象,执着却不专情。同样地,各本所展现的思想高度也有递减趋势。嘉靖本宣扬的是富有叛逆色彩的追求婚姻自由的时代精神。万历本传达的是婚姻天定大胆追求终有事成之时的思想。而顺治本、道光本、光绪本可以说是一部才子佳人苦尽甘来的男女风情戏。

综上,无论是情节设置、脚色安排还是形象塑造,相较于其他四本，嘉靖本显得更为连贯纯粹。这连贯纯粹可能源于文人之手的加工润色。在嘉靖本卷末告白中，刊印者明确指出此本为合编本，其目的是"以便骚人墨客闲中一览"，案头览阅的性质昭昭在目。而其余四本，尤其是顺治本以下三本显然是供场上搬演的演出本。而且在现存五种刊本中，甚至包括嘉靖本的前身——"前本荔枝记"，戏文正名皆为"荔枝记"，唯有嘉靖本另拈出一"镜"字，提示与荔枝相对应的另一情节主线。鉴于上述，可以说在"陈三五娘"故事现存的五种明清戏曲刊本中，肇始意义最突出、文人意味最浓厚的还数嘉靖本《荔镜记》。

第三节　嘉靖本《荔镜记》的互文研究

嘉靖本《荔镜记》既编撰于南戏向传奇演进的关键期——嘉靖年间，又得下层文人之沾溉，其承上启下、主俗涉雅的特点很突出。如果我们做个细心的读者，会发现刊本中有不少唱词、道白或表演场面似曾相识，关涉诸多前代戏曲剧目。在此，我们拟借用西方文论家提出的"互文性"理论对嘉靖本《荔镜记》进行全面解读，展现《荔镜记》（含上栏内容）与所涉戏曲剧目的互文关系，进而在一个开放广阔的文本体系中确定《荔镜记》的价值与地位。"互文性"的概念最早是由法国符号学家朱丽娅·克里斯蒂娃提出的，她认为"任何作品的文本都是像许多行文的镶嵌品那样构成的，任何文本都是其他文本的吸收和转化"①。换言之，每一个文本都是其他文本的镜子，每一个文本都是对其他文本的吸收与转化，它们互为镜像，相互参照，彼此牵连，形成一个潜力无限的开放网络。可以说，"互文性"理论不再孤立地驻足于文

---

① 朱立元主编：《现代西方美学史》，上海文艺出版社1993年版，第947页。

本内部，而是把文学作品置于一个广阔的空间坐标上予以考量，力图挖掘不同文本之间显性或隐性的联系，强调文本与文化的表意实践之间的关系，这大大拓展了文学研究的视野。

嘉靖本全本凡55出，共105页。每半页分三栏。上栏第1页至64页为"颜臣全部"，第65页至第79页为"新增勾栏"，第80页至105页为"新增北曲正音"。中栏是插图及四句配诗，下栏才是戏文正文。历来，研究者往往忽视上栏增入的内容，更多地着力于下栏正文的研究。偶有几位有识之士关注上栏内容，也只是强调其不容忽视的戏曲史料价值。然而，仔细阅读上栏内容，我们会发现嘉靖本《荔镜记》上栏内容与下栏正文存在着颇为微妙的互文关系。

明万历之前刊刻的戏曲版画在图版形式上一般采用上图下文或单面式整版插图两种形式。嘉靖本《荔镜记》采用的就是上图下文形式，不过与其他现存上图下文戏曲版画有所不同，嘉靖本《荔镜记》版面实际上分为三栏。如果仅仅只是为了提示戏剧内容引起读者阅读兴趣，上图下文的两栏形式已经可以实现此一目的。刊刻者却额外增加一栏，加入一些和正文看似毫无关系的"勾栏诗词北曲"，使得整个刊本版片增多而内容驳杂。这看似吃力不讨好的做法为何还为刊印者津津自得呢？事实上，这大杂烩般的上栏内容颇有玄机。

《颜臣全部》，据龙彼得教授研究，其事与南宋罗烨《新编醉翁谈录》乙集卷一"烟粉欢合"部的"静女私通陈彦臣，宪台王纲中花判"相近。按《新编醉翁谈录》，此故事写延平郡女子连静女博学多才，因家境萧条议婚不成。邻居秀才陈彦臣慕静女之才，托媒求婚被拒。但两人暗生情愫常私下幽会。后连母有所发觉，看管益严。一日，彦臣夜闯静女闺房叙情，被连母抓个现行，扭送官府问罪。主政的福建宪台王纲中惜二人之才，最终促成二人婚事。

在嘉靖本上栏中，《颜臣全部》全为唱词，总共110个唱段，有的唱段显系不同脚色的对唱。不过当中无科白、无宫调，但有曲牌，110段唱词共使用了61个曲牌。"从其中使用的流行于明宣德至弘治年间的【锁南枝】【傍妆台】和流行于正德年间的【耍孩儿】【驻云飞】等曲牌来看，此剧最晚也晚不过明正德年间。但由于其中有不少曲牌系南北合腔（有一曲牌甚至标明【北小上楼】），且有20多首曲词前有不规则的'合'字出现（个别曲词还出现腹部帮合），又表明它还保留了早期南戏演唱中常出现帮合的原始面貌，因此，很可能是一部佚失很久连剧目都未见著录的早期南戏。"① 幸运的是，这部未见著录的早期南戏在刊刻于1604年的明刊闽南戏曲选集《满天春》中又留下了它的印迹。《满天春》中收有【黑麻序】【望吾乡】等数支曲子，曲词与《颜臣全部》几无二样。所以，至少我们可以说《颜臣全部》这个戏在正德到万历年间广泛流传于闽南地区。如今我们从嘉靖本上栏刊汇的110段唱词中依稀可以追索它的基本故事情节。泉州戏曲研究社郑国权经过比较发现其与《新编醉翁谈录》中的"静女私通陈彦臣"在具体情节上有三点不同。② 第一，相比于《新编醉翁谈录》中受赂而行的"邻居之妇"，《颜臣全部》中有一位热心大胆的婢女秋兰，正是她的鼓励和帮助，静娘、彦臣才得以实现私情。第二，在《新编醉翁谈录》中，两人再次幽会时因过于忘情而被连母捉获并扭送官府。在《颜臣全部》则是"三人一齐去应举"，中途被抓回，"因犯着私情，弄到官府"。第三，《新编醉翁谈录》中故事的结局是主事的福建宪台王纲中惜二人才华成其好事。《颜臣全部》到三人被投入牢房就戛然而止。我们仔细阅读这两部作品，发现《颜臣全部》还有一点与《新编醉翁谈录》不同。据《颜臣全部》多处唱词可知，男女主人公其实早有婚约，只是静娘

---

① 彭飞：《新发现的宋元南戏——〈颜臣〉》，《上海戏剧》1990年第1期。
② 郑国权编著：《泉州明清戏曲与方言》，中国戏剧出版社2001年版，第26—27页。

母亲嫌弃"门户可不相阵","坚心不肯"。① 比照古典戏曲小说惯有的情节模式,这一特定的人物关系可能意味着《颜臣全部》最终的大团圆结局。但为什么嘉靖本刊印者不考虑故事情节的完整性而给读者留下了一个结局的悬念呢? 个中原因我们难以穷究。从《颜臣全部》的刊载内容上看,只载曲牌曲词,不刊宾白、科介、脚色等剧本要素。刊印者案头品赏曲词的编选意图较明显,所以不会强调故事情节的完整性与连贯性。

另外,《颜臣全部》还有几个细节值得注意。戏中也有元宵游赏(【疏影】【绛降春序】【赏宫花】【本序急】)等唱段、绣楼诉情(【黑麻序】)的情节,而且男女主人公也有一信物:手帕。只不过这手帕是男主人公留给女主人公做表记的。在【黑麻序】中还有一句唱词:"便做砖团石部挨伊,伊子创说是荔枝青梅。"② 这是婢女秋兰对为爱而苦闷痴狂的陈彦臣的嘲讽,说他是"无神个着鬼迷,听声又望影",即使扔给他砖头石块,他都能错以为是"荔枝青梅"类的定情信物。由此可知,以"荔枝青梅"作为男女私合定情信物的做法早已有之,甚至颇入人心,否则编剧者岂能让婢女秋兰随口道来?

综上,我们可以看出在情节构设上《荔镜记》与《颜臣全部》颇为相似:男女主人公相思相恋却咫尺天涯,在热心婢女的帮助下合其私情,后主仆三人一同出逃,历经磨难,男女主人公终成眷属(《颜臣全部》最终结局未知)。不仅如此,《荔镜记》有些曲词与《颜臣全部》也高度神似。如以下两例。

例一:

【傍妆台】(静娘) 对镜台,平坦 (贫惰) 梳妆抹粉共挨眉。……

---

① 郑国权编著:《泉州明清戏曲与方言》,中国戏剧出版社 2001 年版,第 55 页。
② 同上书,第 44 页。

忆着阮有情人，暝日只处挂心怀。伊在东，我在西，落得相思可利害。（秋兰）简力即话说乞娘知，宽心万万且等待。莫得发业畏成病，莫得苦切流目滓。……简劝娘且冷（忍）耐，缘分终久有日来。①

【傍妆台】［旦］镜在台中，头髻欺斜懒梳妆。照见我双目瞤，照见我颜色瘦青黄。忆着马上郎，未知伊今值一方？我只处，长目瞤，拙时为伊割吊，菱花镜无心去瞤。［占］检妆待简愁卜正，娘仔强企捍身命。……简劝娘心把定，缘分终久有日成。……②

例二：

【梧桐树】（陈彦臣）楼门双扇关，不见人声说。恨我无翼通飞，飞入楼中去，虽然铁打心肠也着软，在当得我只面皮厚，便致海角天涯，步步卜来共恁相随缀。③

【金钱花】（陈三）……伊今关门落楼去，惹得我闷如江海。恨不生翼飞入伊房内，结托恩爱。许时节，即趁我心怀。④

第一例，不仅曲牌相同，曲意基本一致，就连句中关键词都高度相似。第二例，尽管曲牌不同，但曲词、曲意基本一致。看来，嘉靖本刊印者在上栏增入《颜臣全部》并非无心之举，二者在题材、情节，甚至语言上都存在着明显的互文性。从《颜臣全部》的流传时间与地区看，无论《荔镜记》的本事来源是什么，但在其发展过程中一定得到

① 郑国权编著：《泉州明清戏曲与方言》，中国戏剧出版社 2001 年版，第 61 页。
② 明代嘉靖丙寅刊本《荔镜记》，郑国权主编《荔镜记荔枝记四种》（第一种）影印，中国戏剧出版社 2010 年版，第 107—108 页。
③ 郑国权编著：《泉州明清戏曲与方言》，中国戏剧出版社 2001 年版，第 44 页。
④ 明代嘉靖丙寅刊本《荔镜记》，郑国权主编《荔镜记荔枝记四种》（第一种）影印，中国戏剧出版社 2010 年版，第 86 页。

了早期南戏的滋养。

再看上栏增入的第二段内容"新增勾栏"。"勾栏"是中国古代尤其是宋元时期百戏杂剧的重要表演场所。在这里表演的百戏形式体制不一、内容丰富多彩，很受市井百姓欢迎。宋元时期瓦舍勾栏曾遍布大江南北。不过入明后，由于加强思想专制的社会大气候，热闹的世俗勾栏演出盛况不再。如今我们只能从明初皇室贵族周宪王朱有燉部分杂剧的相关内容去推想明代勾栏演出状况。而嘉靖本《荔镜记》上栏却完整呈现一出勾栏小戏，其珍贵的戏曲史料价值不言而喻。更令人惊讶的是这段"勾栏"演述的居然是"陈三"的故事，而且这个"陈三"身边的书童也叫"安童"。安童也称呼主人为"三爹"。"[旦] 官人高姓？[生] 东边带一个耳。[旦] 敢是姓陈？[生] 正是。[旦] 官人尊行？[生] 川字打横。[旦] 敢是第三？[生] 正是。"① 这个勾栏小戏写陈三主仆二人来到广东惠州，顺便到城门外歌坊唱家"耍耍"。从嘉靖本《荔镜记》乃至后来其他四种明清戏曲刊本看，我们只知陈三送兄嫂至广南任职，途经潮州，未提惠州。这段小戏在内容上似乎与《荔镜记》正文无多大关联。但是，我们知道，在"陈三五娘"故事的流传过程中，有两种艺术体式最受关注。一是戏曲，二是小说。在小说系列中，较早的两个版本：嘉庆十九年（1814）的尚友堂刊《新刻荔镜奇逢集》（二卷）和道光二十七年（1847）刊《二刻泉潮荔镜奇逢集》（二卷），对陈三送兄嫂赴任的道途经历都有细致描绘。在道光刊本《二刻泉潮荔镜奇逢集》中就有一段内容其小标题为"卿到惠州入谒苏东坡庙"，这里明确指出陈三途经惠州并有所逗留。据目前文献资料看，我们难以确认在"陈三五娘"故事的流传过程中，传奇小说与戏曲刊本其产生孰前孰后。但可以肯定，它们来源于同一民间传说。所以，

---

① 郑国权编著：《泉州明清戏曲与方言》，中国戏剧出版社 2001 年版，第 117 页。

陈三主仆二人戏耍于惠州的内容放在陈三五娘爱情故事的情节大链条中也算合情合理。

相比于《颜臣全部》只有曲词，这段"勾栏"体制很完整，不仅唱词、道白、曲牌一一俱全，连人物的上下场也标注得很清楚，"生、旦、占（贴）、末、净、丑"六种脚色很完整。但"旦"与"占（贴）"身份较混乱，时而指"二姐"，时而指"三姐"。从内容上说，"陈三"并不是这个勾栏故事的真正主角，真正主角是"三姐"（或"二姐"）。这个勾栏小戏主要以陈三为视角，展现"三姐"与"儿夫朋友"的炽热私情。在剧作主题思想上，它与《荔镜记》相近，都表现不为世俗观念所容的男女私情。尽管我们难以确认这里的"陈三"与《荔镜记》正文的"陈三"是否同一人，却可以看出两者思想性格上有一定的承续性。《新增勾栏》的陈三风流儒雅又不失礼教规范，当"三姐"为与情人长相厮守而诅咒"愿我儿夫过海遭风遇强人，迫他一命亡"。陈三加以劝告："你儿（夫）死去，阎王殿前也不放过你。""我劝你与他（指情人）离别罢了。"①《荔镜记》中的陈三风流倜傥却大胆执着，明知五娘早有婚约却甘心舍身为奴，无畏不懈地追求五娘，历经磨难终抱得美人归。可以说，《新增勾栏》中的陈三就像《荔镜记》开场那个还未受到爱情思想洗礼的"圣学功夫惜寸阴，且将无逸戒荒淫"的陈三。

嘉靖本上栏的第三个内容是"新增北曲正音"。共收 55 支曲子，其中《西厢记》33 支；《香囊记》5 支；与《琵琶记》戏文相关者 4 支；其余 13 支曲子以吟咏四季、感风弄月为主要内容，分别见于《词林摘艳》《雍熙乐府》《风月锦囊》等曲选中。虽然刊刻者在标题及后记中反复标榜"新增北曲""增补北曲"，事实上，这 55 支曲子并非都

①　郑国权编著：《泉州明清戏曲与方言》，中国戏剧出版社 2001 年版，第 121 页。

是北曲，而是南北曲兼收。从这些曲子被同时代诸多戏曲散曲选集收
入，可知这些曲子于明代中期在泉潮一带广受欢迎。值得关注的是，这
些曲子下面还频繁附注"正音"二字。"正音"即"官话"，是闽南、
潮汕等地对普通话的称呼。频繁附注正显示了刊刻者强调"正音"之
用心。为什么刊刻者有意无意总标榜"北曲""正音"呢？联系后记告
白中"以便骚人墨客闲中一览"一言，我们或许可以推论这是刊刻者
的一个书籍营销策略。嘉靖本《荔镜记》全用泉潮方言写成，使用了
大量的方言俗字，这一方面增加了它的生活气息；另一方面给非本方言
区的"骚人墨客"带来阅读障碍，在一定程度上妨碍了《荔镜记》的
传播。处身于非闽南方言区的出版商"新安堂"余氏一定深明此理。
为吸引更多读者的关注，在《荔镜记》正文之外，大量增入"骚人墨
客"熟悉的"正音""北曲"，如《西厢记》这一名篇，也算是投其所
好、引其入戏的一个好方法。所以，在这55支曲子中，《西厢记》的
唱曲就占了百分之六十。联系嘉靖本正文对《西厢记》情节的有意模
仿，刊刻者对《西厢记》剧曲的偏好并不是偶然。

　　至此，我们可以说嘉靖本《荔镜记》与其上栏所刊的《颜臣全部》
《新增勾栏》《新增北曲正音》不是简单的杂烩拼合关系，二者在题材
内容、情节剧目、人物形象、曲词道白、阅读接受等方面存在着相互参
照、彼此牵连的微妙的互文关系。客观地说，刊印者对此并没有明确的
理论认识，却用一种最朴素直接的方式传达这种编辑理念，给该刊本取
了一个20多个字的书名，同时反复强调这一刊本"重刊""增入"的
独特之处。很显然，《荔镜记》的故事模式是闽南民间南戏和其他优秀
戏剧艺术形式所共同激活的。所以尽管民间有着陈三五娘爱情故事来源
的诸多说法，我们却难以坐实其中任何一种。而这种互文关系还呈现于
《荔镜记》与其正文所涉剧目之间。

　　嘉靖本《荔镜记》正文关涉的戏曲剧目有《西厢记》《青梅记》

《破窑记》《怀香记》《留鞋记》《赵贞女》《王魁负桂英》《玉镜台》《刘晨阮肇误入天台》《乐昌公主》10 部。为便于论述，兹将相关的主要唱词道白节录于下，并将所涉剧目标注于引文后括号内。（**节录部分字体加粗者为唱词。**）

第十二出："[生] ……**韩寿偷香有情意，君瑞相见在琴边。看古人，有只例，姻缘愿乞早团圆。**"（《怀香记》《西厢记》）

第十五出："[占] 奴惜春锦桃李情力青梅做表记。恁今不免来学伊。[旦] 伊是古人，恁俩学得伊？[占] 古今虽不同，世事都一般。[旦] 六月值处讨青梅？[占] 六月无青梅，都无荔枝？不也是一般道理？"（《青梅记》）

第十七出："[占] 亚娘，益春记得，古时千金小姐同梅香在彩楼上，力绣球投着吕蒙正，后去夫妻成双。亚娘，今不免将手帕包荔枝，祝告天地，待许灯下郎君只处过，投落乞伊拾去，后去姻缘决会成就。"（《破窑记》）

第十八出：[生] "记得当初张珙共莺莺有情，张珙袂得入头时，假意借书房西厢下读书。假意西厢下读书，伊暝日费尽心神。记得少春袂得锦桃娘仔着，假意卖果子入头，力玉盏打破除，姻缘即得成双。看伊万般计较，力玉盏打破卖身。伯卿着伊割吊，若卜学只二人的所行，也无乜下贱。若得共伊姻缘就，阮情愿甘心学恁。"（《西厢记》《青梅记》）

第十九出："[生] 壮节丈夫谁得知，愿学温峤下玉镜台……刘晨阮肇误入天台，神女嫦娥照见在目前……翰徽埋名，假作张生。轻身下贱，拜托红娘。即会合崔府莺莺，有缘千里终结姻亲……伯卿今旦落尽面皮，幸然得见娘仔。今只镜卜抱还伊去，想日后无路得入头。我今得当初卢少春打破玉盏，后来夫妻成就。不免将这镜来打破。"（《玉镜台》《刘晨阮肇误入天台》《西厢记》《青梅记》）

第二十出："［占］……张珙莺莺情相遇，姻缘都是天注定。想姻缘定不相负，枉割吊万金身躯。"（《西厢记》）

第二十四出："［生］伊挟落荔枝，全怙恁娘仔卜学许当初青梅记，即学磨镜做奴婢。我是官荫人仔儿，捧盆扫厝望结连理。谁知障般无行止，我不谋伊亲醒，肯受障般恶气。"（《青梅记》）

第二十五出："［生］暝日思量上天台，得见神仙空返来。昨暮去到花园内，致惹一病有谁知。"（《刘晨阮肇误入天台》）

第二十六出："［占］简听见许老人讲古，说崔氏莺莺共张珙在西厢下相见，后来姻缘成就，亚娘学伊畏俩年？［旦］我爱学伊，那畏不亲像伊。［占］亚娘那卜学伊，都不可强伊。只姻缘学卜崔氏莺莺共张珙西厢记。［旦］你障说也是理，我共你在只心头，且莫露机。"（《西厢记》）

第二十七出："［占］今到只，莫推时，人情既许莫负伊。看恁只姻缘，通比青梅记。青春少女逢着风流子弟，且去人情做些儿。"（《青梅记》）

第二十九出："［占］亚娘都不见古人说：当初郭华共花娇女约定许暝相见，花娇女来时，郭华贪酒，困不知醒。花娇女见伊困不知，将弓鞋脱觅伊身边为记。郭华醒来，不见花娇女，将弓鞋吞而死。亚娘，你都不畏许时了那成故煞，亚娘你着去赔伊人世命。"（《留鞋记》）

"［生］……爹妈若卜得知了，为君送身。劝君千万莫得忘情，阮今生死那卜为恁。娘仔你莫得心闷，阮不比王魁负心。天地责罚，定都如神。"（《王魁负桂英》）

第三十三出："［生］今愿学青梅崔氏。［旦］看古人，有只例。"（《青梅记》《西厢记》）

第四十一出："［旦］四更鼓打月斜西，共君说尽今宵事。你莫学负心蔡伯喈，王魁贼乞丐，误了桂英不秋采（瞅睬）。"（《赵贞女》

《王魁负桂英》）

第四十八出："［旦］……纱窗外，月正光。我今思君心越酸。记得当原初时，共伊同枕同床。到今旦分开去障远。伊是铁打心肝肠。料想伊未学王魁负除桂英，一去不返。待我只处目瞬成穿，长冥清冷，无人通借问。"（《王魁负桂英》）

第五十三出："［旦］得见我君心欢喜，乐昌镜破再团圆。"（《乐昌公主　破镜重圆》）

从以上引文可以看出，《荔镜记》征引了大量前代戏曲作品，有的还是今已失传的早期南戏剧目，如《青梅记》。而且不少剧目的相关情节出自婢女益春之口，如《青梅记》《破窑记》《西厢记》《留鞋记》。作为一个"乞人饲"地过着"亲像许苦桃涩李一般"① 生活的下层婢女，益春对众多剧目内容了然于心，能信口拈来，恰到好处地劝慰五娘。可见这些剧目在当时闽南粤东一带流传之广、影响之大。这无疑为明嘉靖前泉潮一带繁荣的戏曲活动，提供了一个有力的例证。不少论者论及闽南一带早期戏曲创作与演出的繁荣景象时，总是从传统剧目的纵向传承角度入手，比如从当今梨园戏大量保留徐渭《南词叙录》所记载的南戏剧目这一角度进行论证。而《荔镜记》剧作中所援引的剧目内容之丰富恰恰从横向传播与影响的角度展示了明嘉靖前期闽南粤东一带戏曲活动的繁荣。

在众多剧目中，《荔镜记》援引次数最多的当数《西厢记》《青梅记》这两部作品。

《西厢记》在中国戏剧史上意义非凡，一问世即成为戏曲文学经典，此后崔张的爱情模式对戏曲创作领域产生了广泛影响。《荔镜记》

---

① 明代嘉靖丙寅刊本《荔镜记》，郑国权主编《荔镜记荔枝记四种》（第一种）影印，中国戏剧出版社 2010 年版，第 63 页。

就时时可见《西厢记》的影子，除了以上唱词、道白明明白白提及崔张爱情故事外，还有一些关目很显然取自《西厢记》，如第二十四出"园内花开"中陈三"跳墙"一段本于《西厢记》第三本第三折，第二十六出"五娘刺绣"中益春"传简"一段本于《西厢记》第三本第二折。在《荔镜记》中，《西厢记》不仅是剧中人物谈论、模仿的对象，它与《荔镜记》还存在着鲜明的互文关系。这一互文关系主要体现在情节结构、人物形象、主题思想三个方面。

首先是情节结构。《西厢记》是我国爱情文学的经典之作，五本二十一折的庞大规模显示了其情节的复杂生动，不过择其要者主要包括：佛殿惊艳—借寓西厢—白马解围—夫人赖婚—红娘传简—酬简私会—长亭送别—郑恒争婚—团圆成亲这几个情节。可以看出，《荔镜记》的基本故事框架与之相似，同样是一见钟情，同样是设计接近，同样是咫尺苦恋，同样是花园私会，同样是小人争婚，同样是团圆结局。甚至在关键情节的安排上无不效仿《西厢记》，当陈三苦于无缘得见五娘时，张生"假意西厢下读书"的举动给他以榜样，陈三不惜破镜卖身寓居黄府。当陈三与五娘隔着花园围墙暗通情愫时，陈三竟学张生"跳墙"相会。当五娘对陈三有所猜疑时，同样有"传简""闹简"等精彩关目。其次是人物关系。《西厢记》中一旦一贴一生的核心人物关系为《荔镜记》所承传。而且同样是漂亮谨慎的大家闺秀、真诚大胆的仕宦子弟以及热心聪明的贴身婢女。在主题思想上，同样是"有情人终成眷属"。可以说，《荔镜记》俨然就是一部明代闽南、粤东版的《西厢记》。

在剧作中，《荔镜记》丝毫不掩饰对《西厢记》的模仿与借鉴，然而这不影响《荔镜记》这部剧作在明代、在闽粤地区难以替代的历史地位。因为在《荔镜记》与《西厢记》的互文关系中，重要的不是它们的相似性，而是它们的差异性。在情节结构上，李渔曾提出《西厢记》的主脑为"白马解围","此一人一事,即作传奇之主脑也……一部《西厢》,止为张君瑞一人;而张君瑞一人,又止为'白马解围'一事,其余枝节,皆从此一事而生——夫人之许婚,张生之望配,红娘之勇于作合,莺莺之敢于失身,与郑恒之力争原配而不得,皆由此。是'白马解围'四字,即作《西厢记》之主脑也"。①可以说,"白马解围"是西厢爱情故事的关键情节,它赋予了崔张爱情发展的合理内力,无论崔莺莺、张生在接下来的爱情道路上走得多遥远,某种意义上说他们也只是在捍卫本属于自己的爱情和婚姻。而"白马解围"这一"主脑"是一个偶然事件,情节的驱动力实际上来自外部环境。在《荔镜记》中,主脑则为"登楼抛荔"。元宵的一面之缘让黄五娘对马上郎君念念不忘,当她在绣楼上再次瞥见意中人时,她毫不犹豫地将代表心意的荔枝与手帕抛下。此后的"破镜""私会""私奔""发配"都只是"抛荔"情节的延续。可以看出,"登楼抛荔"这一"主脑"的内动力完全出于人物自身对美满爱情婚姻的渴盼。

再看令人捧腹的"跳墙"情节。《西厢记》中张生"跳墙"充满喜剧色彩。时时自谐"猜诗谜的社家"的张生在追求爱情的绝望关头收到了莺莺小姐的信笺,惊喜之余居然将"隔墙花影动"这一诗句错解为跳墙赴约!事实上,莺莺的"待月西厢下,迎风户半开。隔墙花影动,疑是玉人来"只是含蓄地表白了自己愿意温存相会的情感态度,并没有约定具体幽会的时间与地点。张生却张狂跳过墙来,当着红娘的面一把搂住莺莺。其结果自然是毫无思想准备的莺莺小姐花容失色并决然发怒赖简。整场戏以误会法贯穿人物的矛盾冲突,一方面有力地塑造了张生、莺莺、红娘三人鲜明的个性特点,另一方面凸显了剧作的喜剧色彩。这里的"墙"实际上是莺莺的"心墙",她固然追求自由爱情,但

① (清)李渔:《闲情偶寄》,杜书瀛评注,中华书局2007年版,第15页。

相国小姐的矜持、怀春少女的羞怯，决定了她在爱情道路上只能隔"墙"观望、迂回前进。偏偏冒失轻狂的张生却跳"墙"直入。这一"跳"，使莺莺原本脆弱的"心墙"瞬间凝固，情节发生了大逆转。而《荔镜记》"跳墙"一节何其平和！这时陈三五娘的爱情故事刚拉开序幕，陈三破镜卖身，舍身为奴，几次表白不见回应。后与益春商议借书简传情。当晚，陈三借风送话，五娘早知隔墙有人。虽说陈三跳墙的举动让五娘多少有点意外，但五娘趁机借花譬喻主动试探陈三家世。可以说，这一"跳"，实际上拉近了五娘与陈三的心灵距离，也突出了二人追求自由婚姻的主动性、积极性。所以说，《荔镜记》虽有意模仿《西厢记》的"跳墙"情节，却展示了情节发展的不同方向，刻画了人物不同的性格特点。

还有相似的"传简""闹简"的情节。在《西厢记》中，莺莺"闹简"在张生"跳墙"之前。因老妇人赖婚，张生相思成疾，红娘受命探视，张生央求红娘传简。接下来就围绕一封柬帖生动展开莺莺与红娘带有喜剧色彩的性格冲突，使故事情节愈加波澜起伏。通过"闹简"我们清楚地看到一个深受礼教熏染的大家闺秀在追求自由爱情时的羞怯与机敏，还有一个热心正直的婢女两头受气时的委屈泼辣。在《荔镜记》中，五娘"闹简"在陈三"跳墙"之后。尽管陈三再三表白，五娘的感情却深藏不露。相思病损的陈三只好托付益春传递诗画。不同于《西厢记》中旦（莺莺）与贴（红娘）的"闹"，《荔镜记》实则是旦（五娘）与生（陈三）的"闹"。《荔镜记》中五娘与益春情同姐妹，五娘对益春故作姿态般的责问更多的是出于闺中小姐私情为人牵导的娇羞之心，主仆二人并没有激烈的矛盾冲突。而且益春在辩解中伺机证明了陈三的家世与诚意，打消了五娘心中的疑虑。紧接着五娘叫来陈三，表面"闹简"实则"面试"，最终在轻松戏谑的氛围中五娘与陈三约定佳期。可以说，《荔镜记》着意模仿《西厢记》"闹简"的喜剧性情节，但巧妙地变更了其中的矛盾冲突，这样既突出了五娘大胆主动的性格特点，又使故事情节前后呼应。

《荔镜记》对《西厢记》情节结构的有意模仿与疏离，必然影响人物形象的塑造。《西厢记》中的张生既是个志诚种又是个疯魔汉。他执着勇敢却又迂傻软弱，在积极追求自由爱情的曲折过程中时时有莽撞冒失之举，面对阻碍总是手足无措甚至下跪求助，张生身上相反相成的个性特点有机结合为一个真实丰满的经典喜剧性人物。相较而言，《荔镜记》中的陈三执着坚定有勇有谋，为了接近五娘他不惜卖身为奴，并且精明地寻找各种机会表白心意，如"陈三扫厅""梳妆意懒""园内花开"等关目，后来林大催亲他更是大胆主张三人私奔，简直就是一位"争取自由婚姻的斗士"①。再看《西厢记》中的崔莺莺，相国小姐的身份让她渴望自由爱情却又深受礼教束缚，疑忌红娘的态度又倚重红娘的帮助，她顾虑重重，矜持纠结，一会儿暗送秋波，一会儿装腔作势，一会儿寄书传情，一会儿赖简责骂，直把张生折腾得七颠八倒，把红娘糊弄得晕头转向。在对自由爱情的追求上，崔莺莺走过一条从犹豫含蓄到大胆主动的复杂心路。《荔镜记》中的黄五娘在追求自由爱情婚姻上，其步伐远比崔莺莺坚定有力。她泼辣地责媒退聘，大胆宣称"富贵由天""姻缘由己"；她绝望地投井拒婚，"但得投水身死，不愿共林大结亲谊"；她果断地登楼抛荔，期望荔枝"做月下人，莫负只姻缘"；她反复试探陈三，担心陈三"家后有亲，到许时误阮身无依倚"；她大胆与陈三房中私会，享受"枕上恩爱"，甚至于被捕后在公堂抗判，"今把奴婢判还林大，奴情愿老爹台下死。"在这里，我们看到的是一个敢作敢当又谨慎睿智的小姐形象。这两部剧作中都有起穿针引线作用的婢女：红娘和益春。

---

① 张庚、郭汉城：《中国戏曲通史》中卷，中国戏剧出版社 1981 年版，第 263 页。

红娘形象的成功塑造是《西厢记》对中国文学人物画廊的一大贡献。在《西厢记》全本316支曲子中，由红娘主唱的就有106支，其地位丝毫不亚于张生和崔莺莺。在崔张爱情故事中，一个是"银样镴枪头"，一个是"小心肠儿转关"，如果没有"擎天柱"般的红娘的帮助与引导，崔张爱情终将化为泡影。可以说，没有红娘就没有《西厢记》。相较而言，嘉靖本《荔镜记》的益春性格就没那么鲜明生动。尽管她穿梭于陈三五娘之间，为他们献策献力，但实际上她"只是五娘或陈三主意的执行者、推动者"①，甚至在私奔的紧要关头，她还有犹豫和怀疑，只是因五娘贴身婢女的身份而应邀随行。正因为其性格的相对模糊，后世传本都在益春的戏份上下功夫，力求更全面细致地刻画这一人物形象。

虽然两部作品最终结局都是"有情人终成眷属"，但在具体主旨上却有所差别。两部作品中都有一纸婚约横亘在男女主人公中间。《西厢记》中，遇见张生之前崔莺莺已许配给老夫人之侄（郑尚书之长子）郑恒。如果最后不是郑恒赶来争婚，或许我们会淡忘这一婚约的存在。因为这一婚约并不是阻碍崔张爱情婚姻发展的根本因素。首先，对于当事者而言，我们看不到这一婚约对他们的爱情行动有多少影响力。从隔墙酬韵一直到月下听琴，崔张二人的感情在交流冲突中不断升温。其次，对于对立面的老夫人而言，她既可以在"寺警"中不顾婚约当众许下诺言"倒赔家门"招募破贼英雄，又可以在"赖婚"中以已有婚约为由拒绝实现"以莺莺妻之"的诺言。在"拷红"中，念及"相国家谱"又不顾婚约亲口应允崔张二人婚事。在"求婚"中，听说张生"负了俺家"又打算让郑恒再续婚约。在老夫人手里，婚约如王牌，可解燃眉之急又可维护相国家谱；又如儿戏，可履可毁。事实上，在崔张

---

① 骆婧：《经典模仿与民间想象》，《戏剧文学》2008年第8期。

爱情婚姻发展过程中最大的阻力是"门当户对"的门第观念。老夫人正是这一观念的代言人。兵围普救寺，情急之下老夫人当众应允"以莺莺妻"退兵之人，却还念念不忘"门当户对"之制："虽然不是门当户对，也强如陷于贼中。"① 尽管《西厢记》在张生身世的交代上煞费苦心，说其"先人拜礼部尚书"，力图以此缩短崔张二人在门户上的差距。但解除了性命之忧的老夫人无论如何不能接受这样一位"书剑飘零，功名未遂"的"白衣女婿"。最终张生不得不参加科举考取状元，实现与莺莺的"门当户对"，两人才得以"有情人终成眷属"。所以，《西厢记》的主旨在于揭示"门当户对"的婚姻观念与青年男女自由婚姻的矛盾冲突。

《荔镜记》中，为接近黄五娘，陈三放下官家子弟的身份主动卖身为奴。在"赤水收租"中，陈三的真实身份已为黄九郎得知。面对林大的逼婚，陈三五娘也只能选择私奔。被抓回官府，尽管陈三一再申明自己"官荫子儿"的身份，照样落得个"奴奸家长女"的罪名。可以说，陈三五娘爱情婚姻发展道路上的最大障碍不是双方的门第，而是林黄两家已有的婚约。从第六出"五娘赏灯"开始，林大与陈三，这两个不同相貌、不同才情、不同身份的男子开始竞争同一女子——五娘。尽管剧中林大被刻画为一个不学无术的粗俗无赖，我们也不得不承认在追求婚姻的道路上，他足够主动积极。元宵惊艳之后，林大立即托媒求亲，并凭借殷实家底得到五娘父母的应允。从此，林黄两家的婚约事实就如梦魇般伴随在陈三五娘爱情婚姻发展道路中。从《荔镜记》情节关目的设计上看，陈三五娘的自由恋爱无疑是主线，林大的财媒之婚是为辅线。这两条线索始终扭结在一起。辅线稍有变化，主线必有波折。主线稍有发展，辅线必有动作。所以，《荔镜记》的主旨还在于表现两

---

① （元）王实甫：《西厢记》，张燕瑾校注，人民文学出版社 2008 年版，第 68 页。

种不同格调的婚姻形式的矛盾冲突。

两部作品主题思想的差别根源于其不同的文化生成背景。"门当户对"是封建婚姻制度根深蒂固的观念。这种观念源于东汉时期的门阀制度。唐代以科举取士,给出身贫寒的士子带来更多的仕宦机会,门阀制度渐次没落,但崇尚门第的风气仍在延续。到了中晚唐,出于政治因素的考虑,李唐皇室曾出面禁止门第婚俗。但门第观念已然渗透到人心,成为一种社会习俗,影响着诸多青年男女的婚恋。元代,蒙古族入主中原,带来的不仅是政权的更迭,还有很多异于汉族儒家文化的异质思想。这使唐宋以来形成的很多社会价值观念、道德伦理观念受到很大冲击,人们的精神思想有了相对自由的发展空间。在这样的社会背景下,王实甫的《西厢记》就围绕"愿普天下有情的都成了眷属"这一主旨,大力渲染张生、崔莺莺这对青年男女突破门第观念、争取自由爱情婚姻的曲折故事。但是,由于作者王实甫毕竟是生长在以封建价值意识形态为核心的封建社会,他的思想不可能完全凌驾于封建道德观念之上,所以尽管他反复表现"情感"在婚姻缔结过程中的决定性作用,面对顽固如老夫人般的门第制度,他也只能安排张生考取功名,实现男女双方地位的相对平等。这样的情节设置实际上是对门第观念的一种变相妥协。不能不说,这也是这部作品在犀利的思想锋芒之外的一点缺憾。

相比于《西厢记》出自传统文人之手,《荔镜记》出于明代闽南粤东一带下层文人甚或民间艺人之手。其作品风貌不能不打上地域文化的烙印。由于地域相连、语言相近,早在宋代,粤东的潮汕地区就和闽南的泉漳地区形成一个大的经济文化生活圈。宋人祝穆在《方舆胜览》中就说:"虽境土有闽广之异,而风俗无潮漳之分。"而泉潮地区历来背山面海,远离中央政治中心。虽然曾经朱熹理学"过化",但特殊的地理位置与社会环境使民众相对而言受儒家正统思想影响较小。尤其是宋元以后，泉州等闽南地区凭借优质的港口资源，吸引了众多海外人士。不少外国人在泉州等地定居，甚至被授予官职。同时，为了应对耕地不足的生产现状，许多闽南粤东沿海地区居民积极投身海外贸易，漂洋过海拓展生活空间。这样频繁的移民活动使泉潮地区民众具有更为开放宽容的心态，无论交友还是择婚，不会也不可能过分关注个人的出身门第。而且随着明中叶重商思潮的兴起，泉潮沿海地区民众莫不以贾为荣，表现出重商逐利心态。在《荔镜记》中，李婆到黄府求亲，反复强调的就是林府"那是许富，富富的"。在"责媒退聘"中黄父对林府"伊厝世代富家，有钱"甚是满意，黄母也以"伊人赤的是金，白的是银，大缸白，小缸赤，那畏了无福至"① 来劝导五娘。在他们眼里钱财富贵是婚姻幸福的核心条件，这种崇尚钱财的婚恋观实际上是闽南沿海地区商品经济繁荣背景下民众重商逐利思想的一种表征。所以，对陈三五娘而言，他们的自由爱情冲击的不仅是"父母之命，媒妁之言"的传统婚姻方式，更是对闽南地区财婚观的反叛。

说到陈三五娘的反叛，尤其是陈三的卖身为奴，我们就得谈谈《荔镜记》与《青梅记》的互文关系。《青梅记》是一部广泛流传于闽南地区的早期南戏，可惜未见相关文献记载。虽然晚明戏曲家祁彪佳所著的《远山堂剧品》录有同名剧作，但据庄一拂《古典戏曲存目汇考》考证，此剧当为明后期戏曲作家汪廷讷所作的《青梅佳句》（又名《刘婆惜画舫寻梅》）。在明代戏曲选集《月露音》中也残存《青梅记》佚曲数支，所述内容与汪作相近，与《荔镜记》所载不同。

在《荔镜记》第十五、十八、十九、二十四、二十七、三十三出

---

① 明代嘉靖丙寅刊本《荔镜记》，郑国权主编《荔镜记荔枝记四种》（第一种）影印，中国戏剧出版社 2010 年版，第 74 页。

中有关于《青梅记》的相关记述。综合各出所述，我们可以大致还原《青梅记》的故事梗概："奴惜春"（即卢少春）拾得"锦桃"娘仔所掷青梅，为接近"锦桃"，假装成卖果子的商人进入女家，后因打破玉盏，卖身为奴，得以亲近"锦桃"女，最后两人结为夫妻，成就了一段美好姻缘。据台湾陈益源考证，《青梅记》本事当与北宋重臣韩琦"不责碎玉盏吏"的轶事相关，同时"又糅合了李白诗《长干行》的'弄青梅'、白居易乐府《井底引银瓶》的'弄青梅'、元曲《墙头马上》的'捻青梅'等文学技巧"①。陈益源根据明代传奇小说《荔镜传》的相关线索，进一步补充了《青梅记》的故事内容。故事的缘起是锦桃女以青梅戏投鹧鸪，误中卢少春，由此阴差阳错牵连出一段姻缘。可以说，没有《荔镜记》《荔镜传》的相关记述，我们也无从窥见《青梅记》这一早期南戏剧目的基本面貌。

在《荔镜记》中，对陈三五娘而言，《青梅记》不啻一部爱情教科书，它既教会五娘如何抛荔定情，也教会陈三如何卖身传情。不过《荔镜记》的编剧者很聪明，既让主人公行有所依，又让主人公情有所超。在《青梅记》中，锦桃女以青梅掷中卢少春，实"误"也。《荔镜记》中，五娘以手帕包荔枝掷中陈三，乃"故"也。这一故意举动就如同剧中益春所提及的《破窑记》的主人公刘月娥抛绣球一般有着明确的自主择婚的意识，"幸逢六月时光，荔枝树尾正红，匕匕。可惜亲浅手内捧，愿你做月下人，莫负只姻缘"。② 由"误"改"故"极大地突出五娘在追求自由爱情婚姻道路上的主动性与积极性。同时将"青梅"改为"荔枝"，又符合闽南粤东的风物特点。闽粤两地盛产荔枝，六月恰荔枝当季，用鲜红甘甜的荔枝表征自由爱情再恰当不过了。在

---

① 陈益源：《〈荔镜传〉考》，《文学遗产》1993 年第 6 期。
② 明代嘉靖丙寅刊本《荔镜记》，郑国权主编《荔镜记荔枝记四种》（第一种）影印，中国戏剧出版社 2010 年版，第 85 页。

《青梅记》中，卢少春假扮卖果子的商人进入锦桃女家，后因打破玉盏典身为奴。如按"碎玉盏吏"本事所载，"台倒盏碎"实因误触而至。不过《青梅记》已佚，我们无以得知卢少春是失手还是故意。而《荔镜记》中陈三假扮磨镜匠见到五娘后，为了长期接近五娘，他故意"将错力镜来打破，细思量独自着惊"。① 这里可见陈三追求爱情婚姻的积极主动、步步为营。而且将"玉盏"改为"宝镜"，又绾合了《玉镜台》的故事情节。《玉镜台》是元代关汉卿所作的杂剧作品，写温峤以玉镜台为聘物巧娶表妹刘倩英。尽管后人对这部作品的思想主旨评价不一，但没有人否认剧作主要矛盾冲突来自男女主人公。温峤有情而倩英无意，温峤不得已只能凭借聪明才智"骗婚"，最后以"至诚之心"赢得幸福婚姻。剧中，推动剧情发展的动力就是温峤的"人心至诚"。后来"玉镜台"也成了男女自婚信物的代称。从《荔镜记》相关唱词可以看出陈三对温峤的仰慕与学习。"壮节丈夫谁得知，愿学温峤下玉镜台。"② 作为一个堂堂正正的壮节大丈夫，如今甘愿操持磨镜这一"贱艺"，为的不就是像温峤一样费尽苦心自婚吗？在这里，编剧者非常巧妙地将《青梅记》中的"玉盏"更换成"宝镜"，一方面，契合明代中叶闽南粤东地区手工业相对发达的社会经济现实，合情合理地实现陈三的身份转换，让陈三"锦袄换镜担""镜担换扫帚"，由翩翩官家子弟变身为"叵耐淹臜家奴"。另一方面，以"宝镜"作为自婚信物，表达了陈三追求自主爱情婚姻的诚心与决心。所以，尽管《荔镜记》有意模仿《青梅记》的故事情节，却在模仿中有所转换发展，从而刻画出更为生动鲜明、更具时代气息地域特征的人物形象。

---

① 明代嘉靖丙寅刊本《荔镜记》，郑国权主编《荔镜记荔枝记四种》（第一种）影印，中国戏剧出版社 2010 年版，第 95 页。
② 同上书，第 94 页。

在《荔镜记》中，不少援引剧目的故事内容直接影响着《荔镜记》情节的发展和人物形象的塑造。除了上文分析的几部作品外，还有一个很典型的例子。在《荔镜记》第二十九出"鸾凤和同"中，陈三因困倦沉睡而误失佳期。这一情节很明显模仿了元阙名杂剧《王月英月下留鞋记》。在这一出中，编著者再次借益春之口将模仿对象和盘托出，让益春以郭华花娇女之事为鉴劝励五娘。这一方面可以借观众熟悉的相似剧情触发观众的审美认同感；另一方面以前事为鉴推动情节发展，细致刻画了人物性格特点。"五娘刺绣"一出中，五娘与陈三是在一种轻松甚至戏谑的氛围下约定佳期。所以临赴约五娘犹豫再三，"又畏后去丈夫人不敬重恁"，让益春前去退约。与此同时，陈三内心同样不平静，充满焦虑与猜疑。"我共伊断约，更深受尽惊惶，恐畏伊人负心了不来，话呾无定。误我今暝，只处有意讨无情。"①可以看出，尽管倾心于对方，此时五娘、陈三对对方的心志却没有十分的把握。如此情境下再约佳期，双方必有疑虑。于是，编著者很巧妙地"戏拟"《留鞋记》。佳期之夜，陈三因焦虑困倦沉睡不醒，五娘为此更添疑虑怨愤，"你每时发业断约，今暝相见，割舍得只处困，相见前世共伊无缘"②。五娘留下金钗为凭信准备离去，所幸热心聪慧的益春及时赶到，以《留鞋记》中郭华吞弓鞋而死的教训触动五娘内心真实情感，最终促成二人好事。可以说，"鸾凤和同"这场戏既是对《留鞋记》相关情节的模仿，又是对《留鞋记》相关情节的反转，最终完成了男女主人公私合私奔的抗争性格。

总体来说，《荔镜记》有效传承、利用了前代众多剧目的创作素材、创作手法、抒情意象、主题思想等。通过《荔镜记》与其所涉剧

---

① 明代嘉靖丙寅刊本《荔镜记》，郑国权主编《荔镜记荔枝记四种》（第一种）影印，中国戏剧出版社 2010 年版，第156—157 页。

② 同上书，第162 页。

目的互文关系的简单解读，我们看到《荔镜记》既植根于闽南地方文化，又勇于模仿、善于变通，能从古老戏曲传统中汲取创作养分，构设富有表现力的故事情节，塑造具有时代气息的人物形象，传达深具挑战意义的自主婚恋观念。而且借助那些为观众所熟悉所喜爱的传统剧目内容激发了读者的阅读兴趣，让读者、观众在互涉文本彼此的叙事时空中联想比较，从而更好地领会作品的内涵。

第二章 "陈三五娘"戏文音韵的历时比较

近年来，近代汉语的研究更多地从古代丰富的韵文资料中去挖掘和厘清语言事实，古代丰富的诗词曲等文献中使用的严整韵律格式为这种研究提供了可能性，保证了这种研究能够科学、客观、较为准确地把握各个历史语言的特征，继而为整理和书写语言发展脉络提供条件。这种研究方法同样适用于"陈三五娘"系列剧本的语言研究。"陈三五娘"这个故事编写成的剧本目前能够看到的最早的完整本子是明嘉靖年间（1566）"潮泉重刊"的《重刊五色潮泉插科增入诗词北曲勾栏荔镜记戏文》，清顺治本（1651）的《荔枝记》、清道光本（1831）的《荔枝记》和清光绪本（1884）《荔枝记》4个本子，都是用泉州地方方言记写的地方戏曲的原唱本，原创性、草根味十足，其间不乏低俗俚语，另外，从嘉靖本到光绪本这四个本子自成系列、各有特色，从中不难看出不同时代的泉州方言变化。

此外还有明万历本《荔枝记》，其书题中标署"乡谈"，虽曾由福建建阳南阳堂与与耕堂两个书坊刊印过，但注明由"潮州东月李氏编集"体现出"潮腔"的鲜明地方语音特色，潮汕方言也是闽南方言的地域分支，明代的"潮腔"还是与"泉腔"有所差别，这可以从嘉靖本《荔镜记》中得以发现。本章注重语音史的分析，主要选择反映泉州方言的四个本子进行了语音学上的梳理，体现戏曲文本的流播，也为地域方言语音研究提供了很好的素材，因而没有对万历本《荔枝记》做全面的描写、分析。

语言的发展变化是一个渐变过程，尤其是语音和语法，发展变化相当缓慢，但四百余年的长度对于语言发展变化时间来说也不算短了，足以发生一些变化。因而，郑国权在国家非物质文化遗产代表作《荔镜记荔枝记四种》的出版概述中说："'明清刊本四种'是研究闽南方言及简体字历史的宝库。"①

不仅如此，关于南戏的讨论一直都没有中断过，南戏的体制、用韵、科目等以至南戏的起源问题，都可以从语言角度入手，去寻求蛛丝马迹，这离不开对早期戏曲文本深入细致的研究，嘉靖本《荔镜记》到光绪本的《荔枝记》的四个本子给我们提供了这方面的可能，这是一个故事的沿革，也是一个戏剧的沿革，其中的发展比较或许能够从语言的角度给我们提供对南戏研究的新思路。

第一节　明清戏文刊本用韵体例概况

明清时期的"陈三五娘"闽南戏文就目前能够看到的文献资料，包括明嘉靖本《荔镜记》和清顺治本、道光本、光绪本《荔枝记》等四本，现经泉州地方戏曲研究社在原本影印基础上加以校订，出版了的合集《荔镜记荔枝记四种》，主要将原本中的残缺、刊刻错漏等斟酌改正，并对文中不易理解的方言词语做出了一些注解，便于从语音上去检视，本书中对语音的分析归纳和分析都基于此四本戏文。

---

① 郑国权主编：《荔镜记荔枝记四种》（第一种），中国戏曲出版社 2010 年版，第 17 页。

一 南戏的"曲牌联套体"和《荔镜记荔枝记四种》

周维培的《曲谱研究》系统介绍了曲谱的源流,元曲成熟后出现了不少曲谱,最有名的当数《中原音韵》,南曲的曲谱从元人的《九宫十三调曲谱》开始,最有影响力的是沈璟的《南曲全谱》和清徐于室、钮少雅的《南曲九宫正始》,清朝官修了《钦定曲谱》和《九宫大成南北词宫谱》,那么这些曲谱是否适用于检视南戏戏文用韵呢?周维培认为,南戏的体制在四大声腔此消彼长的发展中最后在昆山腔中发扬光大,曲牌联套体是"元明以来选腔择调、填词下字的唯一体裁形式和结构手段"①。他认为:昆腔传奇的曲牌联套体在一大批曲律家、声乐家的改造完善下,逐步整饬严密,成为南曲音乐系统的代表样式。②

翻检嘉靖本《荔镜记》不难看出其秉承了南戏的"曲牌联套体"的整体结构特征,共五十五出戏,每出戏都由数支曲调组成,末尾有"尾声",如第二出"辞亲赴任",由【粉蝶儿】【菊花新】【一封书】【大河蟹】【尾声】五支曲组成,其间穿插人物对白,每个人物的唱段都标明具体的曲牌,再如:第五出"邀朋赏灯",开场就是【赏宫花】支曲,后面分别是【四边静】【赏宫花】【赏宫花】【滴溜子】四支曲,每出戏的长短不一,根据人物、表达的情感不同选用不同的曲牌,从戏曲结构形式上看是相当严谨的,应该说嘉靖本《荔镜记》是一部较为成熟的南戏作品。

顺治本的《荔枝记》也采用了"曲牌联套体"的结构形式,共 36 出,较嘉靖本少了 19 出,但结构形式相似,如第二出"五娘赏春",

---

① 周维培:《曲谱研究》,江苏古籍出版社 1999 年重印本,第 3 页。
② 同上。

由【粉蝶儿】【慢】【锦缠道】【慢】【扑灯蛾】【尾声】六支曲构成，中间穿插人物念白，此本校订者认为："顺治本更接近于演出实际，其中许多'曲白'仍然留在梨园戏舞台上。"①

相较于以上两个本子严整的"曲牌联套体"，清代道光辛卯年刊本和光绪十年刊本的《荔枝记》明显显得简陋，这两个本子曲目基本相同，均为 51 出，仅其中的 34 出、42 出、45 出的曲目略有不同，如道光本三十四出总目为"设计私奔"，内文则为"三人私奔"，光绪本出目为"三人私奔"，从戏文上看内容相似，大多数的念白和唱词也基本一致，每出戏念白以小字双竖列排版，唱词则为单竖列排作为区分，唱词前没有标明具体曲牌名，此二本之间应是直接传承翻刻的。但为何此二本唱词前不见曲牌名？如前所述，南戏的戏曲文本采用"曲牌联套体"，那么每一支曲前都必须标明曲牌名，便于表演者和乐师检视音乐和唱，从道光本和光绪本来看，这两本同源是没有什么疑问的，那么这个本子没有标明曲牌。一则是无须标明曲牌，拿着本子传唱的人早已有定式，行业中人或是师徒口口相授，但从现代梨园戏或是南音唱本来看，即使是口耳相授也都标明曲牌。亦有另一种可能，就是这两个本子之外应该配有相对应的工尺谱的本子；另一种则是此类本子是写给不唱戏而看戏文的人看的，类似于我们今天的小说，只不过是当时真实戏文的简化本而已，当然这些只是一种猜测，但至少有一点是很明显的，就是关于"陈三五娘"的故事明清四个本子之间，明嘉靖本和清顺治本更为规整，符合南戏的体制，清道光本和光绪本则显得更为民间一些。

---

① 郑国权主编：《荔镜记荔枝记四种》（第二种），中国戏曲出版社 2010 年版，第 149 页。

二 梨园戏曲曲牌与用韵

曲谱的编制就是把南曲九宫下所属的各种曲牌语言格式给出一个范式，制词曲的时候就根据曲谱"选词配乐"，每个曲牌在不同的声腔剧种中，使用曲调则不同，梨园戏也是以曲牌为主要音乐表现形式的剧种。台湾学者施炳华认为南音与梨园戏之间关系密切，他细致考察了明代南音的曲本《明刊三种》（1604）、嘉靖本《荔镜记》（1566），发现其间曲词和使用的曲牌有些基本相同，有些大同小异，从二者出版的年代来看，也基本属于同一时期。著名戏曲家吴捷秋在其《梨园戏艺术史论》一书中认为，"先诞南音而后生南戏"，"泉州南戏资南音以萌生，泉腔南音因南戏而富丽，相辅相成，血脉流通"。① 不难看出至少在明代，梨园戏和南音之间在曲牌音乐上是大同小异的。施炳华在其研究基础上更是列出了曲牌与南音音乐的对应规律，也就是说，曲牌与曲调音乐间的关系是十分密切的，确定了曲牌，那么它的曲调基本就得以确定了。

传统的南曲创作必须依据曲谱确定它的音乐、语言格式，其中包括使用的调类、语句的数量、字数、押韵等，而梨园戏则有所不同，虽然也使用了曲牌定乐，但同一曲牌使用不同的音乐，其曲词的句数、字数、用韵等也不同，这就是所谓"牌不定句数，句不定字数"，这是一种非填词性的特征，这种特征的呈现也更能说明民间戏曲在创作上的自由、随性，当然也为我们通过曲本研究其语音问题带来了困难，因而语言学家在研究《明刊三种》和《荔镜记》系列曲本时，不单纯依赖曲谱，同时结合声腔和地方方言韵书，都不约而同地参照了能够代表明清泉州方言的韵书《汇音妙悟》。

---

① 吴捷秋：《梨园戏艺术史论》，中国戏剧出版社1996年版，第79—80页。

三 关于韵脚字

所谓韵脚字,从传统古代语音学来说,就是韵文中押韵的文字,如近体诗中五言、七言律诗首联、颔联、颈联、尾联的句尾字,都得根据具体格律要求入韵。而对于韵文文体的曲来说,也有相对应的格律要求,得根据曲谱的要求入韵。曲谱起源于宋元,大盛于明清,一直延续到近现代,唱曲亦需要根据曲谱中各曲牌的要求入韵。

对于南方戏曲来说,也没有例外。如:谢伯阳《全明散曲》中江苏邳州陈铎的《春怨》,共9支曲,分别是:【南南吕香遍满】【懒画眉】【二犯梧桐树】【浣溪沙】【刘泼帽】【秋叶月】【东瓯令】【金连子】【尾声】。首支曲【南南吕香遍满】就规定了宫调为【南南吕】,曲牌名为【香遍满】,查找沈璟《南曲全谱》中"南南吕宫"下的【香遍满】曲牌名后,根据曲谱的定式可以确定其韵脚字。

> 陈铎《春怨》【南南吕香遍满】因他消瘦,春来见花真个羞,羞问花时还问柳,柳条娇且柔,丝丝不绾愁,几回暗点头,似嗔我眉儿皱。

其中第二句可不入韵,那么韵脚字就是:瘦、柳、柔、愁、头、皱。

《全明散曲》中的南北曲韵脚字都可以用这种方法检视。伴随着戏曲创作的高潮,曲谱到了明代也发展到了最高峰,当然这种形式上的严谨也制约了创作,李渔曾在《闲情偶寄》中对作曲的文辞格律种种限制表示感慨,认为这种形制是"依样画葫芦",其中辛酸难以言说,对戏曲创作来说是"束缚文人,而使有才不能自展者",[1] 创作

---

① 李渔:《闲情偶寄(插图版)》,中华书局2007年版,第54页。

过程"令人搅断肺肠，烦苦欲绝。此等苦法，尽勾磨人。作者处此，但能布置得宜，安顿极妥，便是千幸万幸之事，尚能计其词品之低昂，文情之工拙乎？"① 不仅李渔发出这种感慨，那个时代其他一些剧作家类似的感慨也随处可见。同样，对于一个投身梨园，志在优孟衣冠的戏曲艺人来说，不仅要掌握曲牌联套体的音乐和谱式，也需要掌握平仄音韵的格律常识和公尺板眼音乐程式，对戏曲艺人的束缚显而易见。

用一方语言唱一方戏曲方能为地方观众接受的地方戏曲，在具体创作过程中并不可能完全依靠这种戏曲范式，因而，当时虽有所谓戏曲音韵"北尊中原，南尊洪武"一说，但为当时地域曲作家们忽略，搬演于一地自然得为一方人民接受，语言上最直接的方式就是：方音入戏。后代的语音学家在研究这些戏文资料的时候发现"自南宋至元明，南戏曲韵没有一部专用的韵书，在用韵方面由于历史的地区的各种原因，存在比较复杂的现象"。②

通过前文所述梨园戏与曲牌之间的关系，不难看出：使用传统的曲牌确定韵脚字的方法在研究《荔镜记》系列曲本时是行不通的。台湾学者施炳华考察明嘉靖本《荔镜记》的用韵情况后认为《荔镜记》"属于民间文学，其押韵情形一方面与传统诗歌的发展一脉相承，一方面又有自己独特的押韵习惯"。③ 考察梨园戏不难发现：曲牌对其而言更重要的是音乐表现形式，虽然与中国传统曲牌有着紧密的联系，但从曲词上看，同一曲牌，不同乐曲之间在字数、韵类、韵数等方面差别都很大，所谓"牌不定句数，句不定字数"，这也造成旋律篇幅上的差异，不具有填词的特征，可以说梨园戏曲牌仅保存了中国传统曲牌的形式而

---

① 李渔：《闲情偶寄（插图版）》，中华书局2007年版，第44页。
② 李晓：《南戏曲韵研究》，《南京大学学报》1984年第3期。
③ 施炳华：《〈荔镜记〉音乐与语言之研究》，（台北）文史哲出版社2000年版，第243页。

远离了传统曲牌填词的功用。这一特点不仅梨园戏,在南音、弋阳腔中也如此,同一曲牌不同调,字数句数随意,这也正体现了民间方言戏曲的创作特点。

闽南地域的戏文用韵沿袭了中国韵文的传统,又有自己的特点和习惯,这主要是闽南方言的特殊性决定的。泉州方言的韵部包括以元音结尾的阴声韵部、以辅音结尾的阳声韵部和入声韵部,其中入声韵部较为复杂,有三类:一类以 – p、– t、– k 结尾,一类以 – ʔ 结尾,还有一类是鼻化入声韵。韵文的押韵,一般不考虑韵头,主要要求韵母中韵腹和韵尾(如果有韵尾的话)相同,如果按此标准,泉州方言六大韵类的字应按各大类内部的特点再分成若干不同的韵部,而且各韵部之间不能通押。然而考察实际情况后发现并非如此,梨园戏,包括南音和许多闽南话韵文的押韵,有着与其他韵文不同的押韵特点。

嘉靖本《荔镜记》第五出《邀朋赏灯》:

【四边静】拙年无厶守孤单,清清(青青)冷冷无人相伴。日来独自食,冥来独自宿。行尽腌攒路,踏尽狗屎干。盘尽人后墙,屎肚都蹀破。乞人力一着,鬃仔去一半。丈夫人无厶,亲像衣裳讨无带。诸娘人无婿,恰是船无舵。拙东又拙西,拙了无依倚。人说一厶强十被,十被甲也寒。①

其中韵脚字为:单、伴、宿、干、破、半、带、舵、倚、寒,其中单、伴、干、寒为阳声韵字,"宿"为入声韵字,其余为阴声韵字,可见在押韵时,主要元音相同,即使韵部性质不同也可以互用。黄典诚也指出:押韵的韵部既包括主要元音和韵尾相同的口元音,也包括鼻化元

---

① 明代嘉靖丙寅刊本《荔镜记》,郑国权主编《荔镜记荔枝记四种》(第一种)影印,中国戏剧出版社 2010 年版,第 38—39 页。

音，还包括带喉塞韵尾的入声韵，同时不论声调。闽南话的鼻化韵，使主要元音增加了鼻音的成分，对主要元音的基本音值影响不大，故可以使其跟同类的口元音视为同"韵"。喉塞韵尾是辅音韵尾 –ʔ，是 –p、–t、–k 弱化的形式，它使主要元音的音响不能任意延长，但是同样不使主要元音的基本音值受到什么影响，所以也可以同样使其跟同类口元音视为同"韵"。[①] 但闽南语戏曲在押韵时，对韵头（介音）也颇为注意，施炳华认为：可能出于听感上更严格要求主要元音音响度的相同。[②] 这主要与梨园戏的唱法有关，先唱声母与韵头的结合音，慢慢拖至韵腹而结束，如：

> 分 bun——uan
> 疼 tiŋ——iaŋ

总之，梨园戏戏文用韵体现出地方戏曲在用韵上自由、随意的特点。关于这个问题，台湾的施炳华认为其押韵的方法有六种之多，[③]为：单一韵、转韵、槎韵、遥韵、交错韵、夹韵等，而且在具体用韵上还有疏密之别、隔句押韵等特点。周长楫经过研究后，也发现其用韵往往根据内容和感情的需要决定押韵，可句句押韵、隔句押韵，也可以根据内容间隔两三句押韵，还可以用同一韵部的宽韵，亦可以换韵。[④] 泉州地方戏曲研究社郑国权把这种现象称为梨园戏押韵的情绪化倾向。

这种情况为确定韵脚字带来了一定的困难，目前研究明清时期闽南戏文的专家都选择了用清代闽南方音《汇音妙悟》作为检韵的参照，

---

① 施炳华:《〈荔镜记〉音乐与语言之研究》，（台北）文史哲出版社2000年版，第244页。
② 同上书，第401页。
③ 同上书，第373—381页。
④ 周长楫:《南音字韵》，海峡文艺出版社2002年版，第10页。

台湾的吴守礼、施炳华，国内的周长楫、王建设等。清代的《汇音妙悟》是现存最早的闽南方言韵书，出版于清嘉庆五年（1800），南安官桥黄谦所作，较为清晰地呈现了 18 世纪末泉州方音，厦门大学黄典诚、周长楫都对其所反映的泉州方音，进行了较为全面的拟音，黄典诚的拟音应该说较为接近当时的音系：他归纳了泉州方言音系声母十五音，韵母五十个，并分析了其与现代泉州方言音系的区别和联系。嘉靖本《荔镜记》反映方言音乐距今已有 400 多年，而《汇音妙悟》所反映的音系基本处于这四百年的中点，能够成为了解和分析《荔镜记荔枝记四种》语音情况的基础，作为其检韵和分析韵部的基础。

第二节 "陈三五娘"戏文的用韵沿革

一 嘉靖本《荔镜记》的方音性质和用韵情况

（一）嘉靖本《荔镜记》戏文以泉州方音为主，夹杂潮音

《荔镜记荔枝记四种》包括《荔镜记》系列的四个版本，分别刊行于明嘉靖丙寅年（1566）、清顺治辛卯年（1651）、道光辛卯年（1831）和光绪甲申年（1884），其中嘉靖本《荔镜记》的音系情况较为复杂，吴守礼在 20 世纪 60 年代就对嘉靖本《荔镜记》做过详尽细致的研究，认为嘉靖本是一种百衲本，一方面根据情节的倒错，人物姓名前后的错误，另一方面就是从韵脚上发现有"潮泉参合使用"的特征，因而猜测嘉靖本《荔镜记》的作者或能操两地语言，或是外乡人长久客居潮泉二地，并大胆推测或者是漳州人或者是福州人。[①] 而通过对嘉靖本

---

① 吴守礼：《明嘉靖刊荔镜记戏文校理》，（台北）从宜工作室 2001 年版，第 287 页。

《荔镜记》戏文中方言词缀的研究也证实了：这个本子是个整理本，既有潮州方言特征，也有泉州方言特征，我们认为在整理过程中虽有杂乱的痕迹，但是在重刊中应该是经过选择，选取了某个本子作为一个蓝本，最大可能是以泉州的戏本体制作为底本，参照潮州戏文重新刊刻而成。①

（二）嘉靖本《荔镜记》中的用韵分析

整理本反映出语言的复杂性体现在语言的各个要素中，语音上的研究最能说明问题。吴守礼先以韵书《汇音妙悟》和《潮语十五音》检定嘉靖本《荔镜记》的全部韵脚字，制作成"韵读表"，再根据"韵读表"参照地方文献和潮泉今音，制成"潮泉韵读异同表"，一个韵目代表一个读音，共分析总结归纳出泉音韵目"春朝飞花香欢……"等 50 个，潮音韵目"君坚金归江公……"等 40 个，② 此项分析整理应该说是最为科学而全面的。

施炳华在吴守礼研究的基础上，结合《泉州方言志》《潮正两音字集》《汇集雅俗通十五音》《普通话闽南方言词典》《泉南指谱重编》等进一步审定韵脚字，分析用韵规律，分析归纳出《荔镜记》戏文韵母 32 类，其中潮腔一类，潮泉共用 29 类，泉腔两类，具体如下：③

1. （泉）居 ɯ 韵

2. （泉）恩 ɯn 韵

3. （泉）鸡 ɯe、杯 ue、西 e 韵（潮）鸡 œ、瓜 ue 韵

4. （泉）刀（潮）歌韵——o

---

① 王曦：《明嘉靖本〈荔镜记〉中方言词缀研究》，《东南学术》2014 年第 2 期。

② 吴守礼：《明嘉靖刊荔镜记戏文校理》，（台北）从宜工作室 2001 年版，第 287、209—327 页。

③ 施炳华：《〈荔镜记〉音乐与语言之研究》，（台北）文史哲出版社 2000 年版，第 249—250 页。

5.（泉）科 γ 韵（潮）瓜 ue、歌 o 韵

6.（泉）高 ɔ 韵,（潮）孤 ou 韵

7.（泉）秋 iu、箱 iũ 韵（潮）蕉 io、姜 ioõ 韵

8.（泉）箱 iũ 韵（潮）姜 ioõ 韵

9.（泉）烧 io、箱 iũG8 韵（潮）鸠 iu、姜 ioõ 韵

10.（泉）郊、朝韵（潮）交、骄韵——au、iau

11.（泉）珠韵（潮）龟韵—— u

12.（泉）飞韵（潮）归韵—— ui

13.（泉）（潮）金 im 韵

14.（泉）宾 in 韵（潮）围 ɯn　in ing 经 ing 韵

15.（泉）春 un 韵（潮）君 ung 韵

16.（泉）卿韵（潮）围经韵—— ing

17.（泉）毛（潮）扛——ng

18.（泉）丹 an 韵、江 ang 韵（潮）江 ang 韵

19.（潮）江 ang、光 uang、（泉潮）川 uan、丹 an

20.（泉）东韵、（潮）公韵——ong

21.（泉）香韵（潮）恭韵—— iong

22.（泉）轩 ian 韵（潮）坚 iang 韵

23.（泉）弍韵（潮）柑韵—— ã

24.（泉）花、欢、嘉韵、（潮）柯、官、膠韵——ua、uã、a

25.（泉）嗟、京、嘉韵（潮）佳、京、膠韵—— ia、iã、a

26.（泉）嘉、弍、嗟、京、花、欢韵— a　ã　ia　iã　ua　uã
（潮）膠、柑、佳、京、柯、官韵

27.（泉）开韵（潮）皆韵——ai

28.（泉）开、飰（潮）皆、肩韵——ai　aĪ

29.（潮）家、庚韵——e　ẽ

30. （泉）基（潮）枝——i

31. （泉）基青（潮）枝天——i ī

32. （泉）基、青、飞、开、熊——i ī ui ai aī（潮）枝、天、归、皆、肩

施炳华还对以上的分组押韵和韵字都分别进行了详细说明。我们将其分韵情况进行了整理，见表2-1。

表2-1

	韵 组
阴声韵	1、2、6、7、8、10、11、12、23、27、28、29、30、32
阳声韵	13、14、15、16、17、18、19、20、21、22
阴声韵与入声字相押	3、4、5、9、24、25、26、31

从其分组押韵归纳和韵字分析不难看出,施炳华在归韵上注重材料分析的写实,这是因为施炳华自己能唱南音,因而在归韵上还充分考虑了实际唱法中对韵脚字的处理,总体体现出以下几个特征。

第一,押入声韵少,无单独的入声韵。

现在通行于闽南地域的方言都存在入声,一般有两组:一类收－p、－t、－k塞音尾的,一类收－ʔ喉塞尾的。而遍检嘉靖本《荔镜记》唱本的韵脚字却发现其入声字作为韵脚字的情况比较特别,入声韵字一共仅出现48次("次"以韵段为单位),其中注明是"泉唱"的14次,"潮唱"的25次,"潮泉"或注"合唱"的有9次。《荔镜记》全书共77支曲牌,注明潮腔的曲牌共9处,仅占其中的八分之一,这么少的潮腔中,却存在如此多的入声韵字,相反占大多数的泉腔,却极少使用入声字,这都是有其原因的。但总体来看:入声韵字在戏文唱本中总体出现是比较

少的,而当时的泉州戏文与潮州戏文在入声字的处理上也有所不同,泉州的曲词尽量少用或不用入声韵字,而潮州戏文中入声字的使用则相对较多。

入声韵与阴声韵互用,这种情况反映了中国古代汉语语音的特点。

第二,阳声韵不与阴声韵互用。

从上表的分析中不难看出,戏文中阴声韵和阳声韵的界限是清晰的,没有出现互用的情况,可见民间戏文在语言与音乐的处理上还是比较严格的,并没有因为主要元音的相同而忽略辅音韵尾的不同。

二 清代三种《荔枝记》语音情况分析

相较嘉靖本《荔镜记》的整理本而言,清代三种《荔枝记》的本子从语音性质上更为纯粹一些,都是泉州方言的传承本,而且如前所述我们认为光绪本与道光本之间存在直接的传承关系,因而根据其语音性质单一的特点,将其单独进行了韵脚字的分析,以确定其整体韵部情况。我们仍将《汇音妙悟》作为检韵标准,三本的韵脚字情况如下。

1. 顺治本《荔枝记》卷首目录共 36 出,实为 35 出,共有曲牌 124 个,2242 个韵脚字。

2. 道光本《荔枝记》全书只有九个曲牌,七个【尾声】,一个【尾合】,一个【慢】,其余唱段没有曲牌。共摘录韵脚字 2506 个。

3. 光绪本《荔枝记》卷首目录 51 出,实为 46 出,全书只有八个曲牌,都是【尾声】,其余唱段没有曲牌。共摘录韵脚字 2446 个。

将这些韵脚字经过系联,共归纳韵部 20 部,分别如下。

1. 基青部:包括基韵 i 和 iʔ、青韵 ĩ 和 ĩʔ 共四个韵母,是《荔枝记》中用得最多的一个韵部。

2. 京嗟部:包括嗟韵 ia 和 iaʔ、京韵 iã 和 iãʔ 共四个韵母,也是《荔枝记》中使用比较多的一个韵部。

3. 欢花部:包括花韵 ua 和 uaʔ、uã 和 uãʔ 共四个韵母。

4. 嘉弍部:包括嘉韵 a 和 aʔ、弍韵 ã 和 ãʔ 共四个韵母。

5. 刀高部:包括刀韵 o 和 oʔ、高韵 ɔ 和 ɔʔ、莪韵 ɔ̃ 和 ɔ̃ʔ、烧韵 io 和 ioʔ 共八个韵母。

6. 飞关部:包括飞韵 ui 和 uiʔ、关韵 uĩ 和 uĩʔ 四个韵母,在《荔枝记》中关韵使用很少,只有七例,两个字,分别为"园"4 例(清顺治本 2 例,清道光本和清光绪本各一例)和"县"3 例(三个刊本各有一例)。

7. 开乖部:包括开韵 ai 和 aiʔ、乖韵 uai 和 uaiʔ,清刊本中押乖韵的韵脚字只有两例为"乖"字,其中清道光本和清光绪本各一例。

8. 郊朝部:包括郊韵 au 和 auʔ、朝韵 iau 和 iauʔ 共四个韵母。

9. 秋箱部:包括秋韵 iu 和 iuʔ、箱韵 iũ 和 iũʔ 共四个韵母。

10. 鸡西部:包括鸡韵 ɯe 和 ɯeʔ、杯韵 ue 和 ueʔ、西韵 e 和 eʔ 六个韵母。

11. 居书部:包括书韵 ɯ 和入声韵 ɯʔ。

12. 珠主部:包括珠韵 u 和入声韵 uʔ。

13. 科说部:只有科韵的两个韵母分别是:ə 和 əʔ。

14. 宾金部:包括宾韵 in 和 it、金韵 im 和 ip、卿韵 iŋ 五个韵母。

15. 丹江部:包括丹韵 an 和 at、江韵 aŋ 和 ak、三韵 am、川韵 uan 等韵母,其中三韵只有两个字 11 例,分别是"针"7 例(清顺治本 1 例,道光本和光绪本各 3 例),"簪"4 例(清顺治本无例子,道光本和光绪本各 3 例)。

16. 轩缘部:只包括轩韵 ian。

17. 春分部:包括春韵 un 和 ut。

18. 毛方部:包括毛韵 ŋ 和 ŋʔ。

19. 东香部:包括东韵 ɔŋ 和 ɔk、香韵 iɔŋ。

20. 恩勤部:包括恩韵的 ɯən,三个刊本各一例,为"恨"字。

通过对清代三个刊本的韵脚字进行整理,归纳出 20 个韵部、39 个韵、72 个韵母。其中入声字使用的字数和次数很少，统计得出三个刊本共使用入声字韵脚仅为 81 个，使用次数共 402 次，仅占韵脚字使用总次数的 5.6% 不到。

三　嘉靖本《荔镜记》与清代《荔枝记》三种归韵之异同

比较嘉靖本《荔镜记》和清代《荔枝记》三种的韵部归纳，从表面上看，前者有 32 组，后者为 20 部，数量上相差较大，但也可以发现其中一些相同之处。

1. 阴声韵和入声韵互用的情况基本相同，清代《荔枝记》三种归纳出来的韵部前 13 个韵部基本都与入声韵字互用。

2. 都有居类的 ɯ 系韵字，这些韵字在今天泉州方言区大多地域读为 −i，反映出这类韵字在近代语音演变中由舌面中部逐渐前移的特点。

但也能从其中看到一些不同。

1. 嘉靖本《荔镜记》在韵部归部上更为严谨细致，如 24 组的花韵、25组的嘉韵与 26 组的嘉、弌、京、花韵，如果考虑主要元音相同能够互用，那么可以合并为一个韵部。相类似的还有 5 组，经过从严考虑归并为 27组、28 组、30 组、31 组与 32 组。

2. 嘉靖本《荔镜记》中入声韵字呈现出带喉塞尾的入声字与阴声韵字互用，而收 −p、−t、−k 韵字不见，而在较晚的清代《荔枝记》三种却存在少量的带 −p、−t、−k 入声字与阳声韵字互用的情况，虽然少但值得我们注意。

四　《荔镜记荔枝记四种》韵部情况与现代泉州方言比较

《荔镜记荔枝记四种》戏文记录了明清时期或者更早的泉州方音，将其与现代泉州方言加以比较不难发现其间的不同。泉州方言共有八十七

个韵母:①

1. 阴声韵 18 个: a ɔ o ə e ɯ ai au

        i ia io iu iau

        u ua uai ue ui

2. 阳声韵 17 个: m am əm an ŋ aŋ ɔŋ

        im iam in ian iŋ iaŋ iɔŋ

        un uan uaŋ

3. 鼻化韵 11 个: ã ɔ̃ ẽ ãi

        ĩ iã iũ iãu

        uã uĩ uãi

4. 入声韵 41 个:

带 -p、-t、-k 塞音尾 12 个: ap at ak ɔk

        ip iap it iat iak iɔk

        ut uat

带 -ʔ 喉塞尾 18 个: aʔ ɔʔ oʔ əʔ eʔ ɯʔ auʔ mʔ ŋʔ

        iʔ iaʔ ioʔ iauʔ iuʔ

        uʔ uaʔ ueʔ uiʔ

鼻化入声韵 11 个: ãʔ ɔ̃ʔ ẽʔ ãiʔ ãuʔ

        ĩʔ iãʔ iũʔ iãuʔ

        uĩʔ uãiʔ

比较《荔镜记荔枝记四种》中韵母系统与泉州方言韵母来看,存在的差异在于以下几点。

1. 戏文的阴声韵、阳声韵多了一组 ɯ 韵母,如:ɯe、ɯo、ɯn、ɯən、ɯəŋ;少了 m、əm 韵;

---

① 林联通:《泉州方言志》,社会科学文献出版社 1993 年版,第 18 页。

2. 戏文的入声韵多了 ɯeʔ、uaiʔ、aiʔ、ik、uãʔ，少了 iak、mʔ、ẽʔ、ãiʔ、ãuʔ、iãuʔ、uãiʔ；

3. 戏文的鼻化韵较现代泉州方言少了 ẽ、ãi、uãi、iãu。

从上面比较来看，ãiʔ、uãiʔ 和 ãi、uãi 分别是开、乖三韵的入声韵和鼻化韵字。这些韵母所辖之字都很少，而且大都是一些白读音，有音无字，或是一些拟声词。它们虽没有作为韵脚字出现，在梨园戏唱词中却是存在的。

从整体戏文用韵的情况来看，入声韵字总量很小，仅占二十分之一，一些方言中存在的入声韵字未必能够真实地在戏文中完全反映出来。

比较值得注意的是，阴声韵和阳声韵多出来的这一组 ɯ 韵母，目前泉州方言仅存 ɯ 韵母，其余均不见。从戏文反映的情况来看，在明清时期或者更早应该是存在这类语音的，我们现在把这类韵字称为"鹨鸪音"，对应《汇音妙悟》中的鸡、钩、恩、箴、生五韵，到目前仍然存在于梨园戏与傀儡戏的戏文演唱中。

第三节　戏曲语音学视角下的明清戏文用韵研究

戏文的语音学研究近年来随着南戏研究热开始得以重视。冯蒸认为：从戏曲学的角度，戏曲的剧本和唱念都离不开音韵问题；从音韵学的角度看，从宋代至今的各种戏曲文献不胜枚举；而分布于各方言区的诸种当代的戏曲、曲艺更是种类繁多，特色各异，它们是汉语音韵学和汉语语音史研究中不可或缺的重要资料。因此，从元代的《中原音韵》以来，许多学者对各种戏曲音韵问题加以探讨，不少论著中均有涉及这方面的内容；特别是近代以来，论著甚多，个别剧种的音韵问题甚至出现了专著（如京剧音韵、昆曲音韵等）。① 戏文的语音研究能够帮助我们了解方言的语音变化轨迹，也能够为我们了解当时的戏文创作提供条件。

《荔镜记荔枝记四种》戏文的语音研究从其创作曲牌与语音的关系上来看，"曲牌联套体"的熟练使用和完整呈现，表明嘉靖本《荔镜记》是一个较为成熟的南戏，一方面继承了南戏的体例特点；另一方面，所谓"潮泉合刊"，必定是潮本戏文和泉本戏文的合刊，那么也就是说到了明嘉靖年，或者在那之前，南戏的体制就已经传到了泉州和潮州，因此，合刊后才能形成如此完善的戏文体系。

《荔镜记荔枝记四种》戏文韵脚字入声韵字的使用情况，也值得我们去研究。从整体使用情况来看，这四个本子中入声字的使用量不足韵脚字的二十分之一，但当时的方言中必然存在着较为完整、成系统的入声韵字，应该包括–ʔ和–p、–t、–k，通过分析能够清晰地看到，在嘉靖本《荔镜记》中收–p、–t、–k韵尾的入声字基本不出现，仅出现收–ʔ韵尾的入声字，喉塞–ʔ韵尾的入声字是塞音韵尾–p、–t、–k入声字弱化而来，而且在戏文中能够清晰明显地不使用收–p、–t、–k韵尾的入声字，可见当时的人完全能够清晰分辨这两类入声字，也就是说，这两类入声字在当时是较为完整清晰存在的。

清代《荔枝记》三个本子中能够同时见到收–p、–t、–k和收–ʔ韵尾的入声字，但使用量极小。明代的嘉靖本戏文体制严谨，到了清代随着戏文在民间的广泛传唱，使方言搬演传唱过程中必然带来民间艺人的再加工，这类再加工可以是语音上的，也可以是文本上的。语音上的就是戏文的韵脚字越来越不严谨，他们通过在演唱中改变字尾收音来

---

① 冯蒸：《论中国戏曲音韵学的学科体系》，《首都师范大学学报》2003 年第 3 期。

使两类入声韵字都能够进入戏文。从这里也让我们看到，南戏戏文体制在辗转传承过程中发生的变化：一方面，体制传承并不意味着语音特点的传承，而是用一方语音语调入戏；另一方面，从明嘉靖本的严谨用逐渐发展到清代三本用韵的宽舒。

从这个意义上说，《荔镜记荔枝记四种》的语音研究不仅能够描写泉州方音明清以来的变化，也能够帮助我们了解南戏体制传播过程中的地域变化情况，丰富南戏的研究。

第三章 泉腔梨园戏现代整理本研究

"陈三五娘"故事在明清时期，经过了五种戏曲刊本不断传刻的积累，已经形成了故事的基本轮廓和主要内容。那么，在明清以后，在新中国成立以后，"陈三五娘"故事又是如何在戏曲刊本方面传承、发展的呢？本章主要通过将蔡尤本等在1952年口述的梨园戏传统本《陈三》（简称口述本《陈三》）与明嘉靖丙寅年重刊本《荔镜记》（简称嘉靖本《荔镜记》），以及华东会演得奖本梨园戏《陈三五娘》（简称华东本《陈三五娘》）分别进行比较，考察口述本《陈三》对于明清戏曲刊本的继承情况，以及该版本对于另一梨园戏演出版本华东本《陈三五娘》的影响。从中我们可以看到口述本《陈三》在"陈三五娘"故事戏曲刊本传承中的承上启下作用。

第一节 口述本《陈三》对嘉靖本
《荔镜记》的继承与突破

《陈三五娘》是梨园戏的代表剧目，在海内外闽南语系地区影响深远。梨园戏按照传统体例，都是以"头出生"的男主人公命名，所以蔡尤本等口述记录本原名为《陈三》，共 22 出，其大部分场口是由蔡尤本于 1952 年口述记录，余下部分由许志仁补述"赏花"，蔡维恭、刘书鉴、邱允汀补述"私会""簪花"，后又经过林任生的校订和郑国权的复校，现福建省梨园戏实验剧团有存档本。福建省梨园戏实验剧团1951 年恢复重建剧团时，首先按照蔡尤本等口述的这个传统本排演了《陈三五娘》，分上、下集，演出时间为两个晚会。① 这一个版本的 22 出，分别为一出"送哥嫂"、二出"睇灯"、三出"林大答歌"、四出"过楼投荔"、五出"磨镜"、六出"捧盆水"、七出"后花园"、八出"赏花"、九出"留伞"、十出"绣孤鸾"、十一出"私会"、十二出"簪花"、十三出"私奔"、十四出"公差捉拿"、十五出"审奸情"、十六出"探牢"、十七出"起解"、十八出"小闷"、十九出"大闷"、二十出"抢解"、二十一出"遇兄"、二十二出"说亲"。

明嘉靖丙寅年重刊的《荔镜记》，是泉州地区迄今为止发现得最早的"陈三五娘"故事戏曲剧本。这个刊本的发现，颇为曲折。它原来分别收藏在日本天理大学图书馆和英国牛津大学图书馆。中国内地，直到 1956 年，梅兰芳、欧阳予倩访问日本时，才将天理图书馆的《荔镜记》全部拍照带回。1959 年，福建省戏研所和泉州剧协才从中央戏剧学院购回《荔镜记》书影两套，并且分别交由福建省梨园戏实验剧团和省戏研所保存。在台湾地区，台湾大学的吴守礼早在 1954 年就通过日本友人得到了天理大学图书馆藏的《荔镜记》书影一套；1959 年时，又将英国牛津大学图书馆所藏的《荔镜记》微卷纳入收藏。至此之后，吴守礼花了 40 多年的时间对《荔镜记》进行整理研究，成果丰厚。此后，台南成功大学的施炳华，在吴守礼的研究基础上，进一步研究《荔

---

① 蔡尤本等口述，林任生校订，郑国权复校：《陈三》，泉州地方戏曲研究社编《泉州传统戏曲丛书》第 1 卷，中国戏剧出版社 1999 年版，第 377 页。

镜记》的音乐与语言，并形成专著。他们两位的研究之功，为研究嘉靖本《荔镜记》打下了良好的基础。1999 年，郑国权根据福建省梨园戏实验剧团所保存的日本天理本书影，参照吴守礼的校理本和施炳华的汇注本，对嘉靖本《荔镜记》进行了校订，并将该版本收录在《泉州传统戏曲丛书》第一卷中，以方便戏曲爱好者和研究者的阅读。这为我们进一步了解这部明代的《荔镜记》传奇，创造了有利条件。

嘉靖本《荔镜记》既然是目前所发现的"陈三五娘"故事最早的戏曲剧本，那么，了解它对于梨园戏《陈三五娘》的影响，对于我们研究与"陈三五娘"故事相关的戏曲作品以及了解梨园戏，都有着不可忽视的重要作用。蔡尤本等 1952 年口述的梨园戏传统本《陈三》是目前最能体现梨园戏《陈三五娘》原貌及精髓的版本，因此，我们以其作为梨园戏《陈三五娘》传统演出版本的代表，与嘉靖本《荔镜记》进行对比研究，去找寻其中的联系与区别，继承与突破，主要有了以下的发现。

一 口述本《陈三》与嘉靖本《荔镜记》的联系

上文曾经提到，刊于明代的传奇《荔镜记》是目前所见"陈三五娘"故事相关戏曲作品的最早版本，那么，嘉靖本《荔镜记》对口述本《陈三》是否有所影响呢？基于这一点，我们探析两个版本存在的联系，发现二者的联系主要表现在以下几个方面。

（一）剧情安排上的联系

嘉靖本《荔镜记》与口述本《陈三》两个剧本，最明显的联系表现在剧本的剧情安排上。虽然前者有 55 出，后者只有 22 出，但对两个剧本分别进行阅读后，则会发现，这两个剧本的剧情内容是基本相同的，在剧情安排上也存在不少相似之处。

嘉靖本《荔镜记》与口述本《陈三》的剧情内容都是表现陈三与黄五娘的爱情故事。从剧情的主体来看，都保有陈三与五娘在元宵灯会上相见，五娘在彩楼上投荔枝给陈三，陈三扮作磨镜人进入黄家，二人互相试探终于欢会，为了躲避林大的逼婚而私奔，私奔后被捉回，陈三被发配充军，五娘相思无限，两人最后在陈三兄长的帮助下终成眷属等重要情节。

口述本《陈三》从嘉靖本《荔镜记》中所吸收和继承的，还不止以上这些重要剧情内容。除以上所述之外，口述本《陈三》中的第一出"送哥嫂"［对应嘉靖本《荔镜记》（下同，略）第二出"辞亲赴任"、第四出"运使登途"］、第二出"睇灯"（对应第六出"五娘赏灯"、第八出"士女同游"）、第三出"林大答歌"（对应第七出"灯下搭歌"）、第四出"过楼投荔"（对应第十七出"登楼抛荔"）、第五出"磨镜"（对应第十九出"打破宝镜"）、第六出"捧盆水"（对应第二十二出"梳妆意懒"）、第七出"后花园"（对应第二十四出"园内花开"）、第十出"绣孤鸾"（对应第二十六出"五娘刺绣"）、第十一出"私会"（对应第二十九出"鸾凤和同"）、第十三出"私奔"（对应第三十三出"计议归宁"、第三十四出"走到花园"）、第十四出"公差捉拿"（对应第四十三出"途中遇捉"）、第十五出"审奸情"（对应第四十四出"知州判词"）、第十六出"探牢"（对应第四十五出"收监送饭"）、第十七出"起解"（对应第四十六出"叙别发配"）、第十八出"小闷"、第十九出"大闷"（对应第四十八出"忆情自叹"）、第二十出"抢解"（对应第四十九出"途遇佳音"）、第二十一出"遇兄"（对应第五十一出"驿递遇兄"）、第二十二出"说亲"（对应第五十三出"再续姻亲"）都能从嘉靖本《荔镜记》中找到相同或类似内容的对应出目。虽然不可能在剧情内容和细节上完全一致，但是相似度很高。可见，口述本《陈三》的剧情基本脱胎于嘉靖本《荔镜记》是毋庸置疑的，只是根据自身梨园戏演出本的特点做了一定的修改。

不过，我们还应该注意到，尽管口述本《陈三》的剧情大多源于嘉靖本《荔镜记》，但在情节上对《荔镜记》进行了较大的删减。一是如第十出"驿丞伺接"、第十二出"辞兄归省"、第五十一出"驿递遇兄"等与陈三兄长陈运使相关的出目被删减了不少；二是删减了与林大有关的一些出目，其中包括五娘激烈抗婚的几出，如第九出"林郎托媒"、第十一出"李婆求亲"、第十三出"李婆送聘"、第十四出"责媒退婚"、第十五出"五娘投井"，还包括五娘与陈三私奔后与林大相关的一些出目，如第三十七出"登门逼婚"、第三十八出"词告知州"、第五十二出"问革知州"，等等。正是这些出目的递减，使得口述本《陈三》只有 22 出，出数大大少于嘉靖本《荔镜记》。

从嘉靖本《荔镜记》到口述本《陈三》，出目减少一半以上，这与剧本性质也有关。《荔镜记》是适合案头阅读的文人传奇，其中原有许多不适合演出、不具舞台性的情节，这些情节都不适合于出现在梨园戏的演出中，因而都被口述本《陈三》删除或合并、压缩了。比如嘉靖本《荔镜记》中的第二十一出"陈三扫厅"，就被口述本《陈三》在第六出"捧盆水"中略述了；口述本《陈三》的第十二出"簪花"中顺带提及了之前有"益春退约"之事；口述本《陈三》的第十三出"私奔"中也将陈三与黄九郎去收租、称病回府的事情一带而过。此外，口述本《陈三》的第八出"赏花"相关内容并未出现在嘉靖本《荔镜记》中，《荔镜记》的第四十八出"忆情自叹"则在口述本《陈三》中被分为"小闷""大闷"两出来表现。

从以上分析可见，口述本《陈三》与嘉靖本《荔镜记》的联系在于，前者虽然在主要剧情内容上几乎都是陈三、五娘两位男女主角的戏，且这些剧情大多来源于后者，但却把后者中的其余旁枝几乎都删减、合并、压缩了。

（二）语言类型上的联系

翻看嘉靖本《荔镜记》与口述本《陈三》两个剧本，我们会发现，尽管《荔镜记》是文人传奇，而《陈三》是梨园戏艺人的口述本，在创作主体的身份上有着很大的不同，但在语言类型方面，两者使用的都是地方方言。

嘉靖本《荔镜记》就已使用潮泉方言，整部剧本是以剧中人物使用潮泉方言演唱、对话的方式进行编排的。比如，第三出"花园游赏"中，黄五娘自称是黄九郎的"诸娘仔"（女儿）；[①] 第五出"邀朋赏灯"中，林大说自己无"某"（妻子），实际使用的也是方言，同一出中，还有"诸娘"一词，在《泉州传统戏曲丛书》的整理本中还加了注释："妇女"；[②]"手指"一词，则被注释为"戒指"。[③] 从音到义，都是典型的潮泉方言。还有一个词也被用得很多，也很明显，就是"得桃"，被用来指"玩"，这也是典型的潮泉方言。

《陈三》是由蔡尤本等人口述的梨园戏演出本，因此，记录下的语言自然是演员平时演出所使用的语言，而梨园戏演员是以泉州方言进行演出的，所以口述本《陈三》的语言类型是潮泉方言，更是顺理成章的事。

由于两个剧本在语言类型方面的联系和相似度几乎是一目了然的，在此就不赘述了。

（三）剧情细节上的联系

上文中曾提及，嘉靖本《荔镜记》与口述本《陈三》在剧情安排

---

① 明代嘉靖丙寅刊本《荔镜记》，郑国权主编《荔镜记荔枝记四种》（第一种）影印，中国戏剧出版社 2010 年版，第 35 页。

② 郑国权校订：明嘉靖丙寅年重刊《荔镜记》，泉州地方戏曲研究社编《泉州传统戏曲丛书》第 1 卷，中国戏剧出版社 1999 年版，第 9 页。

③ 同上书，第 10 页。

上存在着较为深入的联系，实际上，两个剧本不仅从宏观上来看，在剧情安排上存在联系，而且从微观上来看，在剧情细节上也存在着较深的联系。

例如，在嘉靖本《荔镜记》与口述本《陈三》中，都有五娘一行人赏灯的情节，在赏灯的过程中，两个剧本中都提到她们看到了打秋千等人们游玩的景象，只是《荔镜记》中并未过多渲染，而《陈三》中却对这些游乐景象通过唱词和动作等进行了较为详细的呈现。

还有一个更为具体的例子。嘉靖本《荔镜记》第六出"五娘赏灯"中，益春和李婆提问五娘花灯故事的唱答："［丑］哑娘，只一盏正是乜灯？［旦］只一盏正是唐明皇游月宫。［丑］唐明皇是丈夫人？孜娘人？［旦］唐明皇正是丈夫人。［丑］那莫是丈夫人，都有月经？［旦］只正是月内个宫殿。［丑］向生，待我估叫是丈夫人有月经一？［占（贴）］呵娘，只一盏正是乜灯？［旦］只正是昭君出塞。［丑］呵娘，昭君便是丈夫人？诸娘人？［旦］昭君正是诸娘人。［丑］向生，待我一辜叫一诸娘向恶，都会出婿。"① 这一段细节内容，被口述本《陈三》在第二出"睇灯"中完全继承了下来，问的内容和回答的方式基本相同，只是口述本《陈三》做了更多发挥，加入了许多更加低俗的词语来形容，有故意迎合观众的恶趣味之嫌，而且，除了以上问灯故事的内容外，口述本《陈三》还模仿这种问答形式，在"睇灯"中加入了更多相似的内容。但思及口述本《陈三》的演出本性质及地方剧种性质，这样的继承和发挥，就更容易理解了。

此类例子还有不少，如在嘉靖本《荔镜记》和口述本《陈三》中，五娘投给陈三的手帕上，都绣有"宿世姻缘"四个字；陈三到五娘家

---

① 明代嘉靖丙寅刊本《荔镜记》，郑国权主编《荔镜记荔枝记四种》（第一种）影印，中国戏剧出版社 2010 年版，第 45 页。

磨镜，益春都有问陈三会不会边磨镜边唱歌，并说李公磨镜时都会唱歌；陈三磨镜时，益春给陈三捧水，陈三在两个剧本中都问了她水是谁叫她捧来的，而益春都回答是小姐让捧来的；陈三打破宝镜后，在两个剧本中都贿赂小七，请他帮忙向黄九郎求情，让自己留在黄家帮工还债；五娘梳妆时，让益春捧水，陈三让益春把水交给他捧去，五娘责问，益春都撒谎骗五娘是因老夫人使唤，所以让陈三捧水……

由以上分析可知，口述本《陈三》不仅在剧情安排上对嘉靖本《荔镜记》多有承袭，而且在剧情细节上也有许多几乎是照搬的继承，虽然也有一些根据自身剧种及演出特点的发挥，但是总体上还是没有脱离嘉靖本《荔镜记》的影响，还是受到了《荔镜记》的启发，因而其在剧情细节上与《荔镜记》的联系很深。

二　口述本《陈三》与嘉靖本《荔镜记》的区别

由上文论述可知，嘉靖本《荔镜记》与口述本《陈三》之间的确存在着一定联系，但是将《荔镜记》与《陈三》进行比较，所体现出的区别则更为明显而深刻，主要表现在以下八个方面。

（一）同一剧情段落的处理方式存在区别

嘉靖本《荔镜记》和口述本《陈三》虽然在剧情安排和剧情细节上存在着不少相似之处，但是究其细节，真正落实到同一剧情段落的处理方式上，就会发现两个剧本实际存在着较大的区别。

比如，嘉靖本《荔镜记》与口述本《陈三》中都有五娘与益春、李婆（李姐）去观灯，遇到陈三的剧情。在《荔镜记》中，五娘一行人与陈三的相遇，仅限于观灯时互相看到，并未进行进一步的交流、互动。但在口述本《陈三》的"睇灯"一出中，陈三在五娘一行人观灯时，曾经紧紧跟随在旁，每当五娘为益春和李姐解答有关灯的问题的时候，陈三总会在旁边适时插嘴，以显示自己的才学，引起五娘的注意。此后，陈三还曾掉落扇子，被李姐、益春捡到，李姐贪图扇子，将其收起，并与前来寻找扇子的陈三颇费了一番口舌进行周旋，试图将扇子占为己有，被陈三识破，被益春、五娘点破，还死不承认，最后还是五娘承诺再给她一把扇子，她才将扇子还给陈三的。经过这前前后后的一番折腾，陈三与五娘已经对对方产生了一定的了解，为后来二人感情的产生做了较好的铺垫。在这个剧情段落的处理方式上，口述本《陈三》明显好于嘉靖本《荔镜记》，为陈三、五娘感情的发展、剧情的发展打下了适当的基础。此外，除了陈三与五娘在观灯时相识的剧情段落外，整个观灯的过程，口述本《陈三》比嘉靖本《荔镜记》有着更多篇幅的描写和发挥，并且着力去迎合普通观众观看演出时，追求笑料，喜好通俗甚至是俗气风格的要求。

另外，同样是陈三、五娘、益春被公差捉拿的剧情段落，嘉靖本《荔镜记》只是设计为陈三一行人的行踪被摆渡的船家泄露，而三人未能成功瞒过路途上公差的盘问，因而被捉。与《荔镜记》相比，《陈三》中的设计就增加了不少趣味性和舞台性：三人住宿在一个媒婆开的客店，公差中有一人与媒婆认识，先去试探媒婆，但媒婆并没有承认。于是两个公差就假装鸡叫来引出陈三等人，陈三等人果然中计。这个版本的处理方式，从内容到表演，无疑都更具有观赏性，更能引起观众的共鸣，更能令观众发笑。类似的例子还有《陈三》中的"探牢"与《荔镜记》中的"收监送饭"，虽然剧情类似，但前者的处理方式更加生动有趣。这样的例子在两剧中还有一些，在此不一一赘述。

由上可知，在同一剧情段落的处理方式上，之所以存在口述本《陈三》普遍优于嘉靖本《荔镜记》的情况，这与文人传奇与演出本的性质不同有很大的关系。嘉靖本《荔镜记》是文人传奇，剧本的舞台性和表演性不强，更适合于案头欣赏。与《荔镜记》相反，《陈三》则是不折不扣的演出本，是由富于演出经验的演员口述的，所以它处处以表演、舞台效果为考量，尽力设计，让剧情段落更具观赏性，更好地吸引观众的注意力。

（二）嘉靖本《荔镜记》对民俗表现的重视

虽然嘉靖本《荔镜记》和口述本《陈三》中都有关于元宵节观灯、答歌等民俗内容的较为详细的呈现，但是仔细考察剧本，会发现《荔镜记》更加注重对地方民俗的表现。

例如，《荔镜记》第五出"邀朋赏灯"中，卓二让丫鬟春来拿出槟榔请林大一起吃；第十三出"李婆送聘"中，又有李婆请五娘一起吃槟榔的情节；第十八出"陈三学磨镜"中，李公要请登门的益春吃槟榔，从以上这些有关"请吃槟榔"的情节中可见，吃槟榔是当时潮州非常流行的一种招待客人或闲暇交往的方式，吃槟榔有益于拉近人与人之间的距离、表达交往的诚意等。而且这种吃槟榔的习俗，至今仍在台湾地区盛行，可以看作明代潮州地区吃槟榔习俗在闽南文化区域的一种延续。

此外，嘉靖本《荔镜记》中，林大、卓二第一次在街上见到赏灯的五娘，他们认为五娘十分美丽，把她看成神仙，比喻为妈祖，由这一点可以看出，妈祖信仰在明代的潮州地区已有较大的影响。

《荔镜记》第十四出"责媒退婚"中，五娘向母亲形容林大的长相像怪兽"年"时说："〔旦〕许人生不亲像龟，也不亲像鳌。〔丑〕不亲像乜？〔旦〕恰亲像猴狲一般体。〔丑〕乜哑，亲像猴？许不那亲像，障返牵来弄年？〔旦〕正是向生。"①

从以上这些例子可知，嘉靖本《荔镜记》中，很重视对当时民风

---

① 明代嘉靖丙寅刊本《荔镜记》，郑国权主编《荔镜记荔枝记四种》（第一种）影印，中国戏剧出版社 2010 年版，第 75 页。

民俗的展现，很注重还原生活，因此其比口述本《陈三》更重视对民俗的表现，或者说，它更刻意地在剧本中展现民俗。

（三）口述本《陈三》的语言更加口语化、世俗化

嘉靖本《荔镜记》和口述本《陈三》虽然都是用方言写就的，都较为通俗、流畅、易懂，但相较于文人传奇《荔镜记》，由梨园戏艺人口述的《陈三》在语言风格上则显现出更进一步的口语化和世俗化。

以元宵节之夜，益春、李婆（姐）与林大、卓二的答歌内容为例。嘉靖本《荔镜记》里，双方答歌的歌词是："【答歌】［唱］恁今向片阮障片，恁今唱歌阮着还。恁今还头阮还尾，恰是丝线缠竹片。［丑占（贴）唱］阮今障边恁向边，阮今唱歌恁着还。阮今还头恁还尾，恰是丝线缠竹鼓。［净末唱］阮唱双歌乞恁知，待恁听知我也知。待恁坐落袜走起，待你走起我便来。［丑占（贴）唱］阮唱山歌乞恁听，待恁坐听立亦听。待恁坐落袜走起，待恁起来又袜行。［净末］月朗朗，照见月底梭掏红。斧头破你你不开，斧柄择你着一空。［占（贴）丑唱］月圆圆，照恁未是好人儿。［净］正是西街林大爹。［占（贴）］想恁那是作田简，大厝人仔向大鼻。月炮炮，照见恁是人阿头。看您大厝饲个简，十个九个讨本头。"①

口述本《陈三》中，双方答歌的歌词是："【翁姨叠】灯月照人上彩楼，秋千起挂在龙门兜，满街满巷琴弦笙箫闹。致意请，请卜娘仔来起歌头。［小旦、丑合唱］【前腔】灯月清光灯月红，想恁不是答歌郎。虽然蜂蝶贪花丛，好笑恁恰似柳絮趁风狂。柳阿弄哇，弄哇柳哇，哇柳哇弄来。花柳红，花柳红，恁人竖开去，莫得来倚阮肩头，阮人伊了来啊咯……［合唱］【前腔】灯月照人上下光，可惜娇女苦无郎。恁也孤，

①　明代嘉靖丙寅刊本《荔镜记》，郑国权主编《荔镜记荔枝记四种》（第一种）影印，中国戏剧出版社2010年版，第49—51页。

阮也孤，二边算来一般苦。恁若有十分加利，阮也与恁沽（估）。[小旦、丑合唱]【前腔】灯前月下可青狂，鼻做擂槌嫌较长。只见别物一路用，借人割去擂生糖。"①

将上、下两段答歌词进行比较可见，口述本《陈三》的答歌词不仅多样、生动，而且与元宵夜景结合紧密，还配有"柳阿弄哇，弄哇柳哇，哇柳哇弄来哇"等吟唱之音，再加上"蜂蝶贪花丛""鼻做擂槌"等通俗的比喻，与嘉靖本《荔镜记》中略显单调、毫无意境的答歌词相比，更具有口语化、世俗化的特点。口述本《陈三》语言的这一特点，是《荔镜记》无法比拟的。

另外，如上文提到的嘉靖本《荔镜记》第六出"五娘赏灯"中，李婆、益春问五娘唐明皇游月宫等的故事，在口述本《陈三》中也有表现，其遣词造句和用语都有了更进一步的口语化和世俗化，比如关于王昭君出塞的故事，《荔镜记》中，李婆听成了"出婿"，而到了口述本《陈三》中，竟变成了"出屎"，这可以说是一个较为极端的例子，但也表现出《陈三》作为演出本，为满足观众趣味，而进行的世俗化甚至粗俗化处理。

（四）人物形象塑造上的不同

嘉靖本《荔镜记》与口述本《陈三》在人物形象塑造方面的不同，主要体现在两个主要人物的身上，一个是黄五娘，一个是益春。同时，《荔镜记》在人物塑造方面，比《陈三》更加细腻。

对于黄五娘这一人物的塑造，嘉靖本《荔镜记》中是较为细腻的。剧本一开场，就通过一些细节表现出五娘是一个渴求爱情的少女。第三出"花园游赏"中，五娘与益春的一系列对话，都表现了她对于自己

---

① 蔡尤本等口述，林任生校订，郑国权复校：《陈三》，泉州地方戏曲研究社编《泉州传统戏曲丛书》第1卷，中国戏剧出版社1999年版，第398—399页。

青春年少，却枉度时光的感叹，其中她的一段唱词很好地道出了心声："【扑灯蛾】［旦］整日坐绣房，闲行出纱窗。牡丹花正开，尾蝶同飞来相弄。上下翩翩，阮春心着伊惹动。"① 这句话准确地透露出五娘怀春，少女被春天、花草、蝴蝶惹动的心思。

又如，第六出"五娘赏灯"中，李婆来找黄五娘和益春一起去看灯，黄五娘称有德妇人是不出闺门的，在家观灯就好。益春劝五娘说，今天元宵，肯定有许多公子王孙上街答歌，暗示五娘有机会遇到意中人，于是，五娘瞬间被说动了。从中可见五娘希望遇到伴侣的迫切心情。尽管如此，五娘仍然不忘提醒益春，出外必须点灯，否则不出门。此处又可见，她此时虽渴求爱情，但是长期以来的淑女教育也让她还在谨言慎行地遵守规矩，她心中的束缚仍然存在，这种矛盾的心理状态，在此后对她与陈三的感情发展产生了影响，让她始终徘徊，难以义无反顾地投入。但这种矛盾心理，却又是那么符合五娘的身份，那么合理，让人更觉其形象的生动、可信。

但是，在嘉靖本《荔镜记》中，五娘不仅是一个传统的淑女，一个想爱却又受着束缚的大家闺秀，她还有着自己的小姐脾气，有时表现为对益春打趣她的轻声呵斥，有时表现为娇羞。五娘最明显地表现自己的脾气，是在一次与陈三的对话中："［生］小人见四边无人，共娘仔譬论。［旦］譬你狗头论，走！"② 一句粗鲁的话，直接将想与她深谈的有情人陈三斥走。这就是彻头彻尾的大小姐做派了。

以上几种性格特征，集合于五娘之身，都是合理的，而且不惹人厌烦，即使她偶尔有些小脾气，读者和观众还是觉得她是可爱的。

与嘉靖本《荔镜记》中对黄五娘这一人物形象的细腻塑造相比，

---

① 明代嘉靖丙寅刊本《荔镜记》，郑国权主编《荔镜记荔枝记四种》（第一种）影印，中国戏剧出版社 2010 年版，第 36 页。

② 同上书，第 126 页。

口述本《陈三》则将黄五娘塑造成了一个刁蛮任性的大小姐，形象较为单一。当她与益春同时出场时，大多时候都对益春摆出一副大小姐的架子，动不动就骂益春"死婢"，动不动就要责打她。特别是在第七出"后花园"中，益春劝说五娘与陈三把话说开，可是五娘却怀疑益春与陈三有私情，被益春揶揄反击，又恼羞成怒要责打益春。这些大小姐派头给读者和观众留下了她的任性超过对陈三的深情的印象，这样的性格特征对应爱情剧女主角的形象，就不那么合适、讨喜了，致使人们对这个人物喜欢不起来。口述本《陈三》这样来处理黄五娘的形象，可以说是过于简单，不够细腻的。

此外，对于益春这一人物形象，嘉靖本《荔镜记》的塑造也更为细腻。这一点主要表现在益春面对陈三挑逗的态度上。在《荔镜记》第二十八出"再约佳期"中，五娘让益春找陈三再约相会时间，陈三在此时却蓄意挑逗益春，想先与她欢会。益春推辞，陈三一再表明对她有意，益春坚定地告诉陈三，自己虽然出身低下，但也不会随意轻贱自己。陈三以感谢益春为名，益春也让他用真金白银来谢，不要再提其他，对于陈三背着小姐的这副好色嘴脸，给予了严厉的斥责。从这一段剧情中，我们可以看到益春是一个非常坚定的、有自己主张的女子，她出身低微，却自尊自爱，又富有正义感，瞧不上陈三这种好色之徒，根本不稀罕陈三的外表和家世。而在口述本《陈三》中，陈三也对益春进行了勾引，但是益春却是顺水推舟，接受了与小姐共侍一夫的安排。仅从这一点来看，两个剧本中，益春的形象高下立见，在嘉靖本《荔镜记》里，小丫鬟益春甚至表现出了一些红娘的胆色和人格魅力。但是，在口述本《陈三》中，为了在演出中满足观众坐享齐人之福的幻想，却给益春安排了给陈三做妾的命运，令人感到惋惜。

（五）剧本形式上的区别

嘉靖本《荔镜记》与口述本《陈三》，一个是文人创作的传奇，一个是梨园戏艺人口述的演出本，其从剧本体裁、剧种类别上来说，都对剧本的形式造成了影响，使两剧在剧本形式上也表现出了明显的区别，主要体现在以下两个方面。

一是嘉靖本《荔镜记》作为明传奇，有下场诗；而口述本《陈三》是口述的地方戏演出本，因此不受明传奇体制的限制，没有下场诗。《荔镜记》每出末都有四句下场诗，且有些语句直接借用了早期《琵琶记》等南戏或传奇中的下场诗，如"遇饮酒处须饮酒，得高歌处且乐然"①"有缘千里终见面，无缘对面不相逢"②。

二是嘉靖本《荔镜记》与口述本《陈三》的脚色体制的差异。《荔镜记》中，扮演黄五娘与益春的分别是旦、贴；《陈三》中，扮演此二人的是大旦、小旦，此外还有贴扮演欧氏。虽然其他行当类型基本一致，但仅从以上就能见出，二剧在脚色体制上是不同的。

口述本《陈三》在剧本开头就将各个行当扮演、改扮的人物加以明确；《荔镜记》对于由哪个行当来扮演哪个人物，在剧本开头并未进行统一明确，而是直接在剧中安排。这也许跟嘉靖本《荔镜记》剧情内容比口述本《陈三》复杂、出场人物多等因素不无关系，但《荔镜记》中也出现了一些，在同一出中，中途让行当所扮演的角色下场，然后改扮另一个角色立刻上场的状况。这样做，对于演出来说是不够严谨的，如果安排得不好，很可能让演员没有足够的时间换装，无法正常上场。

从以上两点来说，嘉靖本《荔镜记》、口述本《陈三》这两个体裁、性质不同的剧本，在剧本形式上的区别还是较为明显的。

---

① 明代嘉靖丙寅刊本《荔镜记》，郑国权主编《荔镜记荔枝记四种》（第一种）影印，中国戏剧出版社 2010 年版，第 37 页。

② 同上书，第 59 页。

（六）插科打诨运用上的区别

嘉靖本《荔镜记》是文人传奇，与口述本《陈三》相比，它的舞台性较差，这一点最显著地体现为二者插科打诨运用上的区别。

在《荔镜记》中，对插科打诨的运用都是节制的，总是点到即止，不占太多篇幅，不费太多口舌。如第五出"邀朋赏灯"中，卓二调侃林大有钱便有妻子之事："［末上］谁叫一声？应世出外厅。不知是乜人，原来是林大兄。［净］我今请你无别事，那因无某费心情。［末］林兄钱到某便。［净］谁人某卜租人？［末］和尚某卜租人。［笑介末白］林兄请坐。"① 卓二针对林大感叹的无妻状态，只是简单地与他调侃了两句，并未继续发挥。

而且，嘉靖本《荔镜记》的插科打诨大多有一定的套路，比如李婆与益春的插科打诨，篇幅不多，而且都以益春斥李婆"莫茹咕"而告终。如第八出"士女同游"中的一段："［占（贴）］只一人都不是怎潮州人？［丑］只一人我八伊。［占（贴）］正是乜人？［丑］是兴化人。［占（贴）］兴化人来只处干乜事？［丑］来缚笼床。［占（贴）］缚笼床都拙哄。［丑］卜畏天上差来个人。［占（贴）］天上差来卜乜事？［丑］天上差落来，专共许一火简仔打狮尾。［占（贴）］李婆莫如咕。"②

与口述本《陈三》中动辄数百字的插科打诨内容相比，《荔镜记》中插科打诨的内容可谓节制，点到为止，并不像《陈三》那样，插科打诨占去不少篇幅。

这种情况的出现，同样与两个剧本的性质有关。嘉靖本《荔镜记》

---

① 明代嘉靖丙寅刊本《荔镜记》，郑国权主编《荔镜记荔枝记四种》（第一种）影印，中国戏剧出版社 2010 年版，第 39 页。

② 同上书，第 51—52 页。

毕竟是文人传奇，文人对舞台性的了解有限；而口述本《陈三》则是演出版本，自然会有许多为演出而增加的表演桥段，插科打诨就是其中的重要部分。

（七）情节细节的区别

上文曾谈道，嘉靖本《荔镜记》和口述本《陈三》在剧情安排和剧情细节处理上是有联系的，实际上在此基础上，两剧还在情节的细节方面表现出更多的区别。

嘉靖本《荔镜记》中，陈三在遇到五娘时，就从安童那里得知了五娘的身份；而口述本《陈三》里，陈三观灯时遇到五娘，却不知道她的身份，是后来才得知的。

在五娘给陈三投荔枝前，《荔镜记》中，陈三和五娘仅在观灯时见到，并未有任何互动，仅是满意对方的相貌；《陈三》中，陈三和五娘在观灯时就已经有了较多的接触，对彼此有了更深层次的好感。从这一点来看，还是《陈三》中对五娘与陈三感情产生的铺垫较为充足、合理，《荔镜记》在这一点上则有所欠缺。

嘉靖本《荔镜记》与口述本《陈三》中，陈三上门磨镜的缘由不同：《荔镜记》中是益春找到李公处请他上门磨镜，陈三请求李公安排他前往；《陈三》中则是陈三自己挑着担子装成磨镜人，去往黄家招揽生意。

《荔镜记》中，陈三与五娘定情前，五娘两次收到陈三的信：一次是在花园中，陈三翻墙而来，随身携带着信，在被五娘斥走的时候落下，被五娘拾起；另一次是益春帮陈三放在五娘绣箧中的。《陈三》中，五娘只在绣箧中发现过一封益春专门帮助陈三藏好的信。

《荔镜记》通过第四十二出"灵山说誓"，把陈三与五娘的姻缘归于前世夫妻，今世注定，而《陈三》中则没有这样的设定。

类似以上这样的例子还有很多，整体情节上的相似，并不代表着情节细节的相似，不同的细节，带来的表现效果是不同的。因此，口述本《陈三》虽源自嘉靖本《荔镜记》，但是根据演出需要进行了调整，也是非常正常的。

（八）嘉靖本《荔镜记》文人风格的彰显

嘉靖本《荔镜记》与口述本《陈三》相比，彰显出较为明显的文人风格，主要体现在两个方面。

一是嘉靖本《荔镜记》较多地受到《西厢记》的影响。这表现在剧中对《西厢记》剧情、人物等的多次提及，以及相似的剧情、人物的出现上。如第六出"五娘赏灯"中，说到了灯中有张君瑞、崔莺莺的造型："〔丑占（贴）〕元宵景，有十成，赏灯人都齐整。办出鳌山景致，抽出王祥卧冰、丁兰刻母，尽都会活。张拱莺莺，围棋宛然。真正障般景致，实是恶弃。恁今相随，再来去看，再来去看。"① 又如第十八出"陈三学磨镜"中，陈三由《西厢记》的故事想到接近五娘的办法："【北上小楼】〔唱〕私情事志挂人心，眠边梦内思想。记得当初张拱共莺莺有情，张拱袜得入头时，假意借书房西厢下读书。假意西厢下读书，伊冥日费尽心神。"② 再如第二十六出"五娘刺绣"中，益春又与五娘说了陈三家人昨日来探望他的事情，表明陈三家境优渥，只为五娘来到黄家为奴，又提起了《西厢记》中张生、莺莺的例子。

嘉靖本《荔镜记》中还多次出现与《西厢记》相类似的情节：第二十四出"园内花开"中，陈三在益春的巧妙安排下，跳墙来见五娘，与《西厢记》中张生在红娘的安排下跳墙见莺莺的情节相似；同出中，

---

① 明代嘉靖丙寅刊本《荔镜记》，郑国权主编《荔镜记荔枝记四种》（第一种）影印，中国戏剧出版社2010年版，第42—43页。

② 同上书，第87页。

五娘让益春去斥责陈三，让他以后谨守本分，不可乱跳墙，怕被爹妈知道，这也与《西厢记》中莺莺的心思相似。第二十五出"陈三得病"中，陈三被五娘拒绝，生病，请益春帮忙，这与张生得了相思病，请红娘帮忙的情节极为相似；同出中，陈三要拿银钱给益春，让她带信给五娘，益春拒绝，这一情节也与《西厢记》中红娘拒绝张生的金银相似，但是益春的性格没有红娘豪爽。

二是嘉靖本《荔镜记》明显受其他文人传奇、典故的影响较深。如第二十九出"鸾凤和同"中，五娘赴约，见陈三在沉睡，于是留了金钗在他枕边，被益春说出与《留鞋记》中郭华吞鞋的剧情相似，提醒她拿走金钗，免得造成悲剧。从中亦可见文人传奇创作的互相借鉴和影响。

在第五十一出"驿递遇兄"中，陈伯延对弟弟陈三恨铁不成钢，不肯帮他脱罪，妻子对他进行劝慰，让他要看重兄弟情义，帮助陈三。此时，陈夫人举了两个典故作为例子："[外]夫人，只样不掌进小叔，你莫管伊，随伊去就（担）当。[占（贴）]告相公，听妾说起，须念同胞兄弟。便佐奸情，小可事志。叵耐知州，不带着你些面儿。相公既是请书，都不识楚昭王渡江故事。[外]我不识。[占（贴）]当初楚昭王，弃妻子怜兄弟。[外]许是古时人，我不学得伊。[占（贴）]王祥王览相争替死，打虎须着亲兄弟。"[①] 陈夫人举了楚昭王渡江和王祥、王览的例子来说明手足之情的重要性，劝服哥哥救回弟弟。

这两方面的明显特征，恰好彰显了《荔镜记》的文人风格，与《陈三》这个演出本呈现出明显的区别。

综上所述，在比较中我们发现，口述本《陈三》与嘉靖本《荔镜

---

① 明代嘉靖丙寅刊本《荔镜记》，郑国权主编《荔镜记荔枝记四种》（第一种）影印，中国戏剧出版社 2010 年版，第 232 页。

记》确实存在着较为明显的继承关系，但由于二者文人创作本与演出本的性质不同，口述本在继承中又呈现出改变与突破，使两个版本各具特色，满足着不同人群的审美需要。

第二节　华东本《陈三五娘》对口述本《陈三》的删改与提升

上文曾提到，福建省梨园戏实验剧团在 1951 年时，曾按照口述本《陈三》排演了上、下集共 22 出的《陈三五娘》，演出时间为两个晚会。此后，梨园戏《陈三五娘》于 1952 年被福建省文化事业管理局确定为重点整理剧目，由许书纪、林任生、文丁整理，在整理改编过程中删去了口述本《陈三》第十三出"私奔"以后的剧情，压缩为 10 出，演出时间为三个小时左右。该版本后又经过反复的修改加工，于 1954 年参加华东区戏曲观摩演出大会，剧本作为福建省代表团的演出本获得一等奖，剧目还获得了优秀演出奖等殊荣，在海内外产生了重大影响。[①] 华东本《陈三五娘》共 9 出，分别是第一出"睇灯"、第二出"训女"、第三出"投荔"、第四出"磨镜"、第五出"梳妆"、第六出"赏花"、第七出"留伞"、第八出"绣孤鸾"、第九出"出奔"。

口述本《陈三》与华东本《陈三五娘》两个梨园戏演出剧本，后者是在前者基础上经过进一步的压缩、修改而成的。因此，这两个版本既存在着紧密的联系，又呈现出较多的区别，比较之下，主要表现在以下几个方面。

---

① 蔡尤本等口述，林任生校订，郑国权复校：《陈三》，泉州地方戏曲研究社编《泉州传统戏曲丛书》第 1 卷，中国戏剧出版社 1999 年版，第 377—378 页。

一　剧本形式之比较

口述本《陈三》与华东本《陈三五娘》，虽然同为梨园戏的演出本，但它们在剧本形式上已显示出最明显的区别。

口述本《陈三》是根据梨园戏演员等人的回忆、口述，记录整理而成的，因此，较大程度上还原了传统梨园戏《陈三》的演出情况。华东本《陈三五娘》则是经过了压缩、修改后，供华东地区戏曲会演演出所用，因而在许多方面，相较口述本已经有了较大的差别，突出体现在剧本的形式上。

首先，华东本《陈三五娘》明确了每出剧情发生的时间、地点和人物，口述本《陈三》则没有在剧本形式上特别突出这些信息。华东本《陈三五娘》分为9出，在每一出的开头都会列出该出剧情发生的地点、时间和上场的人物。如第一出"睇灯"，地点被明确在了潮州城灯市，时间被设定在宋末的一个元宵夜，上场人物有陈三、黄五娘、益春、李姐、林大、卓二等。① 如此一来，剧本的主要人物就在第一出中尽先上场了。这样的安排，使读者和观众立即明确了"陈三五娘"故事的发生地是在潮州，当时的时代背景是宋末，而这一出剧情的具体发生地点在潮州的灯市，具体时间是在元宵节的夜晚，主要人物陈三、黄五娘、益春、林大等人都在这一出中上场。这些设定的明确，让观众对于剧目背景和人物形象都有了初步的认识，为读者的阅读及观众的观演，都打下了良好的基础。又如第三出"投荔"，地点设定在后沟黄家绣楼，时间设定为六月初六，出场的人物有陈三、奉夫、五娘、益春四

---

① 蔡尤本等口述，许书纪、林任生、文丁整理，郑国权校订：《陈三五娘》，泉州地方戏曲研究社编《泉州传统戏曲丛书》第1卷，中国戏剧出版社1999年版，第499页。

人。① 把这些设定与第一出的相关信息结合起来看，此时是六月初六，距五娘与陈三在灯市相遇已经过了近 5 个月。陈三因为听说后沟风景美丽，跟奉夫到那里赏夏，恰好遇到了家在后沟的五娘在绣楼上赏荔枝。二人的相遇被安排得顺理成章。与元宵夜时隔五月，两人仍然对对方心心念念，又都恰好认出对方是元宵夜的灯下郎君（娘子），心中十分欢喜，因此五娘在益春的鼓励和帮助下，将包有荔枝的手帕投给了陈三，使二人的姻缘出现了又一个发展的契机。这一出时间、地点、人物的设定，与第一出形成了参照，让剧情的发展走向显得更加合情合理、水到渠成，又形成了剧情中的一个自然转折。华东本《陈三五娘》在每出开头对于剧情发生地点、时间及上场人物的设定，不仅对于读者的阅读、观众的观演有着很大的帮助，而且使剧情发展在逻辑上显得更加流畅自然，可见剧本形式设定起到的重要作用。华东本《陈三五娘》的剧本形式较之口述本《陈三》的细化，也显示出由艺人作为创作主体的传统演出本与经过文艺工作者加工的演出本的不同。口述本《陈三》较为随意，以演员的随性表演为主，华东本《陈三五娘》较为细致，以文艺工作者的设定为主，便于演员对角色的理解及排演，体现了原生态的传统梨园戏与精品化梨园戏的明显区别，而华东本《陈三五娘》的艺术价值显然更胜一筹。

其次，口述本《陈三》对于人物的行当及改扮哪些人物做了明确的设定、梳理，而华东本《陈三五娘》则对于扮演各个人物的行当未进行规定，仅以人物的名字直接表示。

口述本《陈三》在剧本开头就对剧本中扮演各个人物的行当进行了整理及明确，如生主要扮演陈三，未改扮其他人物；大旦主要扮演黄

---

① 蔡尤本等口述，许书纪、林任生、文丁整理，郑国权校订：《陈三五娘》，泉州地方戏曲研究社编《泉州传统戏曲丛书》第 1 卷，中国戏剧出版社 1999 年版，第 517 页。

五娘，还改扮陈三的嫂子陈夫人；小旦主要扮演益春，还扮演了简婢；丑主要扮演李姐，还改扮了奉夫、小七、都牢、小军、媒婆、管义等人物；净主要扮演林大，还改扮了黄九郎、陈奇、知州、驿丞等人物；外主要扮演卓二，还改扮了驿口张、巡更官、公差乙、军丁、小军等人物；贴主要扮演五娘之母欧氏，未改扮其他人物；末主要扮演值堂，还改扮了差役、公差甲、军丁、小军、囚犯等人物。① 从这些人物的行当设定中，我们可以很明确地了解到各个人物在剧中的主次地位，如生扮演的陈三，大旦扮演的五娘，小旦扮演的益春，几乎没有或很少改扮其他人物（大旦改扮陈夫人，小旦改扮简婢），是剧本中当之无愧的主角。其他如净除扮演林大这一配角外，还改扮了黄九郎、陈奇、知州等次要角色及龙套类角色，丑除扮演李姐这一配角外，还改扮了奉夫、小七、都牢、媒婆等次要角色及龙套类角色，可见，林大、李姐等人物在剧本中的配角地位。此外，对于扮演各个人物的行当进行明确，还有助于帮助演员及读者、观众把握人物的性格基调。如丑主要扮演那些较具喜剧性色彩的小人物，口述本《陈三》中的李姐、小七；净主要扮演那些较威严或凶狠的次要人物，口述本《陈三》中的黄九郎、陈奇、知州等。

另外，我们还应该注意到，口述本《陈三》对于人物的行当及改扮哪些人物所做的明确与梳理，与演出的实际需要是密切相关的。在一般的戏班中，由于财力有限，考虑到经济成本、行当平衡等因素，相同行当不可能安排多名演员担任，实际情况是每个行当大多只有一至两名演员，因此，在搬演剧目的过程中，就必须顾及脚色的调度、演员的人尽其用等客观因素。在这种情况下，让戏班中担任较为次要行当的演员

---

① 蔡尤本等口述，林任生校订，郑国权复校：《陈三》，泉州地方戏曲研究社编《泉州传统戏曲丛书》第 1 卷，中国戏剧出版社 1999 年版，第 380 页。

分别扮演几个不同的人物，就成了剧目演出中的常态。如此一来，既保证了主要人物由当行演员担任，又令整个戏班的演员都参与到演出中，保证了演出效果，同时也更符合经济效益。口述本《陈三》是根据表演实际情况整理的，在实际演出中，戏班如何对于各个人物进行行当的分配及改扮，就成了最需要明确的、最需要具备可操作性的环节，因此口述本《陈三》中的这部分内容，是非常符合实际演出需要的，也是必不可少的。

再具体从演出实践的角度来看，正如上文所说，在一个戏班中，同一行当很少配备两名或以上的演员，因此安排同一行当扮演的两个人物在同一出目中出现就不太现实。剧本在行当的安排上，一般是遵循既节约人力，又避免行当在同场演出中发生冲突的原则。由这样的行当安排原则来考察口述本《陈三》，我们会发现其在演出安排中较好地遵循了上述原则，但也偶有失当之处。比如，在口述本《陈三》中，净在剧情进展中先后扮演了陈奇、林大、黄九郎、知州、驿丞等人物。其中，净在第一出"送哥嫂"、第二十一出"遇兄"中扮演陈奇，在第三出"林大答歌"中扮演林大，在第五出"磨镜"中扮演黄九郎，在第十五出"审奸情"中扮演知州，都基本上遵循了行当安排的原则。但是，在第二十一出"遇兄"中，按照上文提到的人物表中的设定，净要改扮驿丞，但此出剧目中又有需要净扮演的次要人物陈奇出场，这就使驿丞不能由净来改扮，反映到剧本中，这一出中，驿丞这个龙套类人物并没有明确行当。这正是行当安排中的失当体现。类似的例子还有大旦被分配扮演黄五娘和陈夫人，在大部分出目中，这两个人物都没有同时出场，但在第二十二出"说亲"中，这两个人物却因为剧情需要，不得不同时出场了，那么，既然只有一个大旦，此出中的陈夫人只好直接用角色名表示，无法体现其行当了。

反观华东本《陈三五娘》，这个剧本对于扮演各个人物的行当未进行规定，仅以人物的名字直接表示，而这个演出本如此设定也是有其原因的。由于该本实际是1954年福建省代表团参加华东区戏曲观摩演出大会的演出本，按常理来推断，代表团中应该聚集了一批行当齐全、功底深厚的演员，这就使华东本《陈三五娘》的演出在选择行当时，能够有更多的余地，不必像反映普通戏班演出情况的口述本《陈三》那般事先明确各个人物的行当，也仍然能够保证演出的质量。另外，华东本《陈三五娘》删减了口述本《陈三》中的不少剧情和内容，剧本中出现的人物不多，只有陈三、黄五娘、益春、李姐、林大、卓二、黄九郎、欧氏、奉夫、小七，比口述本《陈三》少了许多，且大多数出目以陈三、黄五娘、益春的表演为主，因此也不必在行当的安排、调度方面太费心思。

再次，口述本《陈三》与华东本《陈三五娘》在剧本形式的其他细节上也有较大的区别。比如，口述本《陈三》几乎没有任何舞台提示，但华东本《陈三五娘》中则加入了不少舞台提示，如第一出"睇灯"中，五娘、益春、李姐三人结伴赏灯，为了体现元宵夜的热闹景象，剧本中连用"（后台鼓乐热闹）""（后台喝彩声）"[①] 等舞台提示。又如第四出"磨镜"中，益春把宝镜拿给陈三磨，陈三称赞这是一面宝镜，这句说白之后有一处舞台提示——"（操作起来）"[②]，陈三的话语及动作十分相配，也使得表演更加生动。再如第九出"出奔"中，林大动用官府逼婚，五娘再过几天就得嫁过去了，正是一筹莫展之际，益春问陈三有何主张，陈三刚说了一句："子无绝父心，父有绝子情。"后紧接舞台提示"（错觉，房外人声，紧张，静场）"[③]，以此表现了当

---

① 蔡尤本等口述，许书纪、林任生、文丁整理，郑国权校订：《陈三五娘》，泉州地方戏曲研究社编《泉州传统戏曲丛书》第1卷，中国戏剧出版社1999年版，第501页。

② 同上书，第524页。

③ 同上。

时陈三、五娘、益春等人的无措心情，烘托了强烈的紧急、慌张的氛围，增强了舞台演出的感染力。华东本《陈三五娘》中这样的例子还有很多，在此就不一一赘述了。从总体来看，这些舞台提示很好地运用在演员的表演之外，起到了立体呈现剧本内容、加强演出效果的作用。

另外，华东本《陈三五娘》中对于演员的科介有较为详细的注明，而口述本《陈三》对于演员的科介，基本只有"（白）""（唱）""（上）""（下）"等最简单的注明或是将科介直接体现在唱词中，如第九出"留伞"中益春夺伞等科介就是如此表现的。华东本《陈三五娘》中对于演员科介的注明，有的简洁而明确，如第二出"训女"中，五娘想吟诗，益春为她磨墨，五娘"（吟诗并题纸上）"，① 这里仅仅是一个简单的科介，便把五娘边吟诗、边题字的情态表现得一清二楚；有的则较为细致复杂，如第五出"梳妆"结尾，陈三觉得五娘冷言冷语，叫人心寒，五娘让益春引陈三出去，陈三失望地离开，此处紧接科介"（益春跟下，五娘不忍欲追回，走一段，又从窗向外看）"，② 表现了五娘心中不忍，本想追回，但又不敢追回的矛盾心理，这处科介后接她自叹苦楚、伏案哭泣的语言及动作，是十分流畅而到位的，很传神地表达了五娘的欲诉不得、强忍悲伤的心情。可见，适当地对科介进行注明，对于塑造人物形象、衔接剧情等都有着很大的助益。

二 剧情结构、内容之比较

口述本《陈三》及华东本《陈三五娘》，除了剧本形式方面这一最明显的外在区别外，两个版本在剧情结构及内容方面也体现出了其内在的联系及区别。

---

① 蔡尤本等口述，许书纪、林任生、文丁整理，郑国权校订：《陈三五娘》，泉州地方戏曲研究社编《泉州传统戏曲丛书》第1卷，中国戏剧出版社1999年版，第512页。

② 同上书，第532页。

上文中曾提到，口述本《陈三》有22出，华东本《陈三五娘》共九出，每出出名及相关内容如上文所述。比较两个版本，即可发现它们在剧情结构上的重大区别。前者比后者整整多出了13出，这13出的差别，使两者的剧情结构有了很大的不同。由出目所体现的内容来看，前者多出的13出内容主要是第一出"送哥嫂"、第七出"后花园"、第十一出"私会"、第十二出"簪花"、第十四出"公差捉拿"、第十五出"审奸情"、第十六出"探牢"、第十七出"起解"、第十八出"小闷"、第十九出"大闷"、第二十出"抢解"、第二十一出"遇兄"、第二十二出"说亲"。比较两个版本的出目可知，后者的剧情仅进展到陈三与五娘私奔，而前者在私奔之后被官差追捕，三人受审，陈三被抓入大牢，押赴充军，五娘深深思念陈三，陈三路遇兄长被救，最后陈夫人替两人说合亲事等情节直接被省略了。

此外，后者除省略了前者私奔之后的情节外，还删去了第一出"送哥嫂"、第七出"后花园"、第十一出"私会"、第十二出"簪花"等内容。这些剧情内容的删除，也有其不同的原因。第一出"送哥嫂"之所以被删除，是因为华东本《陈三五娘》在第一出"睇灯"中，为了使剧情紧凑，用陈三的一句说白"陈伯卿，因送哥嫂广南赴任，今日才到潮州，幸逢元宵佳节，四处张灯结彩，笙歌管弦，一片好风光"[1]做了交代。如此处理，可以使剧情更加紧凑，更快进入正题，更适合会演演出的需要。华东本将口述本的第七出"后花园"的相关内容略去，目的也在于省略相似剧情，使剧情紧凑。因为华东本第五出"梳妆"、第六出"赏花"的剧情大致与口述本中第六出"捧盆水"、第八出"赏花"的剧情相似，而口述本第七出"后花园"的内容大致与上述两个

---

① 蔡尤本等口述，许书纪、林任生、文丁整理，郑国权校订：《陈三五娘》，泉州地方戏曲研究社编《泉州传统戏曲丛书》第1卷，中国戏剧出版社1999年版，第500页。

出目的性质相同，都表现的是五娘与陈三未能互相表白，陈三深感五娘对他无意，二人仍处于误会中，将其省去，使华东本的剧情不会给人以重复之感，更加流畅自然。口述本中，第十一出"私会"、第十二出"簪花"的内容在华东本中被直接删去，则是因为这两出，一出表现了五娘与陈三两情相悦，夜半欢会；另一出表现了陈三不仅想娶五娘为妻，而且有意娶益春为妾，想坐享齐人之福。这两方面的内容都不符合20世纪50年代我国的主流意识形态，不宜予以表现，因此被改编者删去。

除了这些被删去的出目，我们还应注意到，华东本还增加了一出口述本中没有的出目"训女"。这出"训女"的增加，也有着多方面的功用，一方面，它通过五娘吟诗暗合陈三扇上题诗等剧情，表现了五娘对陈三的情根深种；另一方面，这一出还正面交代了林大让李姐来黄家提亲的事情，为之后五娘的苦闷及百般拒绝陈三做了铺垫，而且也揭露了五娘父母的贪慕权势，将女儿当作摇钱树的品行。这一出为之后的剧情及五娘对待陈三始终晦暗不明的态度做了铺垫及交代，使得剧情发展更加符合逻辑、符合情理。

除了以上这些大体剧情结构及内容的区别及联系外，华东本《陈三五娘》在改编过程中，对于口述本《陈三》在剧情细节方面也进行了选择性的表现，有些地方还进行了创造性的改编。比如第一出"睇灯"中，就有许多具体情节是把口述本的第二出"睇灯"和第三出"林大答歌"的具体内容和表演进行了简化，用唱词表现，如打秋千等情节。但打秋千等情节也有部分内容被保留，如李姐打秋千给益春、五娘看。另外，"赏鳌山"的情节也被保留，并被着重表现。李姐向五娘问灯画故事的桥段也被保留，但是只选择了口述本《陈三》中的部分具体内容予以表现，而且李姐的语言更中规中矩，不像原来那么粗野随意。陈三寻扇等情节也做了保留，但在具体内容上做了简化，不像口述本在陈三与李姐之间有那么多来来去去的纠结，只是点到即止。林大邀请五娘等人答歌的情节也出自口述本《陈三》，而且理由相同，潮州风俗，元宵看灯，男女相遇，应该答歌。除了这些被简化及修改的情节外，该出末尾，林大问李姐，五娘是否曾许配人家，李姐暗示林大五娘未许配人家等剧情，则是新编的内容。

又如第二出"训女"中，对于林大让李姐来提亲，黄九郎应允等情节的正面表现，比口述本《陈三》更完善，在逻辑上更严谨。第三出"投荔"中的一些设定也与口述本《陈三》不同，口述本是五娘与益春先上场登楼，陈三与奉夫再上场；华东本《陈三五娘》的第三出则是陈三与奉夫先上场。这一出中，华东本还为陈三与五娘的相认，增加了一些桥段，比如五娘放下珠帘，掀起珠帘看陈三，这都是与五娘的身份相符的举动，演来也更有趣味。情节细节上也有所改变，益春领会了五娘的心意，抓着五娘的手将荔枝手帕投到了陈三面前，而不是如口述本《陈三》那样，是五娘自己投的。第四出"磨镜"中许多情节的内容和顺序，甚至细节，都与口述本《陈三》相同，只是比较简略，插科打诨较少。第五出"梳妆"中，由五娘的唱词交代了她不敢与陈三相认的心理，使观众观剧更加清晰流畅，口述本直到"绣孤鸾"一出才让五娘向陈三解释自己的种种拒绝之举而表露了她心中的顾虑，这又是剧情安排上的一个较大的不同。陈三捧水给五娘，两人遇见，五娘不知所措，陈三将水盆放在地上等情节也与口述本《陈三》的相关细节不大相同。第七出"留伞"中，陈三说自己要归家，益春责备他不与老爷、夫人、小姐辞行，也不与自己辞行，不像泉州人那样讲人情；陈三告诉益春自己满腹心事，唱出了心中的苦楚，并将与五娘的前尘往事及自己的打算、心情——道来；这些情节的内容和唱词与口述本均较为相似。而五娘听了陈三的陈情后深感内疚，觉得自己不知从何说起。益春看着不忍，向陈三说出五娘这两年对他的无言关怀和照顾；益春问五娘是留住陈三还是让他走,如果不作声,就是放陈三走,五娘让益春把他留下等情节,是口述本中没有的,但是这样的处理,使得剧情更加清晰,合情合理。第八出"绣孤鸾"的大部分剧情与口述本相关情节一致,该出最后由益春带来林家借官府催婚的消息,则是华东本《陈三五娘》的新编排,这样使得剧情更加紧凑,富有逻辑性,也使五娘与陈三的事情进入了紧迫的、不得不做决断的时刻。另外,五娘问起陈三家在哪里,家中有至亲几人等,陈三一一作答,把五娘也加入了至亲之中。这一情节也与口述本基本一致,有趣动人。第九出"出奔"剧情开始,与口述本相关情节不同,是由益春带来了林家催婚,黄九郎答应十八日迎娶五娘的消息引起,而这一出的时间则设定在了八月十四日夜里,从中可见时间已经相当紧迫,这也更合理地促成了陈三等三人的连夜出走。

从总体来看,华东本《陈三五娘》比口述本《陈三》在内容上少了许多人物之间的插科打诨,逗趣斗嘴,也使得剧情结构及线索更加明晰,更加突出剧情的重点,更适合会演演出的需要,更适合会演观众的口味。

从以上分析可知,华东本《陈三五娘》虽然是在口述本《陈三》的基础上改编而来的,但是其改编花费了巨大的心血,进行了多方面的考虑及再创作,绝不仅是简单的选择和删除。

三 人物形象之比较

由于华东本《陈三五娘》是在口述本《陈三》的基础上修改、加工而成的,在剧情结构、内容等方面两者都有着较多的相似之处,因此,两个版本所塑造的人物形象的差别也不大,大多是相似的,人物形象方面的差别主要体现在黄五娘与黄九郎这对父女身上。

在口述本《陈三》和华东本《陈三五娘》中,黄五娘是一个美丽的大家闺秀，出门要人陪伴在侧，替她挡去狂蜂浪蝶。同时，她的家教严格，因此，尽管她对陈三怀抱着爱情，却不敢轻易承认，轻易吐露，免得被爹娘得知，惹来责罚；免得被外人得知，败坏了贞洁名声。从这一方面来说，黄五娘是矜持的、自重的，符合她大家闺秀的身份背景。尽管黄五娘因为她自身的背景和家庭教育，表现得较为矜持，但她对陈三其实一直抱有一腔深情，她的多情，最终促使她随陈三私奔出走，逃避包办婚姻。矜持与多情，是两个演出本在黄五娘这一人物形象上的一脉相承之处。

以下我们重点要探讨的是两个演出本在黄五娘这一人物形象塑造上的不同之处。

首先，在口述本《陈三》中，黄五娘还是个很有架子和脾气的大小姐，而在华东本《陈三五娘》中，这种大小姐的做派，在她的性格中则表现得不明显。在口述本《陈三》中，黄五娘在与益春同时出场的出目中，大多时候都对益春摆着一副大小姐的架子，动不动就骂益春"死婢"，动不动就要责打她。而且，在与陈三没有将心意互相表明的时候，她在陈三面前也是以大小姐对待奴仆的态度来使唤、斥责陈三，严重地伤害了陈三的感情。在第七出"后花园"中，益春劝说五娘与陈三把话说开，可是五娘却怀疑益春与陈三有私情，被益春揶揄回去，又恼羞成怒要责打益春。这些剧情内容，为黄五娘在读者及观众的心目中塑造了刁蛮大小姐的形象。但是，在华东本《陈三五娘》中，这类情节大多被删去，黄五娘这一形象因此更显得平和中带着娇憨，更令人喜爱。

其次，华东本《陈三五娘》对于黄五娘的内心情感的挖掘及深闺少女形象的塑造更加细致、深入。正如上文提到的，华东本早在第五出"梳妆"中，就让五娘交代了她不敢与陈三相认的心理，并表现了她故意说话伤害陈三后，不忍，想追回澄清，又不敢迈出那一步，最后伏案哭泣的矛盾挣扎，并且通过此后第七出"留伞"中她内疚的表现等，较好地反映了五娘在感情上的挣扎与痛苦，令人动容，也塑造了她被锁在深闺的少女形象。此外，在第九出"出奔"中，当陈三提出一起离开潮州，出走泉州的时候，五娘没有太多犹豫，毅然同意了。这与口述本中五娘的犹豫表现大不相同，也进一步展现了五娘对陈三情感的浓烈、坚决，更好地塑造了五娘的多情形象。这一出还描写了五娘在出走过程中，将风声、更鼓声等都听作是有人要来抓他们的声音，表现了五娘内心的彷徨、惊慌，以及她身为一名大家闺秀，对出门在外的不适应，生动展现了一个被命运逼迫，不得不踏出牢笼的深闺少女的形象。从以上这两点来看，华东本《陈三五娘》中黄五娘的形象无疑是更加鲜明、更加讨喜的，也体现了该版本在人物塑造方面所花费的心思。

华东本《陈三五娘》与口述本《陈三》相比，另一个人物形象差别较大的人物，正是五娘的父亲黄九郎。黄九郎在口述本中，仅在第五出"磨镜"中出现，他在这一出中，在陈三将宝镜打破后出场，他责备益春、五娘不该把镜随便给人磨，认为陈三打破宝镜又没钱赔，于是让小七打陈三，但又同意了小七对陈三的举荐，收他为奴，并告诉陈三，他必须在黄家做三年工抵债才能返家，还给陈三取名小八。仅从这些剧情内容来看，黄九郎顶多是一个治家严厉、精打细算的人。但是，在华东本《陈三五娘》中，在第四出"磨镜"之外，又额外增加了一出以黄九郎为主要人物的出目"训女"，设置在"磨镜"之前。在这一出中，黄九郎告诉五娘，她嫁了好夫婿，还可以庇荫父母。他不管女儿对粗鄙的林大的不喜，一心认为林大家世显赫，不可多得，不同意五娘暂缓亲事的提议，让五娘一定要顺从。五娘还是不愿，黄九郎就让妻子欧氏劝五娘回头，又让益春平时多注意五娘，有情况及时报告。从以上黄九郎在"训女"出目中的种种表现来看，他除了是一个治家严厉、精打细算的家长外，他还是一个贪慕权势，将女儿当作摇钱树，并不真心疼爱女儿的父亲，这一人物形象特征的塑造，更好地解释了五娘在与陈三相爱这个问题上沉重的心理压力，解释了她无论如何也不敢轻易承认对陈三感情的行为。这也就是黄九郎被赋予更多层次的形象特征的意义所在。

其他的人物，如益春和陈三。由于华东本《陈三五娘》删除了"私奔"后的剧情，也删除了第十一出"私会"、第十二出"簪花"等剧情，这就使益春自始至终都是一个无私帮助五娘与陈三成就姻缘的热心丫头，没有成为陈三妾侍的私心，使得陈三在口述本中痴情好色，意图坐享齐人之福，但又惧怕五娘的性格特点没有表现出来，仅表现出了陈三对感情的坚持与执着，遇事的冷静与果决。

总体来说，华东本《陈三五娘》在人物塑造上更加精雕细刻，更加注重人物性格对于剧情的推动，口述本《陈三》与之相比则显得较为粗糙，这与前者经过文艺工作者的改编、加工，有极大的关系。

四 剧本语言之比较

从整体来看，口述本《陈三》的语言完全是闽南语，这与其记录的是艺人演出的真实版本有关，这个版本实际上是对演出的完全回忆、重现和记录，所用语言未经过任何加工修饰，以最原始的状态呈现出来。华东本《陈三五娘》则是经过文艺工作者的细心加工与提炼的，同时还考虑到会演观众的情况，因此，其剧本语言不可能完全采用地道的闽南语，而只能在尽量保留一些闽南语特色的基础上，用一些更加大众，更加易懂的词汇，以方便观众的理解。从这一角度来看，两个版本的语言主要呈现出以下两方面的特点。

首先，华东本《陈三五娘》中的一些唱词、念白，实际上直接来源于口述本《陈三》，只是做了部分语词及内容的变动。比如林大、卓二与李姐、益春的答歌歌词，部分直接出自口述本《陈三》，部分进行了删减和改动。林大、卓二的唱词："林大、卓二（合唱）灯月照人上彩楼，咱来答歌龙门兜。卓二（接唱）才子自有佳人对。林大、卓二（合唱）致意请——邀请娘子起歌头。"① 这几句唱词在口述本《陈三》中是这样的："【翁姨叠】灯月照人上彩楼，秋千起挂在龙门兜，满街满巷琴弦笙箫闹。致意请，请卜娘仔来起歌头。"② 李姐、益春的唱词："李姐（唱）灯光月色照花丛，益春想你不是答歌郎！李姐人家是蝴蝶惜花草，益春好笑你们——恰如柳絮趁风狂！"③ 这几句唱词在口述本中对应的是："【前腔】灯月清光灯月红，想恁不是答歌郎。虽然蜂蝶贪花丛，好笑恁恰似柳絮趁风狂。"④ 从这几句唱词在两个版本中的对比情况来看，有原句照搬的，如"灯月照人上彩楼"；有部分修改的，如"咱来答歌龙门兜"和"秋千起挂在龙门兜"，"好笑你们——恰如柳絮趁风狂"和"好笑恁恰似柳絮趁风狂"；有普通话句子、词语和闽南语句子、词语的转换，如"致意请——邀请娘子起歌头"和"致意请，请卜娘仔来起歌头"，"你们""你"和"恁"；有句意的转换，如"人家是蝴蝶惜花草"和"虽然蜂蝶贪花丛"；当然还有一些是直接删除不用或直接用另一句语意相通的句子的现象。

又如华东本《陈三五娘》第五出"梳妆"中，益春为五娘捧水洗脸时的一段说白："水满锦盆中，水圆人亦圆；佳人低头看，对面两相欢。"⑤ 直接出自口述本《陈三》第六出"捧盆水"中益春捧水时的说

① 蔡尤本等口述，许书纪、林任生、文丁整理，郑国权校订：《陈三五娘》，泉州地方戏曲研究社编《泉州传统戏曲丛书》第 1 卷，中国戏剧出版社 1999 年版，第 509 页。

② 蔡尤本等口述，林任生校订，郑国权复校：《陈三》，泉州地方戏曲研究社编《泉州传统戏曲丛书》第 1 卷，中国戏剧出版社 1999 年版，第 398 页。

③ 蔡尤本等口述，许书纪、林任生、文丁整理，郑国权校订：《陈三五娘》，泉州地方戏曲研究社编《泉州传统戏曲丛书》第 1 卷，中国戏剧出版社 1999 年版，第 509 页。

④ 蔡尤本等口述，林任生校订，郑国权复校：《陈三》，泉州地方戏曲研究社编《泉州传统戏曲丛书》第 1 卷，中国戏剧出版社 1999 年版，第 398 页。

⑤ 蔡尤本等口述，许书纪、林任生、文丁整理，郑国权校订：《陈三五娘》，泉州地方戏曲研究社编《泉州传统戏曲丛书》第 1 卷，中国戏剧出版社 1999 年版，第 530 页。

白："水满锦盆中，人圆水亦圆，佳人低头看，笑里两相伴。"① 其中第一句"水满锦盆中"和第三句"佳人低头看"完全相同，而其余有所变动的两句，在句型结构上也是一致的。

从以上分析可知，华东本《陈三五娘》就是通过以上这些手法，大量地借鉴和修改了口述本《陈三》中的语言，既保留了传统梨园戏演出本的风貌，又使得剧本更符合华东戏曲会演的需要，方便观众的理解。

其次，口述本《陈三》比华东本《陈三五娘》更多地保留了闽南语的传统风貌。如口述本《陈三》的第五出"磨镜"中，陈三请小七帮他向黄九郎说情，希望用身补过，这时，黄九郎认为："无路用。"② 小七说服他："有路用，磨镜的识字，可同阿公落乡收租办事。"③ 此处的"无路用""有路用"是典型的闽南语特殊句型和用法。此类的例子在剧本中还有很多，在此不一一列举。

口述本《陈三》中还通过使用闽南语中特有的歇后语来表情传意，如第六出"捧盆水"中，益春告诉五娘，陈三自称为"三哥"，五娘毫不留情地奚落陈三说："伊是老鼠上天秤叫自称。"④ 这明显是一个富有地方特色的闽南语歇后语，生动地表现了五娘高傲、不屑的情态。在同出中，益春发现陈三在偷听，就讽刺他："恁看下，亲像贴壁蟮人，只边咧听那边咧听，不知出来是卜啥事。"⑤ 剧中的"恁""咧""卜"是典型的闽南语词语，"蟮人"则是闽南语中"壁虎"的专有说法，整句话体现出了不容错认的闽南语特征。反观华东本《陈三五娘》中，这类闽南语词语的运用已大大减少，连"恁"这种人称代词也被普通话

---

① 蔡尤本等口述，林任生校订，郑国权复校：《陈三》，泉州地方戏曲研究社编《泉州传统戏曲丛书》第1卷，中国戏剧出版社1999年版，第410页。
② 同上书，第408页。
③ 同上。
④ 同上书，第414页。
⑤ 同上。

的"你""你们"所取代，因此，整个剧本的闽南特色就不如口述本《陈三》浓厚，也是较为可惜的。但这也是为了照顾到会演观众的需要，而做出的调整。

以上主要从剧本形式，剧情结构、内容、人物形象及语言四个方面对口述本《陈三》和华东本《陈三五娘》进行了比较，从中我们可以看出，这两个演出本各有千秋。总体而言，口述本《陈三》更好地保留了梨园戏的地方、传统特色，但剧本形式较为粗糙，剧情结构较为烦冗，内容掺杂着大量插科打诨、逗趣斗嘴，人物形象塑造较为刻板、单一，不够深入，语言地方特色浓郁；华东本《陈三五娘》的剧本形式较为细致，对于剧情发生的时间做了精确的设定，有利于理解，剧情结构，内容精练、重点突出，间或杂有适量的插科打诨，活跃舞台氛围，人物形象塑造较为细腻，具有深度，语言更偏向于普通话，因此地方特色显得不够突出。

由以上分析可知，口述本《陈三》对嘉靖本《荔镜记》等明清戏曲刊本有所继承，但又由于剧本性质的区别而有着更多的改变和突破；同时，华东本《陈三五娘》又是在对它的修改和加工后成型的，对其既有继承，又有提升。在口述本《陈三》与这两个版本的对比中，我们可以清晰地看到口述本《陈三》在"陈三五娘"故事戏文刊本传承中承上启下的重要地位，以及"陈三五娘"故事在明清以后在剧本方面的传承情况。

第四章 "陈三五娘"故事的横向传播

　　众所周知，"陈三五娘"故事在500多年的地方戏曲传演中逐渐形成了五种刊本，依据刊行年代的顺序，分别是：明嘉靖刊本《荔镜记》，明万历本《荔枝记》，清顺治刊本《荔枝记》，清道光刊本《荔枝记》，清光绪刊本《荔枝记》。其中，除了明万历本《荔枝记》是以"潮腔"为主外，其余刊本均以"泉腔"为主。20世纪二三十年代，台湾歌仔戏传入闽南，泉州梨园戏影响日渐衰微，抗日战争爆发后，小梨园散棚，大梨园亦销声匿迹，梨园戏濒临崩溃境地。新中国成立后，百废待兴，许多被战争中断发展步伐的艺术类型又迎来了新的春天。1952年，全国范围内以"百花齐放，推陈出新"的思想方针为指导的戏曲改革运动如火如荼地展开，沉寂20余年之久的梨园戏也受惠其中。当时的晋江文化馆馆长许书纪集结了一批散于各处的梨园艺人对《陈三五娘》进行口述、记录与排演，并将改头换面后的《陈三五娘》搬演上了剧场舞台，在1954年华东地区戏曲观摩演出大会中囊括了包括剧本一等奖、优秀演出奖、导演奖、乐师奖、舞美奖和四个演员一等奖六个最高奖项，声震戏曲界，梨园戏也因此重获新生，重放光彩，真可谓"一出戏挽救了一个剧种"。在传统戏曲日渐没落的近现代中国，像梨园戏这种"起死回生"的剧种并不多见，更多的是在现代性的侵袭下，永远地尘封在岁月的记忆中。这或许也可证明，梨园戏以其独特的艺术魅力，潜隐在闽南人的"集体无意识"中，在闽南文化的传承中具有不可替代的重要位置。此后，"陈三五娘"各种版本的戏本又经常被梨园戏（七子班）、高甲戏（九甲）、歌仔戏、潮州戏及民间说唱等搬上舞台，成为演出率与流传率最高的经典剧目，随着闽粤地区的居民大量向台湾和南洋地区移民，该剧种在这些地区亦有广泛传播。

历史事件是建构在时间纵轴与空间横轴相互交叉的一个个网状交叉点之上的，这些网状交叉点的集合也就构成了整段历史的图景。对于"陈三五娘"的区域传播研究也应遵循这样的思路。如上所述，"陈三五娘"能一脉相传500多年，离开在这段历史长河中所传播区域的喜爱、接受与二度传播是无法想象的。因此，对于"陈三五娘"的区域传播研究，就应该涵盖"闽南戏剧文化圈"范围内的各个区域对"陈三五娘"的接受、改编、创新以及传播。离开这些区域对原剧目的二度创作与二度传播，"陈三五娘"能够传衍至今且继续传承下去都是不可能的。由此可见，对"陈三五娘"的区域传播进行深入研究，不但是保护非物质文化遗产的历史使命感所推动，更是在历史与现实的双重视域中，将梨园戏历史上最经典的剧目作为动态的艺术形式传承与传播下去，是功在当代、利在千秋的有益行为。

第一节 "陈三五娘"在闽南地区的传播

一 泉州作为"闽南戏剧文化圈"的核心地位

泉州自古以来就是歌舞兴盛之地，所谓"千家罗绮管弦鸣，柳腰舞罢香风度"，正是唐宋之际泉州歌舞升平之写照。在这片被河洛古语浸润的土地上，上至官宦士大夫，下至市井百姓都奉中原移民衣冠南渡后带来的"泉腔"为母语，就在这种浓厚的地域声腔文化中，流行于泉州一带的民间优戏杂剧吸收了宋末元初传入泉州的温州南戏的剧目和表演艺术，同时融合自安史之乱后散落泉州的梨园"七子班"，最终以"泉腔"影响改造外来的两种戏路，形成了"上路""下南""七子班"三派鼎立之势，统称为"梨园戏"。因梨园戏孕育形成发展的全过程在泉州进行，又因上述三个流派均以泉腔为主要语言表达方式，故梨园戏与泉州之密切关系可见一斑。吴捷秋在《梨园戏艺术史论》一书中认为，梨园戏以声腔而非以地域命名的现象是"全国所有剧种在历史的递嬗、声腔传衍与变化中所未见的"。① 正因为此种独特现象之存在，奠定了梨园戏在全国剧种中的特殊地位。然而，梨园戏虽非以地域命名，但泉州声腔对该剧种的深刻影响又可以断定包含泉州声腔方言在内的泉州文化是孕育梨园戏的丰厚土壤与坚实基础。

那么，梨园戏的历史究竟有多长呢？在"陈三五娘"的戏文刊本《荔镜记》（明嘉靖丙寅，1566）出现之前，梨园戏在泉州已经有非常久远的历史。可以说，梨园戏剧种的历史与泉州的移民史相伴而生、同步发展，后又随着泉州地方的经济文化发展的历史沉浮共进退。据历史考证，闽南地区的第一次移民高潮出现于西晋"永嘉之乱"之后。这场起事于外族发难而致中原朝廷内乱的宫廷政事引发了大量中原人口南迁福建，进入闽南，史称"衣冠南渡"。宋乐史《太平寰宇记》记述泉州："东晋南渡，衣冠士族多萃其地，以求安堵。"② 在这场浩浩荡荡的晋代衣冠南渡中，盛行于中原一带的汉歌楚曲也随之流播至泉州。正所

---

① 吴捷秋：《梨园戏艺术史论》，泉州地方戏曲研究社编，中国戏剧出版社 1996 年版，第 1 页。

② （宋）乐史：《太平寰宇记》卷 102 江南东道十四"泉州"，中华书局 2007 年版，第 2029 页。

谓"南渡衣冠留晋俗""离乡不离腔",这种依托弦管南音的"弦管饶拍"等"遗声旧制"就是梨园戏的前身。

继西晋永嘉之乱后的衣冠南渡,泉州在唐朝时期又迎来了两次移民高潮,即陈元光父子平定"獠蛮啸聚",请置漳州(669—683),以及王潮、王审知兄弟于公元885年为躲避唐末黄巢起义而举兵五千迁入闽南,随后占据整个福建。在这两次中原入闽运动之后,福建人口剧增,汉族社会形成,经济文化快速发展,泉州亦成为东南重镇。

宋元时期,泉州愈加凸显的地理优势与日渐兴盛的海外贸易活动,促使其商贸经济高速发展,泉州港被赞誉为"东方第一大港","云山百越路,市井十洲人""苍官影里三州路,涨海声中万国商"便是对当时泉州港的繁盛之境的最好写照。繁荣的经济、海纳百川的气魄,促使泉州歌舞百戏呈现百花齐放之景象。此时的泉州,一方面是海舶聚集、风樯蔽日的喧嚣,一方面是灯市鳌山、勾栏瓦舍的繁华,正是在这种"太平处处是优场"的繁华里,泉州地方戏曲形成汇流之势,开演了宋元盛事之文化图景。

明清以降,倭寇的入侵与朝廷的"海禁"政策,使泉州的海上贸易活动与商业经济受到了直接的打击,"市井十洲人"的刺桐时代,自此一去不复返,泉州也从帝国的贸易中心退缩到了偏于一隅的"边陲城镇"。此时,泉州地方戏曲走向民间社会,与繁复多彩的泉州民间信仰与民俗活动结合在一起。明陈懋仁在《泉南杂志》中谈道:"迎神赛会,莫胜于泉。"[①] 而这些大大小小的地方各路保护神的诞辰节庆无形中便为梨园戏的演出与流传创造了广阔的表现空间,"赛社演剧,在所不禁","泉南民俗文化中这种繁复的铺镜祭祀节庆代替着昔日的市井

---

① (明)陈懋仁:《泉南杂志》,《四库全书存目丛书》史部247,齐鲁书社1996年版,第858页。

勾栏瓦舍，在明清之间继续支撑着泉腔梨园戏的兴盛"①。

也是在明清时期，梨园戏拉开了对外传播活动的序幕，随着泉人的海外移民，梨园戏亦散播到海外。漳州、厦门、台湾地区，乃至东南亚华侨聚居地，几乎有闽南语的地方，有弦管的声音，也就有梨园戏文名曲的传播。其中，较为典型的事件便是随着大量泉人大规模地移民台湾，梨园戏也成为当地最受欢迎的戏曲剧种，清康熙年间郁永河《台湾竹枝词》谓"妈祖宫前锣鼓喧，侏傈唱出下南腔"。此外，梨园戏文刊本也随着明清之间福建书局的兴盛，流传到欧洲。历史上"陈三五娘"的故事在明清时期就先后出现了五种版本。由此可见，无论是梨园戏这个剧种或者梨园戏"陈三五娘"的历史演变都是在泉州孕育产生与发展成熟起来的。在梨园戏的历史上，"陈三五娘"这一经典剧目既见证了梨园戏的繁荣与鼎盛，同时也经历了梨园戏的衰微与沉寂，同时，这部作品还扮演了"一出戏拯救一个剧种"的重要角色，在新中国成立后，为梨园戏迎来新的春天做出了历史性的贡献。虽然这其中不乏几代梨园艺人的薪火相传、毕生奉献，但是该剧深厚的群众基础及丰厚的艺术底蕴是使其发挥力挽狂澜、扭转乾坤的历史作用的关键性因素。

综上所述，从"陈三五娘"与梨园戏的发展史共沉浮、同命运的历程中可以看出，泉州既是梨园戏三派（下南、上路、七子班）合流的始发地，也是梨园戏成熟与发展的主要阵地，同时，泉州还是闽南戏剧文化圈的核心区域。也就是说，"陈三五娘"是以泉州这片土壤为传播的源头，从泉州出发，在历史的长河中，流传到包括厦门、漳州等闽南区域的。

什么是"闽南戏剧文化圈"呢？关于"闽南戏剧文化圈"理论是由陈世雄提出来的。这个理论借鉴参考了西方文化人类学的重要学

---

① 叶晓梅：《千秋梨园之南戏遗响》，海潮摄影艺术出版社2005年版，第117页。

派——传播主义和历史批评学派所提出来的"文化圈"与"文化区"理论，批判地吸收了我国戏剧戏曲学术界中借鉴文化人类学理论对我国丰富多彩的戏剧剧种做区域分布的研究方式（如谢柏梁在《中国戏剧发展的地域性特征》一文中从海拔的落差、地势的倾斜、水系的脉络划分出三大戏剧区、三大戏剧圈、南北两大片和城乡两级），提出了以方言的运用作为划分戏剧文化圈的主要依据的"戏剧文化圈"理论。应该说，陈世雄对"戏剧文化圈"范畴的理论创新是具有理论价值与现实意义的。梨园戏研究专家吴捷秋早在《梨园戏艺术史论》中就对梨园戏以声腔而非地域命名的独特现象做过分析——"近人以'泉州南戏'称梨园戏，窃意声腔才能体现古老剧种从语言、音乐所融合的独特演唱风格，宜正名为'泉腔南戏'"①。因此，如果沿用谢柏梁提出的以地理因素作为划分戏剧戏曲文化圈的主要依据，则至少梨园戏的特殊性无法涵盖在其理论框架中。因此，陈世雄以方言为划分戏剧文化圈的标准与依据则更符合戏剧戏曲自身的特性。

那么，语言因素为何是划分戏剧（特别是戏曲）文化圈的决定性因素呢？这是因为，语言是人类大脑发展到认知阶段的产物，会对人类思维起制约作用，方言对地方戏曲的艺术思维，特别是由声腔所决定的音乐思维也起着制约作用，因此，方言就是划分戏剧文化圈的决定性因素。以此为标准，在划定闽南戏剧文化圈时，陈世雄就将运用闽南方言演唱的戏曲、歌剧和用闽南方言对话的话剧都划进了这一戏剧文化圈。梨园戏、高甲戏、歌仔戏、潮剧等剧种都包含在这一戏剧文化圈中。

如果以闽南方言作为划分闽南戏剧文化圈的依据，那么，陈世雄认为，闽南戏剧文化圈可以划分为中心地带、次中心地带以及受闽南方言与闽南文化辐射影响的外围地带，包括与闽南戏剧文化圈交融与交叉的

---

① 吴捷秋：《梨园戏艺术史论》，中国戏剧出版社1996年版，第2页。

边缘地带。其中，使用闽南方言区域最广、民众最多的泉州、厦门、漳州三市，以及和闽南接壤的广东省潮州地区，便是闽南戏剧文化圈的核心地带，或者称中心地带。如若论及梨园戏，泉州在闽南梨园戏文化圈中的核心地带当处核心地位，是核心中的核心。这主要有三方面的原因。第一，泉州的文化史源远流长，在历史上的闽南区域占据重要的地位。吴捷秋在《梨园戏艺术史论》一书中的第一章《南戏源流篇》中的第一节"文化的孕育"这个部分就将梨园戏的发展史放置在悠久的泉州历史中来呈现与论述。① 从朱买臣平定闽越国的军事行动，泉州接纳汉文化及长江以南的移民和伴随移民而至的礼乐及楚声，到晋代永嘉之乱后士族南迁带来"华夏正声"的清商乐，再到唐朝时期王潮、王审知兄弟入闽，给泉州带来安定团结的社会氛围的同时也带动了泉州歌舞声伎的影响，使当时的泉州城呈现了"柳腰舞罢香风度，花脸妆匀酒晕生"的歌舞升平之景，最后在宋朝蔡襄出任泉州太守期间已经出现"合乐舞歌而落之"的记载，这些都说明，梨园戏已经在泉州这片土地上承受历代文化的孕育，因此，泉州的核心地位显而易见。第二，梨园三派的"上路""下南""七子班"在泉州呈鼎足相峙之势，并且在泉州文化土壤的滋润下，与泉州当地的语言、风俗相结合，形成了以"泉腔"为主的地方戏曲，并以唐的"梨园"命名，与"温州杂剧"差不多同时产生在东南海隅。梨园戏据《中国戏曲志·福建卷》的记载大致是这样的："宋末元初，温州南戏传入泉州。当时流行闽南泉州一带的民间优戏杂剧，吸收了温州南戏的剧目和表演艺术，发展形成具有闽南地方色彩的戏曲，当地称为梨园戏。因其受温州南戏的影响，形成了七个行当脚色的表演体制，故亦称七子班。梨园戏在发展过程中，由于表演风格的各有所长，逐渐出现艺术上的大梨园和小梨园之分，大梨园

---

① 吴捷秋：《梨园戏艺术史论》，中国戏剧出版社1996年版，第2—8页。

又有'下南''上路'之别。不同路子都有各自的'十八棚头'(专有剧目)和专用唱腔曲牌。"① 由此可见,梨园戏与温州南戏的关系并非梨园戏从属于温州南戏那么简单,而恰恰是温州南戏传播到泉州后,泉州当地的"民间优戏杂剧"与温州南戏互相学习与融合而形成了独具地域特色的梨园戏。第三,若从称呼上来考察,"梨园"一词,源于唐代,在宋南戏萌生之际,泉州以古乐南音的地域声腔,在唐参军戏、五代歌舞、宋百戏的基础上,融汇成为土生土长的南戏。加上上文第二点所述及的梨园三派汇集于泉州来看,梨园戏是在泉州的特定历史文化背景下诞生的这个结论毋庸置疑。

二 《陈三五娘》在闽南戏剧文化圈的核心地带的传播情况

由于梨园戏在闽南戏剧文化圈的特殊地位,形成了以泉州为核心地带向外扩散传播的路径,而作为该剧种之经典剧目的《陈三五娘》也从泉州出发,传播到整个海内外的闽南文化圈。

(一)《陈三五娘》在泉州的诞生、成型

在梨园戏《陈三五娘》问世之前经过了一大段时间的传说与戏文的流传已经成为戏曲界公认的事实,在这个过程中,很多文人雅士也参与了梨园戏文的创作与改编。梨园戏《陈三五娘》其祖本相传就是李贽所作的文言小说《荔镜传》(又名《奇逢集》)改编的。清代泉州龚显鹤有诗云:"北调南腔一例俱,梨园纂本手编摹,沿村《荔镜》流传遍,谁识泉南李卓吾。"② 从这首诗歌可见,诗人龚显鹤认为文言小说《荔镜传》是李贽亲手编写的。与龚显鹤所持观点不同,专门研究"陈

① 陈耕:《闽台民间戏曲的传承与变迁》,福建人民出版社 2003 年版,第 8—9 页。
② 该诗原载于林霁秋的《泉南指谱重编》,转引自蔡铁民《明传奇〈荔支记〉演变初探——兼谈南戏在福建的遗响》,《厦门大学学报》1977 年第 3 期。

三五娘"的台湾学者陈香在《陈三五娘研究》一书中的《陈三五娘故事的由来》这一章节中提道"小说的最初作者"引林以仁的《闽事钩沉》中的一则材料来论证"陈三五娘"的真实由来。林以仁说:"《荔镜传》为明李卓吾所作。卓吾世家子,五十犹不第,遂放纵诗酒,更喜冶游,不研经史子集,专搜秘本传奇,间或有所著述,每出以示人,图博一粲。"又说:"《荔镜传》成于光宗年间,刻于天启(即熹宗)五年,计十回,分四卷,附刻陈必卿实录(小传)于卷末,卷首有武进江一羽序,无署年代。"① 这里的李卓吾是何人也?陈香在其文章中如是说:"晋江明有两李卓吾。一为李贽,字卓吾,万历举人……一为李景,字卓吾,世代书香,相传李享伯后裔,而李马奔为其族辈……而李景(明洪武时人,1337—1368),显然较李贽(明万历时人,1568—1573)为早,前后相距两百年左右。所以李景才可能是陈三五娘小说作者,他还有《三国演义评本》《水浒传评本》等书……"② 由此可见,到底谁是"陈三五娘"故事的最初作者亦莫衷一是。然而,不管是李贽,还是李景所作,明朝中叶,梨园戏在文学剧本的创新与提高、表演艺术之成熟与发展等方面均达到纯熟阶段,而《陈三五娘》就是其中的翘楚之作。

明朝末年,据传郑成功最爱看的梨园戏为《陈三五娘》之《赏花》一折,清朝刘献廷(继庄)《广阳杂记》记载:"洪复,泉州同安人。初为优旦,赐姓拔以为将。"③ 又,明末同安人卢若腾,从郑成功于金门、厦门举义,居金门。其所著《岛噫诗》的《观剧偶作》诗写道:"老人年来爱看戏,看到三更不渴睡……只应饱看梨园剧,潦倒数杯陶

---

① (明)林以仁:《闽事钩沉》,转引自陈香《陈三五娘研究》,(台北)台湾商务印书馆1985年版,第13页。
② 陈香:《陈三五娘研究》,(台北)台湾商务印书馆1985年版,第16—17页。
③ (清)刘献廷:《广阳杂记》卷2,汪北平、夏志和点校,中华书局1997年版,第83页。

然醉。"① 所谓梨园剧，就是梨园戏，随着郑成功"开辟荆榛逐荷夷"之后，梨园戏也随着泉州、漳州大量移民开发台湾而传播到台湾地区。本章第三节将重点论述以《陈三五娘》为代表的梨园戏在台湾地区的传播情况。

（二）"陈三五娘"在厦门、漳州的传播与发展

进入清朝之后，梨园戏的发展达到了鼎盛时期，除了《陈三五娘》之外，《韩国华》《张君瑞》《郭华》《蒋世隆》《高文举》等小梨园剧目也深受文人雅士的喜爱。然而，在众多梨园戏剧目中，依然还是"陈三五娘"故事最为经典，也流传最广。从嘉靖丙寅《荔镜记》刊刻之后，至清朝同治年间（1863—1872），300年来历演不衰。对此，清代翰林泉州人龚显曾《观剧》诗有咏："喧喧箫鼓逐歌讴，月落霜侵剧未收，一曲分明《荔镜传》，换来腔板唱潮州。"② 因为《荔镜记》是合"潮泉二腔"的，故有"换来腔板唱潮州"之咏。

由于该剧肯定了陈三与五娘爱情自由、婚姻自主的婚恋观，具有反封建的思想意识，因此惊动了封建统治阶级，屡遭诬蔑与禁演。据《厦门志》载："厦门前有《荔镜记》，演泉人陈三诱潮妇五娘私奔事，淫词丑态，穷形尽相，妇女观者如堵，遂多越礼私逃之案，前署同知薛凝度禁止之。"③ 然而，深具群众基础的《陈三五娘》并没有因此而禁绝，反而在民间广为传播。数据显示，南音在《御前清曲》中共收录106支曲子，其中唱"陈三五娘"的就有41支，《泉南指谱重编》共42套，其中咏唱"陈三五娘"故事的有22支之多。《陈三五娘》的影响力亦

---

① （清）卢若腾：《观剧偶作》，《岛噫诗》，《台湾文献史料丛刊》第8辑第147种，（台北）大通书局1987年版，第15—16页。

② （清）龚显曾：《观剧》，转引自吴捷秋《梨园戏艺术史论》，中国戏剧出版社1996年版，第38页。

③ 道光版十九年刊本《厦门志》卷十五"风俗记"，第13页，（台北）成文出版社1967年影印本，第328页。

由此可见。

除了在厦门引起轰动效应之外，"陈三五娘"在传播到漳州的过程中出现了梨园戏与老白字戏互相交融、渗透的局面。1954年，《陈三五娘》一剧参加华东会演，一举成名，这引起了兄弟城市的政府部门也开始高度重视发掘、抢救古老的民间艺术。1955年2月，龙溪专署文化科向福建省文化局报送文件，称在华安县山区发现了闽南古老的地方戏曲舞蹈——老白字戏、竹马舞等。根据1955年的调查报告和1983年戏曲志编辑人员的调查，老白字戏的剧目、音乐、表演、唱腔咬字等既与梨园戏有类似之处，同时也存在某些差异，显示出独特的风格。如吐字不是纯粹的泉州音，而是掺杂着当地方言，地方小调和帮腔的运用可能受到其他剧种如四平戏的影响。然而，两种剧种之间更多的是交流与渗透，如梨园戏吸收了竹马戏（竹马戏又称白字戏）活泼轻快的弄仔戏和民歌小调，竹马戏则从剧目到音乐大量吸收梨园戏，完成了从小戏到大戏的转变。并且，梨园戏在漳州的传播，为潮泉戏曲的交融，提供了可能，最典型的例子即为《陈三五娘》。

明清以后，梨园戏和南音在漳州广泛传播，并且成为"时尚雅曲"，受到当地百姓的欢迎，在漳州还出现了刊刻的曲本、剧本，在地方志和文人诗文笔记中也屡有记述，多以弦管、泉腔、七子班称呼之。清道光七年（1827）林枫（侯官人）客游漳州时写诗描述当时漳州妇女观看梨园戏的情况便可使我们窥见梨园戏在当地的风靡。诗文如下："梨园称七子，嘲谑杂淫哇；咿呀不可辨，宫商亦自谐。摊钱半游侠，扶杖有裙钗；礼俗犹蒙面，公巾制未乖。"①

另有施鸿保的《闽杂记》与《漳州志》等文献皆有类似的论述。

---

① 林枫：《客中杂述上下平韵寄榕城诸友》，《听秋山馆诗抄》卷2，转引自林庆熙等编注《福建戏史录》，福建人民出版社1983年版，第109页。

虽说梨园戏班的演出屡被官方所禁，但因其生动活泼的表演方式与通俗易懂的主旨思想，其在民间拥有了坚实的群众基础，梨园戏班遍布于当时的漳州、厦门等地。其中，《陈三五娘》中的许多经典唱段更是传唱于漳州的各个村镇、大街小巷之中，影响之深远可见一斑。然而，以委婉细腻而著称的梨园戏在向漳州地区渗透的同时，当地的竹马戏因艺术风格与其大为迥异，又缺乏消化、吸收、发展，因此逐渐走向衰微。而此时，漳州的东山、诏安、云霄、平和以及邻近的漳浦、南靖等县因与广东潮汕地区交界，因此也流行潮剧，这样，就间接为梨园戏与潮剧的相互交流和渗透创造了有利的条件。①

陈世雄在《闽南戏剧》中对漳州地区现存梨园戏和南音的状况进行研究后，发现如下规律：第一，从地理上看，泉腔主要在邻近泉州的区域流行。例如上文提到的白字戏便是因为华安县的玉山是华安、安溪、长泰三县交界地，因此比较容易接受泉腔戏曲，白字戏便由此发展而来。第二，交通发达，人员往来较为密切，对于戏曲的传播也有助益。如漳浦、东山和云霄虽然不与泉州接壤，但海上交通很便捷，甚至设有晋江会馆，因此人员往来频繁。1998年，因为有千余名群众从南安搬到漳浦定居，还倡议成立了大南坂新民村的国姓南音社。第三，泉腔戏曲与南音的传播相辅相成。梨园戏是以南音为音乐基础的，由清唱到装扮戏弄，南管子弟是最忠诚的戏迷和演出提倡者，梨园戏衰颓之后，南音便在漳州的赵家堡、六鳌半岛、长泰岩溪和东山御乐轩等处生存下来。②

通过上文对梨园戏在泉州的诞生与成形，在厦门、漳州的传播与发展的大致情况的梳理与勾勒，可见"陈三五娘"在闽南地区的传播过

---

① 陈世雄、曾永义主编：《闽南戏剧》，福建人民出版社2008年版，第47—64页。
② 同上书，第64页。

程中还发生了剧种创新的情况，其在后来传播到潮州、台湾等地更是呈现出更大的发展空间，出现了梨园戏与潮州戏、歌仔戏之间互相交融渗透的局面，且出现了新的变化与发展，这说明"陈三五娘"的影响已经超过了原有剧种，走出了闽南区域的范围，开始走向"闽南戏曲文化圈"的次核心地带，即潮州、台湾、东南亚等地。

第二节 "陈三五娘"在潮汕地区的传播

"陈三五娘"的故事在泉州和潮州两地可谓家喻户晓，因此生长在这两个区域中的民众对戏曲"陈三五娘"的故事莫不耳熟能详。梨园戏《陈三五娘》与潮剧《陈三五娘》之间存在着千丝万缕的联系。究其原因，主要体现在以下几点。

首先，"陈三五娘"故事讲述的是泉州人士陈伯卿（因家中排行第三，故名"陈三"）随兄嫂南下赴广南上任，途经潮州邂逅黄九郎之女黄五娘，两人一见钟情，黄五娘向陈三投荔枝定情，后陈三乔装打扮成磨镜匠进入黄家，故意打破宝镜，然后将自己卖身为黄家家奴以求亲近黄五娘。五娘因父母把她许配给林家，虽至死不从，但对陈三却又怕又爱不敢接受，陈三一气之下要离开黄家，后经五娘婢女益春确认陈三乃未婚官家子弟才欣然接纳。后陈三被人告发真实身份，于是和五娘决计私奔到泉州，但在奔赴泉州途中被官兵捉拿，五娘又被判归林大。陈三在发配途中偶遇其兄的部下，将其送到馆驿中见陈三的长兄，最后在陈三嫂嫂的劝说下，其兄同意到黄家说媒，有情人终成眷属。此后，《荔镜记》经过民间传说、戏文传播以及戏剧创作改编等历程，形成了梨园戏《陈三五娘》与潮汕剧《陈三五娘》交相辉映的局面，这两部戏剧连同陈三与五娘的爱情故事也在泉州和潮州两地的人民心中产生了根深蒂固的影响，成为两地文化交流中的一个关键载体。

其次，回溯潮剧的历史脉络，我们可知，潮剧和梨园戏一样有着悠久的历史。作为中国最古老的地方剧种之一，属明南戏的一支，时称潮腔、潮调、泉潮雅调，为明代南戏五大声腔之一。明朝嘉靖丙寅年（1566）刊本《荔镜记》，是迄今所能见到的最早的一个运用"泉潮腔"演唱的演出剧本。从戏曲学的角度来说，地方剧种所使用的方言与声腔决定了该剧种的基本特征，而泉州方言与潮汕方言在很多地方有相同之处，据日本学者服部宇之吉校勘明嘉靖本《荔镜记》时说："荔镜记戏文，嘉靖本，为重刊五色，潮泉插科语。其书以泉州方言杂有潮语。"① 由此可见，在《陈三五娘》的明朝版本中泉州方言与潮汕方言是可以互通的。两地方言何以能够互通？还得从与泉州和潮州都相互邻近的漳州说起。由于漳州与广东潮汕地区交界，东山、诏安、云霄、平和以及邻近的漳浦、南靖等县也流行潮剧。因为地缘上的紧密联系，形成潮剧与梨园戏的相互交流、渗透和影响也就是必然之事了。清乾隆周锡勋《潮州府志》记载，潮剧"所演传奇皆习南音而操土风"，其"声歌轻婉，闽广参半"，② 漳州地区是潮泉二调的杂居地，其中，《陈三五娘》就是潮泉二调互补的结晶。

最后，陈三与五娘之间的情缘起于元宵观灯的风俗。闽南地区元宵节的习俗在剧中"睇灯"和"林大答歌"两出中得到了浓墨重彩的描写，这集中表现了闽南潮汕一带相似的节日文化特色。如"睇灯"一出中"满城王孙士女，都来作乐游戏……元宵景致家家乐，箫鼓喧天处处声。上下楼台火照火，往来车马人看人"这样的描写就将闽南地区元宵佳节官民同乐、举世同欢的盛景展现在我们眼前了。其次，我们还看

---

① 转引自陈世雄、曾永义主编《闽南戏剧》，福建人民出版社 2008 年版，第 56 页。
② 同上书，第 60 页。

见，戏文中的元宵节除了有观灯的习俗之外，还有食槟榔、鼓乐吹唱、鳌山结彩、点放花灯、男女答歌、抽演影戏、打秋千、舞弄灯狮等习俗，热闹非凡。而自古以来，元宵节在闽南与潮汕一带又有"情人节"的美称，王公贵族与平民百姓均可以在逛花灯的过程中寻觅意中人。正如益春所唱："贺新正，庆上元，阿娘打扮实完全，赏灯可选好才郎，今夜月圆人亦圆啊人亦圆。"这就为陈三与五娘的邂逅与爱情故事埋下了伏笔。如今，泉州与潮汕地区依然保留着传统元宵佳节的喜庆与热闹，如泉州每年的元宵节期间都会举行诸如元宵灯会、戏曲演出、群众踩街等各色活动，其盛大的场面与热闹的气氛甚至传播到海内外，在将闽南文化之精髓展示于世人面前的同时，亦对传承传统文化，维系民众情感，加强区域联系起到了重要作用，使闽南文化有望产生世界性的影响。

第三节 《陈三五娘》在台湾地区的传播

如前文所述，依据陈世雄的闽南戏剧文化圈的理论，使用闽南方言的闽南地区，包括泉州、厦门、漳州三市，以及和闽南接壤的广东省潮汕地区是闽南戏剧文化圈的核心地带，而以使用闽南方言为主的台湾地区则是闽南戏剧文化圈的第二核心地带。由此划分可见，台湾戏剧文化深受闽南区域的影响。为何台湾地区是闽南戏剧文化圈的第二核心地带？这还得先从台湾文化与闽南文化的诸多密切联系谈起。

众所周知，历史上的台湾地区与闽南地区之间有着极为密切的地缘、亲缘、史缘、文缘关系，因此，在作为两地文化中重头戏之一的戏剧文化之间产生千丝万缕的联系也就不足为奇了。虽然现今的台湾地区与闽南地区横亘着一水之隔的台湾海峡，但是在远古时期，台湾并不是一直与大陆隔绝，它曾经有过数度与大陆连成一体的历史，后来随着几次较大的地壳变动才形成现在的地理风貌。台湾与福建这种密切的地缘关系，为远古时代闽、台两地的文化交流与发展提供了坚实的地理基础，两地之间的亲缘、史缘与文缘关系便由此拉开了序幕。

1970 年，台南左镇乡的一位郭姓农民，在菜寮溪的河谷中拾到一块灰红色的人类骨头化石，引起了学术界的重视，后来在左镇乡菜寮溪的臭窟和冈子林两处小河段又先后采集到多种人类标本化石，经解剖鉴定，这些人类标本属于更新世末期的晚期智人，距今 3 万年至 1 万年以前，这些先民被称为"左镇人"，是台湾旧石器时代人类的代表，他们创造了台湾旧石器时期的长滨文化。与此相应，1990 年，福建漳州莲花池山旧石器遗址也向世人露出神秘的面纱，在这个区域，考古学家发现了距今 5 万到 4 万年的旧石器与人类化石，比台湾"左镇人"及"长滨文化"的存在更早。尤其莲花池山文化正好位于台湾海峡的西岸，即几度冰期中台湾地区和大陆相连的"海上陆桥"的西端。如此便可证明在旧石器时代，台湾与福建两地的地理方位是相连的，而福建的旧石器人类经"海上陆桥"而迁移进入台湾。随着考古发现的不断更新，后来在三明的万寿岩旧石器时代遗址以及闽侯县的昙石山文化遗址中也发现了诸多福建先民与台湾先民之间各种经济文化往来的工具与器物，这些都证明了闽、台两地自古以来就存在着各种各样密切的联系。

随着文字的创造，人类关于历史文献的记载便随之开启。在我国的历史文献中很早就有关于台湾的记载。成书于战国时期的《尚书》中的《禹贡》篇就将古时候的台湾称为"岛夷"。后来，《前汉书·地理志》又将台湾称为"东鳀"，比较为学术界所肯定的是《三国志·吴主传》中所称的"夷洲"。可以为这个称呼提供较为确凿佐证的是《太平御览》《太平寰宇记》等书的记载。在《太平御览》中有一段不到 500

字的关于古代台湾（夷洲）地理位置、气候风物、社会组织、婚姻制度、生活习俗等的详细记载，从中可以看出，古代台湾在风土人情等各方面均与古越族（古代闽南区域）有着深厚的亲缘血统。宋元开始，来自福建的汉族移民开始迁徙至以澎湖为中心的台湾外岛，到了明代，在荷兰占据台湾前后，福建移民三次迁徙入台，其中在第三阶段，即郑成功驱荷复台期间带领大规模的福建军事移民到台湾定居之后，又随着后来清政府统一台湾之后鼓励大量的福建人民移居到台湾参与台湾的建设，台湾的移民社会状态基本形成，汉民族文化在台湾得以传承，闽台两地之间的经济文化关系更为密切，水乳交融。①

正是因为台湾与闽南地区存在着地缘、亲缘、史缘、文缘等方面的密切联系，又加上历史上几次规模宏大的移民活动，台湾与闽南地区在政治体制、家族制度、方言使用、民俗和民间信仰活动以及民间歌舞和戏剧等方面都有相似之处，也进行了广泛而深入的交流，作为闽南戏剧文化圈中较有代表性的梨园戏自然在台湾地区有着悠久的传播历史，直到今天仍然在闽台两地的文化交流中扮演着重要的角色。总体来说，以《陈三五娘》为代表的梨园戏在台湾地区的传播主要经历了两个阶段，即台湾新文学之前梨园戏在台湾地区的传播情况以及台湾新文学诞生之后对《陈三五娘》剧本的文学改编。在这两个阶段中，台湾地区的梨园戏传播情况大致如下：从早期的移民传入到梨园戏成为台湾地区民俗节庆活动的重头戏，再到台湾新文学对《陈三五娘》剧本的各种改编，创作了以《陈三五娘》原剧本为素材的台湾新文学作品之后，台湾地区对《陈三五娘》深入到学理方面的探究，并在此基础上，同大陆梨园戏剧团进行了同台献艺、表演互动、学术交流等更加广泛深入的合作。

---

① 刘登翰：《中华文化与闽台社会：闽台文化关系论纲》，福建人民出版社 2002 年版，第 19—55 页。

一 以《陈三五娘》为代表的梨园戏随着闽南移民传播到台湾

闽、台两地先民都有悠久的歌舞传统，早在《汉书》中就称闽人"信鬼神，重淫祀"，以歌舞媚神、酬神，便是闽台先人祭祀的仪式之一，也是原始巫术的一种形式。从古至今，在闽南的古越族与台湾的少数民族先民中都有许多关于这两个区域原始先民时期的歌舞传统方面的历史文献记载。这些悠久的歌舞传统历史，为闽、台两地民间戏剧的发生与发育，提供了肥沃的艺术土壤。

参考本章第一节中对梨园戏历史的勾勒与梳理可知，梨园戏的历史与泉州的移民历史相伴而生、同步发展。早在唐代，就有大量的文献记载与诗词歌赋对当时泉州一带盛行的歌舞之风进行详尽描写，如詹敦仁作《余迁泉州城，留侯招游郡圃作此》七律中有"柳腰舞罢香风度，花脸妆匀酒晕生"一句，可见当时，泉州城处处弦管齐鸣的歌舞升平之景。到了宋代，当时的诗人刘克庄有诗描绘"大半人多在戏场"的观剧盛况："儿女相携看市优，纵谈楚汉隔鸿沟，山河不暇为渠惜，听得虞姬真是愁。"[①] 清康熙《台湾府志》也载汉族移民"信鬼神，惑浮屠，好戏剧，竞赌博"，每逢神诞，或家里有喜事，乡有会，公有禁，"无不兴于戏者"。[②] 正是因为闽南与台湾两地相近的戏曲环境，所以对于闽台民间戏曲的发展起了极大的推动作用，而作为闽南戏曲文化中发展较早又较为成熟的梨园戏自然随着移入台湾的闽南移民的传播在台湾地区扎根下来，并成为台湾民众日常文化生活中的重要内容。

梨园戏在明朝时期迎来了她的鼎盛时期，其代表作品便是闽南民众耳熟能详的《陈三五娘》，到了清朝前期，随着民众普及度的提高，梨

---

① 刘登翰：《中华文化与闽台社会：闽台文化关系论纲》，福建人民出版社 2002 年版，第 190 页。

② （清）郁永河：《裨海纪游》，（台北）成文出版社 1983 年版，第 386 页。

园戏较明朝时期更多的只是供贵族子弟宴飨游乐时欣赏转向市井乡间，成为普通民众必不可少的文化娱乐活动。据统计，梨园戏在光绪年间的闽南一带流传极广，光绪年间仅晋江一地就有大梨园（成人班）100个，小梨园（童子班）40个。前文已述，台湾历史上三次大规模的福建移民迁入发生在明清时期，由此可见，在这个历史阶段，梨园戏也随着闽南民众的移居台湾而传播到台湾各地。清康熙三十六年（1697）郁永河奉命到台湾采硫，他在《台湾竹枝词》中就有"妈祖宫前锣鼓闹"① 的词句，描绘了梨园戏在台湾演出的盛况。又如乾隆年间吴国翰在《醰余诗钞·东宁竹枝词》中亦有类似的描述："伶女青娥耸翠环，场连午夜昌缙蛮，人争眼采摩肩望，第一时行七子班。"② 通过以上相关引文可知，自从闽南移民移居台湾以来，梨园戏在闽南移民甚至台湾本土民众中一直受到青睐，演出从未中断，成为维系闽台民众情感的重要纽带，也更加密切了闽、台两地的文化来往与交流。

从 20 世纪初开始，战乱频仍的中国内地和日据时代的台湾地区，因民生凋敝，精致典雅的梨园戏无可奈何走向式微。值得一提的是，台中王苞、王万福兄弟原本经营九甲戏（即高甲戏，也是套取南管唱曲，梨园科步），因机缘巧合，留住大陆梨园戏师傅驻团指导，他们继承梨园戏之遗绪，变易改名为"南管戏"。因为是在九甲戏的基础上"增加比较细腻的梨园戏唱念作表"，又"整合北管戏的粗犷热闹"，一时风靡整个台湾。20 世纪 60 年代，台南南声社聘请旅居菲律宾的李祥石艺师来台授艺，并且还组团去菲律宾演出，维系了南管乐、梨园戏"声歌

---

① 刘登翰：《中华文化与闽台社会：闽台文化关系论纲》，福建人民出版社 2002 年版，第 191 页。

② （清）吴国翰：《东宁竹枝词》，《醰余诗钞》卷下，陈支平主编《台湾文献汇刊》第 4 辑第 8 册，九州出版社、厦门大学出版社 2004 年版，第 419—420 页。

乐舞不辍之新机"①。

20世纪60年代，台湾大学吴守礼开始致力研究明嘉靖本《荔镜记》与明清各本《荔枝记》的校理，出版了《荔镜记戏文研究——附校勘篇》以及《荔镜记》《荔枝记》系列校理本，开启了《陈三五娘》在台湾的学理研究与探讨。毕业于厦门大学后移居台湾的陈香在历经半个世纪之久的研究之后将其成果结集为《陈三五娘研究》一书，由台湾商务印书馆1985年出版。由此，20世纪80年代台湾学者掀起了对"陈三五娘"传说及泉州地方戏曲的研究热情，这时期的代表性研究成果还有：王士仪的《泉州南戏史初探》、陈香的《陈三五娘研究》、曾永义的《梨园戏之渊源形成及其所蕴含之古乐古剧成分》、陈益源的《〈荔镜传〉研究》、施炳华的《〈荔镜记〉音乐与语言之研究》、沈冬的《陈三五娘的荔镜情缘》、陈兆南的《陈三五娘唱本的演化》等都是当时很有分量的研究论作。不唯如此，1977年台湾中正文化中心举办"海峡两岸梨园戏学术研讨会"，邀请福建省梨园戏实验剧团赴台演出。两岸学者就梨园戏的渊源形成、历史地位、艺术成就，乃至闽台的传播、剧团之营运、新人之培养等展开深入的探讨，会后又编印了《海峡两岸梨园戏学术研讨会论文集》。在上述闽台戏曲研究队伍中，尤其引人关注的是一大批台湾硕士、博士生参与到这方面的研究中。如沈冬的《泉州弦管音乐历史初探》、林艳枝的《嘉靖本〈荔镜记〉研究》、陈衍吟的《南管音乐文化研究——由历史向度、社会功能与美学体系谈起》、曹珊妃的《"小梨园"传统本研究——以泉州艺师口述本为例》、宋敏菁的《〈荆钗记〉在昆剧及梨园戏中的演出研究》、柯世宏的《南管布袋戏〈陈三五娘〉之创作理念与制作探讨》、康尹贞的《梨园戏与

---

① 参看陈美娥《梨园戏两岸现况之省思》，《海峡两岸梨园戏学术研讨会论文集》，（台北）中正文化中心1998年版，第8—9页。

宋元戏文剧目之比较研究》、蔡玉仙的《闽南语词汇演变之探究——以陈三五娘故事文本为例》、张锦萍的《南管在梨园戏的运用与表现》、张莜芬的《台湾〈陈三五娘〉今昔的演出差异与变化》、刘美芳的《七子戏研究》等。这一大批硕士、博士学位论文极大地拓宽了闽南文化与泉州戏曲研究的多元视角，尤其是将梨园戏的研究视角推进到前所未有的广度与深度。①

台湾戏曲学术界对包括梨园戏在内的闽南戏曲的全方位研究与探讨，让我们看到，梨园戏在台湾地区已经从单向度的移民接受发展到能够独立地进行学术研究，并且达到了与梨园戏发源地的闽南区域的表演工作者与研究工作者共同交流，互相促进梨园戏发展的新阶段。此外，像曾永义、王士仪、施炳华等台湾戏曲研究者对梨园戏的深切热爱与研究热情都让大陆学者为之感动，激发了两岸戏曲交流与探讨的热情。在对梨园戏自身的艺术特征、经典剧目、音乐形式与方言使用等方面进行剧种本身研究的同时，台湾新文学对《陈三五娘》的创作与改编也值得关注。

二 台湾新文学中的“陈三五娘”

（一）佐藤春夫的《星》对台湾新文学的影响

20 世纪 20 年代，“陈三五娘”故事开始成为台湾新文学作家的创作素材。当时的新文学作家纷纷以“陈三五娘”的爱情故事为蓝本与母题进行文学创作。如佐藤春夫的《星》、张深切创作的电影剧本《荔镜传——陈三五娘》、许希哲先后撰写了小说《陈三五娘别传》和《荔镜缘新传》、章君谷的同名长篇小说《陈三五娘》，以及近年来施叔青

---

① 黄科安：《闽南文化与泉州戏曲研究》，《福建论坛》（人文社会科学版）2012 年第 3 期。

创作的《台湾三部曲》之第一部《行过洛津》。

对台湾新文学作家"陈三五娘"故事的再创作产生重要影响的人物，不得不提到日本近代作家佐藤春夫及其于 1921 年 3 月在《改造》上发表的小说《星》。关于佐藤春夫《星》这篇小说对于整个台湾新文学作家的影响，本课题组古大勇在论"陈三五娘"小说部分会有更详细的分析，这里仅简要对其观点进行论述，并且在此基础上，进一步展开论述台湾新文学作家群体对佐藤春夫及其《星》在主题挖掘、创作风格等方面的借鉴、扬弃与发展。

日本近代作家佐藤春夫 1921 年 3 月在《改造》上发表了小说《星》，这是他的"台湾旅行关系作品"系列之首篇，也是最早以"陈三五娘"为题材的新文学作品。巧合的是，与明嘉靖本《荔镜记》一样，《星》全书也是 55 出。但是，与明嘉靖本《荔镜记》不同的是，佐藤的《星》在情节与内容上包括了连同明嘉靖本《荔镜记》在内的所有《陈三五娘》版本所没有的故事与情节。陈三和五娘都因误解殉情而死，死了之后，益春发觉怀上了陈三的孩子，这个孩子出生后改成母姓，姓洪，字亨九，名承畴，即明朝大名鼎鼎的洪承畴。据考证，南宋时代的陈三和益春，和明朝万历年间的洪承畴，相差了五百年，因此，把洪承畴说成益春的儿子显然是一种罔顾事实的主观想象。

然而，依笔者所见，重点并不是小说中的洪承畴与历史上的洪承畴的出身背景是否一致，而在于在佐藤春夫的笔下，洪承畴的历史地位被他的殖民书写所转化与颠覆了。历史上，洪承畴即便不是被描绘成历史的罪人，其叛明降清的举动至少也不太光彩，可是，在佐藤的笔下，洪承畴却摇身一变，成为"世界上最了不起"的人，他的投降行为亦被描写成"情有可原""无奈之举"的行为，这背后其实暗藏着佐藤春夫不可告人的用心。

回顾佐藤春夫写作《星》这部小说的年代是日本政府正在对台湾

实行法西斯的殖民统治，又对中国东北、华北地区乃至全中国"虎视眈眈"，怀有侵占的企图和野心的时期。佐藤春夫作为殖民宗主国的作家，站在日本军国主义的立场，企图通过对中国传统戏曲《陈三五娘》的改写，达到为日本殖民统治者服务、鼓吹殖民地人民向殖民者俯首投降的潜在目的。在小说中，佐藤春夫不吝颂赞异族统治者顺治帝的光辉形象和杰出才能，而顺治帝及其代表的清国无疑象征日本天皇及其统治下的日本帝国。因此，小说从正面肯定洪承畴对顺治帝的归顺和投降，就是意在肯定美化那些向日本投降的中国汉奸们，意在同化麻醉那些正被日本殖民统治的台湾人民，意在诱使说服更多的中国人民向日本殖民者归降。至此，佐藤春夫改写《陈三五娘》的真正用心毕露无遗。

（二）其他台湾新文学中的"陈三五娘"书写

虽然佐藤春夫的《星》充满殖民主义书写的意味，但是这部作品在台湾新文学中的影响还是颇为深厚的，当时台湾很多新文学作家就在《星》的影响下，创作了不同内容、不同风格的以"陈三五娘"为题材的文学作品。朱双一在《台湾新文学中的"陈三五娘"》一文中提出，在《星》之后的后继的台湾新文学创作中，有的针对佐藤春夫在《星》中体现出来的殖民意识的舛误，强调了人物的忠烈民族精神（如章君谷的同名长篇小说《陈三五娘》），有的借以显露台湾民性特征及特殊政治环境下的民众心态（如张深切创作的电影剧本《荔镜传——陈三五娘》），有的则以方言俗语增添乡土气息，并以人物的强烈抗争性体现封建束缚较为薄弱的边缘地区的地域特色（如吕诉上的《现代陈三五娘》），还有的重在表现粗粝生动、充满活力的移民社会与僵化的道德教条之间的对立和矛盾，揭示封建士大夫对于鲜活灵动的民间文学的窒息和扭曲（如施叔青的《行过洛津》）。下面，分别简述之。

针对佐藤春夫在《星》中将洪承畴编造成陈三与益春之子并将其

改头换面美化成"世界上最了不起"的人这样的谬误，章君谷决定写作长篇小说《陈三五娘》以正视听。他宣称："就以辨正史实的观点而论，我也不能不着手写这部《陈三五娘》，南宋时代的才子陈三和丫头益春，固然不一定想认这个五百年后出生的贰臣汉奸做儿子，而万历年间中了进士的洪承畴，也未必甘于承认他是陈三和丫头所生的庶子，独子，遗腹子。"① 不但如此，章君谷也摒弃佐藤春夫重视情欲之描写，将原作的"爱情"主题改编成"忠烈"主题。如小说一开头就极力渲染陈家代代相传的"忠良家风"，如陈家先祖在北金南侵时，为南宋立了功，被封为"清源郡侯"，从此陈家子孙"必以忠义为先"，"不齿与奸佞同流"，正因为这种"祖传家风"熏染养成陈三疾恶如仇、急公好义的精神，这些描写占据了整部作品的大量篇幅，而五娘直到作品的三分之一之处才出场。不但五娘在章君谷的改编本中的篇幅大量减少，而且小说的情节设置也与原作大相径庭。小说结尾处描写了陈家兄弟在元军步步紧逼的情势下，抱持"国家兴亡，匹夫有责"的信念，联络抗元志士，密谋在泉州城举事，不料出师未捷身先死的忠烈事迹。由此看来，原作"爱情"的主题已经被章君谷用"忠义"的主题置换了，陈三与五娘的爱情故事在他的小说中无足轻重。

除了在小说主题上做了"爱情—忠义"的置换以外，以章君谷江苏籍贯出身的身份背景，他也很难将原著《陈三五娘》中紧密联系闽台文化的现实主义色彩与"野生"本土特色复原出来，而以江南一带情爱故事中的缠绵悱恻、微妙细致的特征取而代之。因此，在章君谷的笔下，五娘的敏感与矜持尤为突出，陈三与五娘之间的相互试探和猜测，以及五娘出于礼教规约的欲拒还迎的各种描写，都颇具《红楼梦》中宝玉与黛玉之间的情感戏码的情趣，具有浓厚的江南爱情故事之特征。

---

① 章君谷：《写在〈陈三五娘〉之前》，（台湾）《联合报》1966 年 10 月 1 日。

由上观之，章君谷不但在小说主题上，在小说地域风格上也做了较大幅度的调整，与闽台当地盛传的《陈三五娘》故事所体现出来的闽台文化风貌大相径庭，因此，在台湾"新文学"书写阵营中并不具有较强的代表性。与章君谷所写的同名长篇小说《陈三五娘》类似的是，江西籍贯作家张恨水的《磨镜记》也不可能原汁原味地还原闽台民俗风味，更多的是打上作家出生地的文化烙印，这些区别不但体现在民俗风情上（如《陈三五娘》故事中陈三与五娘邂逅与相识的时间是元宵佳节，在闽台民间风俗中，古代的元宵佳节相当于现在的"情人节"，平时养在深闺的大户小姐如五娘只有在这样的节日里才能抛头露面到庙会赏灯），也体现在闽台地区因远离中原政治文化中心而显露出来的鲜明的地域人文精神。这种人文精神体现为一种二元结构的文化结合体，即崇儒与远儒、保守与开放、尊礼与反叛、精英情结与草根意识的辩证统一。闽南文化之所以会表现出这样的二元对立特征，与闽南的地理方位与自然人文环境有关，其远离政治文化中心的地理特色，使身处这块区域的民众较之内陆地区在对封建礼教与传统礼俗的遵从上松动了很多，因此，与中国北方的粗犷豪放、江南的缠绵细腻相比，闽台民众多了几分现实粗粝，闽台文化也多了几分质朴灵动的生命活力。从陈三对爱情的追求强于对功名利禄的追求，五娘在坚持对爱情的自我追求的同时又带有几分警惕性与自我保护意识上，就可以看出闽南民众追求的是一种质朴的现实主义。

比起非闽台籍的作家来说，闽台籍作家即便对原著进行了大刀阔斧的修改，但是在主题上也较为接近原著的反封建礼教的主题。在台湾，对封建礼教的反叛甚至比福建有过之而无不及。究其原因，恐怕是因为如下两个原因：第一，从自然环境来考察，台湾在地理方位上与福建隔了一个台湾海峡，因此，就比福建受到中原地区的封建礼教的影响更小；第二，从人文环境与历史因素来考量的话，中原文化对台湾文化的影响，是经由福建的二度传播。首先，中原移民在历史上数次（西晋末年到宋室南渡）移民到福建闽南区域后，受到闽南自然与人文环境的影响，因此形成了闽南本土的文化特征。自从明清以来，闽南文化又随着大量入台移民二度传播到台湾地区，在这个过程中，中原文化的影响力继续减弱，而闽南文化也受到了台湾自然与人文环境的影响，再度经历一次本土化的演变，虽然与闽南文化具有亲缘关系，但其地域特征则更加明显。以上两个因素，便促成了台湾本土作家在创作与《陈三五娘》有关的文学戏剧脚本时都带有台湾本土的文化印记。

吕诉上写作的五幕剧《现代陈三五娘》虽然受到佐藤春夫的《星》的影响很深，但是他说明了在剧本中附录《星》的原因是：除了因参考过它，借此表达敬意外，还为了"表白剧本与这小说是立旨各自不同"①。《现代陈三五娘》与《星》主旨的不同主要表现在《星》可以说抛弃了原著中反对封建礼教束缚追求爱情婚姻自主的主题，而将陈三、五娘、益春之间的故事写成两个女人因同事一夫而争风吃醋的三角恋故事，而《现代陈三五娘》则不但坚持原著中反对封建礼教与追求爱情婚姻自主的主题，而且在人物言行举止与性格塑造上比原著的人物更为大胆与率性，对爱情与婚姻的自主追求也更加坚决，从而体现出封建束缚较为薄弱地带的台湾地区，对封建礼教的反叛程度高于本来就比中原内陆地区松动的福建闽南地区。在《现代陈三五娘》中，五娘这个角色比起其他版本中的五娘来得更加果敢坚强，更有"野性"，彰显了台湾人的性格特征。比如，当五娘的父母要将其许配给大户人家出身的林玳时，五娘坚决表示"无爱（不要）"，父亲说："无爱？你实在真好胆，父母的主婚你也敢反对是吗？"母亲也对五娘说："女孩子不要不懂害羞，不知耻辱，父母叫你怎么做就应怎么

① 吕诉上：《后记》，《现代陈三五娘》，（台北）银华出版社 1947 年版，第63页。

做。"不但如此，母亲诱之以林家的权势钱财，父亲更以"三从四德"加以斥责训诫，甚至以断绝父女关系相威胁。面对父母的威逼利诱，五娘则明确表示："无论什么代志，我都会用得听你的话，只有这层的代志，请你原谅我。"① 尽管五娘的这些辩诉与抗争都无法抵抗，但是她仍然跟自己的贴心婢女益春斩钉截铁地表达自己坚定的心意："（我）死也不甘愿！""要叫我来与林玳结婚，除起着（除非）等候黄河澄清。"② 以上五娘的言论，活脱脱地呈现出一个桀骜不驯、个性刚强的台湾女性形象，这样的形象是《星》所没有的，也是众多描写陈三五娘故事的作品所没有的。可以说，吕诉上的五幕剧《现代陈三五娘》不但有浓厚的台湾味道，充满了闽南风味，更突出的是打上了"五四"新文化运动后自由、民主、平等的烙印，因此，吕诉上本人将该作品称为"现代《陈三五娘》"。

除了在人物性格塑造上有突破以外，《现代陈三五娘》的最大特点就是通篇用闽南方言写成，保持了闽南地方原汁原味的语言特色。此外，闽南方言口语化的特色也在这出剧本中淋漓尽致地体现出来，而这些表现也为作品增添了乡土色彩与生动的气息。如用"脚后蹄筋（脚后跟）又底（在）弹三弦"来形容"发抖"，"膏膏缠"意为"纠缠"等。这些口语化的写作在佐藤春夫的作品中是无法看到的。当然，吕诉上的《现代陈三五娘》与佐藤春夫的《星》更大的区别则在于两部作品背后传达了不同的文化符号。吕诉上的《现代陈三五娘》中不但在人物性格塑造上凸显了闽南人（尤其是台湾人）的性格特征，而且在语言表达上使用了大量的闽台方言，再加上了诸如算命看手相等情节的加入，充分体现了作品的闽南文化特性，而佐藤春夫的《星》除了前

---

① 吕诉上：《后记》，《现代陈三五娘》，（台北）银华出版社 1947 年版，第 8 页。"代誌"系闽南方言，意指"事情"。

② 同上书，第 9 页。

文所述的带有浓厚的殖民意味之外，更加关注的是人物之间的情爱场景描写，具有日本"私小说"写作的特性，前者与中华文化之间呈现了局部与整体、支流与源流的二元对立关系，后者则打上了日本文化的烙印，且具有强烈的殖民意识。从比较文学的角度来看，《星》对《陈三五娘》的改编体现了一种"文化过滤"的特征。曹顺庆在他的《比较文学学》中对"文化过滤"是这样定义的："文化过滤是跨文化交流、对话中，由于接受主体不同的文化传统、社会历史背景、审美习惯等原因而造成接受者有意无意地对交流信息选择、变形、伪装、渗透、创新等作用，从而造成源交流信息在内容、形式上发生变异。"①

也就是说，经典梨园戏剧目《陈三五娘》的原版故事经过佐藤春夫的选择、变形、伪装、渗透和创新后，一方面进行了"有意栽花"的殖民书写，另一方面也在集体无意识中受到了"无心插柳"的日本"私小说"写作的影响，而呈现出了与原著截然不同的风貌。

与吕诉上差不多同时代的台湾作家、演员、编导张深切通过对《陈三五娘》的改编，在表现台湾地方文化特性与地域特色上又显露出与吕诉上不同的文化经营。

首先，张深切笔下的五娘和益春性格更为大胆开放，在追求爱情与幸福上更为坦率果敢，更加鲜明地体现了台湾人民的性格特征。如他们在街上初睹陈三俊俏的模样时，甚至把幕帘往下拉扯以便能够看得更仔细，而益春更是故意咳嗽了好几声以便引起陈三的注意。不但如此，益春甚至公开表示自己希望嫁给陈三。在婚姻问题上，五娘坚定地跟父亲表明"爹，我是要嫁给人，不是要嫁给财势"。当五娘的母亲说"婚姻之事都是凭媒妁之言、父母之命，做父母的，岂有不为儿女选择好的匹

---

① 曹顺庆主编：《比较文学学》，四川大学出版社 2005 年版，第 273 页。

配"时，益春却马上回应"这次却选错了"。① 这些言行举止都是与传统女性的矜持顺从截然不同的。此外，张深切笔下的陈三也显得更加"粗野"一些。他笔下的陈三，不但敢于违抗父母之命，拒绝与不认识的女人结婚，还会武功拳术，把暗算他的林玳及其手下打得落花流水。这一形象的塑造与闽南原版的《陈三五娘》迥然相异。闽南原版中的陈三虽然花了三年时间试图靠近心爱之人，但是面对父母兄长之命并不敢公然违抗，东窗事发之后也只能选择跟五娘私奔回泉州，在路上被官府追捕也只能乖乖地束手就擒，更不用说还会武功拳术了，最多只是一个书生形象而已。由此可见，张深切是以台湾人争强好胜、爽直坦诚的性格来塑造陈三、五娘和益春形象的，成就了与闽南原版风格各异的台湾版"陈三五娘"。

其次，张深切还在他的作品中突出强化了反官僚压迫的主题。这个主题在包括原版的《陈三五娘》在内的很多作品中都没有展现。在张深切的笔下，为官者的横行霸道、贪赃枉法、无法无天被淋漓尽致地表现出来。比如林玳倚仗其父亲的权势想要用武力抢亲时，其手下刘狮宣称："做官如果没有权势压人，做官干什么啊？"对此，益春怒斥道："你们只会欺侮老百姓，还有更大的官管着你们的！"②

此外，张深切还深化了五娘复仇的意志，突出了五娘坚韧不屈的性格。如陈三在被判充军后，五娘买通监子来与陈三会面并声称："你今日的蒙冤，都是为我所致，我应该以一死报答你，但你必须雪会稽之耻，我也必须接济你。"她还认识到：死是容易的，但是为了你，我不能死。她拿出金钗首饰要给陈三当路费，声称："相公，你要是不收，我的苦比死更难受的！"作品在这里呈现出了"复仇"的主题，这是其

① 张深切：《荔镜传——陈三五娘》（电影脚本），《张深切全集》卷10，（台北）文经出版社1998年版，第221页。

② 同上书，第341—342页。

他版本的"陈三五娘"所没有的,淋漓尽致地体现了台湾女性在关键时刻敢于挺身而出的果敢与坚强。

以上所述的作品都以"陈三五娘"为创作题材,为台湾新文学的发展注入的虽然是复古的题材与话题,却在对具体文本的创作过程中增添了新鲜的血液,体现了台湾文化与闽南文化之间既血脉相连又自成一体的文化特色,二者是个体与群体之间的关系,体现了台湾文化远离封建意识束缚,在思想观念与艺术表现方面更加开放大胆的特性。

第四节 "陈三五娘"故事在海外的传播

一 以《陈三五娘》为代表的闽南戏曲在海外的传播与影响

诚如前文所述,《陈三五娘》的影响已经从其诞生之地泉州向整个闽南文化圈所辐射的厦门、漳州、潮汕等地传播开来,并且因为台湾地区与闽南地区存在地缘、亲缘、史缘、文缘的密切联系,且因为历史上二次移民的缘故,包括《陈三五娘》在内的众多梨园戏剧目随着移民传播到台湾地区,使得台湾地区作为闽南戏剧文化圈的第二核心区域而深受梨园戏的影响,增进了闽、台两地的文化传播与交流。

虽然以泉州为主的闽南人大部分移居到台湾,但是由于台湾岛特殊的政治、经济发展,也促使一部分在台湾的闽南人选择到海外发展。由于地理方位与闽南和台湾较近,菲律宾、新加坡、柬埔寨、越南等东南亚国家成为闽南人向海外寻求发展空间的主要选择区域。在向这些区域移民的过程中,由于闽南侨乡与海外的血缘、地缘、业缘、神缘等千丝万缕的关系，梨园戏也随之传播到移民所到之处。

从明嘉靖到万历年间，随着大量的福建戏班下南洋过台湾，福建民间戏曲也开始广泛传播到台湾地区至东南亚，其中，梨园戏的传播尤为值得关注。在福建现存较有影响力的几大剧种（梨园戏、高甲戏、莆仙戏、木偶戏、歌仔戏）中，梨园戏的传播可谓最早。清康熙二十年至二十七年（1685—1688），福建梨园戏戏班曾到泰国，并被邀请到皇宫为法王路易十四派往泰国的大使举行庆宴演出，其"华丽而庄严的排场"，"严肃而认真的表演"，给外国观众留下了深刻的印象。①

自此，《陈三五娘》与其他泉州梨园戏剧目在台湾地区、东南亚等地频繁上演，在 20 世纪 20 年代到 40 年代形成了第一次海外传播的高潮。1925 年，双凤珠班赴印度尼西亚的泗水演出，同年，新女班又赴新加坡进行演出，引起了一定的反响。② 在此之后，就是上节已述的梨园戏在台湾掀起了一场学术界研究的热潮，出现了陈香等专门研究《陈三五娘》的台湾学者及其著述。

进入 20 世纪 80 年代以来，泉州梨园戏迎来了海外传播的第二次高潮。1980—1990 年 10 年间，梨园戏共出访海外三次，出访地包括日本、菲律宾和中国香港地区。比如，1980 年 9 月 11 日至 9 月 18 日，应香港福建旅港同乡会、福建商会和福建体育会的邀请，福建省梨园戏实验剧团在卢令和的带领下，一行 59 人赴香港商演；1986 年 10 月 20 日至 11 月 20 日，福建省梨园戏实验剧团又接到了菲律宾文化中心、皇都影剧中心等 31 个华人社团的邀请，在许在全的带领下一行 55 人赴菲律宾做商业演出，此次出行共演出了 30 场，《李亚仙》《陈三五娘》《高文举》

---

① ［英］布赛尔：《在暹罗的中国人》，《东南亚的中国人》卷 3，转引自厦门大学南洋研究所编《南洋问题资料汇编》1958 年第 1 期。
② 陈鲤群：《福建戏曲海外传播研究》，《闽江学院学报》2007 年第 1 期。

等传统剧目均引起了场场爆满的轰动效应。①

自 20 世纪 90 年代开始至 21 世纪初，泉州梨园戏在海外的传播与交流愈加频繁，演出规模与影响力也逐渐扩大。1991 年 10 月，应新加坡国家艺术理事基金会邀请，福建省梨园戏实验剧团在团长李联明的带领下一行 53 人赴新加坡访问演出。在新加坡国家剧场共演出七场，上演了《陈三五娘》《吕蒙正》《苏秦》等经典剧目；1991 年 8 月 11 日，梨园戏剧团在吴凤章、庄顺能的带领下应台湾新象文教基金会的邀请，赴台湾作为期一周的访演，8 月 17 日上演的《陈三五娘》，在台湾地区内引起了轰动。

进入 21 世纪，福建省梨园戏实验剧团依然活跃于海内外的各大舞台上，为泉州梨园戏的传承与发展、闽南文化的传播与发扬做出了显著的贡献。2003 年，剧团带着《陈三五娘》第三次赴台演出，之后又与上海昆山剧院的《牡丹亭》一起赴法国参加中法文化年的一系列演出活动，均产生了广泛的影响。

二　闽南戏曲在海外的影响

在闽南戏剧文化圈中，戏曲活动与民间信仰习俗的活动特别密切，闽南民众一年到头有无数的理由可以演戏，如节令、神佛圣诞、庙宇庆典、做醮、谢平安、民间社团祭祀公业、家庭婚丧喜庆以及民间社团、私人间的罚戏演出等。② 这些众多的民间信仰和习俗活动，无论是对于定居在闽南地区的民众，还是对于长年漂泊海外的闽南移民来说都具有向心力与凝聚力，同时也使传统的乡土文化观念、民间信仰等地方性知识，以喜闻乐见的形式深植人心，流传后世。

---

① 王汉民：《福建戏曲海外传播研究》，中国社会科学出版社 2011 年版，第 36 页。
② 陈世雄、曾永义主编：《闽南戏剧》，福建人民出版社 2008 年版，第 27 页。

在商业剧场兴起之前，民间信仰、岁时节庆和人生礼俗是闽南戏曲演出最主要的三大类场合。其实，初始形态的戏曲艺术就具有"娱神"与"娱人"的双重功能，形成"宗教仪式"与"成人游戏"的双重品性。就"娱神"的功能与"宗教仪式"的品性来看，闽南地区的民间信仰的神系十分复杂，各村供奉的神系也各不相同，但都有一个主要的保护神和许多较次要的神。每个神都有两个或者两个以上的生日，每个佛生日都要演出几天戏，少则两三天，多则三五天，甚至连演几个月。[1] 由此可见，在传统的乡土社会中，繁复的民间信仰活动为闽南民间戏曲提供了广阔的生存空间。再来看戏曲的"娱人"功能与"成人游戏"的品性，闽南民众在"娱神"的前提下也达到了"娱己"的目的，据泉州地方戏曲研究社八十岁高龄的郑国权介绍，新中国成立前，每逢民俗节日，中山路上能同时开演几十台戏，热闹非凡，各大名班大唱对棚戏、连棚戏，各角纷纷拿出看家本领互相较劲，令观众大饱眼福和耳福。[2] 即便是现在，闽南民众高涨的信仰热情和众多的民俗节日，依然是闽南戏曲演出蓬勃发展的主要动力。据统计，福建省梨园戏实验剧团在2008—2010年就有300多场下乡演出活动，尤以《陈三五娘》为代表的泉州梨园戏更是深受闽南民众的喜爱，历久不衰。

此外，由于闽南地区既处于大陆的边缘地带，又处在与异域文化交流的前沿，为了在中华文化中确立自己的文化身份，闽南民众比起内陆人民来说反而更加渴求精神内核的稳定性，因此，闽南人非常重视乡土、血缘、宗族等传统观念，也十分固执地传承着中原文化传统，而潜藏在闽南民众中的这种集体无意识除了体现在繁复的民间信仰活动中，还体现在岁时节庆与人生礼俗活动中。前者如春耕秋收等季节性仪式或

---

[1]　陈世雄、曾永义主编：《闽南戏剧》，福建人民出版社2008年版，第29页。
[2]　刘鹏：《泉州地区闽南戏曲传承中的社会文化功能之考察》，《艺苑》2011年第3期。

春节、元宵节等传统节日，闽南地区都盛行演戏祈福或欢庆，后者如生育礼俗、成年礼俗、婚姻礼俗和丧葬礼俗等，亦要邀请民间戏班来演戏，热闹一番。甚至诸如庆祝中举、当官、考上大学、发财还愿等亦有演戏活动，娱神亦娱己。

闽南民间戏曲在向海外传播的过程中也产生了重要的影响。总体来说，体现在以下两点。

第一，联络乡情。通过海外演出，闽南戏曲唤起了闽籍华人的乡音乡情。王仁杰在《梨园一曲催人醉，菲华父老尽望乡》一文中记载了如下的情景：1986年福建省梨园戏实验剧团应邀赴菲演出，马尼拉市及其周围聚集着数十万华人，他们大多来自福建泉州。听到《陈三五娘》等剧目时，"如海的乡恋，一下子被引发出来，人们热泪盈眶，或浅唱，或高吟地与演员们唱和起来。这支庞大的'伴唱'队伍的声音，有时还盖过台上的演唱，与梨园戏在泉州演出的情景别无二致"。① 为什么《陈三五娘》在海外演出会产生如此强烈的反响呢？王汉民这样分析："闽剧历史悠久，剧目主要表现了人们的风俗习惯、生活风貌，这一独特的传统艺术富有浓厚的乡土气息、地方色彩，对新加坡的融籍人士而言，倍感亲切。"②

第二，闽南民间戏曲在联络乡情的同时，也扮演着传承闽南文化的重要角色。闽南文化凝聚着闽南民众的精神气质、价值信仰、思想观念，又通过具体的艺术形式展现出来。由于闽南戏曲一直与人民群众保持着密切的联系，因此，它既是闽南文化的集中体现与有力推动者，也是维系海内外闽南侨胞的重要纽带。《陈三五娘》所宣扬的追求爱情与幸福的自由观念感动并影响了一代又一代的闽南民众，寄寓着闽南民众

① 王仁杰：《梨园一曲催人醉，菲华父老尽望乡》，《福建戏剧》1987年第3期。
② 王汉民：《福建戏曲海外传播研究》，中国社会科学出版社2011年版，第161页。

的美好愿望与追求。诚如王汉民所总结的："地方戏剧中丰富的艺术语言，通过艺人们的精湛表演，宣扬忠孝礼义，扬善弃恶，寓教育于娱乐，推动了社会的道德教育，保留并发扬了中华文化艺术的传统和精粹。它在阐述人生哲理，灌输人们正确价值观方面，有着潜移默化的功效。"①

三　以《陈三五娘》为代表的梨园戏在海外的传播形式

任何文化形态想要向外传播，都要借助一定的传播形式与传播媒介，这样，才能从主客观两方面将该地区的文化广泛地传播开来。如果从传播形式上研究泉州梨园戏向海外的传播情况，本书认为可以归纳为以下四个因素。

第一，政府组织。保护、传承、发展戏曲艺术已然成为包括中央政府与各地政府文化建设中的重头戏，而对于地方戏曲剧种的传承与传播更成为地方政府责无旁贷的文化任务。福建木偶戏、梨园戏在中日文化交流中最为活跃，福建戏曲还参加了政府组织的中国与新加坡、中国与朝鲜、中国与泰国以及中国与中亚国家之间的文化交流演出。欧美方面，福建木偶戏、闽剧、梨园戏等也参加了政府组织的出访活动。

第二，民间交流。如果说政府组织的文化演出与交流活动更集中、更全面，也更权威的话，那么戏曲的民间交流活动则更丰富、更自由、更活泼。以《陈三五娘》为代表的泉州梨园戏从20世纪20年代开始至21世纪初连续掀起了三次传播高潮便是此种传播方式的最佳诠释。总体来说，民间的戏曲交流主要有出访与来访两种形式，而内容则包括演技交流、同台献艺、学术交流以及技艺传授。

---

① 王汉民：《福建戏曲海外传播研究》，中国社会科学出版社 2011 年版，第 164—166 页。

第三，学术交流。进入 20 世纪，以《陈三五娘》为代表的泉州梨园戏一直是两岸学者关注的重点，并出现了一批杰出的研究者和学术论著。近年来，对泉州梨园戏"声腔"的探讨进入了全新的阶段，尤以泉州本土学人的探索性研究见长。此外，跨学科的综合研究方式也日渐受欢迎，出现了一批将泉州梨园戏置于闽南文化之深广领域加以探讨的学术团队及其重要主张。理论突破见陈世雄在《闽南戏剧》中提出的"闽南戏剧文化圈"之主张；实践研究则有薛若邻的《商品经济与南戏——兼及艺术继承》、叶明生的《试论宗教文化在南戏发生学中的地位》等。同时，学术交流活动也在闽台两地广泛展开，随着泉州地方戏曲研究社连续举办"南戏学术讨论会""中国南戏暨目连戏国际学术研究会""96'泉州中国南戏国际学术研讨会"三次大型学术会议之后，闽台两地的戏曲学术交流日益频繁。1997 年，台湾中正文化艺术中心举办"海峡两岸梨园戏学术研讨会"，邀请福建省梨园戏实验剧团来台演出。"两岸学者就梨园戏的渊源形成、历史地位、艺术成就，乃至闽台的传播、剧团之营运、新人之培养等，展开深入的讨论，在会后又编印了《海峡两岸梨园戏学术研讨会论文集》。"① 此后，此种学术交流活动从未间断，泉州梨园戏与闽南文化之研究更加深入。

第四，媒介传播。随着影视传媒的出现与普及，古老的戏曲艺术从舞台走向了屏幕，既扩大了接受群体，又开创了新的传播方式。单是《陈三五娘》就先后被改编成广播版、电视版与电影版的同名厦语片和歌仔戏，深受闽台观众喜爱。1956—1957 年，福建省梨园戏实验剧团受上海天马电影制片厂之邀，将《陈三五娘》以舞台艺术片的形式拍摄成彩色电影，这部作品现在还经常在中国闽台缘博物馆滚动放映，向

---

① 黄科安：《闽南文化与泉州戏曲研究》，《福建论坛》（人文社会科学版）2012 年第 3 期。

海内外游客展示泉州的优秀戏曲文化。随着网络媒介的出现，戏曲艺术也依靠网络的力量展示、宣传自己，为自己打造更广阔的交流与发展空间。如今为广大戏曲爱好者所熟知的网络交流平台有：戏曲网络电视（金英网 http：//www. jinying. org）；闽南戏曲爱好者论坛：（http：//www. mnxiqu. com）；闽南戏苑交流群（QQ：37584488）等，分别具有上传戏曲视频（剧目与唱段）、介绍相关知识、讨论发展前景等交流与传播方式。

综上所述，以《陈三五娘》为代表的泉州梨园戏从时间、空间、内容与形式四个方面将剧种本身的传承、发展与闽南文化相互融合、彼此促进，对维系闽南民众情感、传承传统文化、加强区域联系起到了重要作用，也在闽南文化圈辐射下的公共文化空间中扮演着重要角色，促使闽南文化产生了世界性影响。

下编 —— 跨界研究

下编小引　如何理解"跨界"？

正如我们在前面所指出的那样，跨界作为一个外延广大、内涵深刻之繁复斑驳的巨型能指，渐次成为传播主义研究的热点语汇。"何为跨界"与"跨界何为"，这一组问题的探讨，自然是仁者见仁，智者见智。具体到我们的研究论域，在我们看来，跨界视域下的"陈三五娘"故事文本的传播序列，至少可归结为如下几个层面。

其一，跨越了剧种的界限。根据我们的了解，除了"一脉相承五百年"的梨园戏之外，陈三五娘的故事在诸多剧种当中都得到充分的演绎。首先，在泉州、厦门等地至今依然流行的地方剧种高甲戏，就有根据这一故事改编而成的《审陈三》等剧目。其次，"陈三五娘"作为传统老歌仔戏的"四大柱"之一，一直深受闽台民众的喜爱。诸多艺人往往根据实际情况进行添枝加叶的改编，但考虑到剧种的特质，很多情况之下都敷演出悲剧性的结尾。再次，"陈三五娘"亦是潮剧的经典剧目。根据课题组访谈泉州戏曲研究社郑国权所言，这一经典剧目在潮剧方面早已失传，其现存之版本乃是彼时根据梨园戏华东会演本移植而成。除此之外，有鉴于华东本的轰动一时，其亦移植为莆仙戏、黄梅戏、越剧、豫剧等，但根据实际演出的效果而言，其虽震荡一时之人心，最终却不免归于歇绝消沉，并没有取得预期的成功。

其二，跨越了文类之界限。陈三五娘的故事是先有小说，还是先有戏曲，一直是个众说纷纭、争议不休的热点议题。但可以确定的是，这也从另外一个侧面一目了然地反证其影响之大。其拥有俗曲唱本、连环画、文言小说、新文学小说等琳琅满目的驳杂变种，使其除了戏曲搬演形式之外，亦可作为闲来之时的案头欣赏之用。

其三，跨越了媒介的界限。实而言之，在新兴电子媒体迅猛发展、多元娱乐格局成为常态的"后舞台"时代，戏曲与影视的联姻已经成为一种不可逆转的历史趋势。早在20世纪中叶，田汉在观摩戏曲影片时就有感而发地说"银色的光，给予戏曲新的生命"，说的就是这个意思。例如，梨园戏"陈三五娘"在华东会演载誉归来之后，就由上海天马厂拍成彩色的戏曲电影，进而在海内外发行上映，以致今人得以通过电子声像，窥见蔡自强（彼时饰演陈三）、苏乌水（饰演五娘）、苏鸥（饰演婢女益春）等人的艺术风采。有意思的是，歌仔戏电影"陈三五娘"亦拥有众多不同的版本，最后一个版本即出现于1981年，而被坊间定格为台湾闽南语戏曲电影的绝响。当然歌仔戏电视剧"陈三五娘"绵延长达数十集，亦在台湾引起收视的一阵高潮，进而影响内地的厦门、漳州、泉州等地，改写了两岸民众对这一剧目的群体记忆。

其四，跨越了文化的界限。在建设"21世纪海上丝绸之路"的当下语境中，重新审视跨文化交往格局中的"陈三五娘"故事，无疑别具一番深意。我们注意到当代著名欧洲汉学家施舟人（Kristofer Schipper）在其所著《海上丝绸之路与南音》一文中耐人寻味地强调南音（即"弦管""南管"）。这一让泉州（古代海上丝绸之路的重要起点之一）引以为豪的古老音乐，在诸多维度受到波斯文化的遥远影响，可以将之认定为中外音乐传统的交流结晶。显然，施舟人基于比较文学法国学派之实证主义影响研究的学术范式，以"陈三五娘"这一小梨园经典为典型个案来考掘南音所受外来影响之"痕迹"，意味深长地指出

"南音不是作为一种中国职业音乐家演奏的音乐而产生的，而是由包含很多阿拉伯商人在内的泉州商业阶层精英发展起来的这一事实。在南音曲目中占主导地位的陈三五娘故事中有许多非中国式特征"。① 在我们看来，作为"闯入者"的龙彼得、施舟人之类的汉学家，其学术研究不仅涉及文本本身的细部探讨与编年整理，还在文本之间构筑整体性的关系结构网络，从而超越乌托邦与观念形态的框架限定，为当代学者在古今海上丝绸之路所形成的"闽南戏剧文化圈"这一文化间性位面上讨论闽南戏曲的历史地形与文化光谱，提供了一份难能可贵、可资镜鉴的不同视角。

有道是特殊的研究对象必然召唤着特殊的研究方法来对之进行研究，"陈三五娘"故事作为跨界传播的典型现象，自然要求跨界研究范式的深度介入。正是在此意义上，我们主张整合多学科知识以运用一种跨界的研究方法来研究"陈三五娘"的跨界传播，希冀从光影斑驳的缝隙当中寻绎失落已久的东方神韵，重构湮没在喧嚣浮躁之当下生活的审美仪式感。如前面所看到的那样，我们的研究不同于前人之处在于，我们不局限于一种学科领域，而是力图摆脱自问此身的镜前踟蹰与理论失序的文本断层，进而在跨学科视域下审视"陈三五娘"故事的跨界传播。下面的论述就是要让这一理念得到进一步展开。

---

① ［荷］施舟人：《海上丝绸之路与南音》，《闽南文化研究——第二届闽南文化研讨会论文集》（下），福建省炎黄文化研究会编，2003 年，第 1319—1320 页。

第五章 "陈三五娘"故事的俗曲唱本

　　"陈三五娘"民间传说是中华传统文化中的一件瑰宝。诚如前所述，其故事源起于潮（州）、泉（州）两地，却随着早期明清闽南移民的足迹而传播到海内外，成为世界"闽南文化圈"里有着广泛影响的文化奇观。台湾学者陈香指出："陈三五娘的故事，流传于闽（泉厦）、粤（潮汕）民间，尤其是南洋各埠的华侨社会，前后数百年，而至今犹有人津津乐道，或有意或无心仿制翻版，乃系故事本身的多姿多彩，模式特征的鲜明突出所致。"① 这一民间传说经明清以来好事者之笔，由原先底层大众的口头流传，而逐渐衍生出各种文艺体裁。不仅在各种剧种中，诸如梨园戏、潮剧、高甲戏、歌仔戏、布袋戏、莆仙戏、闽剧、黄梅戏、豫剧、小戏车鼓弄中见到它的身影，此外歌谣、小说、舞台剧、影视、连环画，以及南音清唱、俗曲演唱也处处留存着它的足迹。在这当中，我们以为戏曲、小说和俗曲唱本传承有序、绵延不绝，是这一民间传说的主要载体，很值得学界的重视。本节拟以"俗曲唱本"为切入点，对于这一民间传说进行系统梳理和深入研究，以厘定"俗曲唱本"在"陈三五娘"故事文化传承中的独特价值和地位。

---

　　① 陈香：《陈三五娘研究》，（台北）台湾商务印书馆1985年版，第1页。

所谓"俗曲唱本",是一种说唱文学,承续唐代俗讲变文的系统,其嫡系有宋代的陶真、涯词、鼓子词、诸宫调,元代的词话,明清的弹词、鼓词、宝卷等。在闽南,"俗曲唱本"一般是七言创作的通俗叙事诗,作为俗曲演唱时的脚本。在学术界,一般认为"弹词"是以江南的吴侬软语作为文化标志的,因此有了以苏州为代表的南方说唱艺术。不过,随着弹词的流布,当它与其他地域的民俗、音乐和语言结合后,也就产生了诸如贵州弹词、长沙弹词、赣州弹词等新形式。据郑振铎《中国俗文学史》,福州评话和广东木鱼书也归在弹词一类里。那么,闽南地区的那些"俗曲唱本",是否也可以称为"弹词"?著名民俗学家薛汕以为:"弹词包括泉州、漳州和潮州,在当地不叫弹词,大多叫歌仔或歌册,但从历史渊源来说,与传统的弹词如《天雨花》《凤凰山》等是同一形式与表现方法。在这些地方的其他歌仔册中,不少还与传统的弹词如《隋唐》《玉钏缘》等相同,所不同的就是多采用地方的语言。尽管当地的叫法不同,都是同一性质,因此,用弹词来概括,还是合适的。"① 其实,"歌册"是潮州对这种"俗曲唱本"的称呼,在漳州它被称为"锦歌",而台湾地区则称为"歌册""歌仔册"或"歌仔簿"。因此,虽然各地有不同的名称和说法,但是为了避免地域的局限性,我们更倾向于采用"俗曲唱本"。

第一节 "陈三五娘"俗曲唱本的探本溯源

相对于戏曲和小说体裁而言,以往人们对"陈三五娘"的俗曲唱本关注不够。的确,流传于闽南民间的"陈三五娘"俗曲唱本有木刻、

---

① 薛汕:《〈荔枝记〉及其他》,《书曲散记》,书目文献出版社1985年版,第54页。

石印、铅印、手抄等形式，数量庞大、名目繁多，陈香在《陈三五娘研究》一书中认为有 30 多种形式，如果再加上晚近在台湾发现的，就达到了 40 多种。其实，俗曲唱本的实际数目可能远远超过于此，即便到了现在的泉州，有心之人偶尔还能在地摊上觅到其手抄本的踪影。那么，我们就不禁好奇地要探个究竟，首先，最早的"陈三五娘"俗曲唱本是哪一种，在哪个时间点出现？陈香首列《荔镜传奇缘》和《图像荔镜传陈三五娘歌》两种，前一种是"明永历己丑（三年）刻，唯出处不详"，后一种为"清康熙戊午（十八年）刻，洁心堂版"。但他所列举的只是根据早年自己所作的札记，原书"未放在箧底"携带入台。① 而目前学界尚未发现这两种文献，证据不足，故难以采信。

　　荷兰籍的英国牛津大学汉学家龙彼得曾以为："最早的歌仔簿传本是 1826 年，仅是印成几页的小册子，但到本世纪（20 世纪——引者注）福建（在台湾则直到三十年前）仍有人编述和出版。"② 从现存下来的有关闽南方言俗曲唱本来看，龙彼得指的 1826 年的闽南方言俗曲唱本（或称歌仔册、歌仔簿）系"道光六年刻"即 1826 年版的《新刻王抄娘歌》和"道光丙戌年新镌"亦即 1826 年版的《新传台湾娘仔歌》《新传桃花过渡歌》。然而，正如汪毅夫指出，"这三种版本所标明的'新刻''新镌'和'新传'诸语共同暗示：此前可能有更早的歌仔册版本"。③ 因此，有无比龙彼得所认为的更早版本发现呢？薛汕在其校订的《陈三五娘之笺》一书中，刊出一帧清乾隆己亥年（1779）刊刻的《绣像荔枝记陈三歌》的书影，无疑透露出一个"更早"的有力证据，其刊本今天有幸被收藏在国家图书馆。从这层意义上说，俗曲唱

---

① 陈香：《陈三五娘研究》，（台北）台湾商务印书馆 1985 年版，第 118 页。
② ［荷］龙彼得：《古代闽南戏曲与弦管——明刊三种选本之研究》，泉州地方戏曲社编《明刊戏曲弦管选集》，中国戏剧出版社 2003 年版，第 6—7 页。
③ 汪毅夫：《1826—2004：海峡两岸的闽南语歌仔册》，《台湾研究集刊》2004 年第 3 期。

本的出现应当不会晚于清乾隆年间（1736—1795），而清乾隆己亥年刊刻的《绣像荔枝记陈三歌》是现存已知的最早闽南方言俗曲唱本的传本。

与俗曲唱本不同，"陈三五娘"戏曲和小说在明代的溯源是有迹可循的，当然这应归功于 20 世纪学人不懈努力与共同发掘的结果。1936年，向达在《瀛涯琐志——牛津所藏的中文书》一文中，首次刊载牛津大学图书馆所藏的明嘉靖丙寅年《荔镜记》戏文书影及其相关资料，遂引起现代学界的重视。① 这就使原先分别雪藏于牛津大学图书馆、日本天理大学图书馆的明嘉靖本《荔镜记》，以及隐匿于奥地利国立图书馆的明万历辛巳本《荔枝记》重见天日，并渐渐为学界所知晓。不过前一版本还不是最早的刻印本，因为刊刻嘉靖本的书商余氏在该书的首尾处均标明"重刊"字样，并云："因前本荔枝记字多差讹，曲文减少。今将潮泉二部，增入颜臣勾栏诗词北曲，校正重刊，以便骚人墨客闲中一览，名曰荔镜记。"② 这说明，嘉靖本之前，尚有"潮泉二部"的《荔枝记》戏文，只不过至今尚未发现。就小说溯源而言，现存有两个较早的版本，一是清嘉庆（1814）《新刻荔镜奇逢集》二卷；二是清道光（1847）《二刻泉潮荔镜奇逢集》二卷。虽然两种版本的书名有异，但经考证，道光本直承的是嘉庆本，每页版心均署"荔镜传"，并卷首刊有无名氏撰写的《荔镜传叙》，说明这两个版本之前应有一种名为《荔镜传》的小说。③ 据台湾学者陈益源的研究，小说《荔镜传》在明代的初名当为《荔枝奇逢》，并通过探讨其与其他明传奇小说的关联关系，

---

① 向达：《瀛涯琐志——牛津所藏的中文书》，《北平图书馆馆刊》第 10 卷第 5 期，1936 年 10 月。

② 明代嘉靖丙寅刊本《荔镜记》，郑国权主编《荔镜记荔枝记四种》（第一种）影印，中国戏剧出版社 2010 年版，第 240 页。

③ 龚书辉：《陈三五娘故事的演化》，《厦门大学学刊》，1936 年 6 月。

断定其成书时间"应以明弘治末至嘉靖初之间的可能性居大"。[①]

相形之下，俗曲唱本的成熟就晚得多，即便是陈香列出的明永历[②]本和康熙本确实存在，那么也是清初形成的唱本。然而，俗曲唱本的成熟与流行并非是一朝一夕之事，我们能否从明代的文献中，发现它的蛛丝马迹呢？既然俗曲唱本是从唐代俗讲变文、宋代陶真、元代词话一路演变而来，属于七言的通俗叙事诗。那么，戏文的嘉靖本《荔镜记》和万历本《荔枝记》存在的诗歌现象是很值得关注和探讨的。我们先谈稍迟刻印的万历本《荔枝记》中戏文插入的诗歌现象。万历本《荔枝记》全称为"新刻增补全像乡谈荔枝记"，系"潮州东月李氏编集"。这些信息表明这个刻本是依据潮州前本而来，所谓增补"全像"，即增加插图，这与嘉靖本《荔镜记》做法一样，另外"乡谈"，寓指潮州话，虽然潮州话也隶属闽南方言语系，但在腔调、用词等诸多方面还是有区别的。不过，从当时戏文能如此深入两地百姓中间来看，其两地的语言交流应无大碍。不过题目并未就正文中出现的诗歌做提示。经考证，万历本《荔枝记》共计6处以"诗曰"形式出现的诗歌。其中，第一出、第二十八出和第四十七出的"诗曰"，大体表达或读书获功名，或陈述陈三、五娘的结合，或概述这个故事的内容，均以北方官话撰写，老套陈词，无甚特色。但第三十五出、第四十一出、第四十六出的"诗曰"是根据戏曲故事敷演而用方言文字撰写的通俗七言诗。如第三十五出："大鼻做人实风梭，贪花恋酒好得桃；不料五娘趁人走，误我做成老大歌。"[③]"大鼻"即林大鼻（绰号当名字），即黄府受聘的准女婿，"风梭"即"风流"，"得桃"即"玩耍"，"趁"即"跟随"，

---

① 陈益源：《〈荔镜传〉考》，《文学遗产》1993年第6期。

② 据查明永历己丑年（三年），即1649年，亦清顺治六年。

③ 明代万历刊本《荔枝记》，饶宗颐、龙彼得主编《新刻增补全像乡谈荔枝记》，（台北）新文丰出版公司1999年影印本，第135页。

"歌"为借音字即"哥"。其中,"风梭""得桃""趁"是闽南方言的本义,处于方言区外的人难以理解。显然,这是一首用闽南方言写成的七言通俗诗,旨在讽刺林大鼻是一位长相不端、贪花恋酒的纨绔子弟,结果导致相中的恋人最终和人家私奔了。诗作内容浅显易懂、庄谐杂出,讽刺挖苦意味极浓!

嘉靖本《荔镜记》先于万历本《荔枝记》十五年面世,但二者之间是否存在直接的传承关系,学界有不同的看法。即刊刻嘉靖本时,书商所依据的"潮泉二部"蓝本中的潮州本,是否就是万历本或万历本的前身,这有待学界的进一步考证。不过,与万历本相比,嘉靖本蕴藏着更为丰富的文化信息。建阳书商余氏在刊刻正文前冠以书名全称——"重刊五色潮泉插科增入诗词北曲勾栏荔镜记戏文全集",同时在书尾处再次表明:"今将潮泉二部,增入颜臣勾栏诗词北曲,校正重刊,以便骚人墨客闲中一览,名曰荔镜记。"这意味着,该刊本不仅刻有《荔镜记》戏文,还增入"颜臣全部"(第1—129页)、"新增北曲正音"(第160—210页)、"新增勾栏"(第130—159页)以及"诗词"(第1—210页)等内容。撇开与本节论述无关的事项,单就增入"诗词"而言。嘉靖本与万历本不一致的地方首先是题名,它明确标明增入"诗词"的表述。不过,经文本的考证,并未发现"词"的插入,至于增入"诗",只是在每页插图的两旁发现各刊两句七言诗的现象。从表面上看,似乎这诗只是插图的附属品,是为配图而存在。然而,与只出现6处"诗"现象的万历本相比,嘉靖本从头到尾,每一页都刊刻四句七言诗,贯串起来,共计有836行。显然,这首长篇抒情叙事诗是作者的有意为之,是为配合"荔镜记"戏文的剧情发展而创作的,是陈三五娘爱情故事的另一载体。可以说,这首长诗与万历本出现的零散诗作相比,无论是规模、形式,还是内容,都有着天壤之别,不可同日而语。

与万历本的诗作一样，嘉靖本《荔镜记》中的七言诗也是以北方官话和闽南方言相互混搭的方式出现。不过，就整首长诗而言，前面北方官话偏多，后面闽南方言会更重一些。开篇以"百岁人生草上霜，利名何必苦奔忙；尽惯胸次诗千首，满醉韶华酒一觞"①，既有中国文人的人生慨叹意味，同时又承袭一脉传统诗词的文雅风流。纵观这首诗在叙事绘景方面，有出色的艺术功力，如："三五元宵齐景鲜，鳌山结彩五云边；笙歌声沸长春地，星火流光不夜天。"② 写出潮州元宵节张灯结彩、歌舞升平的热闹光景；同样，在触景生情方面，也有独到的细腻笔触，如："一团水镜隔银河，爱此清九夜已何；万丈广寒宫可到，直将心事问嫦娥。寒光万顷楼高基，四壁玲珑绣户开；天上有津堪去问，不愁溺水隔蓬莱。"③ 五娘不愿"良女配呆君"，而与父母发生激烈的冲突，一腔心事与愁绪，只好寄托高悬于深邃苍穹中的一轮明月，遥想万丈广寒宫中的嫦娥能为之分忧与慰藉。显然，这样的诗篇文辞优雅，韵味十足，应是一位具有较高文学修养的作者所作。当然，这首七言诗除了大量写景抒情的铺排和渲染外，更值得注意的是它的叙事性。"女大从来不可留，及时须合嫁人休；林大今日送聘礼，一家养女百家求。叵耐媒婆太相欺，故将良女配愚痴；鸾凤自有鸾凤对，乌鸦曾宿凤凰池。椿萱堂上未知因，故将愚丑对姻亲；金钗银锭无心看，巧语花言恶我嗔。空费媒人送聘期，不肖林生未知机；……礼聘若还不送转，定教一命见阎罗。忤逆子儿恼我心，打骂媒姨是何因；……哑公使我来唤你，速去堂前受杖哭。叵耐无端贼贱才，不知礼义大痴呆；指责媒姨何道理，打你二十警将来。"④ 这段诗生动叙述了五娘不为林大的丰厚聘礼

① 明代嘉靖丙寅刊本《荔镜记》，郑国权主编《荔镜记荔枝记四种》（第一种）影印，中国戏剧出版社 2010 年版，第 31 页。

② 同上书，第 51 页。

③ 同上书，第 79—80 页。

④ 同上书，第 64—72 页。

所动，其 "责媒退聘" 的态度是何等的决绝！先是指责媒婆的 "巧语花言"，并对媒婆下了逐客令，誓言 "礼聘若还不送转，定教一命见阎罗"，随后引发与父母的直接冲突，黄九郎面对女儿的反抗，十分恼怒，甚至要动用家法鞭笞女儿，维护所谓家长的尊严与威权。很明显，这里面有叙事性的元素，包括事件的成因、矛盾和冲突，在某种程度上也刻画人物的个性，从而推动故事情节的发展。这种带有独立的叙事性功能的特点，在该长诗中屡屡出现，如："日慢无事倚楼东，看见荔枝满树红；忽然郎君楼下过，荔枝抛下绿衣郎。"① "九郎骑马去收庄，陈三背后随九郎；一到庄头无心绪，推辞假病返家门。"② 由此可知，当这首长诗从抒情功能滑向叙事功能，开始承担讲述陈三五娘爱情故事的能力时，这也就意味着这种文学体裁正在从依附走向独立，处于从边缘走向中心的转折点上。

而为了更好地表现长诗的叙事性功能，和吸引底层百姓的注意力，作者在语言上做出大胆的变革，具体表现在语言的 "口语化" 和 "方言化" 方面。尽管就整体风格而言，长诗文雅风流，诗趣盎然，但在迈向叙事化过程中，口语化是作者有意采用的一种修辞策略。如："听见厅前叫一声，手捧槟榔出外行；未知相请何人客，阮是林家大鼻兄。"③ 这是交代林大在元宵夜路过邻舍老卓门前，遂入内邀他 "赏灯"；"手捧槟榔出外行"，这是当地待客礼俗，而 "阮是林家大鼻兄"，则是将他人给予 "大鼻" 绰号当作自己的身份，突出此人俗不可耐，没有一丁点儿的文化涵养。这种 "愚丑对姻亲"，自然招致五娘的激烈抗争——"作我姻亲恼我怀，言三语四是良媒；林家欲我在鸾侣，等待铁

---

① 明代嘉靖丙寅刊本《荔镜记》，郑国权主编《荔镜记荔枝记四种》（第一种）影印，中国戏剧出版社 2010 年版，第 85 页。

② 同上书，第 170 页。

③ 同上书，第 40 页。

树再花开。只因爹妈不相从，特将良女配呆君；情愿弃身投井死，免教落在污泥中"①。五娘的这番言语，不假粉饰，以直白见长。读者阅毕，一个不畏封建社会礼教压制、大胆追求自由婚姻的奇女子形象就跃然纸上，光彩照人，栩栩如生。另外，这篇长诗的口语化往往体现在人物的对话或独白中。如："昨日楼前遇佳人，花容月貌动吾心；敢问李公求一计，何日得见五娘身。"② "自称你是富贵子，缘何磨镜削剪刀。"③前一句是陈三为了能接近五娘，找到来此处谋生的泉州磨镜师傅，求教他如何投身黄府，来赢得美人归。后一句是五娘贴身女婢益春对卖身为奴的陈三宣称自己是"富贵子"的质疑。又如："清晨早起日易东，不见五娘起梳妆；陈三缘何不扫厝，益春懒惰点茶汤。速去报与哑公知，昨夜家中被人欺；陈三哄诱五娘走，疾忙回来告官司。小七途中遇哑公，昨日家中有大凶；陈三五娘都不见，益春亦同走他乡。"④ 所谓"祸起萧墙"，陈三与五娘的"私奔"，在当时社会里，是一件很丢家风和门面的事。诗作者在陈述这件事情时，以旁观者和仆人小七相互交替的视角来切入，采用口语化的白描手法，将家中发生的巨变，一五一十做了清晰的交代。

虽然长诗在语言取向上主要是北方官话，这一点与同版刊刻的闽南方言戏曲有较大的区别。然而，纯正的北方语言主要是用在作者逞才使气的写景抒情上，而在叙述故事和推动情节发展方面，却是采用一种与"闽南方言"混搭的语言形式，体现了诗作正迈向"在地化"的倾向。"自是卖花人着力，一肩挑出洛阳去。"⑤"自是卖花人着力"，从北方语

---

① 明代嘉靖丙寅刊本《荔镜记》，郑国权主编《荔镜记荔枝记四种》（第一种）影印，中国戏剧出版社2010年版，第77—78页。
② 同上书，第88页。
③ 同上书，第105页。
④ 同上书，第179—181页。
⑤ 同上书，第84页。

言角度如何读都是不通，"着力"其实是闽南方言，意思是要"吃苦""花力气"。"果然无物通陪你，情愿将身扫工脚。"①"通"是方言，释为"可以"；"陪"借音字，意为"赔"；"扫工脚"，意为"扫地奴"。"陈三为人太无知，缘何辱骂我简儿。"②"简儿"系闽南方言，意为"女婢"。"陈三监内坐心悲，记得在家富贵时；一身为娘障受苦，值时脱得只官司。"③"障"，本义为"阻塞，阻隔"，但此处仅为借音字。"都堂骂弟不成人，望你一身奉侍亲；谁知做出障般事，多少压彩我门风。嫂今行出大厅边，仔细近前问因伊；三叔出来因乜事，值处惹得只官司。"④"不成人"，意为"不像样"；"障般事"，意为"此等事情"；"伊"为"他"；"乜"，即"什么"之意；"值处"，意为"在这里"。由以上观之，长诗的"方言化"倾向是非常明显的。一方面，作者确实存在着卖弄传统诗歌的文雅趣味之嫌，但另一方面也应该看到，作者在配合闽南方言戏曲故事的推进之际，其叙述语言也开始悄然发生变化，口语化的方言杂糅进来，形成一种亦文亦白、亦雅亦俗的混合型的"蓝青官话"的语言形式。因而，长诗接通了幅员广袤的闽南区域的地气，拉近了与底层草根大众的生活距离，使诗作的字里行间有一股活生生、泼辣辣的生活气息，扑面而来，沁人心脾。

由此可见，这首长诗在明嘉靖刊刻本中，并非充当每页插图的"配角"，而是登上文苑的"主角"，它完整讲述了陈三五娘的爱情故事，是一篇独立的抒情叙事作品。尤其在叙事功能上，呈现出来的"口语化"和"方言化"，就已经接近明清的弹词、鼓词、宝卷了，有一点"俗曲唱本"的味道，这是很值得学界关注的。因此，在陈香所谓明永

---

① 明代嘉靖丙寅刊本《荔镜记》，郑国权主编《荔镜记荔枝记四种》（第一种）影印，中国戏剧出版社2010年版，第98页。

② 同上书，第111页。

③ 同上书，第203页。

④ 同上书，第231—232页。

历己丑刻《荔镜传奇缘》和清康熙戊午刻《图像荔镜传陈三五娘歌》两种未有确实的文献证据发现之前，明嘉靖版的这首长诗就成为最现实的探究文本。以这首长诗陈述故事的文字，与现存最早俗曲唱本的清乾隆己亥年刊刻的《绣像荔枝记陈三歌》相校对，确实能够发现它们之间存在着千丝万缕的关系。譬如，这个爱情故事中“掞荔枝”是一个重要的关节点，明嘉靖版长诗这样描述：“一到潮州六月前，荔枝已熟正鲜妍；金勒马嘶芳草地，玉楼人醉杏花天。千红万紫闻芳痕，观前忽后看未真；自是卖花人着力，一肩挑出洛阳去。日慢无事倚楼东，看见荔枝满树红；忽然郎君楼下过，荔枝抛下绿衣郎。”①《绣像荔枝记陈三歌》唱道：“五月原来荔枝时，五娘益春上楼来；身倚栏杆相携手，面向街中笑微微；有人生得我中意，情愿共伊结姻缘；陈三骑马楼下过，看见高楼好整齐；五娘斜眼看楼东，忽然看见马上郎；生得神仙无二样，情愿共依（伊）结成双。等伊举头楼上看，将只荔枝掞落去。”②再者，与乾隆刊刻本有更为直接师承关系的是民国三年（1914）厦门文德堂印行的《增广最新陈三歌全集》，这个“掞荔枝”情节是如此描绘：“正月返来五月时，五娘思想未放离；招下益春楼上去，身倚栏杆看景致。手提乌叶红荔支（枝），面向街上笑微微；有人生得中阮意，阮身情愿匹配伊。陈三骑马楼下行，这座高楼有名声；是谁富翁共把继，造成一座盖潮城。五娘斜眼看楼东，忽然看见马上郎，生得神仙无二样，灯下伊人真亲像。益春心内有主意，就共五娘用计智；等伊举头楼上看，将只荔支（枝）掞落去。”③很明显，这两个版本有很多描述文句是完全一致的，所不同的是厦门文德堂版又添加了一些人物的内

① 明代嘉靖丙寅刊本《荔镜记》，郑国权主编《荔镜记荔枝记四种》（第一种）影印，中国戏剧出版社2010年版，第83—85页。

② 清代乾隆己亥刊本《绣像荔枝记陈三歌》，中国国家图书馆藏，第6页。

③ 《增广最新陈三歌全集》，厦门会文堂1915年，曾子良主持《闽南说唱歌仔（念歌）资料汇编》第3册，台湾歌仔学会，1995年影印本，第33页。

心活动和艺术细节的描绘。诸如五娘"思想未放离",是追忆元宵节灯下邂逅的陈三之故,因此当她发现楼下经过的"马上郎"与她日夜相思的"灯下伊人真亲像",就做出"揼荔枝"的惊世骇俗之举。这样一些细节的补充,使人物的思想和行为有了更为合理的诠释。因此,从这一情节的描述来看,长诗与后来两种俗曲唱本的确存在明显的相通之处,只不过后来的俗曲唱本叙事能力更强、刻画人物内心变化更真切、更鲜活而已。

由此可见,目前所发现陈三五娘爱情故事的清代俗曲唱本,其师承一脉完全可以向明朝一代追溯。而陈香所述的明万历唱本《荔镜传奇缘》,无法获得实证文献之前,我们考证的明嘉靖本《荔镜记》的长篇抒情叙事诗和万历本《荔枝记》的六首诗作,无疑就成为这一流脉可追溯的最早文本。台湾学者王士仪在探讨清顺治本《荔枝记》时,从该刊刻本全称"新刊时兴泉潮雅调陈伯卿荔枝记大全"就提出与"雅调"相对的就是"俚曲",而所谓"时兴",就是"流行",即"在这本雅调荔枝记能得以流行之前或同时,应有一本俚曲的荔枝记。也就是在这期间,这种俚曲荔枝记与雅调荔枝记同时并存,互为消长"。[①] 那么,王士仪揣测的俚曲"荔枝记",从我们前文的分析,完全可以指向嘉靖本《荔镜记》中的长篇抒情叙事诗。因此,陈三五娘爱情故事在明代不仅有戏曲的传承,也有用初露"俚曲"端倪的长篇抒情叙事诗传唱,这不仅是泉州古代地方戏曲的衍生产品,也是明代说唱文学的重要文献。

---

① 王士仪:《泉州南戏史初探——中国戏剧第六体系》,(台湾)《华冈艺术学报》1982年第2期。

第二节 "陈三五娘"俗曲唱本与闽南民俗文化

在清代,闽南地区流行着一种以通俗汉字记叙闽南民间歌谣的小册子,其内容多为叙述历史故事的长篇叙事诗或是与当时社会风俗有关的劝世歌文,这就是闽南方言的俗曲唱本。因此,真正成熟的闽南方言的俗曲唱本应该是从清代开始的。如前所考,清乾隆己亥年刊刻的《绣像荔枝记陈三歌》是现存已知最早的俗曲唱本,但大量在坊间流行最早可能要到清道光年间。因为闽南地区刊印唱本最出名的书局"文德堂"和"会文堂",据说"其创业不晚于道光年间"。[①] 光绪三十四年(1908)开业的博文斋书局,颇有后来居上的气势,起初还会向会文堂购取版本来印售,后来生意日见兴隆,独立印行书籍,远销东南亚各地。[②] 除此之外,泉州的清源斋、见古堂、琦文堂等书店,以及当时全国印刷业中心上海的一些书局,如开文书局、点石斋、文宝书局,也曾以石印或铅字活版印制了许多俗曲唱本。其中有的只是接受厦门书局的委托,代工印刷;有的则印上自己的堂号发行,如开文书局。其印版从最早的木刻版演进成石印版,更有后来铅印版的大量发行。在这些大量流行的俗曲唱本中,对"陈三五娘"故事唱本的添枝加叶与穿凿附会最为引人注意。据陈香搜集所得就有30余种,再加上台湾的发现,累计达40余种。[③] 不过,细究这一故事的唱本,主要有两种类型,其一与戏曲《荔镜记》《荔枝记》版本的内容相似,即以陈三娶妻回泉庆团圆

---

① 王顺隆:《谈台闽"歌仔册"的出版概况〉,《台湾风物》第 43 卷第 3 期,1993 年 9 月。

② 参见罗时芳《近百年厦门"歌仔"的发展情况》,福建省艺术研究所、厦门市台湾艺术研究室编《闽台民间艺术散论》,鹭江出版社 1991 年版,第 298 页。

③ 陈香:《陈三五娘研究》,(台北)台湾商务印书馆 1985 年版,第 118—121 页。

为结局，如清乾隆己亥年的《绣像荔枝记陈三歌》、民国三年厦门文德堂的《增广最新陈三歌全集》以及上海开文书局的《最新陈三歌》（上、下）等；其二是在陈三娶妻回泉庆团圆的基础上蘖枝开叶，摇曳生姿，共分四册，即民国四年厦门会文堂的《陈三歌》（《特别最新五娘挨荔枝歌》《特别最新黄五娘送寒衣歌》《改良黄五娘跳古井歌》《最新改良洪益春告御状歌》）。台湾学者陈兆南曾将此分类称为"全歌系"和"四部系"，这一分法得到台湾学界如刘美芳、陈怡苹的认同和遵循。①

那么，如何看待清代以降出现的"陈三五娘"故事的俗曲唱本呢？不同研究者的思想立场、知识修养和审美趣味，自然引来价值取向的迥异。龚书辉认为："唱本是大众的作品"，"更容易沾染上神鬼的迷信色调"。② 龚氏作为"五四"后的现代知识者站在人文立场，指摘神鬼的迷信色调是再也自然不过的事了。陈香是研究"陈三五娘"故事的专家，他对于泉州小梨园七子班搬演的"陈三五娘"赞赏有加，称之为"美视美听"。③ 显然他是一位有唯美情趣的行家，自然对于与精致戏曲不同的俗曲唱本，难入"法眼"，虽搜罗不少唱本，但还是将之斥为"旁流"，以为"浩荡的俗曲（歌仔簿）旁流，自明末以至民初，的确早将陈三五娘故事的美艳情节，冲击得不堪一睹。可谓山崩石滚，灾情惨重的了"。④ 学者薛汕来自潮州，是一位革命文艺工作者，同时也是一位俗文学研究专家。他以"人民的立场"作为自己的价值取向，认

---

① 陈兆南：《陈三五娘唱本的演化》，《民俗曲艺》第 54 期，1988 年 7 月。所谓陈三五娘唱本的"全歌系"和"四部系"的分类，又得到刘美芳《偷情与宿命的纠缠——陈三五娘研究》[林锋雄总编审《歌仔戏四大出之二：陈三五娘》，（台北）宜兰县立文化中心 1997 年版]、陈怡苹硕士学位论文《"陈三五娘"歌仔册语言研究——以音韵和词汇为范围》的认可和遵循。

② 龚书辉：《陈三五娘故事的演化》，《厦门大学学刊》1936 年 6 月。

③ 陈香：《自序》，《陈三五娘研究》，（台北）台湾商务印书馆 1985 年版，第 1 页。

④ 陈香：《陈三五娘研究》，（台北）台湾商务印书馆 1985 年版，第 118—122 页。

为"陈三五娘"故事的作品类型存在着不同的处理方式,"有些作品的处理采用这个方法,一般是故事优美,人物可爱,使整个作品充满着人物的光芒,使人民从中汲取到养料;可是有些作品的处理不采用这个方法,一般是故事粗陋,人物庸俗,使整个作品处处露出卑下的格调,使人民坠入宿命的迷津"。① 显然,薛氏是以"人民性"的有无,作为衡量作品好与坏的标准,那些大量流行于民间的俗曲唱本,自然就成了否定的对象和加以批判的教材。

然而,我们并不如此看待。

首先,"陈三五娘"故事之所以能够在广袤的闽南区域扩散流播,就在于它的俗曲唱本来自"大众"的,是属于"大众",具有鲜明的"草根性"。那么,所谓"草根性",就是底层大众的思想立场、行为举止乃至语言表达都打上"原生态"的烙印。其一,"直白"。《增广最新陈三歌全集》中首次提及"陈三"称:"陈三生成真标致,眉清眼秀无人比,街上女娘看一见,返去相思病半死",② 对人物形象的"风流"描述,口语化,去粉饰,没做作,非常直白;家仆小七受到五娘的"许诺",以为可以娶到女婢益春为妻,高高兴兴为五娘去给发配崖州的陈三送寒衣,歌词曰:"我今自幼做人奴,穿是破衫共破裤,益春甘愿我做某,返来衫破有人补。"③ 小人物的愿望多朴实,他的"梦"做得并不大,然而即便这样也是很难实现的。其二,"俗趣"。底层大众的趣味,其吸引人的地方并不在于"雅",而在于直接呈现底层的"本色"。《增广最新陈三歌全集》中,五娘探狱留宿,看到陈三头上长虱子,就

---

① 薛汕:《前记》,《陈三五娘之笺》,东方文化馆1997年版,第3页。

② 《增广最新陈三歌全集》,厦门会文堂1915年,曾子良主持《闽南说唱歌仔(念歌)资料汇编》第3册,台湾歌仔学会1995年影印本,第30页。

③ 《特别最新黄五娘送寒衣歌》,厦门会文堂1915年,曾子良主持《闽南说唱歌仔(念歌)资料汇编》第3册,台湾歌仔学会1995年影印本,第235页。

心疼祷告："莫咬我君白白肉，去咬益春却有味。"① 这是五娘最直接、最本真的"想法"，但却要把这一"灾祸"，引向自己的贴身女婢，五娘的思想境界确实不高，而且很有"私心"，真是让人忍俊不禁。同样，在《特别最新五娘捱荔枝歌》中，益春作为五娘的贴身女婢，在陈三力劝五娘私奔这当口，却反对道："益春劝娘咱不通，三哥做事会害人，共君困破三领席，力君心腹总未着。"② 然而五娘说只要和她一起私奔，"三哥收尔做小姨"后，立马改变态度，收拾行李催促赶紧逃。益春这一举动，其实也是人之常情，作为一位底层婢女，特殊的人身依附关系，自己的命运完全被掌握在"主子"的手里，正如小七一样，自己何尝没有对明日一点私心的"梦想"？其三，"色情"。关于这一点，是"陈三五娘"俗曲唱本最为一些文人所诟病之处。从现存最早清乾隆己亥年的《绣像荔枝记陈三歌》就有记述陈三"爱风流"的事情，"眼见嫂边一小姨，心头恰是吃药鱼"，于是在夜里潜入和小姨一起睡的嫂子房，结果，"嫂子在睡中惊一醒，便要喊声叫盗人；陈三用手掩嫂口，就是三叔一家亲"。其四，嫂子将此事告知公婆后，陈三觉得"没面皮"在家里待了，就收拾衣服进"笼箱"，下广南去会他的兄长。③ 而与乾隆本一脉相承的是厦门文德堂的《增广最新陈三歌全集》，陈三这种乱人伦的轻薄举动，又得到进一步的发挥和描述："门楼鼓打三更时，夜眠不困思小姨；轻步来到姨房内，小姨困去不知天。前是兄嫂后是姨，陈三色胆大如天，掀开罗帐床上摸，摸错伊嫂两乳边……陈三用手掩嫂嘴，是咱家己非是谁；因为小姨错主意，恳求阿嫂莫说起。小姨梦中听一见，醒来思着惊半死；等待来得天光时，顾轿赶

---

① 《增广最新陈三歌全集》，厦门会文堂1915年，曾子良主持《闽南说唱歌仔（念歌）资料汇编》第3册，台湾歌仔学会1995年影印本，第46页。

② 《特别最新五娘捱荔枝歌》，厦门会文堂1915年，曾子良主持《闽南说唱歌仔（念歌）资料汇编》第3册，台湾歌仔学会1995年影印本，第211页。

③ 清代乾隆己亥刊本《绣像荔枝记陈三歌》，中国国家图书馆藏，第1—2页。

紧返乡里。"① 其实，在我国的民间艺术中，类似有伤风化的举止或色情的描写确实不少见，尤其是在民间歌谣中。它反映了底层大众的"俗趣"，和对男女关系的"想象"，直接、浅白，甚至还带有一点"猥亵"的色情意味。显然，这是封建传统文化的糟粕。如何摒除和扬弃是值得探讨的问题，但不能因为有了这些东西，而将之弃如敝屣。正如龚书烨指出，"陈三五娘"这一故事，"是泉州大众积累若干年的思想观念而出之以具体的映现，是大众汇集他们，他们的祖先的意识形态而作为教科书般流传于本代后代的子孙。这一故事的伟大处是：它是创作的，是大众创作的而流传大众间以娱乐自己，下意识地却在这中间掘取他们精神的粮食而影响他们的观念意识"。从这一个意义上说，"大众的文艺，有益于大众，为大众所欢纳的文艺，才算是真正的文艺"，② 诚哉斯言！

其次，"陈三五娘"故事的俗曲唱本是最接近大众的方言文献。语言是文化的重要组成部分，也是文化的载体。闽南族群是以闽南方言为标记的，体现着闽南人身份的外在特征和鲜明的区域特色。清代的"陈三五娘"俗曲唱本，其方言特征反映的就是那个时代闽南底层大众所说之话，所操之语。其一，俯拾皆是的闽南方言，诸如"怯示"（"难看"之意）、"细利"（"小心"之意）、"真格屎"（"说大话"之意）、"不亲相"（"不像样"之意）、"白贼"（"善于说谎言"之意）、"毁离离"（"毁得很严重"之意）、"目红红"（"红红"表示"很红"之意），等等，这些都是底层大众信手拈来的方言口头语。其二，典型的泉腔词汇。如"今旦"（"今天"之意）、"妈亲"（"母亲"之意）、"障年"（"怎样"之意）、"黄甲日落是冥昏"（"甲"，是"很"之意），"神魂恰惨飞半天"（"恰"，是"很"之意），"不通戆戆卜返去"（"戆戆"，

---

① 《增广最新陈三歌全集》，厦门会文堂 1915 年，曾子良主持《闽南说唱歌仔（念歌）资料汇编》第 3 册，台湾歌仔学会 1995 年影印本，第 31 页。

② 龚书烨：《陈三五娘故事的演化》，《厦门大学学刊》1936 年 6 月。

两词叠加，表示"很戆"之意）。其三，活灵活现的闽南方言俗语，如："卜嫁不嫁咱主意，管伊林大路傍尸。""人说无针不引线，偷来暗去尔知机。""可惜运使无在家，家内无猫鼠跷脚。""害我面皮无半丝"。"不畏春鱼不食饵。""亏我生见熟无份。""狗拖短命林大鼻。"可见，这些闽南方言，确实靠通俗易解得宠，也就是闽南的底层大众以为这是在讲自己身边的事，用自己的行事思维、文化想象和价值判断，来演绎这段闽南版的"才子佳人"的爱情故事。当然，也有明显存在着如陈香所说："盖歌仔簿（俗曲），向有积习，因因相袭，总是竭力糅入土字白句为能事。土字白句多出自方言口语，或借字或借音，唱时，如照泉州或潮州的方言口语发音，的确颇饶亲切韵致；惟若不了解泉州或潮州的方言口语，平白照字去读，则就每每要瞠目结舌，觉得全部不知所云。"①

再次，在"陈三五娘"故事俗曲唱本的传承与流播过程中，一直鲜活地记载和生动地再现了闽南族群的民俗文化。必须指出，闽南文化是中华文化的重要组成部分，同时也是中华文化中极具鲜明特征的地域文化。闽南文化和闽南方言一样，它是伴随闽南族群的多次融合而形成的，因而，具有文化的多层叠合，体现一体多元的特征，同样民俗文化也可作如是观。在"陈三五娘"俗曲唱本中，闽南民俗文化典型地反映了中华传统文化中儒释道的糅合，以及民间信仰的弥漫。闽南人的行事方式，习惯求神拜佛、入庙抽签；喜欢膜拜风水、堪舆地形；以及相信善恶有报、因果轮回，等等。"六娘亲事卜配尔，去问日师择日子。"②"只案若卜告官司，官府定来验身尸；人说验尸不出世，永远阴

---

① 陈香：《陈三五娘研究》，（台北）台湾商务印书馆1985年版，第122页。
② 《特别最新黄五娘送寒衣歌》，厦门会文堂1915年，曾子良主持《闽南说唱歌仔（念歌）资料汇编》第3册，台湾歌仔学会1995年影印本，第242页。

司受凌迟。"① "人说不惊伊荣威，只怕伊厝好墓堆，将伊风水来败坏，富贵随时变落衰。"② "穴结龙虾出海行，只块富贵大吉利。"③ "先生有法通改为，富贵人丁来相随。"④ "阮落阴司亦愿意，年冬月节有所依。"⑤ 可见，闽南族群的文化既以北方汉人文化为主导，但同时也融合其他多元的文化，既有慎终追远、重乡崇祖的儒家文化观念，又处处遗留早期先民闽越族人"信巫尚鬼"的民间信仰与民间习俗。这可从对陈三与五娘缔结"连理枝"的婚庆礼俗得到印证。闽南的婚嫁习俗，首先婚期要请日师择日选时，男方至女方有吃"起马筵席"之规，迎亲燃放的是结婚专用的圆形鼓炮，新郎出轿时有捧起"米筛"牵新娘之举，另外，还有诸如"捧茶""食圆""喝交杯酒"等，呈现出那个时代的闽南文化习俗。而最让人感到印象深刻的，是对于婚嫁场面的铺排与描绘：

　　三爷亲迎是辰时，一路热闹极无比；轿前大锣长脚牌，四个乌红闹猜猜。伴行绅士十外对，轿后各有管家随；凉伞鼓吹闹葱葱，厝边头尾人看人。来到黄厝未几时，来请贤婿入厅去；管家捧茶来请伊，坐在书轩候午时。五娘心思也欢喜，梳妆打扮真亲醒；头戴凤冠真珠垂，七尺红罗满面垂。身穿蟒袄分八凤，腰图玉带垂四方；一条罗裙绣西施，脚穿女鞋三寸三。起码筵席食完备，点声十二正午时；知州开言说透机，新人人上轿莫延迟。子婿新人轿做头，益春随嫁做轿后；轿前八音真好，送嫁管家共伴行。舅爷叔爷

---

① 《改良黄五娘跳古井歌》，厦门会文堂1915年，曾子良主持《闽南说唱歌仔（念歌）资料汇编》第3册，台湾歌仔学会1995年影印本，第246页。
② 同上书，第248页。
③ 同上书，第249页。
④ 同上书，第250页。
⑤ 同上书，第256页。

做头前，轿前轿后挂宫灯；五娘轿内也欢喜，抛落一枝放心扇……①

唱本对迎亲队伍的仪式、出嫁场面的人员安排乃至新娘的打扮举止等，都如数家珍、细细道来——你瞧，这支婚嫁队伍浩浩荡荡，阵容庞大，不仅舅爷、叔爷前头带路，轿前还有大锣、长脚牌、八音阵头，轿前轿后挂宫灯，新娘还从轿中抛一把放心扇……可以说，唱本极尽描绘之能事，给我们展现了一幅幅欢天喜地、热闹非凡、场面壮观，又极具渲染闽南文化元素的婚庆画面。

第三节 "陈三五娘"俗曲唱本与台湾的"在地化"

"陈三五娘"故事的这些俗曲唱本随着闽南人的脚步漂洋过海，扩散流播至台湾地区以及东南亚诸国。劳作之余，吟唱这些唱本，成为那个时代背井离乡的人们的精神寄托。早期台湾人就将这些内地发行的俗曲唱本，称为"歌仔册"或"歌仔簿"。它们在清末开始被大量引进，当时台湾人在思乡情怀的引导下，欣然接受了来自故乡的事物。再加上俗曲唱本的价格低廉，内容通俗，就更加助长了它们在台湾的风靡。后来，到了日据时期，台北市北门町出现"黄涂活版所"，它开始以铅字活版翻印大陆的俗曲唱本，同时印行了少量本地人编写的唱本。至1930年，黄涂活版所印行的俗曲唱本几乎独占了整个台湾的唱本市场。据当时任职台北"帝国大学"，醉心于台湾歌谣研究的稻田尹的估计：当时光是在台湾印行的俗曲唱本就超过了500种。

---

① 《改良黄五娘跳古井歌》，厦门会文堂1915年，曾子良主持《闽南说唱歌仔（念歌）资料汇编》第3册，台湾歌仔学会1995年影印本，第239页。

无论从出版商的数量还是出版的俗曲唱本书目看来，20 世纪 30 年代的确可称为俗曲唱本的黄金时期。而后随着"九一八"事变和"七七"事变，日本加紧侵略中国，殖民台湾的日本统治者为了加强推行皇民化运动，下令禁止所有的报纸与书籍、杂志以汉文出版。这个禁令一直延续到日本投降为止，台湾的俗曲唱本也就遭到了灭顶之灾，成了战争浩劫下的牺牲品。

在台湾流行的名目繁多的俗曲唱本（歌仔册）中，"陈三五娘"是最广为人知、最为经典的民间故事，后来随着歌仔戏剧种的出现，它又成为台湾歌仔戏的"四大经典剧目"之一。正如刘美芳指出："诸多才子佳人艳丽篇章中，独独'陈三五娘'故事具有强烈的闽南地域特性。台湾籍属移民社会，纵使在民间文化发展上，终有不可避免刮骨还血的大震荡，却不能抹去曾受海峡彼岸母体文化哺育影响的事实，其中以闽南文化为最。"① 可见，它在台湾民间文化发展史上，曾起到举足轻重的作用，值得我们加以重视和研究。考察相关文献，在台湾由于底层大众的喜爱，"陈三五娘"的俗曲唱本出现了三种值得注意的现象。其一，一直保存或翻印厦门会文堂、文德堂、上海开文书局版本的习惯，如黄涂活版本的《特别最新五娘挨荔枝歌》《特别最新黄五娘送寒衣歌》《改良黄五娘跳古井歌》《最新改良洪益春告御状歌》就是沿袭厦门会文堂版的，据研究者比较，二者存在明显的传承关系，"内容几乎相同，但在用字上仍有部分小异"。② 台中文林书局的《五娘送寒衣》，也与厦门会文堂版本相同。其二，从清末就在民间流行的手抄本，在台

---

① 刘美芳：《偷情与宿命的纠缠——陈三五娘研究》，林锋雄总编审《歌仔戏四大出之二：陈三五娘》，（台北）宜兰县立文化中心 1997 年版，第 6 页。

② 陈怡莘：《"陈三五娘"歌仔册语言研究——以音韵和词汇为范围》，硕士学位论文，台北教育大学，2009 年。

湾十分的盛行，有学者统计多达 13 种。① 其三，出现改写现象，如台湾新竹书局出版的《陈三五娘歌》（1960），出版时标明"全四本"，似乎与厦门会文堂版的全套四集有一定的传承关系，但实际上并非一个概念。就内容而言，它仅仅叙说到陈三"磨镜"之事。因此，有人据此称之为四部系的"零套"。②

　　近年来，随着台湾本土意识的强化，有些学者敏锐地意识到这些平日不起眼的"陈三五娘"的俗曲唱本对保护和弘扬闽南文化具有重要的文献价值与现实意义。于是，他们积极投身于这些俗曲唱本的保存与流播。有的是进行资料搜集汇编，如曾子良主持的《闽南说唱歌仔（念歌）资料汇编》，其中第三册影印了新竹书局出版的《陈三五娘歌》；厦门文德堂《增广最新陈三歌全集》；厦门会文堂的《陈三歌》（《特别最新五娘挨荔枝歌》《特别最新黄五娘送寒衣歌》《改良黄五娘跳古井歌》《最新改良洪益春告御状歌》）；以及《陈三五娘歌诗》《陈三五娘上南台》等手抄本。又如郑英珠执行编辑，由宜兰县立文化中心出版的《歌仔戏四大出之二：陈三五娘》（上、下），同样以影印方式收录了不同的手抄本，计有"邱万来藏本""张松池藏本""李坤树藏本""谢乌定藏本""黄阿水藏本""张松辉藏本""陈健铭整理本""廖琼枝口述本"等。这些珍贵的历史文献，被鲜活地保存下来，是很值得肯定的。另外，也有了新的编校本出现，如陈宪国、邱文锡编注的《陈三五娘》，这是以厦门会文堂的《陈三歌》为底本，进行详细的注释和注音。该书不仅让读者了解了陈三五娘的故事，还"能认识许多谚

---

　　① 刘美芳：《偷情与宿命的纠缠——陈三五娘研究》，林锋雄总编审《歌仔戏四大出之二：陈三五娘》，（台北）宜兰县立文化中心 1997 年版，第 11 页。
　　② 陈怡苹：《"陈三五娘"歌仔册语言研究——以音韵和词汇为范围》，硕士学位论文，台北教育大学，2009 年。

语、风俗和典故”，“使人了解歌仔册的迷人之处”。①

必须指出，“陈三五娘”俗曲唱本在台湾的扩散传播，确实在客观上为保存闽南文化的历史文献起到了不可替代的重要作用。其作用和价值应从“不变”与“变”两个方面来看。一方面是“不变”。这些“陈三五娘”的俗曲唱本通过台海两岸的书商的运作，将大陆版的俗曲唱本带进台湾，或直接借助当地出版社的翻印，在底层大众中不断地播散影响，从而为保留俗曲唱本的本真生态创造了有利的条件。即便是后来台湾新竹书局出版的、含有明显的改编成分的《陈三五娘歌》，也仍然保存着闽南文化的精神内核，传承着这一民间故事积淀的语言表达与文化习俗。如“广话挂骨明明明”“归条野阁新新新”“我磨一变清清清”，这其中的三字叠“明明明”“新新新”“清清清”，是较为典型的闽南口语化说法，表示“非常明”“非常新”“非常清”。从修辞角度来说，这是为了增强表达效果而运用的一些特殊方法，体现了闽南话在长期运用过程中形成的具有特定形式和表达功能的修辞格式。另一方面是“新变”。“陈三五娘”俗曲唱本的活灵魂，就是“活”在底层大众“口口相传”之中，换句话说，这种文化传承必然随着时代的变迁、大众趣味的位移而发生不可避免的“在地化”现象，体现出底层大众当下文化的“新变”特点。

首先，这种“新变”在语言上表现为“在地化”特色。台湾人的主体是闽南人后裔，日常所操之语是闽南方言。先民迁移入台，是以泉州、漳州人构成，自然其所操之语是混合了泉漳音的闽南话，且从今天的腔调辨析来看，漳腔较之泉腔浓一些。这些特点就体现在台湾新竹书局出版的《陈三五娘歌》的改编上。起首一句“广起福建一故事”，其

---

① 陈怡苹：《“陈三五娘”歌仔册语言研究——以音韵和词汇为范围》，硕士学位论文，台北教育大学，2009年。

中"广"之意是"讲话",在泉州是"说",在漳州为"广",在潮州
为"咀"。又如"块汝出门上千苦",其中"上",是"很"之意,是
漳州话,其意是"跟你出门很辛苦"。而"潮州简兮安年生""三舍汝
简兮识伊",其中"简兮"是泉州话,其意是"潮州怎么会有这样的
事""陈三你怎么会认识他"。

其次,从语言的印痕来看,新竹版的"新变",在于添加或杂糅当
下的文化元素。如:"电灯""洋楼""西洋楼""东大街""安全""大
都市""世界",等等,这些词汇是近现代才出现的,具有时代的文化
内涵。这些词汇的添入,固然拉近了故事发生的时代,好像故事就发生
在我们的日常生活中,以为自己的左邻右舍在演绎一点什么"爱情"
的罗曼蒂克,因而更加饶有兴趣地观赏、品评这些故事。当然,这种现
象会导致俗曲唱本的改编出现随意、混搭的毛病。所谓"电灯""洋
楼""西洋楼""东大街""大都市"这些是近现代以来资本主义文明
的产物,"安全""世界"是来源于日本明治维新后创造的汉字词汇。
当然,这些词汇根本不可能出现在五百年前"陈三五娘"民间故事发
生的年代与社会,即便是新竹版的俗曲唱本改编成故事发生在所谓的
"清朝头",也是不沾边的。尤其是"电灯"一说,更是离谱得很,
1879 年,美国发明家爱迪生通过长期的反复试验,才终于点燃世界上
第一盏实用型电灯。可是,按照俗曲唱本中的陈三到了正过"上元节"
的潮州城,不仅看到传统的闽南民俗文化:"满街专是八音吹,庙口著
块放烟火",而且描写到"电灯照着恰光月"。然而,"电灯"是现代文
明的产物,不可能出现在故事发生的那个时间点。可见,在底层大众看
来,这种混搭和穿越并无不妥,按照他们的草根思维和文化想象,风马
牛不相及的东西,就这么离奇地嫁接起来!

再次,在手抄的"陈三五娘"俗曲唱本中,其"新变"更体现在
草根大众充分发挥自己的随兴。如:"高雄卡早叫打狗,淡水出名番子

楼……"出现了随意记录或添加的一些"在地化"的文化内容，其铺陈甚至高达二十四个台湾地名之多。又如，"亦拴一矸高粱酒"，所谓的"高粱酒"，是指创始于1952年在金门生产的享誉中外的高度白酒，其特点是酒质透明、芳香幽雅、醇厚甘洌、回味悠长。又如，"雷火著牵日光灯，比点臭油也卡省，这款光线卡个清。"这里的"臭油"，是指过去没有电的时代，人们使用"煤油"照明，因为"煤油"点燃后散发"臭"味，所以台湾人将之称为"臭油"。可见，在这些手抄本中，已经带有"强烈的台湾地域风情的描写"，因此有学者指出，这"不只凸显了地理色彩，更可作为当时生活情形研究的依据。由此可见，台湾歌册已摆脱移民初期全本翻抄的情况，发展出拥有自我特色的新面貌了"。①

另外，近年来，"在地化"现象也出现在台湾学人编校的"陈三五娘"俗曲唱本中。如陈宪国、邱文锡编注的《陈三五娘》（台北樟树出版社1997）最值得注意。如前所述，该书的特点是以厦门会文堂的《陈三歌》为底本，进行详细的注释和注音。对于《陈三歌》中大量出现的闽南文化现象，诸如先民的生活情形、行为举止和情感价值等，都有一番详细的解说。如"今旦"，他们认为是较古老的泉州话，表示"现在""今日"，认为"在南管戏上仍可听到这种化石语言"，所谓的"南管戏"，就是指梨园戏，在今天的舞台上还是可以听得到这个词汇，因此这个判断是符合事实的。"妈亲"，是"泉州人对父母的称呼，确实有特色"。"妈亲"这种叫法其实也是在戏曲舞台上出现的，并非底层大众日常的称呼。以上是一些偏重学理的阐释，但该书最大的特色并不在于此，而是它"在地化"的文化阐释。

---

① 刘美芳：《偷情与宿命的纠缠——陈三五娘研究》，林锋雄总编审《歌仔戏四大出之二：陈三五娘》，（台北）宜兰县立文化中心1997年版，第14页。

对于这个问题，我们以为，要实事求是，具体问题具体分析，从中摒弃"妄议"的内容，肯定"真知"的部分。

其一，妙语解颐。编注者以当下文化心态，巧妙对接，亦古亦今、亦台亦闽，随兴发挥，于深微处体会着闽南文化的博大精深和幽默风趣。如，"须等黄河澄清时"，他们认为，台湾人有一种说法"等到鳖哮""天落红雨，马发角"，以自己身边的谚语巧妙解说，以此比喻"非常难等待"之意。① 又如"睭破三领席，心腹掠君未著"，这是闽南语的俗谚，形象地比喻即使是多年夫妻，仍无法同居相知。编注者除了阐释外，还意犹未尽地引申："近年国内也流行一首'台语'歌，歌词就有这么一句。"② 又如，陈三五娘私奔被抓回时的情形："十姊五妹笑咳咳"，"劝恁姊妹莫相笑，到许时节恁就知"，编注者注道："到那时候你们就知道了，台谚有云：'猪母肉未食毋知韧'，不是热恋中的男女，哪里知道爱情力量的伟大。'"③ 既指出热恋中爱情力量的伟大，同时又以民间谚语佐以证明，确实让人在获得知识的同时，又让人感受到闽南俗谚的文化魅力。编注者还常常在文本的细微处，发掘闽南文化的内涵与特色。如文本叙说："尔是黄厝深闺女，在通现世随奴婢？"知府以"深闺"称呼五娘，可以说微言大义，编注者称："姑娘居住的香闺，通常在家中较隐蔽深远之处，可说是'巷深狗恶'，外人难以窥伺，称作深闺，但是五娘香闺正对大马路，可以看到外人，也可以丢荔枝，可以让陈三看到，也可以让林大看到，应该不是深闺了，只是大家习惯于此称呼，顾不得事实。"④ 这番阐述，揭示事物间的矛盾之处，其揶揄之意溢于言表。又如，在婚庆现场，陈三出轿时，有一个动作细

---

① 陈宪国、邱文锡编注：《陈三五娘》，（台北）樟树出版社1997年版，第39页。
② 同上书，第42页。
③ 同上书，第53—54页。
④ 同上书，第57页。

节："捧起米筛牵新娘"，编注者注意到陈三捧"米筛"这个细节，他们认为："米筛遮头，可防止各方凶神恶煞的作怪，此习俗见'周公斗法桃花女'之故事，另外，凡是已经怀孕者，则不可用米筛遮头，因此，米筛遮头也有宣示，此姑娘是在室女的意思，由前情得知，五娘已非完璧，仍然米筛遮头，怪不得没有好下场。"① 这种解读，虽有宅心不仁之嫌，但也由此看出闽南地区婚庆民俗的特点。

其二，情绪化的引申。编注者因为有心中之"魔"在作怪，所以借注释机会，抒愤懑之情，行攻讦之语，全然忘记自己是在为一本历史文献作校注，放弃了作为一名学者应该恪守的学术道德底线。如当唱本叙述到"好墓堆"时，他下注解释"好的风水地"之后，便笔锋一转带出对"两蒋"的鞭尸之语："台湾现有两个尸体，一直要等到反攻大陆才会有墓堆，但是'俟河之清，人寿几何？'现今子孙死绝殆尽，风水之厉害，令人心惊胆颤。"② 又如，陈三交代益春身后事时，称"歹事欲做着退步，著念三哥旧主顾"。编注者诠释"退步"，即"退一步，再想一想"。由此引申开来称："此诗约是八十年前的作品，是福建人所作，跟现代人的想法有很大的差距，陈三所言，全不在逃命、奋战，却是妇女三从四德的大道理，也真是软弱，由此可见当时中国人个性之软弱，现今中国人动不动就向我们射飞弹，性格之恶魔化，何其大也！"③ 如此编注，全然不顾学理问题，手段之低劣，确实让人大倒胃口！

其三，随性窜改文字。这是该编注本最大的败笔。既然标榜这本编注本是以台湾"中央研究院"收藏的民国初年厦门会文堂的《陈三歌》为底本，那就要严格遵循古本的历史面貌，而不能以自己的理解随意窜

---

① 陈宪国、邱文锡编注：《陈三五娘》，（台北）樟树出版社1997年版，第82页。

② 同上书，第98页。

③ 同上书，第118页。

改。其窜改情形有如下几种：有的是较早的方言本字，如"卜"改为"欲"，"返"改为"转"；有的不知漳泉腔之别，如古本"事志"为漳腔，"代志"为泉腔，编注本均改为"代志"；有的是受正音（普通话）的影响而出现在古本中，虽然在编注过程中有时也注意到这个现象，如"盘缠"，北京话谓"盘缠"，俗称"路费"，闽南语在戏台上也有"盘缠"这一文雅的称法。有时却无视这种情况，凭自己的理解肆意窜改，如"庭"改"埕"、"粥"改"糜"、"在"改"伫"、"谁"改"啥"、"夜"改"暝"、"宿"改"歇"……种种事例，不胜枚举。可以说，窜改之大，触目皆是，让人无所适从，不堪卒读。编注本出现的这些问题，也有台湾学者曾做出不客气的批评："可惜此书未保存原文，直接将其认为错误之处加以改换，造成比较研究的不便；此外，文字的更动是否合宜，亦有待斟酌。"① 确实如此，如此随心所欲的做法，使该书在出版之时，就完全丧失了作为历史文献的价值和地位，这不能不说是一件令人遗憾之事。

总之，通过以上的探源与研究，我们发现，"陈三五娘"的俗曲唱本是来自大众，真正属于大众的，可以说是最底层的俗文学。这些作者（编者）文化层次很低，在编写俗曲唱本时，经常糅入土字白句，这些土字白句往往来自闽南的方言口语，或借字或借音，唱时以泉、潮、漳的不同方言口语发音，颇能传达其中"亲切"的韵致，只是闽南方言外的读者难免会遇到语言障碍而产生难以理解，甚至"不知所云"的情形。但瑕不掩瑜，这些俗曲唱本不仅见证了闽南先民的生活史，而且具有"许多可爱、可喜、可炫、可观的特征"，"大有裨助于研究民俗时的参考"。② 站在今天的全球化语境，我们更有理由重视老祖宗给我

---

① 陈怡苹：《"陈三五娘"歌仔册语言研究——以音韵和词汇为范围》，硕士学位论文，台北教育大学，2009 年。

② 陈香：《陈三五娘研究》，（台北）台湾商务印书馆 1985 年版，第 122 页。

们留下的这份弥足珍贵的文化遗产。台湾学者王育德说："歌仔册的收集，并不仅是单纯的古董收集，更是能带动民俗学、社会学及语言学的重要参考数据。"① 台湾学者在这个领域的发掘与研究，已经先行内地一步，那么作为方言区域的内地闽南学者，我们更应该责无旁贷地担当起历史的重任，透过台海两岸合作的学术平台，共同探讨如何将"陈三五娘"及其闽南方言的俗曲唱本的研究推向一个更新的台阶。对此，我们充满信心与期待。

---

① 王育德：《台湾语讲座——歌仔册の话》，《台湾青年》1963 年 5 月。

第六章 "陈三五娘"故事的小说改编

第一节 "陈三五娘"故事的小说改编史略

"陈三五娘"是宋末以来广泛流传于闽南地区和潮汕地区的民间爱情故事，以此故事为载体，出现了戏曲（梨园戏、潮剧和歌仔戏等）、传说、文人笔记、小说、歌册、民谣、影视等多种艺术形式。仅就小说这一体裁而言，几百年来，诞生了多部以"陈三五娘"故事为基本载体、但在细节内容甚至重要情节上有改编或创造的小说。按时间的顺序，先后产生了《荔镜传》（作者不详）、《绣巾缘》（作者不详）、《诡计越娶》（郑昌时）、《星》（佐藤春夫）、《陈三五娘》（于人）、《磨镜记》（张恨水）、《陈三五娘》（章君谷）、《陈三五娘》（颜金村）、《荔镜缘新传》（许希哲）、《行过洛津》（施叔青）等小说。其中，《荔镜传》《绣巾缘》和《诡计越娶》三篇早期文言小说、日本作家佐藤春夫的小说《星》、许希哲的《荔镜缘新传》下文分别有专节论述，本节拟对其余各篇做简要述评。

于人改编的《陈三五娘》1955年由上海文化出版社出版，内容比较简单，总共 47 页，2.4 万字，可以视为一个雏形的小说。这部薄薄的小说对于"陈三五娘"爱情故事的普及和推广起到了一定的作用。全篇分为八节，分别为"花市灯如昼""两个鄙俗的人""许了林家""楼上投下荔枝来""打坏了传家宝""把锦盆放在地上""只怕春要归去了""冲破罗网"。其叙事线索、详略安排和喜剧结局颇类似于下面所述及的张恨水的《磨镜记》。虽然由于篇幅限制，该作品的小说体裁特征总体上不太明显，但也有个别地方，如小说中人物对话的个性化特征，也值得一提。小说中五娘在跟陈三私奔的前夕，问陈三至亲有几位，陈三答曰七人，五娘问是哪七人，陈三答有父、母、兄、嫂、妹，五娘问："还有呢？"陈三说："还有小人。"五娘扳着手指头算一算说："这才六人，哪里有七人？"陈三说："不错，这才六人，哪里有七人？那还有谁呢？……唔！还有一人，就是阿娘你呀！"① 对话中陈三的机智、幽默，又有几分狡黠的个性化特征被传神地表现出来了。另外，该小说和张恨水的《磨镜记》一样，在文字的中间穿插了多幅有关重要剧情的绘图，可见这两本小说都是针对底层老百姓的普及性读本。

张恨水的《磨镜记》是根据"陈三五娘"故事改编而成的，1957年由北京出版社出版，小说采用张恨水所擅长的章回体小说形式，但篇幅不长，只有四万多字，分为八回，回目分别为："金鼓闹新春观灯踏月，凤钗还旧主留姓吟诗""灯谜迎人失将知己伴，玉街看客不是答歌郎""玉雪寄诗人闲吟素句，风云会恶客婚托权门""投下枝荔缘暗含引友，突来修月手甘拜为师""脱却襕衫唱时君摆渡，破将铜镜笑愿我为佣""易服果何为花间寄语，涉河深几许灯下驰书""数次空来攀枝怜月冷，一言惊语留伞见人心""俯击丝萝三条订好合，奔驰车马一路笑平安"。从回目内容来看，作者主要是围绕陈三的爱情追求过程来写

---

① 于人：《陈三五娘》，上海文化出版社 1955 年版，第 44 页。

的，大致按照"凤钗还旧主""投下枝荔缘""甘拜魔镜师""破镜卖身佣""寄语亦驰书""留伞见人心""好合逃故里"等情节线索结构小说的基本框架，由于篇幅的限制，作者相对详写或强化陈三五娘爱情这条线，略写或弱化林大仗势提亲这条线。小说在最终结局上与其他版本的《陈三五娘》小说有所不同，章君谷的《陈三五娘》、颜金村的《陈三五娘》、许希哲的《荔镜缘新传》、佐藤春夫的小说《星》都是以悲剧性结局收场，陈三五娘最终双双投井自杀。张恨水的《磨镜记》却是一个喜剧性的结局，小说在陈三五娘逃出封建藩篱、奔赴自由爱情的道路上戛然而止，给读者留下一个光明而充满希望的未来。大团圆的结局更符合中国人的审美期待心理。《磨镜记》和其母本《荔镜记》故事情节基本保持一致，但也有个别的创新性改编，如小说在"五娘投荔缘"之前还写有一个"凤钗还旧主"的情节；第二回中还写到潮州风俗的"男女对歌"，林大和益春进行数个来回、剑拔弩张地对歌。[1] 在人物的性格塑造上，小说对五娘在爱情上的矜持、羞涩、隐藏、犹疑、表里不一，但最后又冲破封建束缚、大胆追求自由爱情权利的行为刻画得比较细腻真实。

章君谷的《陈三五娘》出版于 1970 年。关于此书的创作初衷，作者和研究者都认为是针对佐藤春夫的小说《星》来写的。《星》把明朝的洪承畴写成益春的儿子，章君谷不认同这一主张，他说："就以辨正史实的观点而论，我也不能不着手写这部《陈三五娘》，南宋时代的才子陈三和丫头益春，固然不一定想认这个五百年后出生的贰臣汉奸做儿子，而万历年间中了进士的洪承畴，也未必甘于承认他是陈三和丫头所生的庶子，独子，遗腹子。"[2] 朱双一在《台湾新文学中的"陈三五

———————

① 张恨水：《磨镜记》，北京出版社 1957 年版，第 13 页。
② 章君谷：《写在〈陈三五娘〉之前》，（台湾）《联合报》1966 年 10 月 1 日。

娘"》一文中认为："章君谷的长篇小说《陈三五娘》，不能不说与受到佐藤春夫《星》的刺激有一定关系。"并认为小说大力宣扬陈家世代相传的"忠良家风"，铺叙陈家兄弟"在元军步步紧逼，宋朝岌岌可危的形势下，抱持'国家兴亡，匹夫有责'的信念，联络抗元志士，密谋在泉州城举事，不料出师未捷身先死的忠烈事迹。"①

诚然，强调陈家的"忠良家风"和报国行为是小说的重要创作主旨。但通读这篇小说后可以发现，这一主旨并没有和小说的主体情节融为一体，成为其具有内在联系、不可分割的一部分，而是作者在情节发展过程中，临时附加上去的交代性文字，游离于小说的基本情节之外，成为一个光明的"尾巴"和表达作者观念立场的"思想传声筒"。在小说进展到第十节的时候，才有陈三的伯伯陈聃叙述陈家列祖列宗忠烈事迹的数百文字。而后，这一线索便遽然中断，小说的主体部分纯粹叙写陈三和五娘之间曲折的爱情故事，一直到小说的结尾部分，这一中断的"忠良"家风叙事才被重新拾起，小说第四十八节和四十九节，扼要叙写陈氏兄弟密谋起事，加入抗元大军，但最终失利、为国捐躯的事迹。② 通观之，这一表现陈家的"忠良家风"的介绍性文字只在小说的中间和结尾出现过两次，似乎是作者有意为之的"凸显"，与小说主体性的爱情故事内核关联不大，读起来有"主题先行""思想的传声筒"之嫌。

再者，从史料的真实性来看，作者所叙述的这些有关陈家的史实未必史书上确有记载，未必符合历史真实。如陈三之伯陈聃认为陈家的始祖为陈谠，绍兴年间官拜兵部侍郎，金兵南侵，当时岳飞已死，高宗命陈谠渡江迎敌，陈谠不辱使命，智退金军，高宗龙颜大悦，立授陈谠为

---

① 朱双一：《台湾新文学中的"陈三五娘"》，《台湾研究集刊》2005 年第 3 期。
② 章君谷：《陈三五娘》，（台北）传记文学出版社 1970 年版，第 376—381 页。

兵部尚书,加封清源郡侯。①

陈谠(1134—1216),字正仲,历史上确有其人,虽然也曾任兵部侍郎、清源郡侯等职位,但却是莆田仙游县文贤里人。关键的是,把一个只流传于传说之中的陈三和确有史书记载的陈谠理解为一脉相承的一家人,显然是一种一厢情愿的主观臆测,缺少科学的证据。小说的结尾,所涉及的一系列的人和事,如蒙古铁骑南侵,势如破竹,端宗景炎皇帝年仅 11 岁病崩,由陆秀夫、张世杰等人拥立度宗皇帝之子——八岁的卫王赵昺为帝,改元祥兴,请杨太妃垂帘听政,后朝廷欲南迁崖州。……这些史实背景,历史上确有其事,史书上亦有记载。但是在这个历史背景下矢志抗元、为国捐躯的陈三兄弟的感人事迹就未必是真实的历史事实了,只是流行于街头巷尾的民间传说中,而无法可考。②

章君谷原籍江苏吴县,不是闽南人,有学者认为:"他对于闽南文化似乎没有真切的感受和了解,他在小说中灌注的,更多的是作者故乡江南一带的文化因素和特征。"③ 但是,通读小说,可以发现,作者还是非常有意识地凸显闽南特色特别是泉州的历史、风物典故和地方文化特色。如小说在情节发展的过程中,多次对泉州的标志性符号,如清源

① 章君谷:《陈三五娘》,(台北)传记文学出版社 1970 年版,第 84 页。

② 将传说和历史混为一谈,在《陈三五娘》研究中并不鲜见。宋刘克庄有诗句"相君未识陈三面,儿女都知柳七名",郑国权先生认为诗中的陈三就是"陈三五娘"中的"陈三",并以此来说明"陈三五娘"故事早在宋代就已流传,他在《陈三五娘是不是真人真事?》一文(见 2011 年郑国权编撰的《荔镜奇缘古今谈》第 27 页)中写道:"宋代的诗人刘克庄(1187—1269)在其'哭孙季蕃二首'中,曾有'相君未识陈三面,儿女都知柳七名'之句。柳七即北宋词人柳永(约 987—约 1053),是位出名的风流文人。刘克庄是莆田人,他把福建的两位老乡相提并论,并写入诗中(柳永崇安人、陈三泉州人),恐怕不会是灵感所至、空穴来风。"事实上刘克庄"相君未识陈三面,儿女都知柳七名"诗句中的"陈三",根本就不是"陈三五娘"中的"陈三",而是指当时的北宋诗人陈师道。一篇署名董山伟的文章《此陈三非彼陈三,请别再贻笑大方了!》对郑国权的观点做出批评。后来,郑国权先生很快对此进行了回应,认识到自己所犯的常识性错误,撰写《欢迎〈此陈三非彼陈三〉一文对我的批评》,表示接受批评。见网址:http://blog. sina. com. cn/s/blog_ 5ee4e3800102v2fr. html。

③ 朱双一:《台湾新文学中的"陈三五娘"》,《台湾研究集刊》2005 年第 3 期。

山、开元寺、东西塔、老君岩、东街、西街、临漳门、温陵、清源山的龟岩和纯阳洞等进行或详或略的交代。小说的第七章，作者用比较详细的文字介绍了开元寺建寺的经过，涉及一段有趣的历史掌故。① 小说的第十章，陈三等一行人游览清源山纯阳洞的时候，则又介绍了与纯阳洞有关的吕洞宾的传说。小说还涉及有关泉州的历史人物，如历史上确有其人的钱熙。总之，作者对泉州的地理风物、历史掌故、乡风民俗等了如指掌，所以小说并非没有显现出闽南文化特色。

小说的人物塑造也很成功，人物具有鲜明的个性化特色。陈三聪颖早慧，才华过人，个性乖张，藐视功名利禄，无意仕途经济，无论是相貌，还是人生观，都有贾宝玉遗风。在抓周的时候，"抓了个女人用的簪子"，被老爷叱为"脂粉奴，纨绔子"②。他曾对天公祈愿："天公在上，学生陈麟，发个愿心。人生贵适志，何苦营营扰扰？我不想中举，只求长大了能娶到一个美女。"③ 后陈三虽参加过几次科举考试，但他"不是草草了事，信手完篇，便就庄谐并存，嬉笑怒骂"，每次自然皆名落孙山，有一次面对一位肥佬性的考官，他竟作了一篇"心宽宜乎体胖论"，考官阅他第一场文字，气得浑身发抖，当场命人把他逐出场外。④ 陈三就是这样一个不合时宜、离经叛道、个性张狂、具有名士风范的真人。陈三同时具有疾恶如仇、富有正义感的可贵品质。小说生动叙写了他机智捉弄张泥水、林元华的故事。张泥水年近六十，趁人之危，强娶二八女孩，陈三书写"泥水下流如兰洲"的标语，极尽讽刺，气煞张泥水，勇敢为弱者伸张正义。小说也极力凸显陈三的聪明机智：如他能准确判断林元华所悬挂的一幅李龙眠的画属于赝品；如他巧妙改

---

① 章君谷：《陈三五娘》，（台北）传记文学出版社 1970 年版，第 55—56 页。
② 同上书，第 22 页。
③ 同上书，第 5 页。
④ 同上书，第 99 页。

写林元中墓前的一副对联，巧妙应对谢大公的对子，展现了他的过人诗才；在与五娘的交往过程中，经常有与五娘对诗和探讨历史典故的情节，显示了他深厚的文化修养和知识积累。陈三在与五娘的恋爱过程中，表现出其积极大胆、机智勇敢的特征，这和其他版本的《陈三五娘》并无二致，本书不再赘述。至于五娘的形象，有学者认为："小说中写得最为曲尽其妙的，是五娘的敏感和故作矜持，陈三和五娘之间爱情的相互试探和猜测，以及五娘出于礼教的羁绊和自己对于纯诚爱情的期盼，对于陈三欲迎还拒的各种描写，十分微妙细致，颇有《红楼梦》有关宝玉黛玉描写之妙趣。"[1] 我觉得其判断是符合文本实际的。益春的幽默机智也给人深刻印象。例如，益春在五娘面前夸陈三如晋朝"风神秀异""所到之处，观者如堵"的"璧人"卫玠，不料五娘不悦，原因卫玠是个"短命的"，益春遂改口称陈三像"彭祖"，"寿考八百岁"，取悦五娘。陈三上五娘闺房私会五娘，恰巧被五娘母亲撞见而盘问，五娘惊慌失措，益春却急中生智说是她请陈三来搬大书架。[2] 陈三到黄府卖身为奴，同样身为奴才的小七却看不起陈三，取笑他说："谁跟你一样的与人为奴？你须晓得，你那奴和我这奴，大大的不同呢，我是世代的家仆，你是个卖身投靠的，你只配给我们家仆作奴才！"[3] 只这一句话，小七"不悟自己为奴"[4] 的奴才性格便跃然纸上，令人过目难忘。

颜金村的《陈三五娘》，1987 年由厦门鹭江出版社出版。该著是一部章回体小说，共四十回，近 35 万字。较之其他版本的小说，具有如下几个特征。

第一，小说扩大了表现社会生活的范围。

---

① 朱双一：《台湾新文学中的"陈三五娘"》，《台湾研究集刊》2005 年第 3 期。

② 章君谷：《陈三五娘》，（台北）传记文学出版社 1970 年版，第 260 页。

③ 同上书，第 214 页。

④ 鲁迅：《鲁迅全集》第 13 卷，人民文学出版社 2005 年版，第 135 页。

在原先版本中既有人物的基础上，大大增加了社会上的不同阶级、不同阶层的人物，五行八作，三教九流，市井无赖，一应俱全，提供了一部表现南宋社会的"大百科全书"。正如小说的提要中所说："小说人物众多，才子佳人，媒婆淫徒，昏官污吏，无不刻画得形肖神似，情节感人，令人一掬同情之泪。"其中刻画得较为生动的有媒婆"李姐"形象，淫徒"林大"形象，昏官"潮州知州"形象，污吏"狱卒"形象。媒婆"李姐"妓女出身，虽无十分姿色，却爱卖笑，故弄风骚，从良之后，仍淫性不改，惯做媒婆和"捎客"，左右逢源，八面玲珑，从中牟利。小说突出了其令人作呕的"淫"和八面玲珑的"奸"的特征。"淫"的一面下段再论，此处专说她两面三刀的"奸猾"特征。李姐到黄府为林大提亲，把林大吹得像一朵花，说林大"有南街潘公子之貌，有陆武举之才，真是才貌双全，且谈吐文雅，行动潇洒，更兼那虎头燕额，龙准大鼻，将来定是显宦不差。……真是百里挑一，千里挑一的呀！"[1] 说得黄员外生怕林府不同意，给她塞白银央求说好话。回到林大那边，又对林大说："人家（五娘）千金小姐，那堪元宵灯下被你一吓，梦里都怕你，还想提亲，看来不成。"[2] 林大又央她"多加美言说合"而给她塞黄金白银。后又答应为陈三向五娘提亲，但"只为哄他银两，哪里真要为他做媒"。[3] "李姐"在林大、陈三、黄九郎、五娘等人之间游走往来，运用三寸不烂之舌，翻手为云，覆手为雨，践踏做人的基本原则，一切都以获得一己之私利为中心，巧滑钻营，庸俗不堪，令人作呕。贪官"潮州知州"形象刻画得也十分生动。"潮州知州"审判陈三一案，两头的贿赂全部通吃，"火够猪头烂，钱到公事办"，谁送的钱多，判决就偏向于谁。不但上面的官吏，就连下面的狱

---

[1] 颜金村：《陈三五娘》，鹭江出版社 1987 年版，第 115 页。
[2] 同上书，第 117 页。
[3] 同上书，第 147 页。

卒也敲诈勒索，鱼肉百姓。益春去监狱探望陈三，每个狱卒都要打点才能放行，而且，他们还"克扣囚人饭食而饱私囊"，"囚犯个个脸黄肌瘦"①。

第二，运用"草蛇灰线，伏延千里"、古典诗词的穿插等通俗小说的叙事手法。

"草蛇灰线，伏延千里"是《红楼梦》典型的表现手法，比喻事物留下隐约可寻的线索和迹象。在文学作品中，"草蛇灰线，伏延千里"属于埋伏笔的方法，埋伏笔使小说环环相扣，前后呼应。如《红楼梦》的十二曲隐伏十二钗的最终命运，"霁月难逢，彩云易散"就伏线晴雯的结局。在颜金村的《陈三五娘》第三十四回中，潮州知州审判陈三一案，林大被判充军，实则准许以银赎罪，由其父保领回家，小说写道："但并不改恶从善，反而心怀杀机，公报私仇，此是后话，暂且慢表。"② 林大这一线索暂且中断，为后文埋下伏笔，一直到小说的结尾，伏笔内容才有了回应：陈府被抄之后，死的死，逃的逃，只剩下陈三五娘等几人，一日见一队兵士过来，从衣服看，知是宋军，陈三欣喜，但那兵士却手挥大刀，见人就砍，"陈三定睛一看，不是别人，正是林大"，③ 仇人相见分外眼红，林大正是前来报仇，直接导致陈三和五娘投井而死。这一内容正是"草蛇灰线，伏延千里"的手法。其次，大量古典诗词的穿插也是小说的一个重要特征。小说中的许多章回都有古典诗词的穿插，这些古典诗词，不是可有可无的点缀，而是别有用心的运用，或烘托气氛环境，或塑造人物形象，或表现人物内涵，或隐射人物心境，或传达男女情愫，或预示情节发展，或暗示人物命运，在小说的人物塑造和情节推进中起到重要作用。如第十一回中写道："芭蕉雨，

---

① 颜金村：《陈三五娘》，鹭江出版社1987年版，第376页。
② 同上书，第405页。
③ 同上书，第457页。

竹叶风。花飞楼上下，燕语幕西东。一段春愁无着处，落尽桃花满地红。珠箔帘，碧纱重，梦断莺啼，寻来山空。满怀愁绪寄与谁，红叶题诗等飞鸿。"① 这首诗把五娘听说父母把自己许配给林大后的满腹忧愁心绪和对陈三的相思之情传达得淋漓尽致，诗歌暗示和烘托了人物的心情，达到了很好的艺术效果。再次，小说具有比较典型的章回体小说的叙述手法，就是小说每一回在情节关键或高潮处戛然而止，进入下一回，下回的开篇简单介绍上回的内容，这比较类似评书的写法。例如，小说的第二十八回开篇就写道："上回说到正月初二林大到黄府拜年，虚情假意，反出乖露丑，被陈三、黄欢轮流揶揄着。"这样的写法在小说中很常见。最后，小说中出现"看官"等之类的评书体表达法。

第三，对作为"海上丝绸之路起点"的泉州的贸易、历史、文化、民俗等进行了多维表现。

泉州是联合国教科文组织认定的海上丝绸之路起点，在《马可·波罗游记》里，泉州港与埃及亚历山大港齐名，被誉为"东方第一大港"。泉州的海外交通，起源于南朝而发展于唐朝。唐宋之交，中国经济的重心已开始转到南方，东南地区经济快速发展，宋朝有三大对外贸易主港，分别为泉州、广州、宁波。泉州港见证了中国和世界各国繁荣的贸易往来。而这些商品贸易在颜金村的《陈三五娘》中有很生动的再现。小说中所提及的泉州聚宝街就是当年泉州贸易繁荣的缩影。而一些来自异国琳琅满目的商品更是贸易往来的直接见证。如蒲寿庚拜访陈伯贤，带的礼品是祖母绿、猫儿眼、夜明珠、龙涎香、沉香、乳香、玳瑁等，"均产自大食、波罗等番邦外国"。② 蒲寿庚家的小姐送给陈三的

---

① 颜金村：《陈三五娘》，鹭江出版社1987年版，第126页。
② 同上书，第6页。

西洋裸体女人像："螺髻朝天，左手高举过高，手中拿个水果；右手下垂；以指尖轻撩那缠于胯上的轻妙，乳峰高耸，臀突腿粗，且苗条婀娜，旖旎多姿，煞是俏丽。"① 如果不是泉州与西方国家之间的贸易往来，陈三拥有这样的裸体女人像是不可想象的。"泉州聚宝街一带，住着上万名番人，尽是使节、商人、传教士，那外国人建的清净寺，已将竣工"。② 而小说中所提及的蔡襄及其书画作品《荔枝谱》等则表现了泉州的历史文化。陈老夫人的生病请道婆、喜欢拜佛等行为则体现了泉州地方的民俗文化。小说第四回叙述了陈老夫人生病请王道婆作法的生动情景："只见她披头散发，手执木剑，脚踏禹步，口中念念有词，在潘夫人房门口比划了一会儿。突然'砰'的一声，窜进房去，在房间内比划了一番，喊三声'起啰'，道是请'元始天尊''灵宝道君''太上老君'可以消除襄祸。又洒了几滴净水，方才出了房来。"③ 这也是泉州特有的宗教文化。

第四，有机创造一些适合底层老百姓欣赏口味的乡野俚俗性乃至具有色情性的情节内容。

因为颜金村的《陈三五娘》是一部通俗小说，其隐含的读者是底层老百姓，所以为了更好地适应底层老百姓的欣赏情趣，作家有意识地凭空创造了一些乡野俚俗性、富有传奇性乃至色情性质的情节内容，这些情节内容兹举三例。其一是淫婆"李姐"的淫乱故事，其叙事原型对应于《金瓶梅》中的潘金莲故事。其二是林大与其继母的乱伦故事，其叙事原型对应于《红楼梦》中的"扒灰"之事。其三是林大设计报复张建安的故事，其叙事原型对应于《红楼梦》中王熙凤的"毒设相思局"之事。第一个故事写的是，"李姐"频频给丈夫龟奴戴绿帽，与

---

① 颜金村：《陈三五娘》，鹭江出版社1987年版，第54页。

② 同上书，第8页。

③ 同上书，第44—45页。

亚倌有奸情，一次被丈夫龟奴捉奸在床，龟奴反而被"李姐"和亚倌取笑捉弄，好像过错方是龟奴，后来，"龟奴、亚倌、李姐竟可三人同床，只是龟奴被偏派着'往里些，脸向壁，闭着眼'……只听得人喘床摇，自己禁不住中指勃勃动，也只好去顶壁。"① 林大设计报复张建安的故事具有传奇性。因花工建安讽刺林大"嫖妓宿娼"为"伤风败俗""猪狗不如"，林大要报建安的一言之仇，便设计让建安和他喜欢的林府奴婢丽玉晚上同房成亲，然后以通奸罪捉拿二人而羞辱建安。林大偷偷对丽玉说他已对建安说好，晚上在建安房内同房成亲，命令丽玉一定要去，丽玉疑心，思前想后，决定将此事告诉林大继母姚氏，希望她代为说情。姚氏平时对建安就已中意，但苦于无机会，见丽玉不肯去，就想自己越俎代庖，晚上到建安房间去找他，遭到拒绝，但她不甘心，索性解衣上床睡下，后建安乘机溜出房外，她却没发现。隔壁胖家丁乘机溜进来了，姚氏以为是建安，一把搂住成其好事。林大第二日早上去建安房间捉奸，却发现不是建安和丽玉，乃是与自己保持乱伦关系的继母和胖家丁。林大真是"赔了夫人又折兵"，不禁气急败坏，懊恼不已，但也无可奈何。这些粗鄙庸俗的内容和情节，格调不高，思想内涵乏善可陈，但却为底层老百姓所津津乐道，符合他们的社会经验和审美习惯，为他们所偏好。所以，从另一个角度来说，这种创造性的改编不能说是失败的。

第五，小说还有其他方面独具的特色。

如五娘的形象就与其他版本的五娘形象差异很大。章君谷小说中的五娘传统性的一面比较明显，在与陈三的爱情过程中，显得被动、矜持和保守。颜金村笔下的五娘却个性张扬，对封建礼教的反叛大胆无畏，如古代的大家闺秀小时候都要裹足，留三寸金莲，五娘偏偏抗拒裹足，

---

① 颜金村：《陈三五娘》，鹭江出版社 1987 年版，第 76 页。

最终保留了一双大脚。对于父母之命与林大的婚配，第一次听说就决绝反对，毫无商量的余地。对于审判陈三的潮州知州，身为弱小裙钗的五娘不知何来的大力气，竟然将那知州的公案给掀翻了，"这突如其来的举动，竟使得公堂上所有的人个个都呆若木鸡，直等到那案桌压在知州身上，知州如杀猪一般哇哇叫时，旁边的团练使、统制使方才猛醒过来"①。林黛玉似的柔弱女子竟然有花木兰似的豪迈壮举，巾帼英雄形象确实令人过目难忘。

为了增加故事情节的生动性、丰富性和传奇性，小说凭空创造了不少其他版本所没有的人物形象，如李姐、琼瑶（五娘的表姐）、黄欢（五娘的弟弟）、盈春、益香、益燕（丫鬟）、李济、洪忠义（奴仆）等人物，这些人物宛如布置在这个故事之网上的一个个大小不同的网结，共同构建起这个纵横交错、跌宕起伏的传奇故事的完整框架。

另外，在表现"忠良家风"和"爱国"的主题上，这部小说和章君谷的《陈三五娘》一脉相承。小说的第三十九回和四十回就写到南宋末年的真实历史：景炎元年（1276）九月，元军又发兵大举南下，端宗小朝廷危在旦夕，文天祥、张世杰、陆秀夫等顽强抵抗，誓不降元，精忠报国。陈氏家族也不例外，陈三的伯伯陈龙复慷慨陈词："老夫活饮元朝水，死做大宋鬼。"② 陈龙复、陈必贤后来在战争中壮烈阵亡，为国捐躯。这可能是作者对章君谷的《陈三五娘》主题一种有意识的呼应吧。

2003年，台湾作家施叔青出版《台湾三部曲》之一的小说《行过洛津》。《行过洛津》不是对《荔镜记》的简单重写或改写，但却把

---

① 颜金村：《陈三五娘》，鹭江出版社 1987 年版，第 359 页。
② 同上书，第 456 页。

《荔镜记》作为一条重要线索贯穿于整部小说的情节发展之中。小说写道，当时的洛津，一片繁华景象，常常可以在勾栏瓦舍看到梨园戏，《荔镜记》便是当地老百姓十分喜爱的经典剧目。这种现象得益于当时的内地移民迁居台湾时把他们喜闻乐见的娱乐形式——乡土戏曲移植到了洛津。最能代表泉州文化乃至闽南文化的，是"流行于民间的许多故事传说"和"民间各种野生的乡戏"①，梨园戏《荔镜记》就是其中的代表，小说中许情所在的七子戏班由泉州多次赴洛津演出的过程，就是文化横向传承的过程。移民将梨园戏和南音带到了台湾，在洛津传播开来。小说用最著名的梨园戏《荔镜记》来贯穿始终，出现的次数高达 20 次。小说主要围绕两条线索：一是以泉州七子戏班的男旦许情的半生经历为主线，表现了台湾洛津由盛转衰的历史演变过程；另一条线索是同知朱仕光认为《荔镜记》所表现的男女追求婚姻自由的主题有悖于"存天理，灭人欲"的道德教化，便对《荔镜记》进行削删篡改，使之符合封建伦理道德；《荔镜记》在小说中是以动态性变化出现的，如剧本的演出、剧本的影响或者剧本遭到来自官方的恶意删改等。

由于《荔镜记》宣扬的婚姻自由的主题，影响了不少男女，痴男怨女们效仿戏中的陈三五娘私奔，追捕半个月还没能追获。小说中的同知朱仕光，他为了让百姓能够改"邪"归正，维护中国的传统伦理道德，便将剧本中粗俗和色情的道白尽量删减掉，将其中生动的庶民口语、泉州方言一律改成官话，把大胆反抗封建婚姻制度的五娘，重新塑造成一个符合传统伦理规范、为封建士大夫所认同的淑女闺秀。朱仕光尤其无法接受陈三打破黄家宝镜、卖身为奴的情节，觉得陈三此举，有辱斯文。思索再三，他想出两个改编的方案：一是陈三"无意中"打

---

① 龚书辉：《陈三五娘故事的演化》，《厦门大学学刊》1936 年 6 月。

破宝镜；二是陈三磨好镜后，交与益春，益春没接好，失手打破。而卖身后的陈三，扫地担水，几成仆佣，为了亲近芳泽还替益春端洗脸水给五娘洗脸，被五娘骂为"贼奴"，尤嫌不足，不管天寒水冷，还把整盆水泼向陈三，陈三居然能坦然接受。"他（朱仕光）绝对不能容许这种低俗的庶民趣味，男尊女卑天经地义，唯有如此，社会才能不致脱序，哪有像这出戏里陈三一个堂堂的读书人，竟被五娘颠倒过来骂他，胆敢无尊卑。同知朱仕光必须把颠倒过去的颠倒回来。"① 于是，在绍兴师爷书吏的协助下，对《荔镜记》进行大刀阔斧的删减改编，"朱仕光对于《荔镜记》的削删篡改，这实际上是粗粝生动、充满活力的移民社会文化与僵化的儒家道德教条之间的对立和矛盾。"② 但具有讽刺意味的是，他自己竟然也被舞台上精彩无比的演出还有伶人柔美的身段所吸引，进而向许情求欢。

另外，小说的故事情节和《荔镜记》中的相关情节相互对照映衬，戏中有戏，戏里戏外，融为一体。在小说第五卷第一节《益春留伞》中，许情教阿婠表演"益春留伞"，许情扮演陈三，阿婠扮演益春。小说描绘了这么一个情景：陈三弯下腰捡拾落在地上的伞，益春上前拉住陈三苦苦相留，"凄凄切切地唤了声：'三哥啊！'"③ 陈三与益春四目相对，这也是现实中的许情的眼睛与阿婠的眼睛相互凝视。"比他矮半个头的阿婠仰着脸，凄凄切切地呼唤他，眼睛带着祈求，拉扯着他的衣角，千呼万唤，哀肯地祈求他留下来，不要走。"④ 许情何尝不想学着戏中的陈三携五娘私奔的壮举，他想带阿婠一起回泉州生活，并且改行做裁缝，然而，当许情有机会携阿婠远走他乡、实现两人在一起的凤愿

① 施叔青：《行过洛津》，生活·读书·新知三联书店 2012 年版，第 129 页。
② 朱双一：《台湾新文学中的"陈三五娘"》，《台湾研究集刊》2005 年第 3 期。
③ 施叔青：《行过洛津》，生活·读书·新知三联书店 2012 年版，第 208 页。
④ 同上书，第 209 页。

时，他却不敢去敲阿婠的门，将他的心意表达出来，只是在墙外，偷听妙音阿婠唱曲。许情在居无定所的流离生活中，始终牵念着阿婠，而此刻的阿婠，唱的就是《荔镜记》中五娘处于深闺中却焦急地等待着陈三到来的那个段子："三更时候卜困不成，空倚门儿，听见子规叫在枝头。人伤心，目滓只处爱流，障设短幸，真个通烦等到障更深，我三哥夭夫见到。"① 阿婠表达了对许情的深深思念之情，她希望能与许情永不分离，然而，有情人最终未能在一起，不免令人心生遗憾。小说巧妙地将戏里的爱情与戏外的感情交织在一起，通过戏曲引出许情的情感变化，许情不仅是在演绎着戏中人，同时也是在表达真实的自己，戏里戏外，皆是人生。

闽南戏曲《荔镜记》深受台湾民众的喜欢，也表现了台湾民众对祖国文化的深深认同。"随同移民而来的汉族文化，尽管在进入新土之后，会呈现出某些地域性的或本土化的色彩，但并未改变其原乡文化的本质和原乡文化原生性的初衷。"② 这充分说明了台湾文化与闽南文化之间息息相关的联系，虽不乏自身的特色，但也有着与中原文化同宗的文化源头。施叔青正是通过对这一闽南戏曲——《荔镜记》的动态描写，表现了闽台之间的内在文化关联，以及闽台人民的共同精神追求，揭示了台湾文化与整个中华文化之间是一种"部分与整体、个性与共性、支流与本源"③ 的辩证关系，充分表现了作者的民族认同感和文化认同感。

---

① 施叔青：《行过洛津》，生活·读书·新知三联书店 2012 年版，第 297 页。
② 刘登翰：《中华文化与闽台社会：闽台文化关系论纲》，福建人民出版社 2002 年版，第 166 页。
③ 朱双一：《台湾新文学中的"陈三五娘"》，《台湾研究集刊》2005 年第 3 期。

第二节　以《荔镜传》为中心的早期文言小说

有关"陈三五娘"故事的早期文言小说目前见到的有多部，包括《荔镜传》《绣巾缘》和《诡计越娶》等，其中又以《荔镜传》最为知名。据陈益源考证，"《荔镜传》的成书年代应以弘治末至嘉靖初（中有正德一朝）的可能性居大"，① 比明嘉靖丙寅年戏曲刊本《荔镜记》的诞生时间还略早。而笔记小说《绣巾缘》则产生于清朝，由于资料的限制，作者已经不可考。短篇小说《诡计越娶》的作者郑昌时，将其收进其著作《韩江闻见录》。郑昌时（1769 年—?），卒年不详，字平阶，后又名重晖。生于海阳县淇园乡（今潮安县凤塘镇淇园村），《潮安县志》有对他的事迹记载。著有《韩江闻见录》《说隅》《开方考》《岂闲居吟稿》《鸡鸣集》《学海集》等。大致可以推测《诡计越娶》写于清朝嘉庆或道光年间。

一　《荔镜传》的版本和作者

陈香在《陈三五娘研究》中认为，《陈三五娘》的小说有以下几个版本，其一是"会文堂木刻本《荔镜传》（四册）"，② 署名"光绪十一年孟夏重刻"，无作者及序文，计二十二回，约十万字。其二是"手抄本《荔镜传》（两册）"，③ 并未署明年代及附加序文，计十回。其三是"宣统己酉版《磨镜奇逢传》"，④ 书前附有回目，计五十回，内文却另

① 陈益源：《〈荔镜传〉考》，《文学遗产》1993 年第 6 期。
② 陈香：《陈三五娘研究》，（台北）台湾商务印书馆 1985 年版，第 35 页。
③ 同上。
④ 同上书，第 41 页。

有标题但并非与回目一致。陈香经过考证，认为“手抄本《荔镜传》”可能是小说“《荔镜传》”最真实可靠的版本，其他两个版本有可能属于仿作或篡改的赝本。①

陈益源在《〈荔镜传〉考》一文中认为，较早的两个版本为：嘉庆十九年（1814）的尚友堂刊《新刻荔镜奇逢集》（二卷）和道光二十七年（1847）刊《二刻泉潮荔镜奇逢集》（二卷）。此外，又有光绪三十四年（1905）木刻本《增注奇逢全集》，宣统元年（1909）上海大统一书局的铅印本，民国四年（1915）的泉州黄紫云刊本《绘图加批详注奇逢集》，民国八年（1919）会文堂刊本，民国十三年（1924）上海燮文书庄《绘图真正新西厢》翻印本，民国十四年（1295）厦门会文书局翻印本等。② 陈益源在论文中以道光二十七年（1847）刊《二刻泉潮荔镜奇逢集》为讨论研究的依据。

有四个版本，第一种是道光丁未年（1847）刊印本《新增磨镜奇逢集》；第二种是光绪戊申年（1908）木刻本《增注奇逢全集》，卷首有光绪丁酉年（1897）双合主人一篇序言；第三种是宣统初年由上海大统一书局铅印刊行的署名《绘图奇逢集全传》，扉页署“增批加注奇集全集”，序文与第二种相同；第四种是清宣统末年石印本《绘图增注荔镜传》《增批评注增注奇逢集》及1915年孟秋重印本《绘图真正新西厢》。③

从以上三人所列的版本来看，陈香所谓的“宣统己酉版《磨镜奇逢传》”相当于陈益源和蔡铁民所谓的宣统初年由上海大统一书局铅印刊行的《绘图奇逢集全传》；陈香的“会文堂木刻本《荔镜传》（四

---

① 陈香：《陈三五娘研究》，（台北）台湾商务印书馆1985年版，第34—46页。
② 陈益源：《〈荔镜传〉考》，《文学遗产》1993年第6期。
③ 蔡铁民：《明传奇〈荔支记〉演变初探——兼谈南戏在福建的遗响》，《厦门大学学报》1979年第3期。

册)" 等同于陈益源的民国八年会文堂刊本；陈益源所谓的《二刻泉潮荔镜奇逢集》对应于蔡铁民的《新增磨镜奇逢集》，陈益源的光绪三十四年木刻本《增注奇逢全集》和蔡铁民的光绪戊申年（1908）木刻本《增注奇逢全集》所指乃为一物。本书则以光绪戊申年（1908）木刻本《增注奇逢全集》为研究对象和评论依据。

《荔镜传》的作者是谁？至今仍聚讼纷纭，没有取得一致意见。陈香的《陈三五娘研究》一书中并无具体交代或推测的答案。

关于《荔镜传》的作者，流传较广的是为李贽所作，龚书辉赞同此观点，林颂在《"陈三五娘" 文献初探》一文中认为："古典小说《荔镜传》……较有力的说法则说她出于晋江李卓吾（李贽）之手。"[1] 而蔡铁民认为，"翻阅李贽的专著、书信、笔记，并无交代有整理《荔镜记》的片言只语，更不必说小说了"，且两者的语言风格差别很大，《荔镜传》"才子佳人的情调很浓厚，文字晦涩，堆砌典故"，而李贽的风格 "泼辣潇洒，痛快淋漓"，"语言浅近明白"。[2] 他认为《荔镜传》"应该是明中叶之前一位不得志的文人，以 '人生浮沉驹过隙，富春山外多荆棘，枝掉下滩三峡奔，何如摇入五湖白' 的处世哲学撰写的"[3]。林颂在《"陈三五娘" 文献初探》一文中又提到另外的观点："有人认为是安溪李光地或晋江陈紫峰所撰"，[4] 但此观点不如 "李贽说" 流行，也不大可信。而陈益源则认为 "《荔镜传》的真正作者，恐怕一时难考"。[5] 从《荔镜传》的文本来看，它是一部典型的文人创作，从小说篇首的 "陈必卿实录" 中的 "人生贵适志耳，若何求而弗足。而终日

---

① 林颂：《"陈三五娘" 文献初探》，《福建戏剧》1960 年 8 月号。
② 蔡铁民：《明传奇〈荔支记〉演变初探——兼谈南戏在福建的遗响》，《厦门大学学报》1979 年第 3 期。
③ 同上。
④ 林颂：《"陈三五娘" 文献初探》，《福建戏剧》1960 年 8 月号。
⑤ 陈益源：《〈荔镜传〉考》，《文学遗产》1993 年第 6 期。

而营营也"的叹语，以及该节附录的《长行歌》中，可以发现整部作品的情感基调和人生哲学思考，鉴于此，蔡铁民的观点能比较获得大多人的认同，即《荔镜传》为"明中叶之前一位不得志的文人"所作。

二 《荔镜传》的内容和艺术特色

陈益源将小说《荔镜传》和明嘉靖本《荔镜记》的基本章节（出目）和内容做了比较，[1] 并得出了比较的结论："小说两篇主角的实录，戏曲以套语和关目概要代替开场；小说类似实录的具体描写（如主角活动的时间、地点），戏曲阙如；小说人物的诗词歌赋、游戏文字（如'卿示意于琚'的《风竹词》、'琚梦镜圆'素月娘子的拆字诗）与长篇议论（如《琚观乐论人》《琚论荔》），以及书信、攻词等文人色彩较重的部分，戏曲删除。反之，戏曲虽几无增添人物，但首尾增加了庄重的'外'角（陈伯延）戏，并衬以反面的'净'角（林大鼻）戏，还特别铺叙花园中事和私奔遇捉的过程，这样的改变，应该说是为了因应戏曲搬演的实际需要，也为了吸引台下观众，所做的合情合理的安排。"[2] 本书则把小说《荔镜传》和清顺治刊本的《荔枝记》做比较，一则陈益源已将小说《荔镜传》和明嘉靖本《荔镜记》做了比较，二则清顺治刊本的《荔枝记》较明嘉靖本《荔镜记》也有不小的变化，因此，也可以比较出小说《荔镜传》和清顺治刊本的《荔枝记》新的不同。

依照陈益源的做法，列出两部作品的小标题和出目，按照情节趋同原则进行排列对照，甄别两者的异同点，特别是在事件题材上的详略安排。比较如下见表6-1。

---

[1] 陈益源：《〈荔镜传〉考》，《文学遗产》1993年第6期。
[2] 同上。

表 6 – 1

《荔镜传》（光绪戊申年刊本）	《荔枝记》（清顺治刊本）
1. 陈必卿实录　2. 王碧琚实录	
3. 正月三日必卿往任	1. 与兄饯行
4. 卿过丹霞驿　5. 卿过黄岗驿	
6. 元夜卿琚偶会　7. 卿题烟火	2. 五娘赏春　4. 五娘看灯
	3. 林大邀朋
8. 春慰琚　9. 卿辞潮入广　10. 卿到惠州入谒苏东坡庙　11. 卿会兄于五羊驿	
12. 林氏谋夺碧琚之婚　13. 琚谋春改林之婚　14. 琚祝于春熙亭	5. 打媒姨　6. 五娘投井
15. 卿辞归　16. 卿回至潮	
17. 五月六日琚投荔于卿　18. 卿为荔留	7. 伯卿游街　8. 见李公
19. 琚梦镜坏　20. 卿破镜于王家	9. 伯卿磨镜
21. 卿左轩自寓　22. 琚吊镜	
23. 卿示意于琚　24. 琚梦镜圆　25. 卿叙镜	
26. 卿琚论帚	10. 伯卿扫厝
27. 春正月卿在潮操琴　28. 琚观乐论人　29. 琚论荔　30. 卿倦扫　31. 春试琚　32. 卿遗书于琚	
33. 卿执盥　34. 琚祷于春熙亭卿窃视之　35. 卿求春　36. 琚观莺柳图　37. 卿病于相思　38. 琚适卿　39. 琚思卿　40. 琚病于思	

续表

《荔镜传》（光绪戊申年刊本）	《荔枝记》（清顺治刊本）
11. 代捧盆水　12. 五娘梳妆　13. 月下自叹　14. 安童寻三爹　益春留伞	
41. 卿及春得攻词　42. 诸婢亦相与投词	
43. 卿与琚谋于春熙亭　44. 琚败约 45. 秋八月望夜卿私琚　46. 卿与琚复会于含辉轩　47. 卿琚论人物	15. 巧绣孤鸾　16. 林大催亲　17. 益春退约　18. 私会假期　19. 益春送花
48. 卿下赤水庄　49. 卿抵赤水庄　50. 琚思卿　51. 卿从赤水庄归	20. 上庄收租
52. 玳讼于官　53. 卿琚及春奔至黄岗驿 54. 琚至坠花山渡脂粉溪　55. 卿被执以归	21. 设计私奔　22. 阿妈寻五娘 23. 小七假哑公　24. 林大告状 25. 公差拘拿
56. 卿屈于官	26. 审奸情
57. 琚与春别卿于江滨　58. 卿至海丰 59. 王氏献家书　60. 卿遇家人于海丰 61. 卿会兄于道	27. 五娘探牢　28. 起解崖州　29. 发配崖州　30. 遣送封书　31. 小七送书见三爹　32. 遇兄升迁
62. 琚思卿　63. 琚得卿书	33. 五娘思君
64. 卿回潮复会于王　65. 卿毕事于官 66. 必迎王氏以归	34. 提革知州　35. 成亲团圆

　　清顺治刊本的《荔枝记》较明嘉靖刊本《荔镜记》出目已经减少，由55出变为35出，剧情内容更加浓缩集中。而《荔镜传》则分为66段，没有回目，但有段落标志及标题，在体例上近似明朝的文言笔记小说，又兼具唐宋传奇的特征，在文言笔记体中穿插大量诗词，并采用分

段、标目不标回的写法。比较小说《荔镜传》和清顺治刊本的《荔枝记》，发现两者的基本情节比较相似，区别在于：戏曲的出目基本以"四字"概要提炼剧情，多以主谓词组或动宾词组为主；小说的标题则以短句子或词组交代剧情。关于出场内容，小说《荔镜传》是以"陈必卿实录"和"王碧琚实录"来交代，介绍了两人的基本情况，包括姓名字号，籍贯家乡，父母兄弟，婚恋初况以及对之的基本评价。而清顺治刊本的《荔枝记》则区别于明嘉靖本《荔镜记》的"以套语和关目概要代替开场"，① 没有开场内容，直接进入第一出内容。小说的抒情性比较强，几乎每一节都有人物的诗词歌赋，每段一首至四首，计74 首。有几节内容则是纯粹的诗词，如"卿过丹霞驿、卿过黄岗驿"两节，分别是一首七言和五言律诗。这些诗词部分在戏曲《荔枝记》中则没有。另外，一些议论性的文字，如第四十七回"卿琚论人物"和第二十九回的"琚论荔"，以及书信、解诗、供词等带文人气息的内容，戏曲中也不见踪影。较之《荔镜传》，清顺治刊本的《荔枝记》增加了部分"丑角戏"的内容，如增加第十四出的"安童寻三爹 益春留伞"，以及第二十三出的"小七假哑公"、第三十一出的"小七送书见三爹"，第三出的"林大邀朋"等各出内容。并增加了林大这一支线索的内容比重和矛盾冲突的分量。总体而言，《荔镜传》的抒情性比较突出，诗化倾向明显，文人气息浓厚。清顺治刊本的《荔枝记》则加强叙事性，凸显矛盾冲突，增加作品的民间风格和草根味，这样能更加吸引底层观众，产生更广泛的社会影响。

如表 6-1 所示，《荔镜传》和后来的戏曲《荔镜记》在情节上基本是类似的。但是两者在剧情上有一个重要的区别。《荔镜传》在"陈必卿实录"和"王碧琚实录"两节中交代，陈三和五娘本来就是原配，

---

① 陈益源：《〈荔镜传〉考》，《文学遗产》1993 年第 6 期。

早有婚约，陈三"以麟与富人王忠志即九郎女婚"，而五娘"先与陈令之子必卿婚"，后以两家距离遥远而悔约隔断联系，即"道阻悔之"，"后以隔涉寝之"，后两人又互通情感，努力争取，最后重续旧缘，破镜重圆。而在《荔镜记》诸戏曲版本内容中，则将陈三和五娘早有原配关系改为两人素不相识，只是偶然邂逅产生情愫，中间历经重重艰险而终于胜利。一个是类似"破镜重圆"的叙事，一个是"自由恋爱"的叙事。两个叙事情节的思想内涵具有高低的差别：后者更具有"个性解放"和"反封建"的进步内涵，而前者不过是一个"因果律"而决定的"大团圆"结局，虽有个性解放思想的显现，但却是在已有婚约的封建礼教的框范之下。蔡铁民论文中所评论的《荔镜传》版本更带有一种"神姬托梦"的神秘色彩："《荔镜传》把原故事陈三与五娘巧遇于元宵，改为神姬托梦，使人物处于虚幻的梦境中。他们破镜重圆为神灵所安排。最后神姬'还以东房佳婿'安慰碧琚，碧琚才吟诗自幸，好因得好报。这些都是《荔镜传》的糟粕。"① 因此，总体来说，《荔镜传》虽在一定程度上也表现"个性解放"和"反封建"的思想主题，但其深度、力度和自觉性是不能与戏曲《荔镜记》诸版本相比的。

《荔镜传》受到明初传奇小说影响明显，其一是《剪灯新话》，其二是《钟情丽集》。"琚卿论人物"一节写的陈三五娘对历史上的著名人物进行评价，"司马相如蔡谞王魁元徽之徒孰优，文君守华桂英崔氏之辈又孰劣"，以及妲己、西施、爱卿、王嫱、太真、孋姬、李夫人、赵合德、华阴、丽华等众佳丽。其中有关爱卿的两句诗是："爱卿者思伯而死，有盼者尽义而终。"这个有关爱卿的壮烈悲凄的爱情故事出自明

---

① 蔡铁民：《明传奇〈荔支记〉演变初探——兼谈南戏在福建的遗响》，《厦门大学学报》1979 年第 3 期。

代瞿佑所著的《剪灯新话》中的《爱卿传》一文，① 可见《荔镜传》的作者对《剪灯新话》较为熟悉并受到其影响。

《荔镜传》同时受到传奇小说《钟情丽集》的影响，《荔镜传》不少内容就直接录自或改写于《钟情丽集》，如在《荔镜传》第三十回"卿倦扫"一节中有如下内容"卿曰，非倦也。愁也。……琚曰，志不得，则愁诚然也，何不拨之？生曰，谁与我拨之？"这句话就直接对应于《钟情丽集》中的"生曰，非寒也，愁也。女曰，何不拨之乎？生曰，谁肯与我拨之？"而两本小说集中这样的内容相似的表述有多处。②

小说语言绮丽，浓词艳句，充塞全篇，多用古语，好用典故，没有一定古诗词修养的读者很难读懂。总体文风晦涩难懂，不够通晓流畅。行文之中好从古诗词中仿照集汇，如"卿与琚复会于含辉轩"中的那段长长的四言对话：

> 卿曰。东邻之子。汎汎栢舟。窈窕淑女。今夫不有。
>
> 琚曰。独寐寤言。所宝惟贤。瞻仰昊天。远莫致之。
>
> 卿曰。我来自北。白驹皎皎。投我以桃。爰得尔所。
>
> 琚曰。知子之来。欲厥有家。愆期有待。永矢弗他。
>
> 卿曰。扫而更之。爰及姜女。今日耽乐。爰笑爰语。
>
> 琚曰。季姬遇鄷。莫慰母心。兢兢业业。涉于春冰。
>
> 卿曰。心乎爱矣。受之以恒。毋载尔伪。而有退心。
>
> 琚曰。苟各有心。二三其德。彼苍者天。是斟是殹。
>
> 卿曰。毋恒安处。亦畏穷御。濡有衣裯。盖取诸豫。

① 蔡铁民：《一部民间传说的历史演变——谈陈三五娘故事从史实到传说、戏曲、小说的发展足迹》，《民间文学论坛》1997年第2期。

② 陈益源：《〈荔镜传〉考》，《文学遗产》1993年第6期。

琚曰。父母仇子。颜厚忸怩。负乘致寇。余将畴衣。

卿曰。惧民有争。子曰奔走。我将西归。适我乐土。

读罢,不难看出其表达方法和用韵方式纯然来自《诗经》,只不过稍加改造。

喜好用典也是小说晦涩难懂的一个原因。如上文提及的"琚卿论人物"中就涉及十多位古代人物及有关典故,在论及女人德貌的关系时,为了说明德比貌重要,运用了两个历史典故:"若宿瘤之见奇于闵王,无盐之自陈于齐宣",宿瘤和无盐是中国历史上两个著名的丑女,但都因为她们的品德、才华和能力等赢得了她们丈夫的尊敬和爱戴。宿瘤,生长在齐国都城郊外的丑女,身上长着一个硕大布满血管的肉瘤,丑陋无比,但她却通过砥砺品德,充实内涵,无私奉献,全力帮助齐闵王成功立业,获取他的报答式爱情。而来自河北无盐县"极丑无双"的钟离春,其诤诤谏言使不理朝政、花天酒地的齐宣王幡然醒悟,并全力辅佐齐宣王安邦治国,使齐国国力大增,一时成为"千乘之国",她也成了母仪天下的皇后,任何美女都无法撼动她在齐宣王心中的地位。典故的运用能增加小说的内涵和容量,但是如果是一个没有多少文化修养的普通读者,可能理解不了小说的意蕴。

从人物塑造的角度来看,由于小说抒情化的倾向、文人化的趣味、古典诗词的大量植入、典故的密集运用,使得小说中人物的个性化特色不明显,人物的对话缺乏个性特征,五娘和陈三的内涵有趋同的倾向,而不是独特的"这一个"的典型化人物。正因为上述的缺点,《荔镜传》的传播范围有限,只限于一些狭小的文人圈子,无法走进草根市民阶层。缘此,通俗易懂、更为生动传奇的戏曲《荔枝记》随后便应运而生。

三 《绣巾缘》和《诡计越娶》

选自 1912 年《泉南指谱重编》的清代笔记小说《绣巾缘》，作者不详。总字数不过一千多字。小说的故事概要是：五代末，群雄并起，海内分崩，南汉刘振割据南海，命将林飞虎（即林大之父）镇守闽粤交界之分水关。时南康王陈洪进踞闽州、都漳郡。其第三王子璠（即陈三），字季瑶，美丰采，被称为当代璧人也，奉父命驻揭阳。一日潮城比夜悬灯，璠游城过黄尚志（黄五娘之父）门口，黄五娘见璠美，以绣巾裹荔掷下，璠得帕，神为所夺，归营遣使求婚。而五娘已由其父许给林飞虎之子豹（即林大），尚志一面假托女方病疴，一面秘告林家派兵迎娶。璠由部将处截获消息，夜出兵众，赚五娘及益春以归。是夕成姻好于揭阳。次日护送还都，被林军截住去路，料难御敌，微服避入民村。不料遇到尚志挂帅来擒拿三人，得知其女已与璠婚合，虽愤恨却亦无可如何。飞虎亦知五娘已与璠婚，遂无意为子纳婚，欲毁婚约。潮令尹堂讯璠，后将璠转解南海发落。五娘复闻璠被囚，遂绝粒守节，父悯其志，偕奔揭阳，入拜璠母及父，璠父洪进闻五娘志节，亦为恻然。萌舐犊之情，顿刈揭阳三邑，上表降刘，刘大悦归璠，璠遂同五娘同居诏安。五娘感益春，德请璠纳之。阅数年，宋太祖率师攻粤，后刘振归宋，洪进亦降，封忠顺王焉。

《绣巾缘》在剧情方面尚保持《荔镜传》中"五娘投荔"等经典性情节，但也有不少差异。如《荔镜传》中的陈三磨镜、卖身为奴的情节《绣巾缘》中就没有，而《绣巾缘》中的"夜出奇兵赚五娘""成姻揭阳""飞虎毁约""尚志入拜璠母"等情节也是《荔镜传》中所没有的。从艺术技巧的角度来看，这篇小说虽一千多字，但容量丰富，情节紧凑，矛盾集中，一波三折，张弛有致，扣人心弦。由于篇幅较短，缺乏人物对话描写、心理描写、行动描写、环境描写等必要的小说艺术手段，所以人物形象内涵不够丰满，显得单薄。

值得注意的是，小说中的陈洪进并非虚构，历史上确有此人，《宋史·列传》述："陈洪进泉州仙游人。幼有壮节，颇读书，习兵法。及长，以材勇闻。隶兵籍，从攻汀州，先登，副兵马使。从留从效杀黄绍颇……"那么，如何确认陈洪进和陈三五娘的故事有关联呢？据蔡铁民考证，原福建省梨园戏实验剧团在南安发现一块碑文《美山尊王记录》，碑文内容基本符合陈洪进家族的演变，其中提及的"留公坝"就是后来的"陈三坝"，陈洪进故里"朋岭"就是陈三的家乡，"朋岭"下的"清凉室"，就是陈三读书处。根据民间传说的形成规律，"宋初的陈洪进有可能演化为传说的陈伯贤。陈洪进为宋室所器重，跟陈伯贤步步高升官爵雷同。陈伯贤任广南运使，宋初各路确实设有转运使官衔。碑文中陈洪进三弟陈洪钻字伯卿，就是后来演化为传说的陈伯卿，俗称陈三。……可以推断陈三五娘传说是陈洪进这一家族某些历史事迹经过长期演化形成的。"① 因此，可以说《绣巾缘》是建立在一个真实的历史故事基础之上并进行适当的艺术加工而形成的一篇小说。

短篇小说《诡计越娶》选自《韩江闻见录》，作者系清嘉庆的郑昌时。小说写的是陈三在与林大争娶五娘过程中"智慧掉包""计得五娘"的故事。小说的故事概要是：明富户黄九公居于潮城西郊"蔚园"，生有五娘和六娘二女。五娘者乃国色也，许于潮城武生林大鼻。泉州陈伯卿（陈三）自闽送嫂之兄任过潮，游"蔚园"，见五娘姝丽，思聘之而闻其许林家，欲计得之。闻六娘未许人，遂向黄九公聘六娘，临行时诡扬声于外曰："陈三聘五娘"，林大异之，询黄翁，翁曰陈三聘六娘。陈三后拟择日迎亲，又扬声于外："迎娶五娘。"林大益骇，

---

① 蔡铁民：《明传奇〈荔支记〉演变初探——兼谈南戏在福建的遗响》，《厦门大学学报》1979 年第 3 期。

再询黄翁,遭黄呵斥,不敢直言。迎亲日,陈三多带亲丁,待六娘登舆,密令人扬声于城中曰:"陈三已夺得黄五娘矣!"林益恐慌。陈三亦令心腹煽动林来夺。林大中计来抢,陈三佯与之争,且佯不胜,送予林取之。林至家启花轿视之,非五娘而六娘也。彼时县差以夺婚票罪拘林,林托人疏通,官判定将错就错。于是林娶六娘,而五娘果归于陈三。

这篇小说具有潮州版"陈三五娘"的特色,泉州版"陈三五娘"中没有六娘这个角色,同时,陈三使用"掉包计"诡娶五娘的故事也很少流行于泉州一带,但在潮州地区则妇孺皆知,由此可见同一个传奇在不同地区传播产生的变异现象。《诡计越娶》比《绣巾缘》的篇幅还短,但是它的情节推进、矛盾发展、艺术效果和《绣巾缘》比较类似。篇幅极小,而容量很大,情节发展波澜起伏,矛盾冲突集中尖锐,戏剧化的效果明显。人物的性格也得到较好的塑造,如陈三在诡娶五娘过程中所体现出来的机智、智慧和胆识跃然纸上,给读者留下深刻印象。

第三节 "陈三五娘"故事的"日本印记"

一 "跨文化"交流中的"文化过滤"

佐藤春夫(1892—1964),日本著名的小说家、诗人和评论家,活跃于大正和昭和时期,主要作品有《田园的忧郁》《西班牙猎犬》《都市的忧郁》《这三个人》《殉情诗集》《小曲四章》《晶子曼陀罗》等,其作品对中国作家郁达夫的创作影响极大。佐藤春夫先后于1920年和1927年两次来到中国,游历了闽南、台湾和江南一带。佐藤春夫第一次来中国是1920年6月,因陷入与朋友谷崎润一郎的妻子千代的情感纠葛中，他患上了严重的神经衰弱症，为了排遣苦闷，应朋友之邀来到台湾旅游，访台期间，曾渡海到对岸的厦门和漳州旅游两周，根据游历见闻，他撰写了《南方纪行——厦门采访册》，于1922年刊行。在赴厦期间，他偶然间听说流行于闽南的戏曲"陈三五娘"，被陈三和五娘之间的传奇爱情故事所打动，兴趣盎然，回国后立即创作了以"陈三五娘"故事为蓝本的中篇小说《星》，发表于1921年3月的《改造》上。《星》乃是佐藤春夫"台湾旅行关系作品"系列之首篇，此后的十年时间里，他先后发表了有关这两次旅行的作品，其中包括充满"支那趣味"的《南方纪行》《女诫扇绮谭》《李鸿章》《西湖紫云洞的故事》《车尘集》和《秦淮画舫纳凉记》等。

一个具有典型的中国闽南特色、浪漫美丽而曲折传奇的爱情故事，经过一个在日本大和民族文化熏陶下、受到日本明治以来的"脱亚入欧"思想影响、具有特定审美趣味的日本文人作家的"改写"，会呈现出一种怎样不为人知的独特艺术面貌呢？

值得注意的是，我们现在无法确定佐藤春夫接触的是"陈三五娘"故事诸戏曲刊本中的哪一个刊本，但是这并不重要，因为所有刊本即使在某些细节上有差异，但都能找到基本"公约数"，都具备相同的"故事内核"，也就是说，在基本的情节内容上，不同刊本是有一致性的。这里，为了比较的需要，我们假定佐藤春夫接触的是明朝嘉靖本《荔镜记》。

《星》和"陈三五娘"虽有直接的材料渊源关系，但这两部作品毕竟产生于两个具有不同文化传统、价值观念、审美习惯的国度，一个诞生于16世纪明朝的嘉靖年间甚至更早年代，一个诞生于20世纪的日本大正时期；一个是在漫长流播过程中经过数次改写加工的民间创作，一个是典型的文人创作；一个是主要属于中国传统戏曲体裁的文学形态，一个是具有独特"佐藤风格"小说体裁的文学形态。因此，两个文本之间既有基本固定的同质基因，也不可避免地存在诸多离散型的异质因素。从比较文学的角度来看，这属于典型的影响关系的研究。影响与接受是一个双向互动的二元关系，作为接受者的"后文本"作者，对于"前文本"的接受并非被动消极的，而具有无限能动的主体性，或依据自己的创作意图，对"前文本"进行自觉改写或再创造，或源于自身民族文化传统等因素的潜在制约和影响，而造成与"前文本"的不自觉偏离。缘此，本书所要试图解决的是，作为"后文本"的《星》继承了"前文本""陈三五娘"故事的哪些基本要素，在此基础上，产生了哪些或隐或显的变异？这里引用比较文学中常用的一个关键词"文化过滤"。

什么叫"文化过滤"？按照"比较文学"的规范定义，"文化过滤是跨文化交流、对话中，由于接受主体不同的文化传统、社会历史背景、审美习惯等原因而造成接受者有意无意地对交流信息选择、变形、伪装、渗透、创新等作用，从而造成源交流信息在内容、形式上发生变异，文化过滤具有明确的方向性与功利性特征。""从文化过滤的实施者接受方的角度来看，主要包括以下几个方面：传统文化的影响和制约造成的文化过滤，意识形态的影响和制约构成的文化过滤，社会时代环境的影响和制约造成的文化过滤，审美情趣的影响和制约造成的文化过滤"。[①]"文化过滤"所形成的接受主体对接受客体的"选择、变形、伪装、渗透、创新"，分为两种情况，一种是无意为之，一种是有意为之。那么，佐藤春夫的小说《星》中所体现的"文化过滤"现象是属于哪一种情况呢？从"文化过滤"的实施者接受方的角度来看，在以上所提到的几种情况中，《星》属于哪一种情况呢？

文化过滤产生的深层次原因是什么？"文化过滤主要是指由于文化

---

① 曹顺庆主编：《比较文学学》，四川大学出版社 2005 年版，第 273 页。

模子的不同而产生的文学变异现象。"① 什么是"文化模子"? 文化模子"即以某种价值原则为根据形成的历史传统,东西方由于其在文明肇始之初确立的根本价值原则的分歧形成了相互之间在品质上相异的不同历史生活传统,这就决定了比较文学在跨越东西方文化或中西文化领域内,必然面临'文学'在'文化模子'分歧的层面形成的种种异质特征。也就是说,不同的文化'模子'就会有不同的文学观、审美观和相应的文学意义建构方式及其美学特征。从某种意义上说,只有依据'文化模子'自身的文学观解释与之相应的文学经验才算是有效的,才有可能是最权威的。当处在某种'文学观'中的读者阅读具有不同'文学观'的文学作品时,由于不能把自己放到原文本的文化背景中,不能从其'文化模子'的内在方面去理解这种'文学观'的意义建构方式以及由此确定的作品的种种美学特征;而从自身文化模子的文学观或文化前见的立场内在地去欣赏、理解作品的意义,或者将别的'文化模子'中的文学作品搬到自己的文化框架内来欣赏,必然是对原作品内容和形式筛选、切割、歪曲,从而使得交流文学在内容和形式上产生变异,有的甚至变得面目全非,简直成了重写或创作。"② 也就是说,佐藤春夫在创作小说《星》的时候,他已经先天地被归属到某种特定的"文化模子"范畴,并接受这一"文化模子"的内在制约,无力摆脱这一"文化模子"的强大影响,那么,这个与佐藤春夫息息相关的"文化模子"的具体内涵是什么?"就文化过滤来说,跨文明的比较文学研究中,必须研究接受主体文化从哪些层面对发送者文学施加限制、筛选、切割、变形、伪装。由于文化过滤的作用,发送者文本中观念性因素(内容)和美学因素(风格)产生了哪些变异?在接受

---

① 曹顺庆主编:《比较文学学》,四川大学出版社 2005 年版,第 274 页。
② 同上书,第 274—275 页。

过程中运用了哪些变通策略？"① 本节试图带着以上种种问题，进入不同文明背景下产生的两部文学作品的文本世界中去，探索其无尽的艺术堂奥。

二 "有意栽花" 的 "殖民书写"

明朝嘉靖本《荔镜记》是 "陈三五娘" 的母本，全剧共 55 出，巧的是佐藤春夫的《星》也 55 折。先比较一下后半部分在情节内容上的差异。明朝嘉靖本《荔镜记》中，从 47 折到 55 折，分别是 "敕升都堂" "忆情自叹" "途遇佳音" "小七递简" "驿递遇兄" "问革知州" "再续姻亲" "衣锦回乡" "合家团圆"，内容不外乎是陈三五娘的爱情 "大团圆" 结局之前所遭遇的种种曲折磨难之事，是属于陈三五娘爱情故事中的高潮和结局的部分。但佐藤春夫的小说《星》从第四十七折到第五十五折所写的内容是包括明朝嘉靖本《荔镜记》在内的所有 "陈三五娘" 的版本都没有的内容：陈三和五娘死了以后，益春已怀身孕，她坚持把这个孩子生下来，这个孩子改承母姓，姓洪，字亨九，名承畴，摇身一变成了明朝大名鼎鼎的洪承畴。其实，将洪承畴当成陈三儿子的说法，在清嘉庆郑昌时的《诡娶黄五娘》中就有。该文记载："又传五娘，有妾洪益春，亦殊色，五娘美而无子，益春有子，后陈家有大难，变姓逃，其子孙皆食母家姓，昭代大贵人洪某，乃其后云。"② 这里的 "昭代大贵人洪某"，据点校者吴二持所言："《韩江闻见录》的部分记述，又颇有野史味道，如民国初年王葆心编的《虞初支志》卷二曾收该书《二太爷》《双虎棒》《诡娶黄五娘》诸篇，并作考证，认为 '《二太爷》事中之贵人，即世宗也；《诡娶黄五娘》中的 '昭代大

---

① 曹顺庆主编：《比较文学学》，四川大学出版社 2005 年版，第 273 页。
② （清）郑昌时：《诡娶黄五娘》，《韩江闻见录》，吴二持校注，古籍出版社 1995 年版，第 125 页。

贵人洪某，则指洪文襄承畴也'（《虞初支志》1921 年上海书店版），这些考证虽不免近于臆测，也可以聊备一说。"① 然而，如果根据多数学者认为，传说中陈三五娘故事是发生在南宋时代，那么这就和万历年间高中进士的洪承畴相差了五百年，即便是发生在明代初期，那也比洪承畴生活的时代早得多。因此，把洪承畴说成益春的儿子显然是一种一厢情愿的主观臆想。

对于洪承畴，虽然近来也有个别学者为洪承畴"翻案"，提出应该以一分为二的辩证眼光来评价洪承畴。但在中国人的心目中，洪承畴大体是以一个"大节有亏"、负面的"降臣"形象出现的。而在佐藤春夫的笔下，洪承畴却摇身一变，成为"世上最了不起的人"。"世上最了不起的人"这句话在《星》中出现多次，在小说的开头，陈三对"星"祈求两个愿望，其一是"遇到世上最美的姑娘"，其二就是"生出儿子，长大变成世上最了不起的人"，这个细节内容不是作者无意为之的"闲笔"，而是一种煞费苦心的"草蛇灰线，伏延千里"的写法，"世上最了不起的人"最后就成为小说后半部分的洪承畴。由此可见，作者创作《星》的意图之一就是把洪承畴当成一个"了不起"的英雄来歌颂的。小说中的洪承畴"仕了神宗、光宗、熹宗、思宗四代"，在思宗年代，"做着蓟辽总督"。洪承畴被明思宗委以重任，去剿灭李自成的起义军，但不料洪承畴在努力击退李自成的时候，清兵却已攻到了京城附近。洪承畴于是转头和清军交战，可后来李自成从河南重新发展了他的力量，乘势再度向毫无防备的京城反戈重来，京城空虚，腹背受敌，有随时失守的危险，洪承畴面对困境，一筹莫展，垂头丧气，心中展开了激烈的思想斗争：

---

① 吴二持：《韩江闻见录·前言》，古籍出版社 1995 年版，第 4—5 页。

简直毫无守备的京城若是陷下去，那么即使现在在这里征服了清军，也无济于事。——不如暂时投降了清国，万不得已时可把大明的一半天下分给了他们，这样，比完全亡国总要好些。对的——就提议割让大明的一半江山和清国媾和了吧！为清国而败了吧！将来就借清国的援兵去平定流贼吧！在不久的将来，总有一天可以重新和清国争霸的！这便是洪承畴的苦心。因此他是投降了清国。①

以上这段文字，以洪承畴内心活动的形式表达对自身投降行为的"辩解"，其理由有二：其一，提议割让大明的一半江山和清国媾和，比完全亡国要好；其二，投降是一种策略，可以借清国的援兵平定流贼，将来可以再和清国争霸，以图东山再起。千夫所指的叛国投降行为被冠冕堂皇的理由所包装，看起来似乎有几分"情有可原"。但与其说这是洪承畴投降之前的心理活动，毋宁说是佐藤春夫站在洪承畴的角度，借洪承畴之口，表明自己的立场，即将洪承畴的投降行为合理化甚至"正义化"，为同类性质的中国汉奸投降日本的行为进行辩解，提供榜样，寻找一种正当的理由，最终把日本侵略并殖民统治中国的行为合理化。作者紧接着又写了一段文字，再次为洪承畴的投降行为进行美化式地"辩解"：

洪承畴当初不过是因为要讨伐李自成而从的清军，到后来非出于本心地感起清的恩来。他因清军的帮助，得报了天子之仇。而且，清的顺治帝也把洪承畴看作了乱世的罕见的了不起的人，而用种种方法劝他归顺。在无论怎样都不能推辞这痛苦的知遇的时候，洪承畴最后说："'倘若你能依我一件事，我就归顺。'而他所说的事，便是要由他去制定清国的制度和法律。实际上，他政治上的才

---

① ［日］佐藤春夫：《佐藤春夫集》，高明译，现代书局1933年版，第49—50页。

能，是不下于军事上的才能的。结果洪承畴归顺了清。——国号改了。治国的人也改了。但是被治的百姓，却仍是那样信爱我的帝王的百姓。我就忍耻而仕这先帝的百姓吧！为这先帝的百姓而设幸福的制度吧！因为洪承畴这样想。"① "洪承畴是寂寞的，他不胜寂寞的便是没有一个人能够体贴他的心事。"②

分析此段话，此内在逻辑和意图如下。第一，因为清军的帮助，剿杀了李自成，替崇祯皇帝报了仇，因此，清军对洪承畴恩重如山。第二，顺治帝极其赏识洪承畴，对其礼遇有加，顺治帝具有礼贤下士、爱惜良才、虚怀若谷的美德。第三，顺治帝慨然允诺洪承畴独立制定清朝的制度法律，施展其政治才能，统治者虽然由崇祯皇帝变为顺治帝，但百姓仍然是先帝崇祯的百姓。洪承畴也算是为先帝崇祯的百姓制定幸福的制度，为先帝崇祯的百姓而服务，因此也就是间接地为先帝服务。

佐藤春夫在这里大肆美化洪承畴的投降行为，事实上有其不可告人的用心。这篇小说创作于1923年，当时日本正对中国台湾实行法西斯式的殖民统治，又对中国东北、华北地区乃至全中国"虎视眈眈"，怀有侵占的企图和野心，佐藤春夫作为殖民宗主国的作家，站在日本军国主义的立场，企图通过对中国传统戏曲"陈三五娘"的改写，达到为日本殖民统治者服务、鼓吹殖民地人民向殖民者俯首投降的潜在目的。在小说中，佐藤春夫不吝颂赞异族统治者顺治帝的光辉形象和杰出才能，而顺治帝及其代表的清国无疑象征日本天皇及统治下的日本帝国。因此，小说从肯定洪承畴对顺治帝的归顺和投降，就是意在肯定美化那些向日本投降的中国汉奸们，意在麻醉同化那些正被日本殖民统治的台湾人民，意在说服诱使更多的中国人民向日本殖民者归降。至此，佐藤

---

① 〔日〕佐藤春夫：《佐藤春夫集》，高明译，现代书局1933年版，第51—52页。
② 同上书，第52—53页。

春夫改写"陈三五娘"的真正用心昭然若揭。

如果说佐藤春夫在《星》中所表达的殖民主义企图还是若隐若现，欲说还休，尚须借"陈三五娘"这个爱情故事的外壳来曲折地表达他的想法，那么，时隔十多年之后，佐藤春夫的"殖民主义"立场的表达不再遮遮掩掩，而是明目张胆，肆无忌惮，到了"卢沟桥事变"以后，他公开抛出了他的"大东亚共荣"理论。在这种"大东亚共荣"的理论指导下，佐藤春夫于1938年创作了电影小说《亚细亚之子》，小说塑造了两个主要人物：一个姓汪，一个姓郑，分别影射郭沫若和郁达夫。寓居日本的汪在郑的劝说下，决心回国抗日，但归国后发现受骗，抗日激情消失，由抗日的先锋变成了一个亲日派，对日本开发华北的用意心领意会，于是来到日本"皇军"保护下的河北通州，建立了日本式医院。在日本人控制的通州这片土地上，日本国旗太阳旗随处可见，日本国歌"君之代"充耳可闻，汪某则在家打造富有日本特色的、带有"玄关"的"榻榻米"式住宅。在小说的结尾，主人公发自内心地感叹："日本文化一定会征服这片土地。"①《亚细亚之子》的"殖民主义"意图昭然天下，是赤裸裸地美化日本军国主义的侵略行为，并为之进行宣传。作者认这个娶日本女人为妻，生出"亚细亚之子"，并诚心臣服于日本文化的主人公汪影射郭沫若，是有深意的，"郭沫若身为现代中国文人领袖人物，他所作的命运选择必然成为中国知识人群体的行为范式。这一点至少体现了作者个人和日本国家意识的双重期待。"②因此，从佐藤春夫整体的思想演进历程来看，其小说《星》体现的"殖民主义"意图已经不是无意为之的行为了，实乃一个蓄谋已久、半隐半现的"文化阴谋"。

---

① 《亚细亚之子》至今尚无汉译本，出自1938年3月号《日本评论》日文原文，参看武继平《佐藤春夫的中国观论考》，《浙江学刊》2007年第5期。
② 武继平：《佐藤春夫的中国观论考》，《浙江学刊》2007年第5期。

三 "无心插柳"的泛"佐藤风格"

如果说《星》中的"殖民书写"是佐藤春夫一次"有意栽花"的意识形态化改写或再创作,那么《星》中所表现出的"佐藤风格"却是作者一次非自觉的"无心插柳"的艺术实践行为。从艺术风格的角度来看,《星》体现了一定的"佐藤风格"特征,所谓"佐藤风格",就是佐藤春夫在日本"私小说"传统和永井荷风的唯美主义等的影响下创作的系列作品所呈现的相对固定和大体一致、带有日本时代审美趣味的艺术风格和创作特征。"佐藤风格"的主要内涵如下:在题材上,受"私小说"的影响,多描写"欲情"的内容,且大多以自己的"私生活"为素材,描写灵肉冲突的"性"的苦闷,甚至有比较露骨的性描写。在艺术上呈现唯美主义的特色,擅长用唯美的感觉描写来表现浪漫而忧郁的情绪,擅长深入刻画和表现人物的内在心理活动,表现人物的潜意识心理领域。不重视完整的故事情节,结构散文化,长于抒情笔法。《星》中体现的"佐藤风格"并不典型或完整,也就是说,它只体现了"佐藤风格"中的部分特征,或一些"佐藤风格"的特征以一种变形或含蓄的形式表现出来,可以称之为不完全意义上的"佐藤风格"或泛"佐藤风格"。具体而言,《星》中的"佐藤风格"主要体现为以下几点。

(一) 以"欲情化"为中心的整体改编

明朝嘉靖本《荔镜记》和《星》都是55出(折),同是讲述一个爱情故事,两个文本的55出(折)内容却大相径庭。佐藤对"陈三五娘"的主要故事情节进行"大刀阔斧"的"改写"和"删减",最大的"改写"体现在两处,其一是将"陈三五娘"中"林大"这一条线索内容统统"腰斩",其二上节已有论述,即杜撰了益春和陈三的儿子

"洪承畴"叛明降清的故事。在"陈三五娘"经典情节中，林大逼婚及由此引出的相关事件是故事的主干线索之一，所占的内容几乎占"陈三五娘"剧情内容的四分之一强，是"陈三五娘"爱情故事整体建构中不可分割的重要部分。以明朝嘉靖本《荔镜记》为例，与林大直接有关的情节就有以下各出戏：林郎托媒（第九出）、李婆求亲（第十一出）、李婆送聘（第十三出）、责媒退婚（第十四出）、五娘投井（第十五出）、林大催亲（第三十出）、李婆催亲（第三十一出）、登门逼婚（第三十七出）、词告知州（第三十八出）、途中遇捉（第四十三出）、知州判词（第四十四出）、问革知州（第五十二出），其他各出虽然没有直接涉及林大的情节，但其中不少内容的矛盾和情节演进都是由林大之事所间接触发或推动，因此，剔除林大这一相关线索情节，造成"原文本"内容的严重残缺和不完整。在这个爱情故事中，由于有了林大这一情节的存在，才能更有力地突出剧本反封建包办婚姻、反封建礼教、争取个性自由和解放的先进主题，五娘正是在与林大抗婚、争取自己爱情幸福和婚姻自由的过程中，喊出了"姻缘由己""女嫁男婚，莫论高低"的口号。这些在明朝嘉靖本《荔镜记》的"责媒退聘"这一出中有具体的描写，如下（前面的丑指李婆，后面的丑指黄母，旦指五娘）：

> 李婆对话五娘
>
> 【丑】林大官伊也是有钱个人。
>
> 【旦】任伊有钱我不愿嫁乞伊。
>
> ……
>
> 【丑】富贵由天，姻缘由天。
>
> 【旦】姻缘由己。
>
> 【丑】姻缘都是五百年前注定。

【旦】句敢来我面前说三道四。①

黄母对话五娘

【丑】林厝伊人门户共恁相当，有乜不好处，贼婢仔命怯，伊人赤的是金，白的是银，大塌白，小塌赤，那畏了无福气（至）。

【旦】女嫁男婚，莫论高低。

……

【旦】婿苟贤矣，今虽贫贱，安知异日不富贵乎？况兼（嫌）流薄之子，再通力仔嫁乞伊，枉害除仔身。②

"姻缘由己""女嫁男婚，莫论高低"，这些掷地有声的宣言，在明嘉靖那个思想禁锢的时代，其所体现的个性主义意识和女性觉醒意识，无疑具有石破天惊的划时代意义。而《星》由于林大这一相关情节的阙如，"姻缘由己""女嫁男婚，莫论高低"思想就无从表现，在文本中被彻底消解。可以说，佐藤春夫的《星》删掉林大这一关键内容，无疑是一记沉重的"斧钺"，造成对《陈三五娘》这一浑然一体的艺术生命结构的致命性伤害。《星》砍掉了林大这一线索，除了后第四十七折补写洪承畴的故事外，主要内容集中于描写陈三、五娘和益春三人之间的情感和欲望纠葛，其中很多细节内容属于作者想象式的"再创造"。在《陈三五娘》中，爱情故事的主角是陈三和五娘，写他们二人之间的爱情历经波折终成正果的经过，而益春不过是一个配角，如同《西厢记》中的红娘一样，在陈三和五娘的爱情中起到穿针引线的媒介作用。但是在《星》中，益春的位置上升到和五娘同等重要的地位，

---

① 明代嘉靖丙寅刊本《荔镜记》，郑国权主编《荔镜记荔枝记四种》（第一种）影印，中国戏剧出版社 2010 年版，第 66—67 页。

② 同上书，第 74 页。

三人都成为小说的主角。小说主要叙写五娘和益春都争相得到陈三的爱情及由此产生的矛盾心理活动和行为，确切地说，佐藤把它改写成一个典型"三角恋"故事，其中有误解，有猜忌，有悲哀，有体味爱情时的甜蜜，有感觉要失去爱情时的绝望，有察觉爱人"移情"时而产生的忌妒心理，有由于误会而产生的殉情悲剧。在《星》中，五娘和益春都美丽绝伦，她们在花朝那天进行比赛，让路人评价谁最美。她们约定：胜者可以成为陈三的妻子，而输者则只能做陈三的小妾，结果五娘胜出。作为一个奴仆和红娘，益春无怨无悔地玉成陈三和五娘之间的好事，为陈三和五娘的爱情牵线搭桥，但作为一个也心仪陈三的女人，她却心有不甘，"益春把自己的意中人偷偷带到别一个姑娘的房门口之后，独自回到自己屋内，伏在床上啼哭起来……仅仅数日之后，益春就像服了长期丧的人一般消瘦了"[1]。真是"衣带渐宽终不悔，为伊消得人憔悴"。后来，五娘兑现了那年花朝的约定，允诺益春做陈三的小妾。益春怀孕，陈三与益春更为亲密，五娘怀疑陈三"移情别恋"益春，对陈三的薄情非常不满，更对益春独占丈夫宠爱而生恨，而益春觉得对五娘有愧疚，因此也常常劝说陈三爱五娘，"五娘在不看见陈三的晚上，觉得陈三很可爱，但是一看到陈三，总是把闷在心里的怨言先讲出口"，陈三并不讨厌五娘，但"很怕听她的含刺的话，于是他把她和柔和的益春比较起来，并且觉得心境不好的五娘没有从前美了，因为身子虽然抱着五娘，安慰着她，心里却已经想着充满着爱情和希望的很美丽地从深处发着光的益春的黑的瞳仁"[2]。五娘苦闷不已，决心要测试一下丈夫对自己究竟还有几分爱意，于是精心布置坠井自杀的虚假现场，岂料陈三信以为真，投井殉情自杀，五娘悔恨难当，也跟着投井殉夫。益春为

---

① ［日］佐藤春夫：《佐藤春夫集》，高明译，现代书局1933年版，第20—21页。
② 同上书，第36页。

了将肚子里的孩子生下来，完成陈三的愿望——让儿子"变成世上最了不起的人"，而坚强地活了下去。这个陈三、五娘和益春之间发生的"三角恋"故事占据了整个小说从第八折到第四十六折的内容，成为小说的主要内容。与《陈三五娘》相比，《星》的主体部分主要人物减少了，故事情节简单了，外在矛盾淡化了，但是内在矛盾却大大增加了，注重刻画五娘和益春在情感纠葛中丰富复杂的心理活动，突出人物显意识和潜意识领域对情欲的渴望和追求，是一部以"欲情化"内容为中心的叙事小说，具有比较明显的"佐藤风格"。

（二）以"情苦闷"为中心的细腻心理描写

日本私小说以及佐藤春夫的部分小说侧重于表现"性苦闷"，也就是其描写更集中于人的自然欲望，或者说集中于与"情"纠缠在一起的"性"欲望。而《星》虽然对由欲望而产生的"苦闷"的表现也着力甚重，但却侧重于"情"的角度，而回避"性"的成分。虽然小说中"性"内容阙如，但对"苦闷"的表现和挖掘却达到一定的心理深度。如五娘对陈三"移情别恋"的耿耿于怀、不能把握陈三本心而胡乱揣摩，五娘对益春得到陈三"偏爱"又嫉又恨又悔的心理刻画。小说的第四十折就是一段长长的五娘内心独白：

"是丈夫的爱——那样深爱的丈夫的爱，倒是几时移到益春身上去了呢？倒是怎么移到益春身上去了的呢？"五娘将这自然很明瞭的疑问，在自己心里反覆了好几千回……"丈夫的爱，想是从益春受孕的那晚上移去了无疑。为什么自己不孕丈夫的孩子呢？和丈夫的宠爱一样，天对自己的宠爱也是很少的啊！——千怪万怪，都怪自己不该遵守那开玩笑的约，而把益春荐为自己的丈夫为妾。——那时候，自己是想把多余着的幸福分些给沉在悲欢的深渊中的益春啊！当初那儿想到会完全被他拿去呢？想来想去，可恨的是有着轻薄的情的丈夫！不，丈夫仍旧是可爱的。可恨的是益春！不论怎样说总是益春！她毫不念及当日之恩，独占了丈夫的爱，却以为她多了不起似的，时时用怜悯般的眼光偷看自己，自己是知道很清楚呢。"①

（三）神秘绮美的象征意象和唯美浓艳的女色摹写

首先，《星》重点突出具有神秘绮美色彩的"星"的意象。《荔镜记》标题中"荔镜"二字，代表"荔枝"和"宝镜"，在故事情节的推进和发展过程中起到非常关键的作用。如五娘正是通过抛投荔枝而得以开始和陈三的姻缘，陈三在追求五娘遭遇困境之际，正是"宝镜"的机缘使境况出现"柳暗花明"的转机，最终促成陈三五娘之间的幸福结合。"荔枝"和"宝镜"无疑是剧本的中心意象。而在小说《星》中，虽然"荔枝"和"宝镜"的意象还存在，但其作用却大大弱化了，而"星"一跃成为小说的中心意象。陈香认为，《星》"以'星'为中心象征，贬抑'荔'与'镜'二物"②。"星"贯穿在整部小说的前后章节中，据统计，《星》共55折，其中第二、三、四、五、八、二十、二十五、三十一、三十二、三十八、三十九、四十二、四十六等折中均出现"星"的意象，第三折、第二十折和第三十八折更是对"星"意象进行了比较详细的描绘。小说的第二折就开门见山地点出"星"，"陈三不知是从谁那里学会了看星的法子。而在秋天的一个晚上，星月灿烂的夜间，在无数的星之中发见了一颗星。这无疑是陈三自己的运命的星，因为，试了好几夜，总是陈三眨眼那星也跟着眨眼，而除了这一颗星之外，再没有别的星是这样。"③ 于是，陈三对着星祈求："我的星

---

① ［日］佐藤春夫：《佐藤春夫集》，高明译，现代书局1933年版，第34—35页。
② 陈香：《陈三五娘研究》，（台北）台湾商务印书馆1985年版，第46页。
③ ［日］佐藤春夫：《佐藤春夫集》，高明译，现代书局1933年版，第3页。

啊，求你把世上最美的女子给我做妻子，并且求你使我的儿子变成世界上最了不起的人。"① 此后，"星"意象在主人公命运出现挫折和转机等关键之际出现，见证主人公的命运变化。当陈三追求五娘受阻，不得已而改扮成"魔镜匠的奴隶"，他对着星祈求爱情的好运，"并且祈求得比从前还要恳切"。② 当陈三与五娘、益春三人私奔时，那颗"星"始终在前面指引着他的方向，陈三"指着北方的天上，'那就是我的星。不久以来，就像那样三颗并在一起，并且今夜刚巧在我故乡的方向上'"③。当陈三与五娘、益春私奔中遭到兵卒逮捕，后遇长兄搭救转危为安时，"仰望着埋满着星的苍穹"，发出对生命的感悟，感到"人是太渺小了"，生命是"无常的，艰苦的"，"但也正因如此所以才值得活着"。④《星》大量刻画"星"的意象，给人浪漫、绮丽、神秘、诡谲、幽深莫测的审美感觉，而这都是佐藤春夫的小说乃至日本"私小说"典型的艺术特征，与《陈三五娘》戏曲诸刊本的风格大相径庭。其次，这种唯美主义的描写，也体现在小说对女人的倾国倾城之美不吝笔墨的渲染上，如小说第八折写道，在陈三眼里，五娘"是闪耀着映着无限的美丽的娇嗔，和简直能为掌上之舞地细的身材"⑤。第十三折写道："五娘的美丽，有如嵌在金里的红玉，而益春的美丽，则如嵌在银里的青玉，如说五娘是妖艳，那么益春便非说是冷艳不可。五娘的美中有地上的华瞻，而益春的美中则有天上的宁静。五娘的美足以挑动人，使人陶醉；而益春的美则使人清醒，足以吸引人。"⑥ 第二十四折写道："五娘因为娇羞，益春因为清愁，两个人各自愈加变得美丽了。美质天禀的这

---

① ［日］佐藤春夫：《佐藤春夫集》，高明译，现代书局1933年版，第4页。
② 同上书，第17页。
③ 同上书，第27页。
④ 同上书，第33页。
⑤ 同上书，第7页。
⑥ 同上书，第11页。

两人，不管遇到什么，总只是愈变愈美，愈变愈美。"① 这种描写内容，既具有中国传统的含蓄美，同时也给人感官的刺激。

（四）故事情节的弱化和主观性内容的强化

与 "陈三五娘" 戏曲诸刊本比较，《星》的故事情节趋向弱化，主观性的心理描写内容和抒情性的优美文字大大增加。《星》由于砍掉了 "林大" 这一相关故事情节内容，造成矛盾冲突的大幅弱化，小说并非以情节取胜，而以渲染主人公之间的情感纠葛见长，加大了心理描写的内容，如上文所说的对于主人公 "情苦闷" 内心世界的刻画，以及陈三面对 "星" 祈求时而产生的种种心理活动。小说文字有 "泛抒情化" 的倾向，不少章节的内容抒情色彩比较浓厚，而这些是原《荔镜记》中没有的。《星》呈现出的这些特征具有明显的 "佐藤" 色彩。佐藤春夫的小说不重视故事情节的完整，结构散文化，长于心理描写和抒情笔法。如其小说《田园的忧郁》《西班牙猎犬》《都市的忧郁》《阿鹃兄妹》等，都或多或少具有此类特征。

至此，我们可以回答篇首所提出的几个问题。接受主体对接受客体的 "选择、变形、伪装、渗透、创新" 等 "文化过滤" 的行为，分为两种情况，一种是无意为之，一种是有意为之。佐藤春夫的小说《星》则是两种情况兼而有之，即小说中的 "殖民书写" 是有意为之，而小说所体现的 "佐藤风格" 则是无意行为。实施者接受方的 "文化过滤"，分为传统文化、意识形态、社会时代环境、审美情趣的影响和制约造成的文化过滤，《星》中的 "殖民书写" 是由于意识形态的影响和制约而形成的文化过滤，《星》所体现的 "泛佐藤风格" 则是由于审美情趣影响和制约而形成的文化过滤。

佐藤春夫的 "文化模子" 的内涵亦得以明确。简言之，这个 "文

① ［日］佐藤春夫：《佐藤春夫集》，高明译，现代书局 1933 年版，第 19 页。

化模子"就是受到日本文化和时代影响而形成的某种相对固定的价值观和审美观。审美观主要体现为佐藤时代风行一时的日本"私小说"的艺术风格和审美观念，它体现在佐藤春夫创作的日本题材小说中，也体现在佐藤春夫改编自中国传统戏曲作品的小说《星》中，它不但影响了佐藤春夫，也影响了田山花袋、岛崎藤村、广津和郎、宇野浩二、德田秋声、葛西善藏等同时代的日本作家。佐藤春夫的价值观则稍微复杂一些，他在创作《星》的时候并没有形成"大东亚共荣"理论，直到1937年后才正式提出。但是"大东亚共荣"理论的思想基础却源远流长，最早可追溯至日本明治时期的"脱亚入欧"的思想。"脱亚入欧"在1873年后开始成为日本的基本国策，井上馨外相曾对"脱亚入欧"做过如下解释："把我国变成欧洲化的帝国，把我国人民变成欧洲化的人民。"[①] 日本人"脱亚入欧"的最初目的主要是改变日本的贫穷落后，学习西方先进的科学技术，但在学习过程中，日本人强烈的民族自尊意识觉醒，转而学习西方的民族主义精神，以期日本民族在世界民族之林中一枝独大，称霸全球。日本人认为，"脱亚入欧"的前提是因为人类文明有先进与落后、压制与被压制之别。正如福泽谕吉所说："文明既有先进和落后，那么先进的就要压制落后的，落后的就要被先进的压制。"[②] 同时他又在《脱亚论》中认为，"我日本国土，虽在亚细亚之东陲，其国民精神已脱却亚细亚之固陋，而移向西洋文明。然则不幸有近邻之国，一曰支那，一曰朝鲜，此两国人民皆为旧来亚细亚流之政教风俗所熏养……为今之谋，我国不能有等待邻国开明共兴亚细亚之犹豫，毋宁脱离其位与西洋文明共进退"[③]。与此同时，日本人还标榜日本是东方的"神国"。属于"神赐土地"，"天皇是神的代表，所以要树立日

---

① ［日］宫川透：《现代日本思想史》第2卷，（东京）青木书店1963年版，第104页。
② ［日］福泽谕吉：《文明论概略》，商务印书馆1959年版，第168页。
③ 周颂伦：《简论近代日本人"脱亚"意识的形成》，《外国问题研究》1987年第2期。

本国和民族是优越于其他国家的信念。"① "脱亚入欧"后的日本，"日本优越""日本至上""日本独尊"等观念甚嚣尘上，流行一时，日本人认为亚洲是一个大家庭，而日本正是这个大家庭中不可动摇的唯一"家长"。② 总之，以"脱亚入欧"思想为基础，中间经过不同阶段的日本理论家或军国主义分子别有企图的"推波助澜"，最后到"二战"时期发展成了臭名昭著的"大东亚共荣圈"理论。成为佐藤春夫所隶属的"文化模子"中价值观部分的内容，深深影响了从明治时期到佐藤春夫时代的日本国民，自然也影响佐藤春夫及他的创作。佐藤春夫在创作《星》的时候，虽然还没有提出"大东亚共荣"理论，但经过日本统治者几代人的"洗脑"，对于以"脱亚入欧"为核心的"大东亚共荣圈"的"前理论"自然心领神会，信奉不疑。这种价值观就表现为《星》后半部分那段"空穴来风"的"殖民书写"文字。因此，我们也就不难明白接受主体文化从自觉的意识形态层面和不自觉的审美层面对发送者文学施加了"限制、筛选、切割、变形、伪装"。发送者文本中"观念性因素（内容）和美学因素（风格）"产生了明显变异，前者砍掉原剧中的"林大"线索，增加洪承畴的故事，淡化"姻缘由己""女嫁男婚，莫论高低"的原主题，突出为日本殖民侵略服务的新主题，削弱了"前文本"的民间性和草根性，后者变异为文人化的"佐藤风格"。借"爱情故事"的改写而表达"殖民侵略"服务的企图，是接受者在接受过程中运用的"变通策略"，但不过是一种蹩脚的"变通策略"。

---

① 刘天纯：《论外来文化与"日本化"》，《社会科学战线》1988 年第 1 期。
② 参看丛滋香、吴明银《日本"大东亚共荣圈"反动思想剖析》，《石油大学学报》1996 年第 2 期。

第四节 “另给新意”的《荔镜缘新传》

　　《荔镜缘新传》的作者许希哲为泉州晋江人，可以说与“陈三五娘”故事中的主人公陈三是同乡。许希哲自幼便迁居海外，后赴台定居，在异域谋生和创业中，仍心系祖国，不忘研修中文，潜心文艺创作，出版长短篇小说、剧本、散文杂文集等数十部，而《荔镜缘新传》是其创作生涯中一部比较重要的作品。张俊璟在序言中说：“本书《荔镜缘新传》，系将流传在广东、福建一带家喻户晓的闽南才子陈三与五娘的故事重新创作，另给新意，可读性甚高。”① 张俊璟认为《荔镜缘新传》对“陈三五娘”进行了“重新创作”。比较《荔镜缘新传》和戏曲“陈三五娘”，确实有不少重新创作的新质内容。但就“重新创作”的程度来说，远不如在这之前的佐藤春夫的中篇小说《星》对“陈三五娘”的“重新创作”，后者“重新创作”几乎是颠覆性的“另砌炉灶”，作品的主题发生了根本性的变化，而前者只是局部性的改变和创造，主题意蕴没有发生根本变化，但也带来了不少原版本所没有的内容和意蕴。一言以蔽之，较之前版本，《星》的改编属于“质变”，《荔镜缘新传》的改编属于“量变”。关于《星》之“质变”，上文已专门论述。本部分则重点探讨《荔镜缘新传》之“量变”，即张俊璟所谓的“重新创作，另给新意”，我们主要研究作者“重新”了哪些内容的“创作”？又“另给”了哪些“新意”？

---

　　① 张俊璟：《荔镜缘新传〈序言〉》，许希哲《荔镜缘新传》，（台北）照明出版社 1990 年版，第 2—3 页。

一 崇儒与逆儒的二元杂糅思想倾向

《荔镜缘新传》"重新创作"的内容不少，其中两处内容比较重要，其一是虚构了一个"为主殉义"的丫鬟小香的形象，其二是改变了原"陈三五娘"各个不同刊本中都具有的喜剧性结局，把主人公命运改编成双双殉情的悲剧性结局。那么，这些"重新创作"的内容又赋予了小说哪些原版本所没有的"新意"呢？

小说中小香是个没有文化的哑巴，但在小说中却做了一件义薄云天、荡气回肠的"大事"，即为挽救主人五娘一命，主动装扮成五娘，为主投井殉义。这个属于作者"重新创作"的情节用意何在？表现了作者怎样的思想观念？小说的后半部分写道，林玳带官兵来陈三家搜捕，陈三有事外出，五娘刚好在家，官兵破门而入，五娘危在旦夕，寻机藏身橱内，这时，益春"竟瞥见小香浑身上下，穿戴着五娘的服饰，站在五娘的卧房门口，怅然凝望，似乎有所等待。一见益春，即双手作势，比向她自己，又比后花园的方向，又作投井状，接着不待益春有什么反应，就转身向后花园跑。益春立刻明白她的意思了，心中一急，竟喊不出声来，只好跟在后面急追。但小香本来手脚比益春灵活，所以当益春追到后花园的时候，小香已经手按在古井栏上，纵身一跳，跳下那口数丈深的古井里了。""只见黯淡的井底，水面上浮出了半截小香的脚，脚上穿着五娘的弓鞋。"[①] 义仆小香穿戴五娘服饰，为主殉义，其目的是让官兵误认为五娘畏罪投井自杀，误认为小香的尸体就是五娘，从而能放过五娘，救五娘一命。益春如何不明白小香的这番苦心？于是益春为表演逼真起见，把额头撞向井沿，使额角破裂，血流满面，又将头发扯乱，坐在井边号啕大哭，等到捕快将要到她身边的时候，"才骤

---

① 许希哲：《荔镜缘新传》，（台北）照明出版社1990年版，第74—75页。

然作出欲投井的姿态,让捕快们从背后急步拦腰抱住。"① 益春的"表演"果然奏效,使林玳误认为五娘真的投井而死,从而令五娘逃过一劫。

众所周知,人是特定文化的产物,人的每一种社会行为的产生都不是孤立的,都受到其背后所接受的文化传统的内在制约。益春和小香没有受过多少教育,小香还是个哑巴,但她们同样受到所处时代占统治地位的儒家文化的影响和制约,正如马克思、恩格斯所说:"统治阶级的思想在每一时代都是占统治地位的思想。这就是说,一个阶级是社会上占统治地位的物质力量,同时也是社会上占统治地位的精神力量。支配着物质生产资料的阶级同时也支配着精神生产资料,因此,那些没有精神生产资料的人的思想,一般地是受统治阶级支配的。"② 统治阶级通过各种途径把儒家文化的"世间法"灌输给老百姓,成为他们约定俗成的世俗行为规范和根深蒂固的思想观念,化为他们血管中流淌的文化血液的一部分。这种"世间法"有三纲五常、忠孝观念、仁义礼智信、宗法统治、节烈观念,以及非礼勿视、非礼勿听、非礼勿动等世俗规范。哑巴丫鬟小香也不例外,她对儒家"世间法"的接受主要来自五娘的灌输,小说中写道:"五娘虽出身官宦门第,从小饱受教育,知道了不少古今忠臣义仆、义夫节妇的壮烈哀艳故事,所以每当小香缠着她请她讲故事时,她总讲这些给小香听,使小香被感动得泪水盈眶。"③ 因此,小香后来壮烈的"殉主"行为自然也就不奇怪了,其中折射出深深的儒家文化思想烙印。具体而言,就是在封建等级社会里,奴仆对主人表现出的一种以"义"为主要内涵的行为,这种"义"不同于存在兄弟之间那种具有相对平等性质的"义",如《水浒传》和《三国演

① 许希哲:《荔镜缘新传》,(台北)照明出版社1990年版,第76页。
② 《马克思恩格斯选集》第1卷,人民出版社1972年版,第52页。
③ 许希哲:《荔镜缘新传》,(台北)照明出版社1990年版,第71页。

义》表现出来的兄弟之"义",而是存在于主奴之间,夹杂着变形的"孝"观念的"义"行为,十分类似《红楼梦》中鸳鸯的殉主行为,延伸开去,也有点类似于中国古代一些大臣的"殉国"行为。对于这些殉主和殉国行为,评价自然会有差异。但如果从现代立场来判断,至少它与个人主义价值观是背道而驰的,是以扼杀个人的存在价值为代价的,所以,就有"愚孝""愚忠"之类的称谓。但作者许希哲却是站在正面的立场来评价小香的行为,在小说结尾,作者感叹道:"一个为主殉义、两个为爱殉情的少年男女,长埋地下,尸骨已腐,而其情义长存,令人凭吊感叹。"① 作者高度赞扬小香为主殉义行为中所表现出来的人间"情义"。同时,小香为主殉义的情节表现出作者对儒家文化的尊崇和宣扬。

当然,作者不但浓墨渲染仆人小香的"殉义"行为,同时也强调了五娘作为一个主人对奴仆的"仁爱"行为,小说中交代,五娘对于出身贫寒人家的哑巴小香,"特别疼爱,有一回,小香病了,五娘和益春都亲自煎药喂药,五娘就是这样的仁慈、可爱、善良"。②

五娘不但对小香投以满腔仁爱,同时对名为仆人、实为情敌的益春也表现出少有的宽容、大度、善良和慈爱。陈三、五娘偕益春三人从潮州私奔回泉州后,虽然陈三、五娘两人尚未举行正式婚嫁仪式,但已经是名副其实的恩爱夫妻。陈三在五娘之前就已和益春有了鱼水之欢,并有纳她为妾的约定,但由于五娘日夜伴在身边,所以不免冷落了益春,益春因此日渐消瘦,而五娘对陈三、益春之间发生的一切并不知情,猜想益春的消瘦是因为她也喜欢陈三。五娘遂主动与益春和陈三沟通,"苦口婆心"地劝说陈三纳益春为妾,玉成益春和陈三之间的好事,并

---

① 许希哲:《荔镜缘新传》,(台北)照明出版社1990年版,第82页。
② 同上书,第71页。

要求"三个人一起交拜天地"。① 在新婚之夜,"五娘一定坚持要陈三睡到益春房里"。② 五娘所表现出的这种仁厚、无私、宽容、大度和雅量,真乃举世无双。所以,作者称之为"天下间至理至性的女人"。③ 小说对于五娘这一特定心理和行为的详细描写是原"陈三五娘"诸版本中所没有的。

当然,五娘的这一行为也是对封建妻妾制度的认同,按照此制度,陈三可以拥有一妻一妾(多妾)。如在蔡尤本的口述本《陈三》的第13出《簪花》中,益春钟情陈三,而陈三亦慕益春姿色,想纳益春为小妾。妾在封建社会属于半个主人的角色,因此陈三纳益春为妾,提高了益春的地位,是令益春感激的有情行为,更符合封建社会的规范要求,五娘自然没有反对,最后造成了"二女共侍一夫"的圆满结局。

从五娘的行为来看,五娘对封建妻妾制度的归顺和遵从符合历史真实,但是,五娘在这其中所表现出来的女性心理却不一定符合艺术真实。按照常理,女人对爱情都有先天性的独占心理倾向,对于爱情的对手是忌妒而排斥的,没有一个女人愿意把自己的爱情分一半给另一个女人,这是女人的本性,无可厚非。我们可以比较一下同样改编自戏曲"陈三五娘"的小说《星》中的五娘,后者是一个具有忌妒心、想要独占陈三爱情的女子形象。她和益春比赛谁最美,"两人决定,花朝那天,大家各自到城里走一圈,看路上的人究竟讲谁美","胜了的人,可以随自己喜欢地择自己钟爱的人为自己的丈夫",④ 最后五娘胜出。可以看出,五娘在爱情心理上表现出独占欲和排他性。最后,当陈三"偏爱"益春时,五娘又表现出一种强烈的忌妒和怨恨心理:"千怪万怪,

① 许希哲:《荔镜缘新传》,(台北)照明出版社1990年版,第60页。
② 同上书,第68页。
③ 同上书,第60页。
④ [日]佐藤春夫:《佐藤春夫集》,高明译,现代书局1933年版,第12页。

都怪自己不该遵守那开玩笑的约,而把益春荐为自己的丈夫为姜……可恨的是有着轻薄的情的丈夫!不,丈夫仍旧是可爱的。可恨的是益春!不论怎样说总是益春!她毫不念及当日之恩,独占了丈夫的爱,却以为她多了不起似的,时时用怜悯般的眼光偷看自己,自己是知道很清楚呢'。"① 从女性心理的角度来看,《星》中的五娘比《荔镜缘新传》中的五娘无疑更真实。《荔镜缘新传》为了把五娘塑造成一个体现儒家文化内涵、受儒家文化规范的代表人物,就不惜违背女性的心理真实,把五娘改扮成一个"高大全"的完美形象,一个"太伟大"②的女性形象。五娘最后就成为儒家文化理念的符号,虽然从道德价值的层面来说,不乏正面的意义,但从人物塑造的角度来看,她已经不再是一个有血有肉、具有独特个性的"这一个"五娘形象。

如果说丫鬟小香为主殉义等情节体现了对儒家文化的归顺和尊崇的立场,那么陈三和五娘之间生死不渝、感天动地的殉情故事则体现了对儒家礼教的蔑视和叛逆。在"陈三五娘"的各个代表性刊本中,都有一个不变的核心情节,就是五娘能冲破封建礼教的束缚,挑战"父母之命,媒妁之言"的封建婚姻制度,大胆反对其父母给她订下的与富家子弟林玳的婚姻,勇于追求爱情和婚姻的自由,与自己倾心的陈三勇敢相爱,并机智逃离黄府的魔窟,通过"私奔"的方式,争取自己的个人幸福,谱写了一曲动人的个性解放之歌。这些刊本的"陈三五娘"主人公的命运都是喜剧性的,即陈三五娘虽历经磨难,但最终通过自身的努力,收获了幸福的爱情,取得了"大团圆"的结局。而许希哲的《荔镜缘新传》主人公命运结局却与上述迥然不同,作者对此进行了"重新创作":林大带官兵来陈三家搜捕五娘,陈三外出,五娘在家,

---

① [日]佐藤春夫:《佐藤春夫集》,高明译,现代书局1933年版,第34—35页。
② 许希哲:《荔镜缘新传》,(台北)照明出版社1990年版,第63页。

丫鬟小香代替五娘跳井自杀，林玳误认为井中小香尸体就是五娘，遂将益春带走，留下兵队在陈宅把守，以追捕陈三。仆人陈忠进目睹小香投井，由于眼花，认为就是五娘投井。陈三在邻居胡三炳的帮助下，来到家里，听仆人陈忠进说五娘已经投井自杀，哀伤之余，不忍独活，遂而投井殉情，岂料就在他投井的一刹那，五娘在仆人陈年元的陪同下回到后花园，却发现陈三正欲跳井，但已经来不及阻拦，陈三纵身跳下去了，五娘悲痛至极，随后也投井殉情。小说以主人公双双殉情而结束。《荔镜缘新传》悲剧性的结局把陈三五娘的"个性解放"的主题推向巅峰，接近了《牡丹亭》"情至"之精神。《牡丹亭》表现的是杜丽娘、柳梦梅跨越生死的人间"至情"，特别是杜丽娘为情而死、因情而生、缠绵古今的生死至情，正如汤显祖在《牡丹亭·题词》中说，"情不知所起，一往而深，生者可以死，死者可以生。生而不可与死，死而不可复生者，皆非情之至也。"① 笔者认为，《荔镜缘新传》中陈三、五娘以死殉情、生死不渝的悲剧爱情和《牡丹亭》中的人间"至情"何其类似！这种穿越生死的人间"至情"正是对儒家文化中"存天理、灭人欲"等封建纲常名教的高度蔑视和无畏反叛，是对个人价值的自觉追问和大胆追求，是一曲"个性解放""个人主义"的庄严宣言！

总之，《荔镜缘新传》一方面认同妻妾制等儒家文化的典章制度，大力宣扬以"仁义"为中心的儒家文化"世间法"；另一方面，也对"父母之命，媒妁之言""存天理、灭人欲""三从四德"等儒家文化"世间法"进行了大胆的反叛，崇儒与逆儒两种思想杂糅地存在于《荔镜缘新传》中，造成了小说复杂多元的思想倾向。

---

① 汤显祖：《牡丹亭·题词》，《牡丹亭》，人民出版社 1963 年版。

二　比较成熟的小说技巧

《荔镜缘新传》是运用小说的体裁对传统的戏曲文学作品进行改写，由于作者在此之前已经创作了多部小说，对小说艺术技巧的把握已经了然于心，所以在创作《荔镜缘新传》时，能比较自如地运用小说的艺术技巧，取得了较为显著的成绩。

（一）细致入微的心理活动描写

《荔镜缘新传》运用了不少深入内心、细致入微的心理活动描写，人物复杂丰富的人性内涵因此而得以逼真呈现。如写五娘渴望和陈三相见前的心理活动："五娘的脑海中，忽然浮起了丰神潇逸的陈公子的幻影，不知为什么，脸上一阵燥热，心头如有小鹿乱撞，晶莹的眸子里，闪动着青春炽热的光芒，欲语还休，不自觉地低下了头。"[1] 这段心理描写把一个怀春的少女那种情窦初开但又矜持害羞的情态表现出来。已经和陈三有了鱼水之欢的益春把陈三推入五娘的房间之后，"自己则失意地顿一顿脚，茫茫然恢恢地坐在门外走廊里，举目栏杆外，漫天繁星，似乎每颗星都触发了她的回忆，昨夜初历人事的情景，一幕幕地浮起，在脑中盘旋着，与眼前孤寂凄清的情景对映，心头不禁有种莫名而无法按捺的滋味在翻腾，终至于忍不住涔涔泪下……"[2] "一切景语皆情语也"，[3] 此段夹杂着景物描写的心理描写把益春那种失落矛盾的微妙心理真实地展示出来了。益春受五娘所托，替五娘向陈三传递题诗绢帕，不料被陈三拉进"小木屋"，瘫软在陈三的怀里，这时的益春，一方面，"一些错综杂乱的情绪与心理，迫使着益春想要挣扎推拒"；另

---

①　许希哲：《荔镜缘新传》，（台北）照明出版社1990年版，第13—14页。

②　同上书，第37页。

③　王国维：《人间词话新注》，滕咸惠校注，齐鲁书社1981年版，第54页。

一方面，"三郎的身上好像有一股强大不可思议的力量吸住她，她顿感迷茫若失，竟乖如绵羊地任由三郎轻薄。"① 益春这种心理正是她受封建纲常名教束缚的"超我"与青春期欲望本能自然流露的"本我"之间的矛盾斗争，并且最终是"本我"战胜了"超我"。

五娘突然向陈三提出要陈三纳益春为妾，这正是陈三心中所愿，但由于是五娘提出，陈三不知五娘是试探还是出自真心，接下来有一段很丰富独特的心理活动："这倒是出乎陈三的意料！心里突然有如十五双吊桶，七上八下的，感觉到一阵无法按捺的慌乱与迷惑，直到现在他还弄不懂五娘的意思，究竟是真还是假的？是出于真情发乎至诚呢，还是想借此对自己有所试探？难道五娘已经知道了自己与益春在小木屋中的暧昧？想想又好像不可能，相信益春大概不至于会把那天晚上的事，不加隐讳地全部告诉五娘吧！陈三脑筋电转之后，觉得五娘这样说还是真诚的成分多。按照常理，多数的女人都是善妒的，尤其对于爱情，每个女人都有着先天性强烈的独占心理，世界上没有一个女人会情愿把爱情分一点点给另外一个女人；而现在五娘却愿意把自己获得的分一半给益春，这好像已经超出常理了……（这）确确实实是纯真情感的自然流露，陈三放下了心中的不安和狐疑……这根本就是自己心里所希望的，如今这样轻易地获得了，不禁兴起一层茫然的感觉！是对自己的收获感到庆幸；也由于五娘的仁厚而对自己暧昧的行为感到惭愧、内疚。"② 此处陈三的心理变化过程千回百转，跌宕起伏：其中有对五娘行为初衷的猜测，有对五娘知晓自己与益春暧昧之事的担心，有从五娘的言行表现猜测五娘此举发自内心，也有从女人的心理推测五娘的行为不合常理而实为试探之举，有明白五娘真意之后的如释重负，有如愿以偿获得益

---

① 许希哲：《荔镜缘新传》，（台北）照明出版社1990年版，第30页。
② 同上书，第61—64页。

春之后的心中的窃喜和庆幸，有因为五娘的胸怀宽厚善良而引发的内心愧疚……种种心理如跳动的河水流淌在陈三的意识中，把陈三那种犹疑、担心、慌乱、矛盾、复杂而变化多端的心理状态逼真展现出来。

（二）颇具匠心的叙述方式和结构设计

从叙事的角度来看，在"陈三五娘"的各个戏曲刊本中，都是先从陈三写起。陈三的兄长陈必贤官任广南运使，陈三奉母之命，从泉州护送家嫂到其兄官邸，路过潮州城，彼时正值正月十五赏花灯，陈三在赏灯的时候无意邂逅黄五娘，由此拉开了一曲传奇爱情故事的序幕……如明嘉靖本《荔镜记》的剧目前面各出分别是：辞亲赴任、花园游赏、运使登途、邀朋赏灯、五娘赏灯、灯下答歌、士女同游、林郎托媒……①戏曲体裁的"陈三五娘"基本是按照顺叙的方式交代剧情。《荔镜缘新传》一改这种平铺直叙的叙述方式，在小说的开始就运用了倒叙的手法。小说的开头就展现了一幅"闺思图"，描写五娘在闺房里思念陈三："五娘竟痴痴地倚在窗口，唉声叹气的，将近两个时辰了，却仍然没有要睡的意思。"此时的陈三已经乔装改扮成长工来到黄府做苦力，无奈黄府防范严密，等级森严，陈三和五娘虽近在咫尺，却犹如远隔天涯，始终不得相见。而这些情节在戏曲体裁的"陈三五娘"中却要到剧情的中间部分才能得到交代。倒叙手法的运用能将小说的矛盾冲突提前展现，诱发读者的好奇心和阅读探究的欲望，使读者能在最短时间里进入小说内容的核心，达到文学欣赏的最佳状态，有利于准确把握小说的思想内涵和艺术魅力。小说整体上以五娘、陈三和益春的故事及其视角来组织情节，弱化林玳这条情节线索，这样使情节和矛盾更加集中。

---

① 明代嘉靖丙寅刊本《荔镜记》，郑国权主编《荔镜记荔枝记四种》（第一种）影印，中国戏剧出版社 2010 年版，第 30 页。

小说的结尾设计扣人心弦，出乎意料，有着欧·亨利小说出奇制胜的效果。上文已经提到，丫鬟小香的"为主殉义"已经属于作者创造性的"无中生有"，给人一种"陌生化"的效果。在表现手法上，小说屡屡采用类似于相声"抖包袱"的"误会法"，制造矛盾或巧合，推动情节发展。"误会法"在小说结尾共运用了三次，丫鬟小香穿戴五娘衣服投井自杀，引起林玳"误会"，从而暂令五娘逃过追捕。仆人陈忠进目睹小香投井，由于眼睛看不清，"误会"五娘真的投井，并将此消息告知陈三，引发陈三的"误会"，并殉情投井。陈三投井，又推进情节发展，矛盾激化，最后五娘投井，矛盾才最终得以缓解。

（三）"深入浅出""清新可喜"的文字风格

张俊瑭在序言中说，"文字方面仍一贯其深入浅出之风格、清新可喜"①。通读整篇小说，发现此评价大体准确。小说的语言简洁明了，通俗易懂，清新雅致，富有诗意。值得注意的是，小说通常在紧张而绵密的情节冲突中，穿插三两情景交融、充满诗意的景物描写的文字，这些景物描写文字，或衬托人物心情，或暗示人物命运，或预示情节发展趋向，或奠定整体情感基调。如："残夏将尽，溽暑全消，秋已悄悄来临了。深夜里，月黑，露冷，大地一片死寂。"② 此段文字描写的是五娘在漏尽更残的深夜对陈三的思念，两人近在咫尺，却如远隔天涯，景物描写衬托出此刻五娘忧郁、黯淡的心情。"时已经晚，黑暗笼罩着大地，远处虫声唧唧，入耳凄凉"，③ 此句同样暗示的是五娘思念陈三而不得的苦闷心情。"外面，无星无月，一片漆黑"，④ 写的是益春决定冒犯家规礼教，替五娘传送绢帕给陈三时的情景状态，景物描写也许象征

---

① 张俊瑭：《荔镜缘新传〈序言〉》，（台北）照明出版社 1990 年版，第 3 页。
② 许希哲：《荔镜缘新传》，（台北）照明出版社 1990 年版，第 11 页。
③ 同上书，第 27 页。
④ 同上书，第 28 页。

益春心中对于此举前途未卜的担忧。"举目栏杆外，漫天繁星"，① 或许暗示益春回忆其和陈三之间初次鱼水之欢的幸福体验。"这是个平静的下午，天气晴和，秋风送爽。黄府里面显得异常宁静"，② 此段以静写动，此静乃火山爆发前的静，平静中实蕴含着不平静，因为随后黄府使女秋菊向黄诗吉报告"小姐不见了"，掀起轩然大波，直接导致后面矛盾的爆发并达到高潮。

（四）个性化的人物形象塑造

《荔镜缘新传》部分人物的形象塑造颇具个性化的特色，其中塑造得较为成功的是陈三和益春的形象。在以往的包括戏曲、小说和电影等体裁在内的"陈三五娘"诸版本中，陈三的形象内涵有一点是不变的，即陈三是一个敢于大胆追求个人爱情自由、冲破封建礼教制度束缚的"反封建"人物形象，这是陈三形象内涵的核心。但是，不少版本的"陈三五娘"故事在塑造陈三形象时，仅仅集中于表现此点内涵，凸显陈三"反封建"的光辉形象，甚至把陈三当成一个"完人"来塑造，造成陈三性格内涵的单一化，成为一个扁形人物形象。《荔镜缘新传》则力戒这个缺点，把陈三塑造成一个性格较为多元、有凡人缺点的"反封建"人物形象。陈三"反封建"的核心内涵并没有变化，但是陈三性格的其他侧面有了充分的表现，陈三既有在"反封建"行为中表现出来的勇敢、机智和追求个性解放的精神，同时也表现出些许自私、虚伪、富有心计、狡黠、不够坦诚的人性缺点。如益春为五娘传送题诗的绢帕，来到陈三居住的"小木屋"，第一次见面，陈三就将益春揽入怀中，强行占有，并在心中打起了自私的"小算盘"，"陈三暗自思量，益春与五娘，一个聪明伶俐，姿容秀丽，一个是端庄高贵，艳光照人，

---

① 许希哲：《荔镜缘新传》，（台北）照明出版社1990年版，第37页。
② 同上书，第40页。

主婢二人，可谓各有千秋。自己与五娘两地相思，好事难谐，如果能够稍为运用手段，先把益春占有，答应将来收她为偏房，笼络住她的心，那么她一定会死心塌地，玉成自己和五娘的好事。"① 陈三不但先在五娘之前就占有了益春宝贵的处女之身，并且还算计着利用益春，再进一步得到五娘，可谓一箭双雕，占尽便宜。一个自私、富有心计的陈三形象跃然纸上。另外，在"细致入微的心理活动描写"这一小节，提到陈三那段跌宕起伏的心理活动，从中显然可以看出陈三的虚伪、狡黠、富有心计、不够坦诚。当五娘向陈三提出要陈三纳益春为妾，这本是陈三心中所愿，但他又不敢立刻答应，因为他不知五娘是试探还是出自真心，所以还在装糊涂，在心中盘算如何应答对付五娘。与五娘光明磊落的行为相比，陈三的虚伪和富有心计则原形毕露。但这些缺点并不妨碍陈三整体上是一个正面的人物形象。总之，正是由于这些缺点的存在，陈三的性格内涵更加丰富，从而由一个扁形人物形象变为一个圆形人物形象。小说中益春的内涵也具有二重性，一方面，她为五娘和陈三牵线搭桥，全心全意，毫无怨言，堪比《西厢记》中的红娘；另一方面，她也有出于自己私心的考虑，渴望如愿以偿地成为陈三小妾，一则是自己喜欢陈三，二则也为自己后半生找到依靠和归宿。这样一个具有一点"私心"的红娘才是一个真实的人，一个符合人性的人，因此，也是塑造得相对成功的人物形象。而小说中的五娘，则是一个比较完美的"反封建"人物形象，如果从人物塑造的角度来看，未必是一个成功的角色，因为她的性格过于单一，且有些行为不太符合人性真实。这在本书的第一部分已经有论述，五娘某种程度上成为儒家文化理念的"传声筒"，而并非一个有血有肉、性格多元、内涵丰富的真实人物形象。

---

① 张俊璨：《荔镜缘新传〈序言〉》，许希哲《荔镜缘新传》，（台北）照明出版社1990年版，第29—30页。

第七章　"陈三五娘"的影视改编

在"重写文学史"大纛下，海外知名汉学家在 2013 年编撰的《剑桥中国文学史》的《南方传统说唱》一节中叙述了如下一个民间传说："黄五娘在元宵节时出门观灯，遇到泉州人陈伯卿护送嫂嫂到兄长任官之所。两人一见钟情。然而，五娘的父亲不顾女儿反对，迫使她嫁给当地举人林玳，五娘因此抑郁成疾。伯卿经过她的窗下，五娘将一颗并蒂荔枝包在手帕扔给他。陈伯卿改名陈三，并假扮成磨镜工匠来到五娘家中。他故意失手打破一面镜子，借此卖身为奴以抵销债务。一年之后，在五娘的婚礼准备妥当之时，伯卿在婢女益春的帮助下与五娘见面，两人连夜私奔至泉州。林、黄两家因悔婚引发诉讼，五娘的父亲被判退还聘礼。同时，一对情人已抵达泉州，面见父母，从此快乐地生活在一起。这个故事早在十六世纪便因此改编成闽南戏而闻名。"① 显然，身为荷兰皇家艺术和科学院院士、曾任哈佛大学费正清东亚研究中心主任的本节作者伊维德（Wilt L. Idenma）所费心描述的乃是在"南部中国"（主要在闽、粤、台、港、澳等地）以及日本和东南亚地区广为流传、

---

① ［美］宇文所安、孙康宜：《剑桥中国文学史》下卷，刘倩等译，生活·读书·新知三联书店 2013 年版，第 444 页。

"翕然共好"的"陈三五娘"故事。不言而喻,海外贸易盛行、商品经济发达的闽南地区孕育了这一追求自主婚姻、反抗封建礼教的爱情故事;与此同时,其也随着一代又一代闽南人"过台湾""下南洋"的移民壮举,经由古今海上丝绸之路而在"闽南文化圈"中落地生根、开枝散叶。缘此,在"基型触发"下跨界传播、"孳乳延展"的"陈三五娘"故事,存在着诸如戏曲、小说、俗曲唱本、连环画册、广播影视作品等多种形态,"积淀成海内外闽南族群共有的文化记忆",① 并于2014年年底被列入第四批"国家级非物质文化遗产代表性项目名录"。下面我们就以文化记忆及其所形构的身份认同理论,透析这一文本序列中相互映衬、互相纠葛的影视改编活动,揭橥其在不同时空脉络中所显现之繁复驳杂的问题面向,以期透过文本触摸其所指征的历史文化征候与社会心理期待。

第一节 声光魅影的文化逻辑

早在20世纪20年代中期,中国电影还处于"有影无声"的默片时期,"陈三五娘"传说就被具有灵敏商业嗅觉的晋江籍菲律宾归侨俞兴和(字伯岩)搬上银幕。② 彼时在上海经商的俞兴和先生曾用长达一年的时间往来泉州、厦门一带搜罗整理素材,并最终以极大的勇气自编自导这部旧戏电影《荔镜传》。尽管投入资金有限、技术方面不够成熟、

---

① 王伟:《海丝寻梦:闽南戏曲的光影之忆》,《民族艺术研究》2015年第3期。

② 厦门本土文史专家洪卜仁在《厦门电影百年》当中介绍,这部《陈三五娘》是第一部厦语片。但笔者对洪氏的说法颇为困惑,因为世界电影史公认的第一部有声片是美国华纳公司拍摄的《爵士歌王》(1927年上映),中国第一部有声片是上海明星公司采用蜡盘配音技术制作而成于1931年3月15日上映的《歌女红牡丹》,而且余慕云在《香港电影八十年》一书当中提到上海暨南影片公司于1933年在苏州拍摄的《陈靖姑》是"第一部厦语片"。

艺术水准也只是一般，但依据《厦声日报》在 1926 年 12 月 22 日的报道，"影片尚未拍完，就已经有不少人找他接洽购片"，并且由于这场戏是"南洋华侨在家乡所熟悉和爱好的，所以在南洋各地极为轰动一时，获利不少"。①

随着传媒技术的发展进步，电影这个从前"不会说话的哑巴"终于开口说话进入了黑白有声片时代，这也意味着"兼具歌唱、表演、音乐、舞蹈、说白、美术、杂技等于一体"之戏曲电影又一春天的到来。缘此，在日渐崛起、渐有声势的厦语片早期便是以片中的闽南音乐歌唱作为行销卖点，加之素有直接取材闽南民间戏曲故事的历史传统与本身面临巨大剧本缺口的现实需求，自然不会放过这一颇具观众缘的爱情题材，因而出现多个版本的"陈三五娘"，并且在当时还一度掀起了一场关于方言有声片的"禁演风波"。这一事件在当年引起舆论关注并产生各种说法。例如，1934 年的厦门《江声报》就数度针对"厦门语对白"的《荔镜传》到底能不能拍，拍好能不能上映，以及以何种变通方式在特定方言区上映等问题提出自己的看法，认为方言有声片的拍摄与上映无损于语言的统一，因而"中央电影检查委员会"的相关禁令是没有道理的。不同于《江声报》所报道的比照粤语片在两广地区试点开映，上海出版的《电声电影图画周刊》于 1935 年 1 月 25 日刊载的《厦门陈三五娘开映禁映的原因》（阿英投）一文，则以凝视现实、忧思未来的揭弊叙述口吻将"禁"与"开禁"的反反复复、是是非非，归结于当地官员与戏院老板在权力寻租与利益输送上互不相让的私人恩怨。俱往矣，当中谁是谁非，在多年之后的今天看来已然意义不大，遑论寻求个中的所谓真相，但是今人透过这一幕可以看到《荔镜传》本身所

---

① 俞少川：《安海华侨与侨居地文化交流和贡献》，《晋江文史资料》第 22 辑，中国人民政治协商会议福建省晋江市委员会文史资料工作组，2000 年。

携带的意义与能量，确认这一民间传说在当时是何等契合闽南语系方言区内观众的观影期待，在另一方面也能够感受现代民族国家"电检"制度下方言电影的存在生态及其所彰显的文化身份与认同政治。顺带一提的是，另据彼时具有特殊官方背景的厦门《立人日报》于1947年3月17日所刊登的广告可知，曾与思明、中华电影院并称为"厦门三大老字号电影院"的开明戏院就上映了一部由上海"暨南影片公司"出品的"全部厦门对白歌唱有声巨片"《陈三五娘》。其导演是生于上海的广东人黄河，监制则是"抗战前就在上海创办过暨南影片公司"① 的黄槐生，两人皆在昔日民国电影界中富有名望。说完旧时代产生的旧电影之后，下面我们转入分析1949年以来新中国创作的新戏曲电影。

在老一辈泉州人的记忆当中，由华东会演得奖本改编的梨园戏电影《陈三五娘》，毫无疑问是"泉州拍摄的第一部电影"②。如前所述，经由"戏改"而"混合三派于一出戏的梨园大融合"③ 的《陈三五娘》，于1954年在上海举办的"华东区戏曲观摩演出大会"中豪取"剧本一等奖、优秀演出奖、导演奖、乐师奖、舞美奖和四个演员一等奖"④。获奖消息甫一传来，便迅速引发远在香港与东南亚等地的闽籍华人华侨的瞩目追捧，按捺不住的他们透过各种管道声称，希望借由大银幕之原汁原味的光影呈现，弥补未能亲临小舞台一睹芳容的现实遗憾。或许是为了纾解海外侨胞背井离乡、漂泊异乡的现代性乡愁，在福建省侨务工作部门的居间筹划下，曾拍摄大陆首部彩色戏曲艺术片《梁山伯与祝英台》（1953）的上海天马电影制片厂旋即于1957年将这一"闽南梁祝"

---

① 洪卜仁：《厦门电影百年》，厦门大学出版社2007年版，第82页。

② 胡建志等：《电影〈陈三五娘〉演员今安在》，《晋江经济报》2015年7月16日。

③ 叶小梅：《南戏遗响——轻歌曼舞梨园戏》，海潮摄影艺术出版社2005年版，第184页。

④ 庄长江：《他救了"陈三五娘"——记晋江剧坛泰斗许书纪》，《晋江经济报》2008年8月29日。

拍成彩色戏曲电影并在海内外发行上映。时至今日，这一借由现代电影语言转译而非裁剪的戏曲陈年佳酿，还"经常在中国闽台缘博物馆滚动放映，向海内外游客展示泉州市优秀戏曲文化"①。由之形成的跨越时空的"召唤机制"，不同时代的各地观众得以通过电子屏幕，窥见"鱼灯舞""采茶舞"等潮泉流行的民间舞蹈与"福橘"等闽南独特风物，回味潇洒大气的陈三（晋江金井人蔡自强饰）、多情美丽的五娘（籍贯永春、生于泉州的苏乌水饰）、俏丽可人的益春（晋江陈埭镇苏厝人苏鸥饰）等人的艺术风采。

与之相应的是，香港左派电影机构凤凰影业公司于 1961 年在广东珠江电影制片厂内摄制的潮剧电影《荔镜记》，总导演则是原籍江苏太仓由内地赴港发展的朱石麟，而演员主要出自广东潮剧院一团（原广东省潮剧团）在港演出的原班人马，其中黄五娘扮演者即为田汉于 1956 年 6 月 1 日赋诗称道的"璇秋乌水各芬芳"② 中的姚璇秋。在姚璇秋的精心塑造下，潮剧电影中的黄五娘鬘笑怡人、和婉明丽，一时红遍东南亚而成为当地华人社群心目当中的"潮剧闺门旦典范"③。缘此，也就可以理解多年之后泰国《中华日报》所刊登的《发放芬芳话潮剧——与广东潮剧院艺员一席谈》一文中的如下文字："20 世纪 50 年代红得发紫的姚璇秋……虽然她本人没来过泰国，但只《陈三五娘》一部电影，便使她红遍泰国，廿余年来，侨胞未把她忘怀。"④ 总体来讲，拍摄于 1949 年之后的上述两部戏曲电影"陈三五娘"，不仅仅是在视觉效果上实现了从黑白到彩色的技术跨越，更体现了国家意志主导下思想

---

① 陈智勇：《创作更多戏曲精品 打响城市文化名片》，《泉州晚报》2009 年 10 月 14 日。

② 吴国钦：《刍议潮剧编剧艺术的传承与创新》，《中国戏剧》2012 年第 7 期。

③ 陈喜嘉：《多承多感〈荔镜记〉》，《汕头广播电视报》2012 年 9 月 6 日。

④ 何韵：《发放芬芳话潮剧——与广东潮剧院艺员一席谈》，《中华日报》1979 年 11 月 20 日。

性、艺术性、技术性的完美统一，引领闽南语戏曲电影步入一段光辉的历史，因而其"到新马泰等地放映时，在观众中激起强烈反响，并把兴趣从舞台转向银幕"①。

第二节　原乡情结与文化想象

有意思的是，在无从写实而摆脱"社会写实"之电影美学原则制约的香港影业，亦在"电影胶片中建立金碧辉煌的梦幻闽南"的文化氛围中将镜头投向了倾城倾国的美人电影，体现了历经离乱的南来文客在自足丰富的影戏大观世界之中投射主体乡愁、灌注文化想象的两相应和。据老唱片收藏家、龙海市民间文艺家协会副主席郭明木先生在《简述"陈三五娘"故事传播与发展的物质形态》一文中的介绍，1953 年8 月香港大华戏院放映了一部"利用著名故事，注入新鲜灵魂"的港产厦语片《新陈三五娘》。除了这部自诩为"闽南民间流行故事改编哀艳恋情巨献"的厦语片之外，香港越华兄弟影业公司也曾于 1957 年 4 月放映了由华达电影企业有限公司制作的粤剧电影《荔枝记》。此外，在"大制片厂时期"雄霸香江与南洋电影市场的邵氏兄弟（香港）有限公司，亦在《梁山伯与祝英台》（1963）所开启的黄梅调电影余温未退、热度尚存的 1967 年，制作了一部由乡音土腔而精致化为国语发音的《新陈三五娘》，以抢攻粤语区以外的广阔华人共同市场。这部类型化制作的港产电影为了加快影片叙事节奏、强化戏剧矛盾冲突、博取迭代观众的同情，而将故事结构改为古典戏文常见的落魄风流才子与富家千金小姐的爱情模式，以凸显黄梅调电影之"情、爱、悲、怨"的美学

---

① 赖伯疆：《东南亚华文戏剧概观》，中国戏剧出版社 1993 年版，第 229 页。

特质。其因应广大华人美学经验而修正的故事内容如下：潮州城内第一美人黄碧琚偕同婢女益春于上元佳节出外赏灯，在遭遇陕西巡抚之子林大雄调戏之后仓皇逃进吕员外家而邂逅泉州才子陈伯卿。尽管两人为了让恶少知难而退，急中生智互认为未婚夫妇，但垂涎美色并不甘心的林大雄事后亲上黄府以千金下聘，取得贪财怕势的黄父认可。不久之后，陈三发现二人幼时确曾定亲，为避免黄父阻拦而生枝节，便有意隐瞒身份前往黄家当书童寻机接近五娘以告知真相。故事随后发展成观众习见的桥段，即仗势欺人的林家恶少反诬陈三盗取订婚信物而将之囚禁，而救人心切、无计可施的五娘被迫答应与林大雄成亲从而引发陈三误会。故事高潮最后定格于忧心如焚的五娘在获悉陈三郁愤成疾、一病不起的消息之后，在益春的鼓动与帮助下毅然大胆出走、寻找陈三，一起逃亡泉州。总体来讲，该片作为"从周边看闽南"的代表剧作，主创阵容相当强大，皆为一时之选，如编剧是现代中国赫赫有名的歌词大佬、才华横溢的沪上才子陈蝶衣先生。演员方面则由扮相俊秀、风度翩翩的邵氏红星凌波反串陈三，冀图续写其在《梁山伯与祝英台》中的票房传奇，邵氏力捧的"玉女明星"方盈与之配戏扮演五娘，而后来大红大紫的谐星沈殿霞则饰演春桃一角。由于秉承从上海"天一"传承而来的"观众至上论"，"邵氏帝国"向来敏于捕捉华人观众的审美心理，注重票房成绩起伏，以自足的模型与合理的比例提供"快感"文化产品，所以这部戏曲影片商业诉求明确、受众定位精准、市场覆盖广阔，不仅彰显"在商言商"之港产影片不遗余力强化审美娱乐性的感性现代性底色，还隐约体现了"冷战"时期的英属殖民地香港作为观念形态"飞地"的多元化特征。

说完昔日冷战格局下之香港左右翼影人的"荔镜"情结，再论与闽南血脉相连却又长期隔绝的旧日台湾。在 20 世纪中期，曾与"国语"片分庭抗礼且体现时代隐衷的台湾歌仔戏电影风潮，既锻炼培育了一大批胼手胝足浇灌台湾电影之花的电影人，同时又作为一种有效的心理黏合剂有力促进了台湾地区的族群融合与共同想象，并以不同于官话的乡土方言体系重组那一时代的共同文化记忆，并且本身亦成为新的重叠意识与集体记忆。在这一混杂流浪悲情与狂欢气息之共同体记忆的回归与想象进程当中，台湾地区出产了长短不一、各取所需的以"陈三五娘"为题材的众多版本，但由于主客观条件所限特别是此前思想观念与政策导向上的忽视抑或轻视，当中的绝大多数即使是在台湾电影资料馆也难觅其芳踪，因此我们的相应论述只能在"抱残守缺"的有限范围内尽力以求备、求确。根据目前所掌握的情况来看，洪信德（剑龙）编导的《益春告御状》（1959 年 11 月 5 日首映）与《陈三五娘》（1964 年 5 月 24 日首映），因其较早的上映时间，而被史载口传、较为人所知。另外，据薛慧玲与吴俊辉刊发在《电影欣赏双月刊》中的《台语片目（1955—1981）》所述，1964 年 8 月 17 日亦上映一部题为《五娘思君》的"歌唱片"，导演即为祖籍泉州、生于云林北港的厦门大学经济系校友李泉溪。平心而论，在台湾电影日渐式微、节节败退以及闽南语系戏曲电影产业由盛转衰、回天乏力的时代大势下，1981 年上映的《陈三五娘》（由余汉祥导演约请电视歌仔戏巨星杨丽花与司花玉娇联合主演）堪称歌仔戏电影这一片种回光返照的末日余晖，在台湾电影发展链条乃至亚洲电影脉络当中极具指标意义。当然个中原因与其说是该片活色生香、清浅有味的戏曲诗韵，复古唯美、精良考究的内在品质，毋宁说是其在向渐行渐远之经典"致敬"的同时，为之献上一阕哀婉凄清的挽歌，无可挽回地宣告一个时代终将逝去，而被长期定格为台湾地区闽南语戏曲电影的空谷绝响。

第三节 荔镜情缘的视像重构

若说作为剧院艺术的戏曲电影是集体观影、同喜共悲的公共仪式，体现为借重现代电影的表现手法来传达戏曲传统的原始意念，从而与既"看人"又"看戏"之传统戏曲的公共观演形成互补、和谐共振；那么下面就将分析延伸到作为"日常生活家居仪式"的家庭电视观赏活动。由之，我们一方面能够窥见每一时代的电视人如何因应媒介特质，同时超越电视观看方式所联系的"私领域"，进而在"公共时间"中打开或创造荔镜情缘的多副面相，甚至一度占据公共言谈的间性空间；另一方面还能从中看到文化工业产品消费与多元政治权力相互交叉并形成互补、最终媾和。时至今日，电视已然全面介入一般民众的日常生活，缘此，普通大众与传统戏曲的照面更多地来自电视媒介。与之相伴而生的是，"电视戏曲"与"戏曲电视"不仅改变或扭转了传统舞台戏曲之"有声皆歌、无动不舞"① 的剧艺风貌，而且以其接受的便捷性及其所伴生的超强渗透性，已经一跃成为戏曲文化意义生产与传播的重要场域。但不得不指出的是，当我们今天回眸这些陈年旧作及其新变奇情的重拍文本与衍生品种，不难发现其大都以男性欲望与"窥视快感"（scopophilia）作为推进叙事的动力机制，并且将女性"物化"为"凝视对象"而让男主人公（实则由长相俊美、唱作俱佳的女性演员装扮）成为阅听者（涵盖用"男性目光"观看的女性观众）的认同主体，进而不甚连贯、不无罅隙地反复讲述一个不断被咀嚼的地方传奇。然而随着现代性带来的两性权力关系、代际力量对比的遽然翻转，这些横生枝

---

① 傅谨：《戏曲理论建构的新语境》，《中国文化报》2015 年 8 月 17 日。

节、粗制滥造的小本经营之作，由于在个体审美创造力与资本现实运作逻辑之间两头无靠，当中多数也就悄无声息地蒙上时代风尘，只有寥寥数部剧作的某些情节或许还会被人偶尔提及。

首先不能不提的是，新加坡广播电视台（RTS）于 1965 年这一风云变幻的敏感时刻，斥资推出了由新加坡华人文娱团体"六一儒乐社"① 演出的第一部潮剧电视片《陈三五娘》。尽管其因为建台不久、跨界制作经验不足而导致效果一般、几无反响，但其"领风气之先"的跨界之功，无疑值得记上一笔。另外，其产生于东南亚，运用从西方习来的民族国家现代性来反抗西方殖民者与确证自身主体性的时代境遇，某种程度上折射了华语戏曲艺术在移民社会中所面临之故土与本土、异化与同化的双重问题，及至今日或许依然值得探讨。

饶有兴味的是，自从台湾地区电视节目开播以来到 20 世纪末，似乎每隔一段时间就有一部重新演绎的"陈三五娘"活跃在小小荧屏的方寸之间，足见其在台湾民众心目中的受欢迎程度，堪称"经典中的经典"②。例如在 1976 年这一历史巨变的微妙时刻，"台视"推出了出生于江西九江的台湾知名女演员夏玲玲（饰演郡主"黄碧香"）与香港著名粤语片动作设计及演员游天龙（饰演"陈麟"）联袂主演的电视连续剧《荔镜缘》。这一剧集参考明代的笔记小说《绣巾缘》与章君谷的新编小说《陈三五娘》，不仅将故事的发生地从闽南文化圈内的粤东潮州，改为政治、经济地位更加显赫的南中国重镇广州，而且把五娘的身份由潮州富户之女转变为广南王的千金爱女，同时亦相应地将陈三这一戏文刊本中手无缚鸡之力的文弱书生，塑造为一个文武兼备、敢爱敢恨的英雄人物。

---

① 1929 年成立的新加坡华人文娱团体，其社名源于"乐为文艺之一"的意思，发起人为张来喜、廖绍堂、朱锦鸿、林美喜等 20 余人。

② 傅谨：《老戏的前世今生》，人民文学出版社 2007 年版，第 102 页。

台湾地区一度流行、观看者众多的歌仔戏电视，在其历时发展的不同阶段推陈出新，一再翻新这一引人入胜、脍炙人口的经典剧目，从那些现代性的时空角落中唤醒世俗生活中被遮蔽与遗忘的传统经验。例如，"台视"① 在其草创之初的 1963 年推出的 "以现场舞台剧方式播出"② 的《陈三五娘》，显现了歌仔戏初试啼声、因陋就简的荧幕风貌。1971 年才开播的 "中华电视公司" 便在 1972 年制播的 7 集彩色电视连续剧《陈三五娘》（"新丽园歌剧团"的沈贵花饰演陈三，江琴饰演五娘），其作为 "华视" 午间时段第二档戏一方面表明了作为电视新军的 "华视" 正式加入白热化的电视歌仔戏收视争夺战；另一方面也表明电视歌仔戏在三台鼎立而至广告流失、受众群体产生审美疲劳的历史关口中，由热趋冷，亟待蜕变。随着台湾当局于 1976 年 1 月 8 日公布 "广播电视法"，限定方言节目播出的时长（每日不超过一小时）、时段以及集数，原本存在过度竞争的电视歌仔戏遭此重挫更加雪上加霜、再入低谷，而此前热络的以 "陈三五娘" 为内容题材的电视歌仔戏改编也相应地告一段落，沉潜起来以待时机。

然而正所谓，"念念不忘，必有回响"。在历经数波 "改良" 潮流而日现疲态之时，力图重振电视歌仔戏声威的 "华视" 逆势而上于1996 年 9 月 23 日 "午间频道" 重磅推出由 "两岸优秀人才" 打造而成的电视歌仔戏《陈三五娘》，在前人基本竭尽这一爱情经典改编的全部可能之后，再次掀动历史边缘的话语残片，并以 "关于欲望的话语" 取代了 "话语的欲望"。此剧由台湾资深歌仔戏编导与演员、闽南语讲古人石文户亲自执导，以确保编、导、演、乐、景各方面的精良品质。台湾歌仔戏巨星叶青不仅亲自饰演陈三，还诚邀祖籍南投而后前往内地

---

① 1962 年 4 月 28 日，"台湾电视事业股份有限公司"（简称 "台视"）成立，旋即由王明山牵头组织 "闽南语电视节目中心" 制播电视歌仔戏节目。

② 杨馥菱：《台湾歌仔戏史》，（台中）晨星出版有限公司 2002 年版，第 128 页。

定居种植水果的资深编剧陈永明担纲剧本创作，前者为了让后者以最佳状态潜心写作，甚至将其接到家中而成为一时美谈。当然曾获"金钟奖"的后者也不负众望，穷其毕生功力以"四句联"的经典形式写出了句句押韵、音节铿锵的整部戏台词，并且以繁多密集但又简洁有力的唱词一改电视歌仔戏之"曲少白多"的毛病。例如，其片头主题曲便以朗朗上口、悦耳动听的［状元调］唱道："泉州才子陈伯卿，送嫂离乡千里行，元宵潮州赏灯景，邂逅五娘即钟情。古代铜镜如月轮，磨得光亮照乾坤，才子为获好缘分，不惜将镜击陷痕。无情荒地有情天，执帚为奴苦三年，历尽沧桑情不变，千古流传荔镜缘。"可谓浓缩故事精华，道尽浮世悲欢，勾起多少人的儿时记忆。纵观全剧，其添枝加叶、插科打诨而前后绵延数十集，并以清晰明快之谵妄式方言语流、目不暇接之本土化民俗意象与戏曲电视所要阐述的"闽南原本"进行组合戏仿，在俚俗趣闹的视听狂欢中想象性地书写犬儒，逆向折射了市场导向之媒介场域中民间记忆、观念形态与消费主义的张力结构。缘此，其适应了"以俗为本"、非精英化之现代市民审美趣味，不仅在处于后现代十字路口的台湾岛内掀起一阵暌违已久的收视高潮，而且通过星罗棋布、遍布城乡的录像租赁系统、"非法"但却四处林立、屡禁不止的卫星天线等多种途径漂洋过海，涌入彼时视听娱乐稍显单一、有待填充的祖国大陆，进而以某种错位而又滞后的图绘方式改写了两岸民众对这一剧目的群体记忆，最终成为 20 世纪末五彩斑斓之海峡文化风景线上最为突出的审美表象序列之一。

第八章 "陈三五娘"故事的剧种表演研究

"陈三五娘"的明清戏曲刊本现在留存有嘉靖丙寅年的《荔镜记》、万历辛巳年的《荔枝记》、顺治辛卯年的《荔枝记》、道光辛卯年的《荔枝记》、光绪十年的《荔枝记》等。这五本戏曲,均是依传奇形制写出,每本四五十出,且以团圆作结,符合传奇大收煞的模式。这五本戏的内容,由于出数相当,虽有繁简的分别,却没有太大的差异,但是,对整个"陈三五娘"故事发展而言,则有了许多增删。"陈三五娘"最脍炙人口的片段为灯会、投荔、磨镜、卖身、留伞、私奔,而这也成了"陈三五娘"故事的基型。然而,戏曲异于故事处,在于给予主角唱念做表等抒情性的发挥。但灯会、投荔、磨镜、卖身、留伞、私奔等基型几乎在戏曲的前半段便已完成,后半段则以私奔途中发生的曲折加以铺陈,包括林大报官陷害陈家、公差擒拿盘问、五娘探监、发配途中遇兄、团圆成婚,等等,这虽然是为了篇幅而添加,且为了完成团圆的使命而设计,不过因为五本都是戏曲底本,有一定的引导作用,以致后来地方戏曲的演出方式都难脱此情节结构了。

除了情节结构的复杂化外,戏曲刊本也开始尝试对男女主角深度刻画,以求凸显张力。就陈三而言,嘉靖本的陈三上场诗是"圣学功夫惜寸阴,且将无逸戒荒淫",是正人君子的形象,而另外三本则有了风流公子的形象，如"论宝贵诗书，无比贪风月、逢花酒"（万历本）、"荣华富贵非吾愿，偷闻花月却相欢"（顺治本）、"虽未得成龙跨凤，且趁风月游戏"（光绪本）。其实在小说《荔镜传》书末附的《陈必卿宝录》中，提到陈三家世不错，而他"方弱冠，丰姿冠玉"，可见他风流倜傥，又出身书香门第，应当是上述两种形象的综合体，因为太过正经的人，与为爱卖身为奴的情况不符，而太过风流，又显得情感浮泛，不易引起共鸣，可见明清时期的剧作家，对于陈三的形象及性格描述尚在实验阶段。

五娘，戏曲本与小说原型最大的不同在于五娘投井的处理。《磨镜奇逢传》中五娘以自杀作结，戏曲却把投井摆在五娘得知与林大定亲之后，那时五娘尚未登楼投荔，陈三也还没磨镜卖身，可见戏曲旨在塑造五娘是个性情刚烈、追求完美的女子，得知自己将所嫁非人，宁可自杀也不愿屈就，这样的性格描写，企图为其后来的私奔打下基础，确实可见用心。

益春戏份的加重，也是"陈三五娘"故事演变中的一大特色，如"益春请李姐""益春退约""益春留伞"等，因为益春居中转圆的关键性至为重要，而且益春青春活泼的少女形象，正可与端庄稳重的五娘做一对照，而五娘碍于形象不能做的事情，益春也可以代劳，这正是古代才子佳人剧中丫头小姐互补的典型，的确也增加了戏曲的可看性。

清代以后，"陈三五娘"的故事开始活跃在福建以及台湾等地的民间戏台上，包括梨园戏、高甲戏、莆仙戏、歌仔戏（芗剧）、潮剧、泉州木偶戏等，均有《陈三五娘》剧目，只是各个剧种的各个版本，添加改易颇多，情节更趋复杂，例如梨园戏有"受累"（益春被逮押入牢狱）、"拷盘"（益春受酷刑盘讯）等情节；而莆仙戏更依循加重益春戏份的脚步；高甲戏则结合民间传说，把结局定为益春改姓生子，为陈家留下香火。"洪皮陈骨"的传说，是说益春生下双生子，从母姓洪，兄名承求，官翰林院学士，次子承畴，文武双全，拥有御赐金牌、尚方宝剑，享先斩后奏之权。林大逃奔赴日，承畴追缉报仇，并娶得大日本雪月公主，承求也娶藩王之女，二人一同复姓归宗。潮州戏增添六娘一角匹配林大，这也常被其他剧种沿用。

"陈三五娘"故事的转化，有如滚雪球一般，情节复杂曲折离奇，简单地说，从灯会、投荔、磨镜、卖身、留伞、私奔等基型之后，分为团圆及悲情两种结局，但在悲情结局中，又有遗恨及补恨两种结果，想要重新整编剧本，其间的取舍、拿捏颇费周章。

第一节　梨园古韵中的"陈三五娘"

梨园戏是非常古老的一个剧种，它孕育于福建泉州，与浙江的南戏并称为"搬演南宋戏文唱念声腔"的"闽浙之音"，距今已有 800 余年的历史，被誉为"古南戏活化石"。它广泛流播于福建泉州、漳州、厦门、广东潮汕及港澳台地区，还有东南亚各国闽南语系华侨居住地。

梨园戏在悠久的历史中，有大梨园和小梨园之分，大梨园又分为"上路""下南"两派，它们在表演和音乐的格调上是一致的，但这三种流派都有各自的"十八棚头"和专用唱腔曲牌。"上路"梨园剧目偏重于忠孝节烈的封建说教，是经过士大夫修削过的，剧本比较完整，艺术成就也较"下南"为优，所以"上路"活动区域以城市为主。"下南"则以农村为主，七子班为小梨园，以富户宅院的内庭演出为主，剧目多才子佳人的生旦戏。为了区别这三种"梨园"，所以纯属童伶的"七子班"就称为"小梨园"，俗称"戏仔"；"下南"和"上路"都是成年演员，就合称为"大梨园"，俗称"老戏"。三者并存，统称"梨园戏"。

一 "陈三五娘"的清商雅韵之美

梨园戏的唱腔以南曲为主,三个流派各有其专用的曲牌和独特的风格。在唱念方面,要求"明句读",讲究"喜怒哀乐,吞吐浮沉"。音韵上保留了许多古语言。方言土腔一律以泉州音为准,但也注意到不同人物的身份与地方色彩,如《陈三五娘》中的五娘、益春是潮州人,就用潮州腔。"陈三五娘"故事的唱腔也属南曲,箫弦伴奏为主,一字多腔。由于用泉州方言歌唱,融合部分民间音乐,形成了独特的梨园戏南曲唱腔。曲调中保留着不少古曲牌名,有的属唐宋时的大曲和法曲,如【摩诃兜勒】【婆罗门】【太子游四门】以及【后庭花】【汉宫秋】【梁州曲】【八声甘州】等,其后又吸收了弋阳腔、青阳腔和潮调的部分唱腔。曲牌体式有套数、集曲、慢曲、引、小令等。

梨园戏在历史上也有一小部分唱腔是吸收融化其他戏曲声腔的腔调。如《陈三五娘》中特有的潮调,如长潮、中潮、短潮(即潮叠)。因为这个剧目是描写泉州人陈三与潮州人五娘的恋爱故事,所以剧中有一些唱腔融汇着潮州腔,以致它与其他滚门的唱腔有所不同,在风格特点上也比其他一般的唱腔较为清新雅致、别具一格。

梨园戏的脚色行当为生、旦、净、丑、贴、外、末七种,故又称七子班。而在扮演陈三五娘故事当中,生、旦、净、丑、贴、末、外,七个脚色均同样重要,笔者略作如下分析。

生——扮饰陈三。为扮饰书生或具有书生风格者。

旦——扮饰五娘。原为扮饰妇女者之总称。

贴——扮饰益春。旦的副脚色谓之贴。

末——即副末,扮饰唱开场白(家门)者。梨园戏的传统是"头出生二出旦",不是末开场。

外——扮饰陈三之兄、五娘之父等。亦即正脚色之外,又以某脚色权充之者。

丑——扮饰林大、小七、官差、李婆、牢子、家童，等等。

净——扮饰都军、驿丞等。

事实上，这七种脚色之中，还是以生、旦、贴三种的唱做最繁重；在"陈三五娘"故事中，生、旦、贴几乎每出须分挑大梁。旦最难胜任，而却最易叫座的，要算表演独角戏。"陈三五娘"故事的演出中，有几折独角戏，如大闷、小闷、春首闷等，都是旦角（五娘）一人唱的。必须唱做俱臻意境，载歌载舞，以其变化无定的舞姿舞容，去配合音乐的抑扬顿挫，科介的醒人心目，始能表达出苦情哀思，使观众不致有单调寂寞之感，反而可领略到无穷的趣味，击节相应。

如"大闷"一出，全为五娘的独角戏，唱的就是黄五娘思念情人，孤枕难眠、辗转反侧的一夜。这之前陈三与黄五娘私奔不成，反被官府捉到，发配崖州。这段小梨园流派的折子戏全长 45 分钟，是一场正经的正旦独角戏。由四首曲目贯穿——【忆著阮情人】【纱窗外】【三更鼓】与【精神盹】，诉说其思忆情人的苦楚，细描其为爱憔悴的心情与容颜。自陈三入监，五娘被父亲接回家，长夜难眠，唱起了清清冷冷的【忆著阮情人】（【醉相思】）：

> 忆著阮情人，相思病人损，几番思想割吊阮肠肝做寸断。西风西风又畏清冷，又见许秋月分外光，又兼逢着障般光景，再引惹人心酸。鸳鸯只枕上，阮只目滓流滴千行，阮长瞑只处不困，怎呢会得到天光。阮思忆君，君去路遥远，君去路遥远，阮未知恁今值一方。伊许处音信决无半目翁。行来阮都无意，清清冷冷，今有谁人借问，冷冷清清今卜谁人通来借问。①

---

① 泉州地方戏曲研究社编：《梨园戏·音乐曲牌》，《泉州传统戏曲丛书》第 9 卷，中国戏剧出版社 2000 年版，第 231—232 页。

五娘意兴阑珊，面对清清冷冷的孤寂，也无人可问起。这种思忆情人、伤春悲秋的心情，就在这清冷悲凄的旋律里流露无遗。

闺房独坐，望窗感怀，心情烦闷不已，五娘遂起身开窗赏月，唱起【纱窗外】（【长滚·鹤踏枝】）：

> 纱窗外，阮今月正光，阮今思忆君只处心越酸。[停白：三哥不在，无心赏月，叹有情楼台月，无意怨东风，便又将窗关上]记得当原初时，记得当原初时，阮共伊人同枕又都同床，谁疑到今旦，谁知到今旦，阮二人分开去到障远。[停白：意料三哥可能已遇见其兄，与其一同返家，并安慰自己勿多疑。]不是铁打心肠，想伊不是铁打心肝肠，肯学许王魁负着桂英一去不返①……

她在此望眼欲穿，孤寂长夜，无人可问情郎消息。整日懒洋洋，无心吃饭，也无心梳妆，想情郎想得容颜消瘦青黄，肝肠寸断。【纱窗外】旋律轻软，听起来柔情无限，恰似温柔的月光，照见五娘思君的柔和心情。

三更鼓响，五娘上床准备就寝，唱起【三更鼓】（【长滚·越护引】）：

> 三更鼓，阮今翻身于一返，鸳鸯于枕上，阮目滓都流得千行。谁是阮今行到只机当。一枝烛火暗无光，对只孤灯阮心越酸，更深寂静兼冥长，听见孤雁，忽听见孤雁长冥那障叫声悲。不见我君伊今寄有一封书返。记得私会佳期，阮共伊人思爱情长，阮相爱相惜，情意如蜜调落糖。（节奏转快）恨著"灯古"林大，深恶恨着，冤家你着早死无命，你掠阮情郎，阻隔在外方。谁人放我三哥返，天怎今谁人会放得我三哥返，愿办黄金就来答谢，阮都算。

---

① 泉州地方戏曲研究社编：《梨园戏·音乐曲牌》，《泉州传统戏曲丛书》第9卷，中国戏剧出版社2000年版，第191—192页。

投告天地，阮今着来再拜投告天地，保庇阮儿婿返来，同伊人同入赏花园，（节奏加快）推迁乞我三哥早早返来，共阮，阮共伊来同入赏花园。①

同样是相思情长，但情意刻画得极为细致，长夜寂寂，独对鸳鸯孤枕、孤灯、孤雁，心酸不已。但忆及当初两人恩爱情长，又是无比的甜蜜。回到现实，痛恨林大，咒他早死。又企盼有人将三哥放回，不惜千金酬谢。投告天地，保佑三哥早早归来，届时两人再同游花园，这两句重复的唱词与之后加快的节拍，加深五娘热切期盼情人早归的情绪。

彻夜未眠，想着情郎，想得精神困顿的五娘，最后唱【精神盹】（【中潮·三脚潮】），该曲也是名曲，篇幅颇长，甚于【三更鼓】：

精神盹，正卜困，听见鸡声，忽听见鸡声报晓闹纷纷。风送竹声，亲像我君恰亲像我三哥伊人来咧扣门，兜起弓鞋，阮来兜起一双绣弓鞋，阮轻牵罗裙，起来窗前无意见许红日一轮。恐畏爹妈叫阮，但恐爹妈差人来叫阮，阮但得着来点打，叫益春你去为阮推说，说阮拙时身上不安乐。掀开镜盒，阮掀开镜盒，只见阮颜容衰瘦渐渐消损。邀君照镜，君邀来看宝镜，照见君才妾貌，共阮都是一样青春。胭脂不抹，阮来花粉，花粉不带。忆着阮画眉的郎君，伊是官荫人子，伊是官荫人子，兼又（有）玉貌朱唇，锦心绣口，又兼伊人笔下经纶。阮共君结托，赛过相如来对文君。今来拆散，今来拆分散，如同鸾凤失伴，又亲像许鸳鸯离群，宁作黄泉地下鬼，莫作今生，莫作今生一日来思离君，相思病损，早早入方寸。隐隐啼声，隐隐啼声，恐许人闻，恐畏外人嘴唇，但恐为了外人议

---

① 泉州地方戏曲研究社编：《梨园戏·音乐曲牌》，《泉州传统戏曲丛书》第9卷，中国戏剧出版社2000年版，第193—194页。

论。恁有双对对，夭恁有双双对对，怎晓得阮孤栖无伴。冥在房中思想，冥在房中空思想，日在楼上，日在楼上那是观山望云。①

虽说是精神困顿，但爱情的魅力让五娘又清醒起来，风声令她想起三哥叩门，照镜也想到情人的种种美好。离别的痛苦折磨得她身心憔悴，最后两句唱词是她生活的写照，晚上在闺房空想，白天登楼望山观云，其实都是想望心上人。

"大闷"一折，从五娘一出场【忆著阮情人】，心情忧郁，对着【纱窗外】明月解愁，直至夜半【三更鼓】响，仍彻夜思忆情人，最后【精神盹】，想睡，却被外面的声音吵得难以成眠，又再次坠入相思情网。这四首歌，巧妙地将五娘思忆情人的心情融为一体，一层又一层渲染相思的浓情。思念情人的黄五娘无心梳妆，无心睡眠，纱罗帐放下又收起，收起又放下。西风清、秋月明、孤雁唳。就这样折腾了整夜，好不容易躺下，又听鸡鸣，该起身了……这样来来回回一个人，场面极其沉闷，称为"大闷"不过分。从这里可以看出梨园戏旦角表演发展至明代已十分成熟，含蓄、内敛、圆融，唱做细腻，从容不迫，与乐队高度和谐。总之，大闷者，名闷实不闷也。

另外，"陈三五娘"故事的部分戏中，道白也显得异常繁重，必须"七分道白三分唱"。唱词记不起的时候，尚可含混过关，道白则无此便宜，一言一语，糊涂不得；尤其是所谓对白，有问必有答，问错或答错，情节便会随之阻滞甚至于瓦解了。这出大闷所插的道白，虽极少，未及词曲的十分之二，但句句以亲切为主（方言纳入之多，理由可能在此），字字以清晰取胜（借音字、合音字运用之多，使能长久雅俗共赏而风靡，理由可能在此）。如扮演中凡属于表达心境、意志、希望、计

---

① 泉州地方戏曲研究社编：《梨园戏·音乐曲牌》，《泉州传统戏曲丛书》第9卷，中国戏剧出版社2000年版，第109—114页。

划，甚至于经过事实，均常能运用这种简单扼要的道白，来透露给观众；尤其是影响于妇孺之辈，效果最大最深，也最易得到接纳与产生共鸣。如【三更鼓】（【长滚·越护引】）唱段。

"陈三五娘"的音乐，用的滚门虽然不多，其中尤以倍士占最大部分，但曲调是足够优美的，有时整场戏只用一个曲牌名，但并不因此而使人感觉单调，如"赏花"这一场就是如此。再来是音乐形象化，不同的角色运用不同的曲调，这样使角色的性格通过音乐就更加突出了，而且整幕的音乐在处理上也是比较统一的。

小梨园七子班取弦管为配乐，以"陈三五娘"故事为戏文，是属于演唱的；泉、漳一带的弦管乐曲，大部分也都喜以"陈三五娘"故事为中心题材。

弦管乐曲虽然重在演奏，用以表达其优美音调与节拍，而各曲皆附有歌词，则往往成为清唱的绝好题材。弦管乐曲的歌词，有一点突出的特色，就是善于反复运用重言（即叠用词句），尤其是采北曲之长地运用在煞尾，令人听来，得更以加浓、加深和谐的旋律感受。"陈三五娘"故事中所提到的"听见杜鹃"，第一章煞尾为"将掠荔枝又来比作青梅，假学磨镜来咱厝行。将掠荔枝又来比作青梅，假学磨镜来咱厝行"。次章煞尾为"爱卜共伊人结托，必须着斟酌，斟酌伊人行止都卜端正。爱卜共伊人结托，必须着斟酌，斟酌伊人行止都卜端正"。第三章煞尾为"人生不趁青春，老来即知想错。人生不趁青春，到老来即知想错"。如此演唱亦演奏；演奏亦演唱，互因兼佐，相得益彰，弦和乐曲自必长久风靡，"陈三五娘"也自必能普遍深入民间了①。

特别值得一提的，乃是泉州的小梨园七子班，一向极重各种脚色的严格基本训练。举凡道白的清晰、明朗，歌词声调的高低、抑扬、长

---

① 郑国权：《荔镜奇缘古今谈》，中国戏剧出版社 2011 年版，第 176—177 页。

短、紧慢，都须符合节拍，而涵泳于诗意。生须文雅，旦须温柔，贴须机警，丑须滑稽，但又不全以不呈露故意做作为贵。[①]

梨园戏的表演有一套极其严谨的基本程式，称为"十八科母步"，如"举手到眉毛，分手到肚脐，拱手到下颏"等。大、小梨园的表演只有粗犷与细腻之差异。因为它的剧目都是文戏，所以武戏都用台词交代，做暗场处理（个别武打场面也独具一格）。在舞台上，歌声出，动作必随，能灵活如舞，扬袂翘袖，挥手移步，一举一止都能由科介助其美化，使文静轻松。特别是旦角（扮饰五娘）、生角（扮饰陈三）、贴角（扮饰益春），更各须能塑成优雅典型，以轻松的载歌载舞，来使观众尽量留取美听与美视。

二 "一出戏"与"一个剧种"

"陈三五娘"是梨园戏繁荣发展的关键因素，它具有地方特色的深刻主题思想，是一出积极向上并具有艺术魅力的剧目，对梨园戏的发展有着重大意义。

梨园戏在艺术上的改进很少，影响并不大，且到了 20 世纪 30 年代，台湾歌仔戏传入厦门，新声嘹亮，异军突起，风靡厦漳。泉州的同安县也成为歌仔戏所占领的范围，海澄梨园子弟班也纷纷易帜改授歌仔戏。因此，梨园戏顿失大片活动领域，退守泉南，而逐渐衰微。至 1945 年抗战胜利，梨园戏虽欲东山再起，但已成强弩之末，无力与歌仔戏鼎峙争雄，日渐式微。到了 19 世纪 40 年代末，梨园戏遂濒于消亡。但梨园戏的种子还深藏在泉州历史文化名城的土壤之中。50 年代初，在政府"百花齐放、推陈出新"的戏曲改革方针指导下，晋江县文化馆馆长许书纪，首先搜罗散处民间的梨园戏艺人，于 1952

---

① 陈香：《陈三五娘研究》，（台北）台湾商务印书馆 1985 年版，第 187 页。

年建立"晋江县大梨园实验剧团",假青阳东岩一个旧庙安身,开始从艺术基础最深厚而又家喻户晓的"陈三五娘"入手进行口述、记录、排演。通过这一阶段的抢救,梨园戏优秀的传统剧目和优美的科、白、唱得以复活和重兴,随之引起各界的重视,被普遍认为是戏剧艺术的瑰宝。

除此之外,《陈三五娘》在越年(1954)冬,参加了华东区戏曲观摩会演,第一次跨出省门,用的是闽南话和泉州腔,在全国戏曲界名流、专家、学者面前,展现出其"素昧平生"的梨园戏。于是大家惊奇与喜爱,耳目一新地感受到,这是未曾见过的剧种——古朴而又细致的表演艺术,优美的唱腔和别具一格的道白,特异的伴奏乐器和压脚鼓,连舞台美术也以不寻常的设计,用短景片极其鲜明地衬托出典型环境,而又突出人物,留出宽敞的舞台空间,为表演艺术服务。这一剧目以鲜明的个性、独特的风格、强烈的地方色彩、明朗的人物形象和剧中陈三、五娘反对封建礼教、争取婚姻自由的曲折和尖锐的斗争,运用综合艺术的技巧融汇于整个演唱,得到了大家的喜爱,给人们留下了深刻的印象。在评委的评议下,《陈三五娘》囊括数项大会最高奖。梨园戏通过这次会演,就由一个籍籍无名的地方剧种,跻身于全国著名剧种之林,跨入古南戏的新纪元。此后,晋江县组成一个小梨园剧团,南安县亦即组一个大梨园剧团;但都在数年后随即星散。而福建省闽南戏实验剧团原拟包容其他剧种,因机构庞大,未能实现,只有这一剧种,故在1958年即改称"福建省梨园戏实验剧团",为全国仅存合三流派的古南戏,单传于世[1]。

总之,梨园戏《陈三五娘》之所以深受人们喜爱,是因为其情节动人,思想主题深刻,剧情内涵丰富,加上精湛高超的演技和悦耳动听

---

[1] 吴捷秋:《梨园戏艺术史论》,中国戏剧出版社1996年版,第43—45页。

的唱词，符合民众需求，从而促使其在泉州代代流传，家喻户晓，四百多年来延续不断。由于泉州人向漳州、潮汕、台湾、东南亚等地区大量移民及贸易往来等缘故，"陈三五娘"故事在其他闽南语地区也广为传播。故此剧堪为梨园戏的代表作，促使梨园戏得以繁荣发展。

第二节 "陈三五娘"的剧种图谱

一 高甲戏"陈三五娘"

高甲戏是闽南地方戏曲剧种之一，孕育于明末清初，早期只是一种化装游行演出，在民间乐曲的伴奏下做即兴表演。后来发展成专业戏班，因主要演宋江的故事，被称为"宋江戏"。清中叶，艺人们吸收了其他艺术门类的表演形式，再次发展成有文有武的"合兴戏"，突破了专演宋江戏的局限。清末，又吸收了徽剧、江西腔和京剧的艺术表演形式，形成了具有独特风格的闽南地方戏曲，始称高甲戏。它是在闽南民间化装游行的基础上，以《水浒》等民间传说故事为戏剧内容，吸收融合本地南音、梨园戏、傀儡戏、民间歌谣、十音、鼓吹，以及外来的京剧和其他戏曲剧种的唱腔曲牌、打击乐发展起来的，于近代形成的一种地方戏曲剧种。其所创立的傀儡丑（木偶丑）表演艺术的独特性，是其他剧种少有的，其表演时人物分明，活泼风趣，具有乡土气息；在舞台上舞蹈性极强，也具有较高的美学价值。

高甲戏在发展过程中，其剧目形成了大气戏、生旦戏和丑旦戏三大类别。其音乐唱腔亦与此相适应地大致可分为三类：一是大气类，表演风格粗犷有力，曲牌运用突出浑厚壮实的特点；二是生旦类，多以生、旦为主角，做功较为细腻，唱腔具有细腻、柔和、缠绵的风格特点；三是歌谣类，以小丑、花旦为主要脚色，其唱腔曲牌多来源于当地的民歌小调，曲牌明朗活泼而口语化，具有浓郁的生活气息。民歌曲调在高甲戏里运用时，主要变化有二：一是使其唱腔性格化，以适应人物身份、气质、性格的需要；二是在音阶、旋法方面逐渐"高甲化"，使其与高甲戏其他曲牌的风格特点相统一。《陈三五娘》即为生旦类。该剧结合民间传说，把结局定为益春改姓生子，为陈家留下香火。

高甲戏行当分武行、文行，在文武行中又有人物身份及类型的区分，并与舞台上某一戏剧情节、人物和行当的表演程式结合运用，具有程式化特点。锣鼓介以不同乐器组合类型、音响效果等特点，结合音色、音量、强度、速度等的变化，配合行当、人物、唱腔、说白、做工和场景音乐，形成了程式化的锣鼓介套。此外，高甲戏丑角艺术的发展和成熟形成了独特风格，具有代表性；而旦角艺术的发展，也培养造就了一大批女伶，打破历代承袭的"男扮女旦"局面，形成男女旦平分秋色。高甲戏音乐的发展形成了以专业剧团传承为基础和以丑角化为特点的体制，专业剧团的建设为高甲戏音乐的发展打下了良好的基础，使高甲戏的音乐向专业化方向发展。一方面与其他剧种相比，高甲戏在声腔上更多地尊重和继承传统，没有太多的创新，正如南音一样，因为没有过多地追求创新，才能成为古代音乐的活化石之一，也才更具有研究的价值和意义。另一方面在乐队编制上也适当做了扩充，打击乐方面基本上吸收了京剧的锣鼓点。此外，因丑角化剧种特征的确立，使高甲戏传统大气戏类的唱腔曲牌和生旦类唱腔曲牌被同化，同时丑角的唱腔则逐渐完善。如高甲戏《陈三五娘》中的丑角就是林大。①

高甲戏流行于福建省闽南方言地区、台湾地区、金门及东南亚各国华侨、华人聚居地，主要盛行于泉州、厦门及其所属各县以及漳州的部

---

① 黄忠钊：《福建戏曲音乐概论》，中国戏剧出版社 2008 年版，第 148—154 页。

分地区。从业人员 500 余人，这些市、县同时又拥有数量不等的高甲戏民间职业剧团，其数量比专业剧团还多。

二 歌仔戏"陈三五娘"

"歌仔戏"，又名"台湾仔戏"，是用闽南方言演唱的地方剧种之一。歌仔戏是由漳州一带的锦歌、车鼓、采茶和以后传入台湾的四平戏、白字戏、京剧等各种民间艺术形式，经过糅合吸收而形成的一个新兴剧种。歌仔戏传回内地是在 20 世纪 20 年代，因其语言曲调均为闽南群众所熟悉，所以甚受欢迎，在漳州又被称为"芗剧"。[①]

一个戏曲剧种的个性特征，首先体现在音乐上，特别是在唱腔上。歌仔戏最富有特色而且最感人的，就是它的哭腔。歌仔戏的唱腔属于以多系统曲牌联缀为主的综合体，大致可以分为七字调、哭调、台湾杂念调、杂碎调和其他从民歌小调及从兄弟剧种吸收来的曲调。[②]

陈世雄教授认为，邵江海在改编《陈三五娘》时必然要考虑如何使哭腔得到最大限度的发挥。从全剧结构来看，前面的几场，如送哥嫂、睇灯、林大答歌、过楼投荔、磨镜、捧盆水、后花园等，都是喜剧色彩居多，哭腔难以派上用场。而后面的场次，特别是陈三发配崖州之后，正是哭腔的英雄用武之地，可以让五娘哭个天昏地暗。所以，邵江海就把前面几场统统删去，把戏的重心放在陈三被捉之后。尽管邵江海改动了原有的结构，大量地安排了哭腔，《陈三五娘》在他的笔下仍然是一部喜剧，这是由剧本情节框架和男女主人公最后的结局所决定的。

一般来说，歌仔戏的行当通常分为生、旦、净、丑四类。生——男性角色的通称，年纪小的是小生；年纪大的是老生；有武功的称为武

---

① 王耀华：《福建传统音乐》，福建人民出版社 2000 年版，第 35 页。
② 同上书，第 36 页。

生；小孩子叫团仔生。除此之外，还有一些特别的称呼，例如采花大盗、薄情郎之类的男性角色，称为采花；命运悲惨落魄的男性称为苦生等。旦——女性角色的通称，也称为幼角，是相对于生行的粗角而言。一般年轻的女性都叫小旦，其中性格端庄、命运悲惨的女主角叫苦旦；个性活泼俏丽的年轻女性叫花旦；会武功的女将、侠女是武旦；上了年纪的妇女称为老旦。另外，旦行也有一些特殊的称谓，例如，妖妇指心肠恶毒的妇女。净——个性强烈的男性角色，多半是关公、曹操、包公之类的人物，一般称之为大花。大花的动作比其他脚色更为夸张，脸上画着色彩鲜明的脸谱，象征他们的个性，所以只要一出场，观众马上就可以判断出他们是忠是奸。但由于现在歌仔戏越来越少画脸谱，所以这个行当也越来越不明显了。丑——是戏剧中诙谐逗趣的甘草人物。男性丑角称为三花，女性丑角则多半是上了年纪的彩婆。丑角的主要目的是制造笑料，增加戏剧的趣味性所以可以不受时空背景的限制，随意说话或动作，扮相造型也各式各样，没有规则，只求有趣又滑稽就好。歌仔戏在未走入城市戏馆、发展成熟为大戏之前，属于小戏的表演，舞台艺术尚未脱离乡土丑扮的阶段，脚色分工也相当简单。其脚色只有生角、旦角和丑角，即所谓的"三小戏"，故有"前台不离生、旦、丑，后台不离尺工六"之谚。也正因为它脚色分工简单，演出的剧目多为某剧中的一段，俗称"段仔戏"，如《陈三五娘》中的"磨镜""留伞"①。

三 莆仙戏"陈三五娘"

莆仙戏是福建的古老剧种之一，源于唐，成于宋，盛于明清，又名兴化戏、兴化梨园。莆仙戏在发展过程中，保留了丰富的戏曲遗产并形成了独特的风格。莆仙戏曲牌与我国许多古戏曲和其他音乐形式有着紧

---

① 杨馥菱：《台湾歌仔戏》，（台北）汉光出版社1999年版，第91页。

密的联系，这种联系和吸收是相互的，不仅莆仙戏曾经吸收过唐宋词调、宋元南戏曲牌，同时，莆仙戏和福建民间音乐亦以自己的创造，丰富着宋元南戏音乐，相互吸收后，有些曲牌在使用过程中，保留了较多的原貌。莆仙戏流行于古称兴化的莆田、仙游二县及闽中、闽南的兴化方言地区。其戏班足迹遍及福州、厦门、泉州、漳州、三明等地市和海外华侨聚居地。主要流行于福建莆田的荔城区、城厢区、涵江区、秀屿区、湄洲岛、仙游县及邻县（惠安、泉港、福清、永泰、永春）等县的兴化方言区，并流播于新加坡、马来西亚华人聚居地。

莆仙戏过去被称为"八仙子弟班"，其行当有生、旦、贴生、贴旦、靓妆、老旦、末、丑等脚色。但"老旦"是晚近才出现的，原先是被称为"兴化七子班"，其称法与泉州梨园戏"七子班"相同，但脚色称谓有所不一样，如"靓妆"，它不直接称"净"，也不称"花脸"。据明代朱权《太和正音谱》记载："杂剧院本皆有正末、副末、狚、孤、靓、鸨……（原注：付粉墨者，谓之'靓'，献笑供诌者也。……'靓'，粉白黛绿谓之'靓妆'。故曰'妆靓色'，呼为净，非也)"①由此可知，莆仙戏称"靓妆"确实渊源有自，属于较为久远的称谓，这也说明莆仙戏的行当一直沿袭南戏。

莆仙戏的音乐堪称唐宋大曲余音，典雅、婉约而又庄严，雅俗共赏，具有不被其他剧种所同化的顽强生命力。同时，它的音乐传统深厚，唱腔丰富，迄今仍保留不少宋元南戏音乐影响。而莆仙戏的声腔主要是"兴化腔"，它综合融化莆仙民间歌谣俚曲、十音八乐、佛曲法曲、宋元词曲和大曲歌舞而形成，用方言演唱，是一种具有浓厚地方色彩和风味的声腔，这种地域文化印痕深深体现在该剧种中，有着其他戏

---

① （明）朱权：《太和正音谱》，《中国古典戏曲论著集成》（三），中国戏剧出版社1959年版，第53页。

剧艺术所无法取代的感情力量和艺术感染力。

莆仙戏唱腔，按传统说法大体可分为"大题""小题"两大类别。"大题"，亦称"大曲"，是一种词少腔多、常以复乐段结构的曲牌。其速度较为缓慢，节奏悠长，多为一板三眼和一板一眼，多以中眼起句，尾腔落在板上，旋律较为委婉、细腻，拖腔悠长而缠绵，善于抒情、咏叹，在《陈三五娘》中多为陈三、五娘所唱。"小题"亦称"小曲"，是一种词多腔少篇幅较为短小的曲牌，一般速度较快，多为一板一眼或有板无眼，节奏较为鲜明、活泼，旋律线条与语言声调结合较为紧密，有的唱腔近乎朗诵体，常用于叙述场面，多为靓妆、丑、末等脚色所唱。莆仙戏唱腔在曲牌联套上形成了一定的规则，即将音调相近的曲牌，组成有引子、过曲、尾声的套曲。为表现剧中人物的复杂感情，也吸收了南戏诸声腔的"犯调""集曲"手法，将曲牌予以变化、丰富。"犯调"是一种"借宫"形式，即当某一曲牌不能充分表达人物感情时，就借用其他曲牌的一句或数句，增加到本曲牌中。

莆仙戏《陈三五娘》在唱腔设计上注重声情与词情的完美结合、歌与舞的完美结合，并在塑造主要人物形象和性格化上狠下功夫。采用了以下一些手法：一是采用"犯调""集曲""摘遍"和调式调性色彩对比等手法，来设计不同行当不同性格人物的唱腔；二是重点放在主要人物的"重点唱段"的设计上；三是着力于"组成套曲"的发展，增强曲牌联缀体中的板腔变化因素，使"散、慢、中、快、散"板式，随着唱词内容变化而作各种不同的组合，并加进新的音乐材料，成为完整的新唱段；四是在唱腔的润饰上，注重内容和感情变化的要求，尽力掌握好高与低、强与弱、疏与密、断与连、紧与慢、散与整、简与繁、粗与细等对立统一的辩证关系，从而实现以音乐唱腔为主要手段塑造剧中主要人物的形象和性格的追求。

莆仙戏在继承传统演唱形式（独唱及二人三人多人齐唱）的基础

上，创作了一些二声部的合唱，采取多样的帮腔形式来丰富传统剧目单一的帮尾腔模式。在传统帮尾腔模式基础上，吸收新歌剧的创作手法，发展多种帮腔形式，有独唱、齐唱和男女声的轮唱、合唱等，使演唱形式丰富，在抒发人物感情、深化人物性格、烘托戏剧效果等方面，体现着特殊的舞台效果。还运用转调方法，解决男女同腔同调的矛盾。根据本剧种各类唱腔的音域和演员的不同音高，分别以"F、G、C、D、bB"为常用调，以适应不同演员的音域，力求提高演唱水平①。

莆仙戏还具有"各个脚色皆能唱"的特点，曲牌情趣的区分非常严格，各个行当都有各自的曲牌，有的甚至不能互相凌犯，如正面人物的曲牌情趣较为典雅、庄重，角色就不能唱反面人物的曲牌。而演唱形式的多样化又是其音乐的又一特点，戏中有独唱，有对唱，有二三人同唱，也有在场人物全体齐唱，甚至还有幕后齐唱。如此多种形式的穿插变化，构成了一种戏剧性手法。

莆仙戏表演古朴优雅，不少动作深受木偶戏影响，富有独特的艺术风格。一是生动逼真，化妆能达到所要的艺术效果。二是唱、念、做有机结合，具有较为强烈的艺术感染力。唱腔动人心弦，能使观众产生深深的感情共鸣，能达到震荡人心的艺术效果。演员口才便捷，流畅生动，能折服观众。做功熟练灵巧，敏捷自如。② 莆仙戏的表演程式也是在不断改造革新的过程中而逐渐成熟完美起来的。可见，莆仙戏的前人并非墨守成规，一味继承而不发展，而是在不改变本剧种特色的前提下吸收取舍完善自己的表演艺术。

---

① 黄忠钊：《福建戏曲音乐概论》，中国戏剧出版社 2008 年版，第 101—102 页。
② 王耀华：《福建传统音乐》，福建人民出版社 2000 年版，第 330 页。

四 潮剧"陈三五娘"

潮剧又名潮州戏、潮音戏、潮调、潮州白字（顶头白字）、潮曲，主要流行于潮汕地区，是用潮州话演唱的一个古老的地方戏曲剧种。潮剧经常在庙会上演出，表示对"老爷"（指神明）的尊敬，老百姓也喜爱在非常热闹的氛围下观看，使节日气氛更加浓厚，因此，潮剧比其他剧种更具浓郁的民俗色彩。潮剧是宋元南戏的一个分支，由宋元时期的南戏逐渐演化，是一个已有400多年历史的古老剧种，主要吸收了弋阳、昆曲、梆子、皮黄等特长，结合本地民间艺术，如潮语、潮州音乐、潮州歌册、潮绣等，最终形成自己独特的艺术形式和风格。潮剧主要流布在广东东部、福建南部、台湾、香港、上海，以及东南亚、美国、加拿大、法国、澳大利亚等讲潮州话的华侨、华裔聚居地区。

源于南戏的潮剧，早期的行当也是生、旦、净、末、丑、外、贴七色，后来吸收各地剧种所长，行当不断增多，颇为烦琐。后经实践归纳，逐渐精简为"生、旦、丑、净"四大行，下面才分解为各个"当"。如生行方面，有小生、老生、武生、花生等。旦行方面，有乌衫、蓝衫、衫裙旦、彩罗衣旦、乌毛、白毛、武旦等。乌面行（即净行），有文武之分，即文乌面、武乌面，还有乌面丑等。丑行分类更多，有官袍丑、项衫丑、踢鞋丑、武丑、女丑、裘头丑、褛衣丑、老丑、小丑等。行少当多，更显得色彩缤纷。①

各个行当，都是某一类型人物共性概括的框架。如小生多扮演风流潇洒的青年男子，在《荔枝记》中扮演陈三，属庄重文雅的人物形象。老生扮演中老年男子，注重髯口、水袖的运用，在《荔枝记》中扮演五娘之父。旦行的类型性格也颇为广泛，如蓝衫旦多扮演富家闺秀、官

---

① 陈历明：《潮剧》，广东人民出版社2005年版，第59页。

宦千金，在《荔枝记》中扮演五娘，彩罗衣旦扮演乖巧伶俐的人物，表演灵活多姿，在《荔枝记》中扮演益春。潮剧《荔枝记》也有老旦脚色，即为年高老妇，扮演五娘之母。

潮剧的各个行当，都有自己的表演规程和运用，由大范围到小动作，要求各有不同，潮剧戏谚曾经对此做过全面的概括："花旦出手齐肚脐，小生出手在胸前，乌面出手到目眉，老丑出手四散来。"此谚点出了各行表演的大体规范。而具体的表演就各有丰富的功法了。潮剧音乐属曲牌联套体，唱南北曲，声腔曲调优美，轻俏婉转，善于抒情。清代中叶以后，它又吸收板腔体音乐，显得灵活多姿。伴乐部分，保留了较多唐宋以来的古乐曲，又不断吸收了潮州大锣鼓乐、庙堂音乐、民间小调乐曲等，音乐曲调优美动听，管弦乐和打击乐配合和谐，善于表现感情的变化。

潮剧音乐属曲牌联套体，声腔曲调优美，轻俏婉转，善于抒情。其首要关键，在于唱腔的设计。北剧南戏，都各自有设计的章法。就南戏而言，一出戏中有曲牌的组合，按曲牌的旋律，植入精粹文词。早期的潮剧也是如此。剧中大部分有稳定的曲牌，但是"以土音唱南北曲"，在语言上潮语有八声，有别于正音，因而对音韵必须调整。本地传奇曲目《荔镜记》的唱腔，也大量保留传统结构，以曲牌联缀演唱，其中《大难陈三》一出，就运用"红纳袄""哭相思""走引""半畔莲"等曲牌，设计完美。

潮剧唱腔的特点，主要表现在唱腔的用调上。曲牌唱腔或对偶曲唱腔一般都应用四种调，即［轻三六调］［重三六调］［活三五调］［反线调］，此外还有［锁南枝］调、［斗鹌鹑］调，以及犯腔犯调。

戏曲音乐，核心是唱。演员的唱声成全整个戏曲音乐。潮剧也称潮音戏，总的唱声，是使用实声（平喉、真嗓）演唱，但行当及剧中人物所要求的色彩各异，因而出现了各种特殊的音色。在真嗓演唱中，除了生旦清婉圆润的平喉声外，其他行当如老生、老旦、丑行等，还出现了"铘声""痰火""双拗"等。同时还要求掌握"含、咬、吞、吐"，做到发音清晰。此外，帮唱也是潮剧音乐的特征，这是继承南戏最早的传统，不断发展，形成多种形式，有的剖露心情，有的增加情趣，有的渲染气氛，有的揭示内情或评议事物等功能和色彩，起到了增强气氛与加深内涵的作用。

潮剧的"陈三五娘"到了近代流失。20 世纪 50 年代在华东戏曲会演期间，同去参加演出的广东潮剧团看见梨园戏《陈三五娘》如此精美，便派人到泉州梨园剧团学习取经，而后又重新搬上舞台，于 1955 年由正顺潮剧团首演，并在 1956 年广东省潮剧团成立时作为庆典的演出剧目，获得非常好的反响。

第三节　南音交响乐曲《陈三五娘》现象审视

一　南音交响乐曲《陈三五娘》概况

　　南音是音乐文化的活化石，在闽南地区、台湾地区及东南亚广为流传，并被列入国家级非物质文化遗产名录。交响南音是南音推陈出新的新探索、新品种，希望中华民族引以为自豪的古乐南音，能在社会主义新时代贴近群众、贴近生活、与时俱进。改革创新是否成功的最后评判者是人民大众，特别是闽台广大观众。曾以中国戏曲名剧《梁山伯与祝英台》为蓝本创作了中国民族音乐经典、小提琴协奏曲《梁祝》的何占豪教授选择了交响乐作为演绎南音的新载体，并选用了在闽台粤地区流传甚广的传统戏曲经典《陈三五娘》全新创作。用一年的时间，五赴厦门构思创作了《陈三五娘》交响乐曲。

　　南音交响乐曲《陈三五娘》整篇共有一首序曲和五个乐章，序曲是《荔枝姻缘万口传》，第一乐章《赏灯邂逅》、第二乐章《荔枝传情》、第三乐章《破镜为奴》、第四乐章《赏花伤怀》、第五乐章《爱怨交集》、尾声《凤凰于飞》。在音乐创作中，创作技巧不是万能的，音乐语言才是最重要的，只有掌握音乐语言，才能准确塑造音乐形象。因此，创编者以《陈三五娘》作为创新的切入点。考虑到作品的结构，创编像《陈三五娘》这样带有故事情节的音乐作品，需把情节的安排和音乐表现的特殊艺术规律结合起来统一考虑，因为它与戏曲艺术等其他品种的结构不一样，而音乐的主要功能是表达人的内心感情，而不是情节叙述。音乐的陈述也必须要有对比，诸如快板、慢板、广板等速度以及力度的对比，或抒情、诙谐、激情等情感的变化与对比，才能更富感染力。

因此，对原来南音的《陈三五娘》结构，做了很大的调整，去掉许多情节上的叙述，着重情感上的抒发，交响南音《陈三五娘》的绝大部分唱段和音乐都是抒发人物内心感情的，五个乐章的结构，不仅仅是故事情节的安排，很大程度上遵循了音乐陈述发展的特殊规律。

二 南音交响乐曲《陈三五娘》演出盛况

2010 年 4 月 9 日，由厦门歌舞剧院厦门乐团、厦门市金莲升高甲剧团、厦门市南乐团、厦门歌舞剧院合唱团以及厦门星海合唱团联袂献演的南音交响乐曲《陈三五娘》在厦门宏泰音乐厅上演。交响南音《陈三五娘》是闽南传统民乐南音与西方交响乐的首次组合交融。担任《陈三五娘》的作曲和指挥的是何占豪，厦门市金莲升高甲剧团"梅花奖"得主吴晶晶和后起之秀李莉分饰陈三和五娘。

2013 年 4 月 28 日，为纪念南音进京三百周年，由两岸艺术家共同创作的南音交响乐曲《陈三五娘》在北京国家大剧院演出。仍由中国著名小提琴协奏曲《梁祝》的作者之一、作曲家何占豪担纲作曲并指挥，著名小提琴演奏家吕思清联袂演出。①

2014 年元旦，在泉州新年音乐会上，泉州歌舞剧团和泉州交响乐团为展现"东亚文化之都"风采，上演了南音交响乐曲《陈三五娘》，成为音乐会的最大看点之一。泉州版的交响南音《陈三五娘》表演，乐器演奏、演唱使用的都是泉州当地的艺术力量，在第二乐章《荔枝传情》部分，中西合璧的乐器演奏和演唱，让表演既具闽南味又显得高雅大气。

---

① 路梅：《两岸艺术家共同创作交响南音〈陈三五娘〉将来京》，《中国新闻网》2013年 4 月 25 日。

新编南音交响乐曲《陈三五娘》乐园还到在台湾地区和新加坡演出，也是盛况连连。2011 年 3 月 14 日，该乐曲在台北孙中山纪念馆演出 3 场，3 月 18 日，在台中市中兴堂演出。《陈三五娘》的中原古乐遗韵文化巡礼，受到台湾地区观众的热烈欢迎，很多怀旧的戏迷都到场聆听。2012 年 2 月，在新加坡大会堂连演三场，唱腔优美的传统南音配以交响乐的伴奏及合唱，中西合璧的艺术形式令人耳目一新。该乐曲的专场演出是新加坡华乐团"华乐马拉松"系列音乐会之一，也是新加坡企业金航旅游主办的春节庆祝系列活动"春城洋溢华夏情"的一部分①。

面对南音交响乐曲《陈三五娘》到台湾地区、新加坡、马来西亚等地演出获得的热烈反响，总导演吴红霞兴奋地说："在有闽南人的地方演出，观众几乎能全场跟唱。"她还表示，台湾与厦门距离很近，语言相通，习俗相近，甚至连吃饭的口味都一样，所以与台湾艺术家的合作也非常融洽。希望将来能有机会再去台湾演出，与台湾民众和艺术家切磋交流。

何占豪说过："没有厦门朋友们的信任和鼓励，我哪敢碰被称为中华古乐活化石的南音！"师辈们也曾说过，对待音乐文化遗产有两种态度：一是不要动它一个音，放进博物馆，向后辈和国际友人展览，显示我国的悠久音乐文化历史，以增强民族自豪感；二是大胆改革创新，为现代人服务。

三　当"陈三五娘"遇上交响乐

文学，是以语言作为材料和手段来塑造形象和反映现实的，也称为语言艺术。音乐，是诉诸听觉的一门艺术，它的基本手段是用有组织的

---

① 陈济朋：《大型交响南音〈陈三五娘〉在新加坡连演三场》，新华网 2012 年 2 月 13 日。

乐音构成有特定精神内涵的音响结构形式。

从物质媒介上看，音乐运用的是人声和乐器作为传播介质，表现手段有旋律、和声、配器、复调等；文学运用语言作为材料，通过语言叙述达到目的效果。从艺术手法来看，文学的艺术手法始终不离语音、语义、语法等做文章，音乐创作最终要使作品优美，在音质、音色、音高、音强上要下功夫。文学除了利用语言文字的声音使作品具有音乐美，韵律和谐，朗朗上口，主要还是利用本身所具有的意义塑造形象、叙述故事。而音乐由于音符本身不具有明确固定的具体意义，全部表现手法也只有围绕声音本身。文学与音乐的欣赏方式与接受感官也不同，文学作品主要是阅读，使用视觉，而音乐则是聆听，使用的是听觉。

文学是音乐之母，中西方的音乐史和文学史，大多是同在的。如《诗经》与歌词是同在的，《荷马史诗》《神曲》等文学作品也无不和音乐有联系。同时，音乐与文学又是密不可分的。诗歌朗诵也都以音乐为背景，在听觉上更胜一筹，给人以无限遐想。最值得一提的是，南音交响乐曲《陈三五娘》的编剧涂堤虽然不是音乐本行，但她依照《陈三五娘》的故事梗概，根据音乐作品新的构思，在很短时间内，与何占豪密切配合，写出了新的剧本，剧中许多动人的歌词和新唱段，为音乐创作提供了鲜明的形象基础。

当文学遇上音乐，就好像鱼儿得到了水，在表达上更加多元化了，可以说正是有了音乐才让我们对较为枯燥的文学有了较浓厚的兴趣。音乐不能传达语言的意念，但却能比语言更有力地传达语言音调的音，文学不能表达音乐所富有的音韵，但却能够给予它更神奇的色彩，音乐让文学跳跃起来，文学让音乐有那种跃然纸上的感觉。当文学遇上音乐，不同的形式碰撞出了无数艺术珍品，音乐与文学让我们的生活充满着趣味与价值！南音交响乐曲《陈三五娘》的创作便是文学与音乐之间相互依存、紧密结合的一大典范。

四　当南音遇上交响乐

南音演唱演奏的技巧具有高难度，声音要求平稳，讲究"初如流水、腰如悬丝、尾如洪钟"；且南音学习需通过"口传心授"完成，这种学习形式难度大、效率低，愿意学习南音的人不多，因而南音存在传承困局。另外，南音演奏节奏太慢，与当代人的生活节奏格格不入，加上音乐表现程式化，不同内容、不同感情，虽有不同音调，却拘泥于同一种流程的表现模式，难以激起当代人情感上的共鸣，这些因素都导致南音的听众急剧减少。

为此，何占豪提出要向继承创新进军。他认为除了文化大环境的变化以外，创新能成功的标志也有两点：一是要使当代听众、特别是青年听众爱听、喜欢；二是南音老听众也承认它是南音，两点缺一不可，否则就是失败。

南音交响乐需进行大胆的全新创作，中西合璧，洋为中用。南音交响乐曲《陈三五娘》是一种成功的探索，它把流传千年的闽南民乐瑰宝南音与现代西方交响乐结合，对陈三和五娘这一对闽粤才子佳人争取自由恋爱的浪漫爱情喜剧进行了最新的音乐演绎，成功引领观众穿越几百年时空，感受古往今来男女青年在反抗压迫追求爱情过程中表现的热情、坚贞和纯洁。

古老的南音和现代的交响音乐结合在一起，如何既保持南音的特色，又充分发挥交响音乐的表现力，这是作曲者必须面对和解决的难点，因此创作要既谨慎又大胆。所谓谨慎，指的是尽可能保持南音的特色，在创编南音交响乐曲《陈三五娘》时，何占豪采取了以下原则：一、凡是群众中广泛流传的名唱段，旋律基本不作改动，保持原汁原味，而在伴奏中花工夫丰富它，使其更动听，形象更加丰满；二、如遇南音唱腔与人物的情感不甚吻合时，尽可能保持其原来的旋律走向，而用改变速度或改变织体等其他创作手法，去塑造较为准确的音乐形象；三、除南音唱腔以外的所有声乐、器乐创作，尽可能用南音或闽南当地的民间音乐作为素材，以求得整部作品风格的统一。他大胆扬弃程式化表演模式，充分运用现代交响音乐的表现力，丰富或重新塑造各类音乐形象。如第一乐章用较大篇幅的器乐曲渲染元宵佳节欢乐气氛；第四乐章中用大段的弦乐抒发五娘的悲痛之情；第五乐章中用大段的四声部交响合唱宣泄陈三的悲愤。即使原汁原味的经典唱段《因送哥嫂》，也加上女声合唱的复调旋律，使悲痛的唱腔更具感染力。

在创作中，涂堤考虑最多的是怎么在剧本里面体现南音的创新和改革。她想尽力让剧本激动起来，按照剧中主人公的心理发展去刻画，剧本中该高亢的地方就高亢。她考虑到南音的旋律里面没有很高昂的，就让女主角五娘去喊。① 涂堤还提到，由于传统南音表现方式非常讲究，有的达到了不可撼动的地步，因此在改良中要特别小心取舍，既要考虑到作品表现方式的需求，还要考虑到当今受众群体的需求，因为毕竟南音是千年以来不断创新积淀下来的成就，我们不能借着改良破坏了它原有的优美。她认为千年古乐应允许创新南音典雅优美、情韵深沉的特色，但古老的南音不容易被当今年轻人接受，这一点却要引起警觉。

五 反响与思考

许多音乐家在南音交响乐曲《陈三五娘》学术研讨会上都肯定了作品的成功。

---

① 本刊编辑部：《中西交融，古韵新声——交响南音〈陈三五娘〉学术研讨会综述》，《艺术评论》2013 年第 6 期。

中国音乐家协会名誉主席傅庚辰认为自己虽然对南音缺乏研究，但是他很欣赏该作品，感觉听得很悦耳，管弦乐队和南音音调的结合也很自然，因此何占豪的交响南音值得接受和表扬。同时，他还提出了一些修改建议，即要增加这个作品中间的矛盾冲突的部分，甚至于包括正反面的矛盾冲突，突破大团圆结局一般模式，作曲家还要以人民为中心进行创作，从生活中汲取源泉，和时代同呼吸，和人民共命运，从我们优秀的民族文化传统中汲取营养，脚踏实地走下去。

中央音乐学院杜鸣心教授认为："管弦乐的加入并没有让我们感觉到洋不洋、中不中的风格，而且在原来的基础上把管弦乐糅在里面进行加工，丰富了南音原有的音乐表现力。"杜老师很赞同作曲家傅庚辰在一次会议中提出的"三化"，即现代技法中国化、音乐语言民族化、音乐结构科学化，但中国作曲家要善于用本民族的语言讲述我们中国人自己的故事，反映中国人民的生活和生存状态，表达中国人民的情感。他还指出，何占豪把原有南音的特色较好地保留了下来，这也是今天的作曲家在面对传统时如何对它进行慎重的加工，慎重地再创造的态度，值得赞赏。①

戏曲理论家林毓熙认为《陈三五娘》音乐的成功创作是对非物质文化遗产南音的继承与革新的创新之举，是在对非物质文化遗产的研究、探索和推进的进程中实施保护的实践性的新成果。他提出这部音乐的创作者及这个创作集体有两个文化自信。一是对我们优秀的民族文化传统的文化自信。我们的非物质文化遗产，包括南音，是中华民族的集体智慧，凝聚了我国劳动人民的丰富感情，是当代文化发展、创新取之不竭的动力和源泉，更是我们精神家园的重要基础。对它自

①　杜鸣心：《观音乐会〈陈三五娘〉：用民族语言讲述中国故事》，《人民日报》，2013年6月14日。

觉地进行继承、维护、保护，这是艺术家的使命感和责任感。二是对
具有丰厚的地域文化资源的自信。南音具有浓郁的地域文化特点，作
曲家何占豪和他的创作集体对福建的南音这一非物质文化遗产进行了
创造性的创作。八闽大地是戏剧大省，而南音又是在闽南盛传的一种
音乐，将南音与交响乐结合，这是对南音文化的自信，是对它的表现
本体的艺术魅力的文化自信。他也认为这是一部成功的交响乐作品，
并对作品创作提出建议：一是在作品的结尾对大团圆感到不满足，建
议在音乐会结尾处能赋予对传统封建礼教的叛逆的形象；二是建议音
乐上突出一些潮州音乐特色。

中国传媒大学路应昆教授认为《陈三五娘》是交响乐队形式与南
音结合的一次很有意义的探索、尝试，也是一次很成功的尝试。他还
认为新作品能够融入多少传统的成分要看情况，没有一个统一的标
准，不必拿那种传统的东西是不是太少了，是不是离传统太远了的原
则来看待这样的作品，而要看是否具有艺术性和艺术高度。对此，他
提出了加强作品唱腔比重，平衡南音传统唱腔形式和大乐队合作，加
强合唱与南音唱腔的关系，扩大作品歌剧比例等方面的建议。①

我们认为文学虽有局限，但它常常用来作为音乐语言的解释与再创
造，有时也会成为音乐形象表现的主题，二者最大的联系就是本质相
同。所有艺术都有它的共性，这便是艺术的本质。而各种艺术只是在这
个共性的基础上以各自的特点和方式形成了不同的艺术形式。而艺术内
涵却是一致的。音乐和文学便是如此，二者在共同的艺术内涵上，文学
运用语言文字，音乐运用音符，以两种不同的方式进行艺术创作，从而
形成了两种不同却又相关的艺术。《陈三五娘》故事已经激发了人们各

---

① 陈瑜：《中西交融古韵新声——交响南音〈陈三五娘〉学术研讨会综述》，《人民音
乐》2013年第6期。

种文学性的想象和灵感，给予人们无限的想象空间，如今南音与交响音乐的结合为《陈三五娘》故事在新的艺术领域延伸发展做出了重要贡献。何占豪在原有的传统音乐上加以继承和创新，充分尊重了古老的艺术，又改变了南音被多数人忽视的现状。他用西欧的现代音乐技巧来丰富我们民族的音乐，提高了我们民族的文化艺术水平。今后在音乐道路上我们也应学习这种创新精神，在已有的成就上继续创作，共同促进非遗项目的传承和发展。

第九章 "陈三五娘"故事与戏曲改革

第一节 曲同调殊:戏改语境中的荔镜情缘

"我国的戏曲,是一种由广大群众参与创造的艺术。它的剧本很少由某一个人写定,不再改动,总是在演出过程中不断丰富,不断改变。今天在舞台上演出的本子,大部分是民间集体创作的产物。即或出自名家之手的古典剧作,流传到民间,经过民间艺术家的加工,也往往会发生变化……民间艺术家以他们分明的爱憎态度和对生活独具的洞察能力,对传统剧目进行丰富、加工,有时能起到点石成金的作用"。[①] 作为"闽南戏剧文化圈"流播已久的梨园名剧"陈三五娘",其"一脉相承五百年"[②] 的文本序列,生动诠释了郭汉城的上述论断。

有鉴于此,我们拟重返"戏改"(传统戏曲现代性转换的重要路径)的历史语境,借由比较"蔡尤本等口述本《陈三》"与"1954 年

---

① 郭汉城:《传统剧目整理改编的几个问题》,《中国戏剧》1962 年第 5 期。
② 郑国权:《一脉相承五百年——〈荔镜记荔枝记四种〉明清刊本汇编出版概述》,《福建艺术》2010 年第 4 期。

华东区戏曲观摩演出大会福建省代表团演出本《陈三五娘》",两个既互相联系又相互区别之典型文本的异同显隐,探勘荔镜奇缘由民间性向经典化的历史性位移,希冀以此来寻绎"现代性知识传播典型方式之一"①的民间传统借用。概而言之,我们认为在现代性的跨界想象视域中多维透析20世纪50年代"陈三五娘"戏曲文本改编的进入路径、动力机制、历史经验与影响意义,不仅有助于还原其台前幕后之多声部的复调话语(即前文所说的"狂欢化的民间草根话语,寓教于乐的主流话语,启蒙为旨归的知识精英话语,唯利是图的商品经济话语"②);亦能够呈现在地生活世界、民间想象传统与主流观念形态在戏文世界的协商竞合。

一 梨园戏"陈三五娘"改编事件的现代性重访

"梨园凋落经风雨,老树新花浥露开;华东初露拔'荔镜',从此海内识梨园。"根据闽南戏曲研究界的经验共识,20世纪中叶乃是梨园戏这一古老地方剧种回光返照的美好时代,其重要事件自然是"陈三五娘"这一传统剧目,借由"百花齐放、推陈出新"之戏曲改革工作自上而下地推行落实,而在1954年华东区戏曲观摩会演中荣获剧本一等奖、优秀演出奖、导演奖、乐师奖、舞美奖和四个演员一等奖六个最高奖项。③毫无疑问,这一梨园名剧在公共观演中收获久违的成功,显然不仅源自其本身玲珑雕琢、够强够硬的艺术品质,而且还涉及文化生态的诸多方面。

---

① 黄科安:《延安文学研究:建构新的意识形态与话语体系》,文化艺术出版社2009年版,第5页。
② 王伟:《从文本性到事件化——接受视阈下的戏剧史论》,《山东理工大学学报》2013年第1期。
③ 庄长江:《他救了"陈三五娘"——记晋江剧坛泰斗许书纪》,《晋江经济报》2008年8月29日第5版。

首先，服务于建设现代民族国家的戏曲改革运动，即使不在真切现实、可闻可触的日常层面，至少也是在如梦似真之群体想象的镜像询唤中，高度象征性地赋予蔡尤本等一众泉南艺师，在诗意性戏曲活动乃至在现实化社会生活中的主体地位，从而有效地激发起他们参与地方戏曲之收集整理、编排演绎的赤子情怀与无限潜能。在正统古典的阶层表述之中，"冲州撞府"、四处漂泊的梨园子弟，即便是一时之选、唱念俱佳的台柱名角，也是台上风光、台下沧桑，只能饱经心酸、备受屈辱的以一技之长勉强糊口。更为可叹的是，"无师不说姓"的冠以乡名抑或呼吁诨名，使这些梨园名伶的被剥夺感更趋强烈，也使大众更能体会其在社会制度等级结构中的底层处境。至于普通卑微、默默无闻的一般戏子，在兵荒马乱、朝不保夕的动荡年代，其切身境遇则更是等而下之，晋江安海"宣岭戏子墓"① 是为明证。然而时过境迁，事易时往。在现代新生的国家权威与无远弗届的强制力量之坚实保障下，以"改人、改戏、改制"为核心的戏曲改革，得以顺利推行。从前在闽南乡里备受歧视、无根漂泊的江湖艺师，从现实物质性与超越精神性两个维度，体验到翻身做主的身份认同感与社会归属感。进而言之，相比忍饥挨饿、食不果腹的既往岁月，相较遭人白眼、忍辱负重的不堪往事，广大戏曲艺人们（特别是进入"改制"之后的公办剧团而获取体制内身份的演职人员）不仅在物质生活上得到较大提升，而且感受到人格平等的尊重关爱，"认为自己从旧社会的'戏子'到新社会被尊称为'人民演员''灵魂工程师'，感到十分的光荣"。②

民间艺人蔡尤本的心路历程，则更能体现恍然如梦的今昔对比。根据"陈三五娘"的导演吴捷秋晚年回忆，"本师"出身晋江东石的贫寒

---

① 庄长江：《泉州戏班》，福建人民出版社 2006 年版，第 169 页。

② 柯子铭：《对"戏改"的再认识——福建"戏改"的历史回顾》，《当代戏剧》2008年第 3 期。

农家，10岁之时便被卖身而为"戏仔"，好不容易熬到契约期满（21岁），却"自由"得无家可归，只能权且兼理后台杂务，逐一尝尽世间冷暖。新中国成立之后，蔡尤本的生活境遇渐次稳定，职业发展大有起色，社会地位水涨船高，"在1953年成立福建省闽南戏实验剧团时，他以目不识丁的65岁高龄，荣膺团长之职，并享受高级知识分子待遇，作为戏曲艺术家而载入《中国大百科全书》的戏曲卷"①。值得一提的是，不仅地方主管单位对其建议欣然接受，专门创立由其兼任班主任的"福建省梨园戏演员训练班"，而且国家有关文化部门也慨然授予其"中国戏剧家协会常务理事""中国剧协福建分会副主席"等荣誉头衔。毋庸置疑，上述诸多暖人心扉的礼遇措施，不仅使其感到组织的温暖，而且为其创造贴心到位的有利条件，让其作用得到最充分的发挥，从而为"陈三五娘"等尘封已久的梨园戏文之抢救工作的顺利进行打下基础。果不其然，除了《陈三》之外，记忆力超群的蔡尤本，还竭尽所能、倾囊相授了总计约50万字的梨园剧目（其中全本15出，另有一些小出）。

其次，具有现代性视野又谙熟地方性曲艺的新文艺工作者，在这一活动中占据主导作用，其进一步放大梨园子弟的艺术能量，从而推动"陈三五娘"等传统剧目，符合"剧场国家"之戏剧典仪的"转换性创造"与"创造性转换"。如果说前面提及的民间艺匠，其所掌握的是"中国古老的戏剧行业百千年来所形成的、为艺人们熟稔的那一套行业规范"②；那么掌握先进思想武器而派驻地方的戏改干部，在"戏改"实践中则更具不容置喙的主导地位。因为作为改造对象的懵懂前者，只是自发地知道"戏"从艺术传统的审美角度如何演，明显缺乏与时代

---

① 吴捷秋：《梨园戏艺术史论》，中国戏剧出版社1996年版，第400页。
② 傅谨：《新中国戏剧史》，湖南美术出版社2002年版，第5页。

对话的相应理论资源；而唯有作为改造者的理性后者，才能自觉理解属于"新社会""代表了劳动人民利益"的"戏"应该怎样演。

具体而言，许书纪、林任生等念兹在兹的新文艺工作者，对梨园戏等闽南庶民戏剧具有深厚的感情，其作为闽南戏曲当代发展之不可替代的重要力量，不仅因其具备思想层面上的较高觉悟，能够合法充当主流话语的具象代言者，还在于其对剧种规律的深入把握、戏曲走向的远见卓识之上。如前所述，日渐凋零、惨淡经营的泉腔梨园戏，能够在20世纪中叶振兴起敝、步入辉煌，乃是始于"由此开创了混合三派于一出戏的梨园大融合"①，新版"陈三五娘"的横空出世；那么于此必然要联系到一个至关重要的枢轴人物，即时任晋江文化馆馆长的许书纪。其实，这一打破原有清规戒律的破天荒革新，在包容性强、求新图变的今日剧坛或许看似稀松平常，在讲究薪传、门户森严的其时情境并不容易。因为根据根深蒂固、界限分明的剧种图谱，梨园戏分为互不统属、三足鼎立的三大派系，即"上路""下南""七子班"，每一派各有"不能混演"的专演剧目，而谓之"十八棚头"，"陈三五娘"便是"七子班"的看家剧目。只是曾经繁荣的梨园三派在20世纪前期，已然零落不全、难以成班，其若要生存必须抛弃门户之见，相互抱团、互相取暖，最终走向三派合一、协同创新。因此，对之洞若观火、了然于心的许书纪审时度势，在1952年福建省文化局下达华东文联整理"陈三五娘"的建议文件之后，迅速将散于各处之梨园三流派的著名师傅、演员、乐员搜罗汇集起来，创建"晋江县大梨园实验剧团"，开启"陈三五娘"的口述记录、排练演出的隆重序幕。后来事实也无可辩驳地证明了这一举动的正确性，因为小梨园师傅蔡尤本在口述《陈三》之时，

---

① 叶小梅：《南戏遗响——轻歌曼舞梨园戏》，海潮摄影艺术出版社2005年版，第184页。

已然忘却《赏花》(第八出)一场,这一遗珠之憾,最后乃由"下南"师傅许志仁补足记述(因为"下南"独有此单折戏)。不仅如此,随后身为"福建省闽南戏实验剧团"(1953年4月经福建省文化事业管理局报请国家文化部批准,"晋江县大梨园剧团"与专区所属文工队合并改组而成)艺委会主任的许书纪,又协同上级委派来团的多名新文艺工作者,对《陈三五娘》进行新老协同、优势互补,深度加工、全面提高。总而言之,正是在许书纪等戏改干部的组织协调、调度指挥下,梨园戏"陈三五娘"才能实现划时代意义的三派合流,"共一炉而冶之",才能从"筑棚于居民丛萃之地,四通八达之郊"的乡间草台,进阶至美轮美奂、声光电色的盛大剧场,为其在日后竞逐激烈的华东会演中加冕桂冠铺平道路。

再次,"陈三五娘"戏曲文本与新婚姻法的互文关系,亦值得我们关注。众所周知,在20世纪50年代初,具有天翻地覆之里程碑意义的《中华人民共和国婚姻法》,作为新中国颁布并且施行的首部完备而又详尽的国家法律,"废除强制包办婚姻、男尊女卑、漠视子女利益的婚姻制度,施行男女婚姻自由、保护妇女子女合法利益的新婚姻制度"[①]。其一方面体现了除旧布新、充满自信的新生政权力图解放被侮辱被损害之广大中国妇女的坚定决心,而做出的通过旧式婚姻观念、传统家庭模式的根本再造以推动社会彻底变革的制度努力;另一方面也于不经意间对小说、戏曲、电影等艺术样式的性别叙事与民族想象,或明或暗,或深或浅地产生影响。实而言之,在文盲率如此之高的当时语境中,抽象晦涩、艰深难懂的法律条文,若无像"随风潜入夜,润物细无声"之生动可感的戏剧演绎,断难以深入人心;而被人们目之以旧形式的民俗曲艺,如果未能适时配合时代主潮与之和谐共舞,其民间影响力则有可

---

① 戴锦华:《雾中风景》,北京大学出版社2009年版,第79页。

能不再成为优势，即其在某些握有话语领导权的人眼中，不是可以为我所用的宣传管道，而是需要注意的改造对象。

因此，以表现青年男女爱情故事的梨园曲文，在现代婚姻制度的新近集体想象中，应该华丽转型（或曰必然升华）为新婚姻法所灌注的时代精神的感性显现。细而观之，"陈三五娘"思想主旨与新婚姻法精神实质之彼此借重、相互托举的耦合关系，就鲜明地体现在黄五娘这一可歌可泣之人物形象的艺术再造上，其对个人自主婚姻、理想人生伴侣的执着追求，对"父母之命，媒妁之言"之封建礼教的决绝反抗，以及发自肺腑大声喊出"婚姻由己"的时代最强音，不仅让久被遮翳（或曰静寂无声）的女性话语，得以压过父权话语的空洞独白而另辟苍穹，也让一个迥异于逆来顺受的弱质女流之勇于追求幸福婚姻的新女性形象，渐次浮出历史地平线。正是在这一"家国同构"的互文意义上，"陈三五娘"能够超越惯常意义"文人士子深闺佳人的情感生活"①，告别顾影自怜、无病呻吟的个体浅斟低唱，汇融到热情燃烧、慷慨激越的时代大合唱当中。

二 民间戏曲资源的主流话语改写

"戏曲为了适应不同历史时期的社会现实和人们审美的不同需求，总要不断地对戏曲剧目进行修改和加工，并创作新的剧目，这是戏曲剧目发展的规律。一个剧目从产生后，从未受过不同时期人们的改编，是极少数的。"② 诚哉斯言，在中华人民共和国刚刚成立就开始戏曲改革的时代语境中，针对民间资源所进行的必要改写，势必要去掉其与主流话语系统不相一致的异质性表述，同时强化其与后者颉颃一致的同质性

① 王评章：《永远的戏剧性》，中国戏剧出版社 2005 年版，第 160 页。
② 余从、王安葵主编：《中国当代戏曲史》，学苑出版社 2005 年版，第 41 页。

言说。而从蔡尤本之出自民间、原汁原味的口述本，到去粗取精、反复提纯的华东会演本，当中的"变"与"不变"，恰似为上述戏曲社会学观点做出生动而详尽的注脚。既然如此，那么这一服务于新生政权的公开目的，是如何如盐入水般地编码到具体的戏曲文本之中的呢？

其一，就是在敞开《陈三五娘》所谓人民性、阶级性的同时，遮蔽其世俗质朴的市井气息。蔡尤本口述本中的陈三形象，显然并非建立在正/邪、善/恶二元对立基础上的好人符码，而是具有诸多暧昧不清、善恶交错的复杂面向，而颇值得分层次、多角度解读。究其实质，其乃是闽南民间社会中的底层民众，基于乡民自身的生活方式与认知框架，建构出的关于官宦子弟与风流才子的审美想象，缘此，陈三这一名副其实的官宦子弟身上，便打上了本不应有之市井小民的草根气息。具体来讲，陈三在其温文尔雅、风流倜傥的表象之下，若隐若现地潜藏着一股类似林大、卓二的无赖气质。例如在脍炙人口的第五出"磨镜"当中，身为文人雅士的陈三，为了接近只有两面之缘的二八佳人，可谓处心积虑、费尽心机，甚至不惜自降身份、铤而走险地乔装打扮成磨镜师傅，导演一出打破人家祖传宝镜而卖身入府为奴的滑稽剧。如果说他如此这般煞费苦心，乃是基于对意中人的一片痴心，令人可以理解，那么接下来的言谈举止，则近乎蛮不讲理的无赖之举。当毫无思想准备的益春，既惊又恐于黄府宝镜被眼前这一年轻师傅已然打破的突来事实而向其问责之后，作为正面人物的陈三，并不是如通常逻辑上的好汉做事好汉当，痛痛快快地承认错误、承担责任，他一反知书达礼、谦谦君子的敦厚一面，不仅匪夷所思地百般推诿，甚至指鹿为马、反咬一口地诬蔑益春失手打破宝镜。毫不客气地说，三哥这一恶人先告状的撒泼行径，与众人所鄙视的土豪林大又有何区别呢？另外，让众人颇感遗憾和意外的是，口述本中的陈麟一角，并非真的像多数善良民众所认定的痴情种，从始到终都对黄碧琚一往情深、至死不渝，而是一个得寸进尺、多多益善的登徒浪子。使用拈花惹草的无性文人来形容陈三，或许有些言辞过激、愤世嫉俗，那么将之理解为多情骚人，也算恰如其分、无可訾议。君不见，当陈三在第十一出"私会"中对五娘软语温存、柔情蜜意之后，未有闲暇回味征服的淋漓快感，马上又不甘寂寞、乘胜出手，在第十二出"簪花"中对此时业已春心萌动之五娘贴身婢女益春，极尽挑逗能事后许之以小妾身份，并且还希望五娘能够成全、玉成此事，丝毫没有顾及五娘失身之后的内心感受。此外，口述本中的公子哥儿陈三，反复强调、不无夸耀"荣华富贵实无比"的显赫家世，甚至口吐"伊敢来与我品乜权势"①的狂傲言语。毫不夸张地说，正是自矜于远远压倒林大的政经优势，陈三才敢坦然做出与五娘私奔的惊人之举。作为男主人公的陈三如此，那么女主人公的五娘亦然。口述本中的五娘，显然并非戏文习见之不食人间烟火、爱情至上的痴情女子，相反却呈现为一个为自己幸福反复盘算的精明女性。潮州富户家庭出身的黄五娘，之所以对陈三动心进而消得人憔悴，其间固然有后者文采斐然、长相俊朗的审美缘故，但更多时候体现为对陈三官家后代之显赫家世的仰慕青睐。从戏文当中可以看出，倾心"马上郎君"之官家背景的黄五娘，就一直不解并且斤斤计较于，若以陈三之才高八斗的过人学识，求取功名如探囊取物，然而却未见施行，直到好事丫鬟益春，反复告知其陈三志不在此，方才放心作罢。

如是观之，口述本的男女主人公形象，显然并非白璧无瑕而是具有普遍的性格弱点，从中可以见出闽南地区相对发达的商品经济所带来的市井观念在人物形象上的历史显影，由此剧中人更加显得人性化与接地气，堪比丰富多样、熠熠生辉的戏文典型，而非千面一孔、单调乏味的

---

① 蔡尤本等口述，林任生校订，郑国权复校：《陈三》，泉州地方戏曲研究社编《泉州传统戏曲丛书》第1卷，中国戏剧出版社1999年版，第463页。

文宣类型。于此反观一本正经、中规中矩的华东会演本，这些"染乎世情"的可爱微瑕却被隐匿起来。进而观之，在主流话语所牵引之下的改编本当中，欺男霸女、横行乡里的林大，其纨绔子弟的阶层身份，即其社会身份得以强化为武举出身加地方豪富与知州好友，与此同时，陈三的官宦子弟的符号指称则被大为弱化（仅在戏文开头一笔带过）。更为重要的是，生、大旦、小旦之间"剪不断，理还乱"三角恋爱的复线结构，简化为生旦之间一见倾心、两相爱慕的单线叙述，即陈伯卿与益春之间的打情骂俏与情感纠葛，以及五娘默许认同二者关系，都被删除得无影无踪。基于此，不仅益春被处理为无甚企图心之红娘式的中介人物，而且陈三亦精心塑造为一心一意、情有独钟的痴心男子，五娘则被着意描摹为敢爱敢恨、视金钱如粪土的清纯女子。缘此，"由慕色到慕才，由情欲到精神"①得到再次诠释，陈、黄两个青年男女，乃是两情相悦、真心实意的纯净之爱，丝毫没有沾染上世俗人生的不纯杂质，表征着道德正确、消弭欲望的情爱观。

其二，作为第一点的合理延伸，华东本以意识层面的抽象精神爱恋，置换口述本身体之维的感官欲望刻画。蔡尤本的口述本《陈三》颇有争议的特色亮点，就在于其作为一个典型的造梦工程，与戏文史上之屡见不鲜、花样翻新的爱情传奇一样，为终年辛劳、文化匮乏的庶民阶层（准确地说，主要是在传统伦理道德桎梏下而备受性压抑的成年男性），提供了一个欲望宣泄、转移升华的通畅管道。比如仅仅以第十一出"私会"为例，就有"双双同入鸳鸯帐，梦入楚阳台，做出云情雨意……甜梦处醒顷刻间，收了巫峰云雨情，不觉香汗湿透

---

① 林立：《情欲与精神——戏曲〈陈三五娘〉情爱观的变迁》，《时代文学》2008年第1期。

了胭脂冷",① 诸如此类撩人心性、诲淫诲盗的情色描写。更有甚者，趋之若鹜、忘乎所以的无知观众，极易在兴致盎然、物我齐一的戏曲观赏当中，认同益春（此时正在户外进行偷窥）的主观视点，饶有趣味地凝神窥视，陈、黄两人颠鸾倒凤的男女欢愉，因而有"偷看眼，侧耳听，笑三哥恰是君瑞张生，笑阿娘恰是崔莺莺。罗帐里恰是鸾凤和谐，锦被中鸳鸯交颈。看阿娘如痴醉，露出一枝真消息，半合断约动人心，看三哥颠颠倒倒如痴醉，含触异香侧耳听……真个是满面春风，自宿得云雨，令人伤情"② 等猥亵词句。

应该说眩人耳目的男女情欲的感官书写，虽然有格调不高、流于庸俗的淫秽成分，片面迎合以窥视为目的的戏曲观者的低劣趣味，因而无法光明正大地进入台面。但若从"食色，性也"之原型层面而论，其符合自古皆然之感性娱乐的休闲需要，以及日渐崛起的感性现代性的审美诉求，也似乎合情合理、无可多议。然而，在一张白纸、百废待兴的新中国成立初期，克制私人欲望、强调无私奉献的革命伦理与创业氛围，显然无法容忍上述你侬我侬的男欢女爱、落后腐朽的性爱描写，由此重新改订的华东会演本，也就理直气壮地将之删除殆尽，使之符合主流道德的言语规训和新时代的审美价值观念。

其三，强调反封建的斗争性，删除阶级和解的调和性。如果说华东会演本关于人物形象、唱念道白等具体改写，还属于细节层面之修辞策略的删繁就简与悄然置换，那么其大手笔去除第十三出"私奔"之后的戏（约占原本一半篇幅），则显现出比肩大才子金圣叹腰斩《水浒传》的雄浑气魄。这一经过深思熟虑、反复酝酿的改写行为，显然并非仅仅简单出于演出时间的合理控制，而将原本要分上、下两集而上演两

① 蔡尤本等口述，林任生校订，郑国权复校：《陈三》，泉州地方戏曲研究社编《泉州传统戏曲丛书》第1卷，中国戏剧出版社1999年版，第453—454页。

② 同上书，第455页。

三个晚上的戏文全本，顺理成章地压缩为 3 个小时的有效区间，也不纯粹基于绵密针线、叙事紧凑的艺术考量，而是带有观念先行的特定目的。平心而论，若只从艺术审美的单一视角而论，第十八出"小闷"、第十九出"大闷"这两场脍炙人口、感人心魄的精彩唱段（曾被陈香誉为"美视美听，真是难以形容"①），一唱三叹、情真意切，真切反映了黄五娘在心上人陈三被糊涂官府缉捕归案、锒铛入狱之后，百无聊赖、愁肠百结的郁闷心境，而今却在华东本不见踪影、销声匿迹，实在可惜、不免可叹。但是若以思想意涵的较高位面来加以检讨，识者自是不难体悟改编者忍痛割爱、壮士断腕的良苦用心。

显而易见，口述本为闽地乡民的流连所在，就在于其作为"手中无权的弱者的武器"与"日常抵抗的形式"，②谨慎墨守有始有终的封闭式叙事结构，不敢忤逆闽南族群的期待视野（亦可以推而广之到整个中华民族的审美心理），既延续王实甫《西厢记》所开创之"天下有情人历经波折而终成眷属"的大团圆结局，又暗合邪不胜正、美必胜丑之民间生活世界的原初伦理。然而事情往往具有两面性，其为人激赏、顺乎世情的显豁优点，在另一理论视镜的观照反衬之下，则沦为拖泥带水、狗尾续貂的先天不足。从表面上看，口述本的第二十一出"遇兄"与第二十二出"说亲"，让山穷水尽、陷入困窘的陈、黄爱情，得以在善解人意之兄嫂关怀与炙手可热之兄长权势（体现为"不在场"的"在场"）的强力庇护下，峰回路转、化险为夷，取得历经波折的最终成功。然而颇具反讽意味的是，若往深处追究，则这一看似大快人心、合乎庶民情感逻辑的表层胜利，是以无可奈何的彻底失败为深层指向的。为何？道理很是明白，假设沦为阶下之囚、发配崖州的陈三，没有身为

---

① 陈香：《自序》，《陈三五娘研究》，（台北）台湾商务印书馆 1985 年版，第 1 页。
② 欧达伟：《中国民众思想史论：20 世纪初期——1949 年华北地区的民间文献及其思想观念研究》，中央民族大学出版社 1995 年版，第 21—22 页。

封建社会之朝廷命官的兄长依靠（其在彼时话语中乃是不折不扣的革命对象），恐怕只能与五娘从此天各一方，今生无缘再见。旧戏文中让人喜闻乐见之再续前缘的团圆结局，指涉着曾经决绝反抗封建体制的主人公，终于为旧有制度所收编整合；亦意味着复归主流宰制的他异个体，其惊世骇俗的叛逆行为与轰轰烈烈的斗争意义，显得无足轻重、可有可无。与之相映成趣的是，华东会演本在整个故事的高潮之处戛然而止，不仅耳目一新地让人产生无限遐想空间，而且隐喻着秉持"共君断曰"而"当天下咒"之坚决信念的戏曲主人公，通过冲破罗网、远走高飞的私奔行为，自我放逐于父权制的主流社会之外。

三 现代性裂隙中的民间戏文经典化

尽管"陈三五娘"这一梨园戏经典，借由戏曲改革的强劲春风而脱胎换骨、老树发新枝，在彼时超越地域隔阂而暴得大名，穿透语言藩篱而轰动一时，时至今日仍然是"闽南戏曲文化圈"内外中人所津津乐道的热点议题。吊诡的是，倘若抛弃狭隘局促的地方情结与颟顸无知的历史偏见，跃出画地为牢的闽南一隅，而从华夏戏曲发展谱系的广阔视域进行学术检视，不难发现在与其他地方经典剧目的横向比对中，这一剧目之未竟其功、不无尴尬的影响阈限。进而言之，借由经典形成机制与命名脉络的深入探勘，不难得知所谓戏曲正典的标志确认，并不在于其于一时一地之风头无两的流行喧嚣，也不在于各式各样、琳琅满目之戏曲奖项的锦上添花，更不在于籍籍无名之草根戏迷的口耳相传、街谈巷议；而在于被拥有话语权力的文学史大家、戏曲史名家，将之纳入具有官方背景、影响面大的全国统编戏曲文学史教材，在这一版面有限、寸土寸金的编撰框架中，辟有一节以上之独立篇幅而予以讲述。如此这般，方使之成为一代又一代戏文专业学生（即戏曲艺术的历史传承者与当下发展者），所反复涵泳、用心揣摩的学习对象；以及一批又一批学科建制内的戏曲学人（作为艺文正典的阐释者与捍卫者），运用层出不穷、花样百出之理论工具进行循环理解、更新诠释的理论演练场。然而令人遗憾的是，系统检索内地现今出版的多部主流文学史（无论是文类俱全、包罗万象的文学史，还是专此一类、不涉其余的分体文学史），这一在闽南地区家喻户晓、妇孺皆知的经典剧目，却难觅芳踪、不见经传。即使是在"重写戏剧史"之大纛下编撰的新编戏曲文学史，虽以解构主流宏大叙事、倡导地方知识生产相尚，却也仅是在某个不起眼的微末角落，蜻蜓点水般地一扫而过，作为被遗忘的戏曲文献埋没在历史深处。而与之差不多同时推出甚或更晚一些，借由"戏改"东风而一鸣惊人的昆曲剧目《十五贯》，和其相较则有云泥之分、天壤之别。提及声名显赫、如雷贯耳的后者，不仅在戏曲学界可谓无人不知、无人不晓，而且溢出舞台之外而积淀为升斗小民的集体记忆。先是政治领导人物们给予"一出戏救活了一个剧种""是好戏、要推广、要奖励"的不世声誉，继而有《人民日报》《戏剧报》等国家权威媒体之连篇累牍的跟进评论，进而出现全国数以千计的各大剧团闻风而动、竞相搬演的热闹盛况。因此，不仅各种版本的戏曲文学教科书，从时代背景、思想内容、艺术特色、历史地位、影响意义等诸多维面，不吝篇幅对之大书特书、深度剖析，而且批量地涌现印象式的戏曲评论抑或学术性的研究论文。那么识者面对几近同步重临舞台却命运殊远的两出剧目，在失声感慨选择性遗忘机制的同时，不禁要问这是为什么？

这一让人颇费思量的记忆问题，偏向戏曲实践的梨园子弟与侧重学理思辨的学院中人，纷纷从不同视域出发进而提出见仁见智的多元解释。比如，有论者认为闽南地区位于东南边陲，长期地处大中华戏曲版图的边缘区域，难以进入核心地带以配合中心想象，但这一着眼于地缘因素的堂皇说辞与本质主义式的孤立理解，似乎只是停留在外在客观的表象层面，而没有具体深入到文本本身。其实，在兼收并蓄、海纳百川之中华戏曲的演进图谱当中，中心/地方、主流/边缘、官方/民间的二元划分，向来就不是一成不变、静态凝滞的，而是动态开放、界域游动的，历来不少起身微末的地方曲目与民间小调，在精心改良之后鲤跃龙门而成经典主部，进而重新测绘戏曲地理。

另外，还有论者想从戏曲语言学的直观角度来给出答案所在，然而这一思考路径注定是走向迷途的徒劳无功。其理由很简单，只需简单比照口述本和华东本就可以发现，如果说前者还是用土腔土调、粗粝质朴的地方语言写出，使闽南方言区之外的一般观者，感到佶屈聱牙、不知所以；那么后者尽管在公共观演空间的具体演唱时，演出人员或许会因时因地制宜，间或使用一些闽南方言，但其文本却是以相当优美典雅、朗朗上口的共同语悠然道出。显而易见，后续文本进行语言翻译的直接缘由，乃如林立所指出的那样，"当时要参加会演，剧本必须写得让其他地方的人也容易看懂，但演唱是用闽南方言演唱，就要照顾语言习惯，不可能全都改成普通话"①。由是观之，地方性语言也只能勉强算是影响其接受流播的因素之一，并非其行而未远的主要成因。如果更进一步考虑到"方言决定声腔，而声腔决定着戏曲剧种的个性特征"② 这一学界共识，可以肯定恰恰是方言声腔塑造荔镜情缘之独一无二的艺术魅力与弥足珍贵的戏曲文学史价值。

如前所述，此时探讨"陈三五娘"的历史定位与时代坐标，绝非发思古幽情而作民俗缅怀，乃是透过其跌宕起伏、坎坷走来的前生今

---

① 林立：《传统与现实之间的平衡——二十世纪五十年代梨园戏〈陈三五娘〉的改编》，《安徽文学》2007年第12期。

② 陈世雄、曾永义主编：《闽南戏剧》，福建人民出版社2008年版，第391页。

世，以小见大、由点及面，蠡测现代性语境中地方传统戏曲文本的命运问题。在我们看来，在变幻莫测而又有章可循的时代风云之中，"陈三五娘"在昙花一现后的回归平淡，与《十五贯》在大红大紫后臻于华彩，其无疑关涉现代性内部复杂的张力结构。一言以蔽之，"陈三五娘"与生俱来之倡导"自我解放、个性自由"的人本主义精神，契合的是思想意义上的启蒙现代性（这被主流话语刻画为由西方舶来而非本土自我演化的现代性，因而需要充分警惕），而非世俗意义上高扬集体理性、强调个体献祭的民族国家现代性。而与之形成鲜明对比的是，《十五贯》则可以诠释为"反对主观主义"与"讽刺官僚主义"等教化言辞，而直接服务现代民族国家的共同想象，更为到位的是与时代精神保持对话与密切互动。实而言之，"陈三五娘"的新近阐释者，似乎可以不落人后、与时俱进，增加诸如"训女"等出，而将戏曲文本所呈现之林大逼婚的婚变冲突、父女之间的代际矛盾，极力引向彼时时尚的阶级表述与如日中天的斗争话语，然而无论是这一民间故事的基本架构，还是心贪风月之官家子弟诱惑待字闺中富家女的出格闹剧，不脱陈陈相因、亘古不变之才子佳人的爱情传奇，其内资实质仍旧属于私人领域的儿女情长，而这恐怕是那一时代的集体话语，所要力图遮蔽的个性言说。易而言之，其存有不合时宜的民间烙印，以及异于公共空间中主流观念的原型叙述，使之无法有效担当时代精神传声筒的天降大任。毋庸讳言，如果重返戏曲事件所发生的历史现场，联系到以剧目整理为工作重心的戏曲改革，并不仅仅是为了满足"剧本荒"的一时之需，其深层目的在于借助戏曲活动在组织民众参与公共生活、建构新式观念形态的现实功用，那么就可以清晰地知晓这一剧目珠玉蒙尘的命运走向。

第二节 华东本与邵氏本"陈三五娘"的深度比较

一 经典命名的多重博弈

我们在 2013 年 5 月台湾成功大学举办的"台闽民间戏剧国际学术研讨会"上，曾以大陆"戏改"语境中的荔镜情缘的故事重述为例，专门探讨精品生产到经典命名过程中的选择性遗忘机制。我们认为，结合葛兰西的文化霸权理论来探勘戏曲经典的形成机制与潜在裂隙，可以看出现代性语境中戏曲经典的生产与再生产，既关乎审美又是来自政治场、经济场、文化场、传媒场等多个"场域"之多种力量共同作用的博弈结果。

具体到本书论域，如同我们在前面所述，本已沉沦的梨园戏"陈三五娘"，经由戏曲改革这一传统地方戏曲现代性转换的重要路径，得以脱胎换骨、涅槃重生，在东亚大陆想象戏曲现代性的关键时刻，极具征候意味地超越文化地域的天然隔阂与语言分殊的现实樊篱，骤然暴得"一出戏救活了一个剧种"的不虞之誉。其在 60 年前"华东区戏曲观摩会演"中，出人意料而又合乎情理地一举斩获"剧本一等奖、优秀演出奖、导演奖、乐师奖、舞美奖和四个演员一等奖"[1] 6 项最高奖项，并旋即改编为电影而热透闽南、远销南洋，成为闽南戏曲学术界津津乐道的话题与演艺界挥之不去的情结。尽管在影响面上还达不到《十五贯》那种程度，但我们也应该看到其在"闽南文化圈"仍然热度未减，

---

[1] 庄长江：《他救了"陈三五娘"——记晋江剧坛泰斗许书纪》，《晋江经济报》2008年8月29日第5版。

盛演不衰。无论是身处"闽南戏剧文化圈"核心地带的戏曲史家,如郑国权、吴捷秋、庄长江等;还是位居次核心区的台湾地区学者,如台湾大学曾永义教授及其座下门生,如林鹤宜、蔡欣欣、刘南芳等;抑或大洋彼岸声誉卓著、著作等身的西方汉学家龙彼得等,从时代知识状况、思想主旨意涵、艺术表演特色、现实作用影响等诸多维面,跨学科、全方位地对之进行深度剖析与全面解读,遑论批量涌现之常见常新的印象式戏评与绵延不绝的学术化论文,足见其影响早已溢出舞台的表演"场域",积淀为这一文化圈中庶民阶层的共同经验与集体记忆。

吊诡的是,倘若穿透彼时闽地"戏改"所建构之狭隘局促、画地为牢的现代戏曲地理,即龙溪地区(今漳州市)赋予重点发展"芗剧"(即闽南歌仔戏)的时代使命,晋江地区(今泉州市)则倾力建设梨园戏与高甲戏,而从"闽南戏曲文化圈"的广阔视域对两个重要改写版本进行必要而全面的检视,令人不胜唏嘘地发现,出自"芗剧祖师爷"邵江海手笔的"陈三五娘"(1937年初稿,1961年修订),成为潜隐于历史深处之"被遗忘的文献"。进而言之,检索海峡两岸现今出版的多部区域文学史论著,即便是在"全球本土化"之大纛下的新编戏曲文学史与歌仔戏的剧种史,如陈耕的《闽台民间戏曲的传承与变迁》《海峡悲歌:风雨沧桑歌仔戏》,陈世雄和曾永义联合主编的《闽南戏剧》,漳州芗剧编剧陈志亮的《漳州芗剧与台湾歌仔戏》,均未对邵氏改编本加以正面论述,只是轻描淡写地一句带过。

识者不禁要问,为何在"闽南戏剧文化圈"内部当中,华东本梨园戏《陈三五娘》,越界成为闽南与潮汕地区妇孺皆知,甚或台湾与南洋等地家喻户晓的经典剧目,而邵氏版歌仔戏"陈三五娘"即使是在其核心区厦、漳两地也芳踪难觅、难见经传,毕竟同为地方化知识生产的现代性产物,两者命运却有云泥之别?有鉴于此,在厦门、泉州等地举办的几次小型闽南语戏曲研讨会上,偏向编导演等具体舞台实践的剧坛名家与侧重演绎思辨、学理探究的学院精英，基于各自不同的阐释视域，对这一牵涉戏曲地景与文化记忆的戏曲史之问，纷纷提供相互矛盾又相互补充的多元理解。考虑到"才子佳人的老套模式，其在具体时空中的各式表述，本身就构成饶有趣味的永恒议题"①，笔者于 2014 年 10 月在厦门举办的"第四届闽南语电影文化研讨会"上，尝试在"现代性如何建构爱情神话"的阐释框架下探讨爱情传奇这一古老戏曲类型的当代境遇，进而"将之纳入关系主义、建构主义的参照视野之中，视之为一种面向日常审美生活的文化实践，一种在全球化语境中展示无限可能的跨界行动"②。

二 经典建构的时代规训

首先，有论者基于"艺术社会学"的述史秩序意味深长地指出，剧作改编者在世俗社会与戏曲"场域"的权力结构身份位置与话语权力资源掌控，促使华东会演本一举压倒其他改编本（包括邵江海改编本在内）获取经典命名，进入史册、影响后世。若以布尔迪厄"场域理论"的分析工具重新观照华东本"陈三五娘"的来龙去脉及其所映现之新文艺工作者的自我镜像，不难发现许书纪、林任生等兼具现代性视野又熟悉民俗曲艺的新文化人，在这一已然描述为"抢救"之改编事件中所起作用的暧昧多义。事实上，正如我们在前文所指出的那样，他们之所以能在"改人、改戏、改制"之自上而下、如火如荼的改革实践中，享有不容置喙的主导地位与真理在握的心理优势，并不在其对闽南庶民戏剧的感情多寡有无和具体编导演经验的深浅与否，而在于其作

---

① 王伟：《粉墨闽南：荔镜情缘的跨学科叩访》，《西安建筑科技大学学报》2013 年第 5 期。

② 王伟：《跨界的想象：当下梨园戏研究范式述评》，《福建论坛》（人文社会科学版）2012 年第 3 期。

为上级部门派驻地方、深入基层的戏改干部，被主流话语塑造为掌握先进思想武器与现代戏剧理论的理性改造者。缘此，唯其方能深入把握剧种历史嬗变的规律与戏曲未来走向，真正自觉领会专属"新社会""新时代""代表劳动人民利益"的"戏"应该"怎样演"与"为什么要演"。由此不难理解身为晋江县文化馆首任馆长的许书纪，何以能够审时度势地凭一人之力，瞬间颠覆梨园戏数百年来三派分立、相互设防的剧种格局，石破天惊地"开创了混合三派于一出戏的梨园大融合"①。与新文艺工作者（主流观念形态话语之合法化的具象代言者）相互映衬的是，无论是梨园戏《陈三》的口述者蔡尤本，还是歌仔戏的改良者邵江海（杨路冰在 1995 年 2 月厦门举办的"歌仔戏艺术研讨会"中直言不讳地指出，"邵江海与新文艺工作者颇有摩擦而格格不入"②），缺乏前者拥有的丰沛的政治资本与潜在的经济资本，其特有（或曰残存）的文化资本乃是"中国古老的戏剧行业百千年来所形成的、为艺人们熟稔的那一套行业规范"③，只是天然自发地懵懂知道"戏"从艺术传统的审美角度如何演而已。质而言之，现实身份不过是腹内有戏、需要改造的民间艺师，其作为大时代中的小人物，严重匮乏与时代对话的思想资源，陷入身份迷茫、认同焦虑的现代性焦灼之中，因此能量有限、话语低微。

另有不少学者将论述顺势引申到中华戏曲架构的剧种坐标中来。从剧种起源时间上看，梨园戏历史悠远、出身高贵，其轻柔曼妙、韵味悠长的"十八科母步"，无愧于"宋元南戏活化石"的隆重声誉。与之相映成趣的是，歌仔戏作为与"新剧"几近同时出场的"旧戏"，其可考

① 叶小梅：《南戏遗响——轻歌曼舞梨园戏》，海潮摄影艺术出版社 2005 年版，第 184 页。
② 厦门台湾艺术研究所编：《一代宗师邵江海》，光明日报出版社 1997 年版，第 40 页。
③ 傅谨：《新中国戏剧史》，湖南美术出版社 2002 年版，第 5 页。

历史不过短短百年、起身微末、发自草根，表演程式、身段舞步、搬演剧目，都是挪用自其他剧种而来，在文化积淀与血统纯正方面无法望其项背。事实上，作为老歌仔戏"四大柱"之一的"陈三五娘"，即为梨园戏中小梨园"七子班"的传统保留剧目。从地理空间上看，如果说梨园戏通过勘定溯源，千方百计地与地位显赫的"南戏"（已然被戏曲教科书刻画为华夏戏曲之正宗源流）构建联结，进而与占据大中华戏曲版图之主流剧种建立想象性的脉络关联，而摆脱地方剧种的身份焦虑与合法性危机；那么坎坷波折、命运多舛的歌仔戏，则无法循此路径而获象征资本，始终难以进入戏曲圈层的核心地带以配合文化中心的共同体想象。其前身"歌仔"据说诞生于东南边陲的九龙江畔，后传入宝岛台湾地区，而在日据时代渐次演化为"大戏"形态，再借助闽台民间交往辗转回传到故土原乡。显然，歌仔戏从诞生伊始到繁衍至今，长期地处远距中原（政治中枢）与游离江浙（文化中心）的边缘区域，被主体视为"他者"而将之放逐。其典型例证，就是 20 世纪三四十年代国民政府统治内地（亦是日本帝国主义在台疯狂推行"皇民化运动""内地延展主义"等酷烈文化殖民政策）之时，"说它是'亡国调'，对'歌仔戏'艺人的侮辱和迫害，无所不至。到抗战爆发，更是凶狠地下令禁演，甚至扬言凡是唱'台湾戏'的抓到就要杀头，并以搜查汉奸为名，逮捕'歌仔戏'艺人游街"①。据此歌仔戏本身被"污名化"的现实境遇，其代表剧目"陈三五娘"珠玉蒙尘也就顺理成章。应该承认，上述论述的确有助于今人理解"陈三五娘"乃至歌仔戏这一剧种的历史定位与时代坐标，以小观大、由点到面，管窥蠡测地方传统戏曲在东亚现代性想象中的命运问题。但进而思之，这一着眼于地缘要素、政治光谱及其所支配文化策略的宏大修辞，或许过分耽溺于族群结构与

---

① 厦门台湾艺术研究所编：《歌仔戏资料汇编》，光明日报出版社 1997 年版，第 11 页。

权力分配宰制剧种疆界的表象层面。其实暂且不论在华夏戏曲甚至东亚戏剧的讲述图谱，中心主流/地方边缘、历史正统/现代晚发、精英阶层/庶民群体的二元划分，一贯就是界域开放的动态游移，而非静态凝滞的一成不变。历经反复研磨、精心改良的地方曲目（诸如华东本"陈三五娘"之类），在风云际会的历史机缘下，鲤跃龙门、反客为主而进入正史、跻身主部数不胜数。姑且就说，邵江海为后人缅怀的功绩之一，便是其创作"改良调"，使得"疑神疑鬼的地方当局，因闻不出改良调和改良戏有任何'亡国之音'、'伤风败俗'的气味而网开一面"①，让歌仔戏在闽地"禁戏"的喧嚣声浪中获得生存空间。有鉴于此，笔者以为，我们不仅要重返历史语境而将问题重新语境化，更要直面文本本身的艺术质素。

三　戏曲经典的美学伦理

有道是，"爱情故事永远被人们重述，而一个被巧妙重述的爱情故事又永远是迷人的"②。去粗取精、反复提纯的华东本与市井味浓、异质性强的邵氏本，各擅胜场、互有长短，但前者更为符合现代民族国家的想象需要，尽管在典型表征主流话语对民间资源的征用询唤方面，或许相较"闽南戏剧文化圈"之外的《十五贯》等主流戏曲改编经典还稍逊一筹。耐人寻味的是，在叙述内容的取舍方面，二者都具有大刀阔斧、删繁就简的"腰斩"勇气，所不同的是邵江海大笔一挥的是前半部分，而华东本则屏蔽了后半部分。显然问题的枢轴，并不在于讲述一个什么样的故事，而在于"为什么"和"如何讲"这个故事。毋庸置疑，许书纪等新文艺工作者壮士断腕，力排众议、忍痛割掉《荔镜记》

---

① 陈志亮：《漳州芗剧与台湾歌仔戏》，厦门大学出版社 2011 年版，第 163 页。
② 戴锦华：《经典电影十八讲》，中信出版社 2014 年版，第 105 页。

的大半篇幅（当中包含着"美视美听"的"大闷"），让这部戏在第十三出"私奔"的高潮时刻戛然而止，绝非临时起意的突发奇想，亦非有效压缩戏曲演出时间至三个钟头的单纯技术考量，而是有着"闽南族群想象现代性"①的文宣用意。具体正如我们在前文所讲到的那样，在"一脉相承五百年"的古老戏曲文本中，官宦子弟陈三之所以能够战胜土豪恶霸林大而抱得美人归，并不是感天动地、浓情蜜意、凌空高蹈、虚无缥缈的真爱力量；恰恰相反，其所凭借的是其位居广南运史的兄长（在彼时红火的革命伦理中乃是首要的革命对象）所带来之炙手可热、无与伦比的官位权势。若重回文本"叙境"及其支撑逻辑，原来最终成就"有情人终成眷属"之大团圆结局，就表象而论是封建高官源自血缘纽带、亲情关系的出手相助，就实质而言是"不在场的在场"的世俗权力。毫不夸张地说，这无疑意味着决绝反抗封建礼教、追求个性解放的故事主人公，还是为温情脉脉之旧有制度宽宥包容、收编整合，亦指涉陈三与五娘这些疏离体制、想干就干的他异个体，其惊世骇俗的叛逆举止与可歌可泣的爱恋行为，仅仅是青春荷尔蒙的一时冲动与适度越轨，终究还是要心悦诚服地臣服父权体制与复归宗法制度，轰轰烈烈的斗争出逃带来的是更深的陷落禁锢。为了避免叙述逻辑困窘、构筑新的"常识"，契合"爱情是婚姻之合法基础"的现代性启蒙神话，建立戏曲思想主旨与新婚姻法精神耦合关系的社会现代性论述，华东本别出心裁抑或别无选择地扬弃传统戏曲关于"公子受陷落难、佳人无助哀怜"的解决方式，藏匿陈三兄长（父权的符号、体制的象征）这一完成终极逆转之关键人物的出场，以前途未卜的大胆私奔（开放式结尾），置换苦尽甘来的一家团圆（闭合式结局），深刻隐喻"被启蒙者"有意识地自我放逐于道统之外。细而言之，其将重心投向戏曲的前半部

---

① 王伟：《闽台歌仔戏的文化地形与历史记忆》，《戏剧文学》2014年第6期。

分，浓墨重彩地渲染"睇灯""投荔""留伞"等相关节目，借重"婚姻由己"的同义反复，以绘制两情相悦、相知相惜的传奇爱情；同时强化"训女""出奔"等有关戏码的戏剧性碰撞，极力将戏曲呈现之发生在私人领域的个体事件（如林大逼婚的情感冲突与父女之间难以调和的代际矛盾），刻意引向公共空间的热点议题（如时尚新颖的阶级表述与方兴未艾的斗争话语），从而满足"人民性、阶级性、现实性"的戏曲美学与诗性伦理。若说华东本以"去尾"避免所谓的画蛇添足，邵氏本则体现另一思路，即"掐头"彰显画龙点睛。其在潜意识层面，未曾有过挑战升斗小民之审美期待视野与群体情感逻辑的冲动，在自觉意识层面，始终与现代性主潮保持审慎的审美距离。具体来讲，满肚子戏、用心良苦的邵江海，为了让"哭腔"（歌仔戏最感人肺腑也最富有特色的艺术表现手法）拥有更大的驰骋空间与用武之地，不仅将前面交代男女主人公"上元赏灯的一见钟情、再见倾心的投荔相许"[1]的华彩段落统统删去，还将细腻展现二人"由慕色到慕才，由情欲到精神"的叙述章节一笔抹杀，从而把整部戏的叙述重心放在男主人公被捉之后的感伤悲苦上。缘此，在华东本删除殆尽、不见踪影的大段唱段（如五娘在心上人被官府缉捕归案、发配充军之后愁肠百结地"哭五更"，即梨园戏明清刊本中的"大闷"一出），在"江海师"手中不仅得以存留，而且大大强化以至于远远超过华东本的母本——蔡尤本的口述本全本。例如，在邵氏本"中集"开篇伊始，五娘便在婢女益春捧水进屋之前，未曾消歇地从一更唱到五更（连唱80多句），之后又用长达16句的冗长唱段以表达肝肠寸断的相思之苦。平心而论，这种用抒情僭越叙事的剧本处理方式，的确能够淋漓尽致地发挥演员的唱念功力，让戏

---

① 林立：《情欲与精神——戏曲〈陈三五娘〉情爱观的变迁》，《时代文学》2008年第1期。

曲观众郁结于胸、铭心刻骨的复杂情感恣意抒发，压抑已久、热闹翻滚的炙热欲望彻底宣泄，无处安放、疲惫感伤的心灵驻留栖息，有效增强歌仔戏的舞台表现力与艺术感染力。但其结构情节的叙事技巧上实在不甚高明，无限延宕的反复吟咏、一唱三叹的过度煽情，不仅有"戏不足、哭来凑"的"做戏"嫌疑；而且与剧情发展的内在逻辑严重不符，毕竟五娘此时早已对陈三压倒竞争对手的显赫之家世了然于心，何须终日以泪洗面、哭天抢地地自寻烦恼。总而言之，一个平淡无奇、司空见惯之富家子弟的猎艳故事，被华东本翻新为人本主义的爱情颂诗与反抗男权的反封建赞歌，被邵江海包装成生命欲求的身体狂欢与感怀身世的海峡悲歌。前者在现代性"元话语"模式下，不仅将"超秩序"与非理性的恋人絮语，统合为秩序化的理性存在，而且因为"去尾"的言语归并而让故事主线分明、不蔓不枝，令性格坚定的戏曲人物作为行动的发出者，形象饱满、光彩照人，适合担任昂扬向上、破旧立新之时代精神的生动象喻；后者由于"掐头"让情节出现跳跃、过渡不甚自然，毫无主张、优柔寡断的女主人公，仿佛只是为哭而哭的男性附庸与窥视对象，孟浪轻浮、风流自适的男主人公，似乎只由利比多驱使而招蜂引蝶，其浅斟低唱的顾影自怜，喃喃独语的兀自徘徊，难以汇入慷慨激越、雄浑豪迈的时代合唱，只是一个逝去年代的一阕文化挽歌。

值得一提的是，若从戏曲语言的审美角度而论，华东本"陈三五娘"较之邵氏版本更有利于"闽南戏剧文化圈"内外之其他剧种的横向移植与市场推广，也便于普通大众的欣赏接受与情感投射，因而影响面大、传唱者众。如前所述，作为闽南方言大师的邵江海，为了彰显歌仔戏剧种声腔的张力特点，用力过猛、过犹不及。其笃信"自己的，自己宝，别人的，生虱目"，其文本充斥大量貌似生动、实则晦涩的俚语方音、俗语民谚，这令一般民众（也包括念兹在兹的闽南方言区内的戏曲观者）在面对这些本应耳熟能详、形象风趣的粗粝言辞，反而悖谬式地感到不知所谓的佶屈聱牙。这一"近邻变远亲、熟悉变陌生"的背反现象,其发生根由在于,"方言中的许多词,找不到恰当的汉字来表达,只好用谐音字,或者音义结合,自创新字"①,使得方言剧本存有"许多互相矛盾的、不科学的地方",特别是"考本字"更成为一个专业性强、难以破解的语言难题,有待方言专家的悉心考辨与戏曲学者的上下求索。与之形成鲜明对比的是,剧团班社在特定公共观演空间演绎华东本"陈三五娘"之时,或许会因时因地制宜使用风情万种、缠绵呻吟的闽南方言,但其所据文本却是字斟句酌、反复推敲,并加以转译为典雅优美、朗朗上口的共同语,进而冲破历史雾障而修复时间的纵深。由是观之,华东本文白夹杂、雅俗兼具,借助所指与能指的符号滑动与象征游移,让地方化俗语与共同性语言珠联璧合、浑然一体,在既互相托举又相互矛盾的编码系统之中精心结构戏曲文本的意义网络,悄然塑就荔镜情缘声色交辉、辞曲并骊的声腔魅力,令戏曲的阅听者(无论是否谙熟闽南方言)浮想联翩,回味无穷。

---

① 陈世雄:《闽台戏剧与当代》,厦门大学出版社 2011 年版,第 238 页。

第十章　歌仔戏"陈三五娘"的跨界实践研究

第一节　歌仔戏发展史视域下的"陈三五娘"

作为唯一发源于台湾而又影响海峡西岸乃至南洋等地的地方剧种，歌仔戏在闽台公共观演空间播撒的百年历史，同时亦是中华传统戏曲在跨文化的交往情境中，超越传统性而获取现代性并最终走向后现代性的演进历程，缘此历时性地绘制歌仔戏"四大出"之一"陈三五娘"的传播图谱及其在剧种发展史中的地位，其理论价值毋庸置疑、实践意义自不待言。缘此，目光敏锐的民俗研究者与戏曲评论者，有感于其在草根阶层后来居上的社会影响力，在剧种网络中与时俱进的艺术感染力，适时将之纳为论说对象。然而筚路蓝缕、以启山林的前辈学者，囿于局促有限的理论工具与芳踪难觅的戏曲史料，虽有为歌仔戏坎坷曲折的接受历程撰史立论的勃勃雄心，但不免流于段落化描摹与凝滞化讨论，草草结束、难尽终章。斗转星移，物是人非。问题意识渐次明确的当下学人，在这一民俗曲艺繁华落尽、洗尽铅华的当下语境中为其做史，较之先贤更能保持应有的学术距离，因而得以"纵贯之眼光"与"史学之通识",而更为清晰深入地把握其历史发展脉络。有鉴于此,海峡两岸的戏曲学界多方努力,近年来陆续刊行多部各具特色、史论结合的歌仔戏史。当中翘楚有陈耕独立撰写的《海峡悲歌:风雨沧桑歌仔戏》《闽台民间戏曲的传承与变迁》,与其同人曾学文编剧、颜梓和通力合作的《歌仔戏史》,以及陈志亮编著的《漳州芗剧与台湾歌仔戏》都涉及这部戏的评论。较之海峡西岸波澜不惊的史论著述,东岸台湾的相关研究更为精进,比如曾永义的扛鼎之作《台湾歌仔戏的发展与变迁》、杨馥菱的博士学位论文《台闽歌仔戏之比较研究》等著作,接续文脉而继往开来,已然成为当世学人难以绕行的必读经典。

不言而喻,上述随缘应世、史料厚实的歌仔戏史论,自觉或不自觉地在接受美学的分析框架与比较视野中,系统探勘歌仔戏的流变脉络,从而为闽南戏剧的图绘谱系呈现崭新思路。然而毋庸讳言,其在清晰揭示出庶民社会与这一剧种的互动关系时,也隐含着难以克服的言说盲区,即无意遮蔽歌仔戏百年传播中的知识阶层话语。进而言之,彼时彼处作为公共空间的报刊媒体,充斥着新旧文人之连篇累牍、铺天盖地的戏评文章,尽管当中不乏对这一新兴民间戏曲之理解同情的理性声音,但终究难敌"抨击议禁"的时代合唱,当中原因何在?其次,无论是抱残守缺的旧营垒骚客,抑或是开明时尚的新阵营人物,两个貌似立场迥异、水火不容的文化集团,却不约而同、殊途同归地欲将歌仔戏禁止而后快,其动机何在?再次,言之凿凿、大声疾呼的禁戏言论,表面之"同"是否存有深层的"异",其对歌仔戏为代表之地方剧种的历史走向影响若何?最后,在视听传媒蓬勃兴起而传统戏曲日薄西山的后现代文化情境中,学院派凌空高蹈的美学思辨,是否与实务界真刀真枪的具体操作形成良性互动?

上述问题的辩证解决,必须重返历史生产语境、回到戏曲活动现场,以经典剧目的历时性建构之视角,全面透析大众传媒中文人论戏的复调话语，还原以"陈三五娘"为代表之闽南地方戏曲的现代性张力结构。

第二节　"陈三五娘"与歌仔戏剧种特质

自古至今来观，由东到西而探，苦中作乐，总是不多；长歌当哭，方是寻常。具体到歌仔戏所关联的时代语境而言，其似乎与生俱来与"哭"之间，有着说不尽、道不完的万千联系，既在表演亦在接受，既在舞台也在日常，既在历史也于当下。概而观之，在台上台下、幕前幕后、戏里戏外的一片淋漓酣畅的哭泣声、伤悲歌、哀怨调之中，来自四面八方、各式行当的人们无论老幼、不分男女，冲破理智与情感、身体经验与意识控制、艺术观演与现实生存等诸种对立，暂时忘却抑或更加忆起肉身飘零、精神离散的痛楚凄凉，动情忘我地参与到这一既神圣又世俗的共同仪式中来，悖谬式地体验着不分彼此、无论贵贱的群体狂欢。君不见，多少观众尤其是女性观众沉溺于五娘与陈三肝肠寸断、百转千回的爱情故事当中，以致施舟人曾在某次演讲中将"陈三五娘"描述为悲剧性文本，而引起郑国权在《荔镜奇缘古今谈》中的释义解惑。

话说回来，正所谓"数十年来家国，万千心事谁诉"。扣人心弦且乡土气息浓厚的闽南哭腔，在被融入"七字调"的唱腔之后，发展进化出撕心裂肺、凄美悲苦的"大哭"，而以"大哭"调为主导的"哭调"，又"生发出各种'哭调'形式的变体，如'小哭''七字仔哭''反哭''五空仔哭'等系列曲调"。[①] 吊诡的是，作为继"七字调"之

---

① 胡春霞：《"哭调"与台湾人的悲情意识》，《福建艺术》2003 年第 2 期。

后第二大类曲调的"哭调",还兼收并蓄、汇融远近四方的民歌形式,乃成所谓的"宜兰哭""安溪哭""江西哭""凤凰哭",凡此种种、不一而足。正是在哀歌四起、悲情环绕的戏曲史料之上,知名歌仔戏研究学者陈耕在其《闽台民间戏曲的传承与变迁》一书中意味深长地指出,20世纪20年代台湾舞台出现歌仔戏哭腔满台。既然如此,不禁要问,何为悲歌,悲歌何为?其实"哭"的泛滥,只是表象;"情"的共鸣,方是本源。如若以公共观演的场结构来剖析之,不难发现以歌仔戏为代表的戏曲艺术,无疑是现实处境的生动象喻、观念形态的历史铭文,以及欲望心理的投射外化,缘此,从历史现实、社会心理与艺术样式的互动结构来探讨之,或许会让超越传统审美视域之新的问答浮出地表。

"感时花溅泪,恨别鸟惊心。"历史总在当下,当下延伸历史。从某种程度上说,从郑氏集团东渡来台算起,台湾人民便具有孤臣孽子之文化遗民的悲情心态,而昏聩无能的清帝国的卖国之举,更使得孤悬海外的台岛人民,莫名惨遭日帝铁蹄的百般蹂躏,无辜受难而欲哭有泪,因而愈加重"亚细亚孤儿"的悲情意识。诚然以现代性历史视域来观照日本在台的殖民统治,其客观上祛除一隅海岛的传统蒙昧,开启台湾社会现代性的历史进程(不仅表征在形而下的器物上,更体现在形而上的社会制度与思想文化上),使之从传统农耕社会向现代工业社会加速迈进,缘此其既为戏曲这一古老艺术的继续存活提供物质上的条件,也为其现代转型创造出应有的受众群体。然而不应忘记,这种并非源出社会肌体之内在生发,而是被动强行植入的外源现代性,其所附带给台湾民众的民族屈辱感、文化失落感、身份迷惘感是一刻也没有停止过,而不时袭扰抑或未尝消停之来势汹汹、铺天盖地的"皇民化运动",更是让处于坚守本土传统性与归化外来现代性之十字路口的善良民众,彷徨无措、无所归依,陷入难以超拔的无穷感伤与刻骨铭心的不尽怅惘之中。显而易见,郁结于胸的复杂情感渴望恣意抒发,压抑已久的炙热欲望需要彻底宣泄，无处安放的心灵亟待驻留栖息，难怪以哭调见长、感天动地的歌仔戏，能够凭借不拘定本、随性发挥的灵活身姿，契合观演的公共需求，在本土与外来之各大剧种的夹缝空间中迅速崛起，进而后来居上、风靡一时。与此相伴而行的是，用乡言土语来演绎悲欢无常、坎坷流离的歌仔戏，以其"绵如雨、深如海、痛如天，波澜四涌、无法消弭"的苦戏魅力和悲剧品格，在满足以弱势群体自居之广大民众"痛并快乐"的心理需求和梦回故里的精神还乡的同时，又反过来加重这一本已浓重、挥之不去的现代性焦虑征候，并且在无意间赋予其反抗主流话语的另类色彩，而这鲜明地体现在"陈三五娘"故事的悲剧性结尾的改编当中。

第三节　道德与启蒙的交错叠加

从古至今、由西到东，掌控丰沛政经资源、握有绝对话语霸权的统治阶层，在道德理想主义的大纛之下，恣意挥舞伦理大棒的禁戏传统，绵延不断、未曾消歇。毫不夸张地说，戏曲观演的发展史与被禁史，在现实层面应运而生、密不可分，在审美层面则讽喻性地见证剧种影响与禁止声浪的正向关联。而从另一向度进行反面读解，识者不难发现，以"歌舞而演故事"的戏剧仪式，若遭到御用文人的声讨禁令，其实乃是一种莫大殊荣与政治礼遇，能够想象的是，如果戏曲观演已然式微、无人问津，他们何须多此一举地大放禁戏之空疏厥词？缘此，重新检视历朝历代的禁戏倡议，似可逆向证明民间社会的戏曲观演，是以"随风潜入夜，润物细无声"的审美感召力，于不期然间超越感性层次的休闲娱乐，而在组织乡民积极参与公共生活、构建庶民属己的观念形态话语体系，以及提供民众认知世界之百科全书等诸多领域发挥作用。进而论之，正是惶恐于此，作为统治阶层代言人之知识精英的禁戏主张，往往以道德化的高尚修辞策略为表，其真实内核则是政治性的切身利益诉求，其力图以"发乎情、止乎礼"的中和之美，调和或曰规避戏曲兴发之"情"对社会规训之"理"的遽然冲击与悄然解构，勉力维系业已摇摇欲坠的社会文化心理结构。正是在此意义上，不难理解如下戏曲接受的悖谬图景，即一方面底层民众流连忘返于戏曲典仪所营造的幻觉世界，丝毫不睬劝善惩恶、匡扶正义的高台教化；而另一方面饱读诗书、满腹经纶的正统士人，不仅对普通大众喜闻乐见的艺文形式嗤之以鼻，而且自居为前者的天然保护者，在对之深感改造无望、劝说不得的同时，将之视为"挑逗春情""诱人淫奔"的洪水猛兽，急不可耐地一禁了事、免生事端。

既然其他剧种一向如此，那么歌仔戏"陈三五娘"自然未能幸免，甚至因其诞生于一个愁云惨雾、风雨如晦的转型空间，印刷媒体之议程设置功能被各个阶层广为重视的全新年代，以及其与生俱来之以苦为美、以悲动人的艺术特质，而成为那些以赓续封建道统为己任、沉湎于"厚人伦、美教化"戏曲美学之卫道士攻击的靶心。比如20世纪30年代初的《厦门时报》，就曾刊登如下冠冕堂皇、道义凛然的鞭挞文字，"歌仔戏是一种诲淫诲盗的戏剧，其直接间接，贻害社会影响道德很大……无论妇女儿童，都时时在唱这种淫亵的词句，甚至做出种种不正的勾当，伤风败俗，真是怪谬极了……这种淫戏不禁止，淫词不禁唱，社会定必趋入坑陷淫靡循规蹈矩字也没，怪哉！怪哉！"[①] 至于《商学时报》则以《歌仔戏——商女不知亡国恨，隔江犹唱后庭花》为题，痛斥其趣味低级。如果说西岸文人的禁戏之议，体现为将之刻画命名为"亡国调"的语言暴力，其立场先行的感性宣泄多于剧艺规律的知性分

---

① 陈志亮：《漳州芗剧与台湾歌仔戏》，厦门大学出版社2011年版，第156页。

析，因而流于表象、浮光掠影，显得色厉内荏、卑弱无力，难以唤起社会公众的普遍共鸣；那么东岸墨客的禁戏之谈，则涉及音乐曲词、演员表演、剧目内容诸多维面，显得全面深入而更有所谓的学理色彩。依据徐亚湘对《台南新报》《台湾日日新报》（二者均为彼时台湾旧文人的大本营、旧文坛的根据地）的细腻梳理，在波谲云诡、矛盾错综的日治时期，上述报刊的禁戏言论此起彼伏。兹举数例，管中窥豹。反感唱腔曲调者痛心疾首说，"歌仔戏之调，卑卑靡靡……狭亵词句，故无知男女，趋之若狂"；愤慨表演丑陋者理直气壮道，"表演中每逢男女谈话等表情过于猥亵，所用科白也多淫词，所以引诱挑逗邪情的尤更直接"；不齿剧目庸俗者义正词严曰，"秽亵不堪寓目，因之人家妇女，被蛊惑者颇多"；痛惜艺师品质低劣者气势汹汹讲，"男多属无赖者流，女亦有淫奔之辈，故每扮演台上，笙歌无非艳曲，弹唱尽是淫词，翩翩舞袖，媚态百端，必使观众目眩心迷"①。凡此种种，不一而足，但大体可归于朱子门人禁戏言论的当代回响，激烈有余、新意阙如。

如果说脱胎于地方士绅的旧式文人，受到传统私塾教育背景的牵引宰制，难以割舍"美善同一"的戏曲经验，服膺膜拜孔孟以降"戏以载道"的文化道统，念兹在兹的是以"正音雅部"为代表的诗乐传承，在求新思变、否定传统的激进浪潮中，显得如此格格不入、陈腐迂阔，而渐次丧失其所赖以维系的道德制高点与阐释有效性，在无可奈何花落去的悲怆苍凉中，拱手让渡"媒介场域"中的优势地位。那么与保守主义相对的是，意气风发的新派知识者，则大都有负笈欧美抑或东渡扶桑（如创作现代版"陈三五娘"的台湾戏曲大家吕诉上）的海外求学经历，其境界始大、眼界始宽，加之令人耳目一新之西学理论的资源加

---

① 徐亚湘：《知识分子眼中的歌仔戏图像及其分析》，海峡两岸歌仔戏艺术节组委会编《歌仔戏的生存与发展：海峡两岸歌仔戏艺术节学术研讨会论文汇编》，厦门大学出版社2006年版，第527页。

持，在报刊论戏中渐占上风。借由考察《台湾民报》《台湾新民报》（新文学阵营机关报）盈溢着现代性焦虑的相关论述，可以见出具有强烈历史使命感的新文化人，不假思索地笃信单一线性进步史观，亦步亦趋地操持着从西方习得、不甚熟练的批判话语，从启蒙现代性（实质为异域话语的本土变体）的思想视域，多维解读歌仔戏这一发轫于下流社会且尚未成熟之地方剧种的诸多不足。在存有文化自卑而对外来话语资源未作反思的书生眼中，似乎只有西方舶来的新式话剧，方可承载改良社会、国族想象的宏大论述，才能担负除旧布新、启迪新知的现实重任，而落后的乡土的俚俗小调，不仅不能充任抵御殖民现代性的有力武器，而且恰恰成为历史进步、社会提升的文化障碍。在这种二元对立、非此即彼的本质主义思维之下，他们不知不觉地成为西学（以普世性的面孔呈现）的代理人，一方面以极大热情排演启蒙导向却吊诡式的远离群众的欧化戏剧，以之作为社会理想的具象传声筒；另一方面则豪情满怀进而不无悲壮地着手改造与时代脱节的旧时戏曲，使之适应激情年代的功利需求。然而令人莞尔的是，后续结果一再表明，以"陈三五娘"等为代表的在地戏曲作为积淀下来的集体记忆，构成闽南族群的文化根须与精神纽带，顽强抵抗着帝国主义的文化侵略；而知识者费尽心思的新剧运动，因其违背公众的审美惯习与心理诉求，终于陷入身份认同暧昧不清的观念雾障，只是闭门造车、脱离实际的一厢情愿。

由是观之，无论是沐浴浸润欧风美雨的左翼知识分子，基于启蒙民众、救亡图存的崇高理想，而对歌仔戏作为旧式道德的媒介载体颇有微词，抑或是魂牵梦萦华夏美学的士大夫文人，站在道德理想主义的强硬立场，而对歌仔戏这一异己之物心存不满，但曲同调殊的新旧二者，在思想根源上分享相同的评述逻辑，即在功利主义戏曲工具论的直接驱使下，以外在目的僭越戏曲本身的艺术规律。不言而喻，时代使然的论述偏颇影响深远。其最为经典的案例就是，推动台湾数波戏曲改良风潮的吕诉上就亲自改编过"陈三五娘",以"新剧"的"新"形式,讲述这一"旧故事"。然而令人扼腕的是,走出迂回的纠偏补弊,却是在民间剧种已然落寞的多年之后,即任教于台湾成功大学的刘南芳在女性主义的悲剧性视域下重新诠释"陈三五娘"。其新近改编,有意突出当中最富有表演张力的"殉情"部分,并试图以荡气回肠、多舛曲折的悲剧形态表达其对世间爱情乃至生命存在的形上拷问,以期在一个炫惑突兀、光怪陆离的转型时代搭建一座敏感细腻的心灵之塔,进而为审美现代性的历史想象提供新的艺术资源与本地方案。

第四节　审美与消费的借重改写

时过境迁、事易时往。随着现代生产社会向后现代消费社会加速过渡,由乡间草台而进军都市剧院的歌仔戏,尚无暇回味历经风雨、屡受磨难而来的胜利喜悦,便面临着前所未有的剧烈挑战,甚或无解的生存危机。最为明显的例证,便是在 1960 年前后,"歌仔戏剧团淘汰近三分之二,一年之内因经营艰难而散班的达 77 团之多"[①],而苟延残喘的多数剧团知难而退,纷纷重登外台、惨淡经营。由此可知,在现有媒介的竞逐格局中,不仅本土戏曲在公共表演空间称雄独霸的黄金年代已然落幕,而且戏剧仪式亦非大众参与公共事务的主要交往方式。从时代中心而走向历史边缘,沦为供人瞻仰的博物馆艺术,的确让业界人士扼腕不已,然而从另一面向观照,这对于耐住寂寞、苦心孤诣的戏曲学者来说,未尝不是件好事,毕竟在其政治底色退却之后,可以排除实用理性与外部杂音纷扰,专注曲艺规律的生命体验与审美探究。其实根据学术

---

① 陈耕:《闽台民间戏曲的传承与变迁》,福建人民出版社 2003 年版,第 198 页。

史的已往惯例，当一门艺术处在风光无限、声势正隆的兴盛时期，象牙塔里的学院中人，为了避免跟风追逐的趋时嫌疑，往往刻意与之保持距离，待到其热潮消退、回归寻常的平缓阶段，才将其纳入大学的学科建制，加以客观冷静的系统研究。当然具体歌仔戏的研究论域，两岸学者多年以来的往来奔走、身体力行，绝非简单地发思古幽情，而做戏曲缅怀，乃是切中肯綮、充满情怀的美学研讨。其因应路径有二，一是精致化，二是影视化，现分别论说如下。

先说立意高远、持论公允的精致化论述。作为戏曲界巨擘的曾永义，登高一呼、应者甚众，其所提之“精致歌仔戏”的美学论述，不仅在学理上振聋发聩、发人深省，在实践中更为业界所广泛采纳，“河洛”等歌仔戏剧团的不懈努力是为明证。众所周知，曾永义在与游宗蓉、林明德合著的《台湾传统戏曲之美》一书中，基于精英主义之自律论戏曲美学立场，从审美现代性的自反角度出发，指陈精致歌仔戏之环环相扣、有机统一的六个质素。具体来讲，就是在主题上“讲求深刻不俗的主题与丰富多元的思想内涵，突破传统忠孝节义的刻板说教，以满足现代人注重思考的观剧心理”；在情节上“紧凑明快，关目血脉相连，针线紧密，架构完整，以符合现代观众快速的生活节奏与观剧要求”；在排场上“醒目可观”；在语言上“力求肖似人物口吻、机趣横生，并发挥歌仔戏的乡土特色”；在音乐上“注重曲调的多元性……呈现音乐之美”；上述几点最终要落实到“加强演员技艺与学养的修为”①之上。简而言之，上述言论旨在将清新自然、源自民间的地方剧种加以艺术提纯，使之适应中产阶层（文化消费的主力军）的审美需求，为其提供诗意栖居的灵魂救赎，原乡情结的替代补偿。我们前面所提到的刘南芳改编的“陈三五娘”，便是这一思路的具体体现。例如，其不仅

---

① 曾永义等：《台湾传统戏曲之美》，（台中）晨星出版有限公司2003年版，第36—37页。

融入改编者独特的生命体验，而且还巧妙运用旋转舞台之时空错置的呈现手法，安排"魂梦"等一系列富有深意的段落，埋下两人无法成双、双双殉情的悲剧线索，从而将观众引向形上层面的哲理思考。

如前所述，后舞台化的歌仔戏，走过闻声不见人的广播时期、声形兼备的电影演绎，以及轰动一时、蔚为大观的电视再造，当中以"改良电视歌仔戏运动"，尤其引人注目、而成焦点。鉴于此，曾永义门下弟子蔡欣欣为代表的台湾年轻学人，以及闽南高校文学艺术院系的硕博士们，在法兰克福学派文化工业理论和伯明翰学派文化研究范式影响之下，从多学科的整合视域重访歌仔戏的跨界联姻。上述学者的清醒著述提示世人，日渐凋零的舞台歌仔戏，无奈选择新兴媒体作为依附对象，乃是以失却部分剧场特质为代价而来的。作为现代媒介与传统戏曲的结合之物，广播、电影、电视歌仔戏在改变"朝生暮殁"之前定宿命的同时，直接勾连媒介到达率，不免放下身段刻意逢迎目标受众，沦为无孔不入之资本话语牵引下身体欲望的视听成品，以及文化产业量产而出的"平面化、标准化、伪个性化的时尚潮流"①。君不见，在叶青等人主演的电视剧版本的"陈三五娘"动人心魄、历久弥新的传统"哭调"，因不符合收看群体喜新厌旧的消费习惯而遭弃用冷藏；含蓄蕴藉、意境悠长的程式动作，因难以适应镜头语法而销声匿迹；涤荡心胸、优游自在的反复涵泳，也在声光电色之特效技术的狂轰滥炸下，成为过眼云烟、求之不得的审美奢侈。于是，当荒腔走板、良莠不齐的流行歌曲，替换原汁原味、感人肺腑的歌仔曲调；有板有眼、中规中矩的写实镜头，置换驰骋想象、天马行空的象征写意；按部就班、毫无灵性的流水作业，取代心骛八极、放飞心灵的间性交流；徒有英俊扮相、曼妙身

---

① 王伟：《从前现代性到后现代性——"公共观演场域"中的闽南戏曲》，《戏剧文学》2012 年第 3 期。

姿而唱功不佳的包装明星，压倒"唱念做打"①熟稔精通却外形一般的资深艺员；遍览无遗、直接给定的视像奇观，遮蔽"望文生义"、含英咀华的曲词联想；所向披靡、无处不在的资本话语一家独大，终结歧义迭生、杂语共存的观演景观。真心爱护这一剧种的戏曲学人不禁要问，歌仔戏的"触电"，究竟是观演空间的逆势开拓，抑或是主动臣服的陷落溃散。

"舞袖落地扫，宝岛心曲传。"歌仔戏不同发展阶段，均产生了"陈三五娘"故事的相应改编。其从民间性的集体狂欢到精致化的审美交往，从物我同一的舞台搬演到主客分离的影视重构，歌仔戏"陈三五娘"作为杂交而生、博采而存的曲艺文本，自始至终与风起云涌的现实文本保持对话关系，其作为表征闽南的历史镜像，揭橥"时代精神"对民间戏曲的征召询唤。取其节点，分而论之。20世纪初所开创的启蒙现代性建构，与世纪末萌发的后现代解构，堪为歌仔戏发展历程中颇具征候性的两个阶段，当中潜隐深藏之论戏话语的运行机制，真实显影各种话语力量对言说空间的激烈争夺，其对这一剧目的影响值得我们深思。

---

① 陈世雄、曾永义主编：《闽南戏剧》，福建人民出版社2008年版，第234页。

余论　大众文化时代下"陈三五娘"
故事的发展与创新的思考

一　当下大众文化的时代特征

什么是大众文化？"大众文化是以大众媒介为手段、按商品规律运作、旨在使普通市民获得日常感性愉悦的体验过程，包括通俗诗、通俗报刊、畅销书、流行音乐、电视剧、电影和广告等形态。"[①] 大众文化具有以下特征：首先呈现商品化的趋向，作为商品而生产、流通与消费，具有浓厚的商品拜物教的特征，从而丧失了作为艺术品所必须具有的创造性，正如法兰克福学派的霍克海默和阿多尔诺说："艺术今天明确地承认自己完全具有商品的性质，这并不是什么新奇的事，但是艺术发誓否认自己的独立自主性，反以自己变为消费品而自豪，这却是令人惊奇的现象。"[②] 大众文化由于它具有无限复制、批量生产的特征，所以它表现出整齐划一的特征，失去了艺术品所具有的不可替代的个性。大众文化具有隐蔽的统治性，虽然它在表面上不具备强制性，但对人的

---

①　王一川：《大众文化导论》，高等教育出版社 2004 年版，第 8 页。
②　［德］霍克海默、阿尔多诺：《启蒙辩证法》，重庆出版社 1990 年版，第 148 页。

无形操控和统治却无所不在，无孔不入，大众文化悄悄按照自己的标准和尺度来调节、塑造和操纵着大众，在大众社会，几乎没有人能脱离大众文化而存在。"工业社会的力量对人们发生的影响，是一劳永逸的。文化工业的产品到处都被使用，甚至在娱乐消遣的情况下，也会被灵活地消费。但是文化工业的每一个产品，都是经济上巨大机器的一个标本，所有的人从一开始起，在工作时，只要他还进行呼吸，他就离不开这些产品……文化工业的每一个运动，都不可避免地把人们再现为整个社会所需要塑造出来的那个样子。"① 大众文化有一种媚俗的倾向，在大众文化语境下，作为消费者的大众是社会最高的主宰者，文化生产由市场需求和消费者的喜好所决定，产品首先得最大限度地迎合和满足消费者的口味，而对思想价值和艺术品位的恪守则退居第二位，媚俗成为大众文化生产者普遍遵守的伦理原则。什么是"媚俗"？ "媚俗"（Kitsch）一词最早来自米兰·昆德拉。在其小说《生命中不能承受之轻》中，对媚俗进行了定义，媚俗一方面指"无条件认同生命存在"，"无条件认同"意味着不加独立思考地认同，"生命存在"指人类的现实处。另一方面指"制定人类生存中一个基本不能接受的范围，并排拒来自它这个范围内的一切"。"基本不能接受的范围"其实规定了"普遍能接受的范围"，而这一范围是事先预设好的，不容怀疑的。如果我们去质疑这范围是谁给定的，那就体现了独立的意识，也就不是媚俗了。第一句中现实处境总是一定历史中的处境，具有历史的规定性（这里的"历史"既指过去的历史，也指现在正在生成中的历史）。"无条件认同生命存在"也就是无条件接受历史提供给现实处境的规定性。第二句话就把这层意思说明白了，但没标明主语，这恰好照应了第一句

---

① ［德］霍克海默、阿多尔诺：《启蒙辩证法》，洪佩郁、蔺月峰译，重庆出版社1990年版，第118页。

的"无条件"。"基本不能接受的范围"预设了"普遍能接受的范围"，这一范围是预先给定的、不言自明的，"在媚俗作态的极权王国里，所有答案都是预先给定的，对任何问题都有效"①。如果我们去思考到底是谁给定的，那就变成有条件了，就不是媚俗了。在《小说的艺术》这本书中，昆德拉说："'媚俗'一词指不惜一切代价讨好，而且讨好最大多数人的一种态度。为了讨好，就必须确定什么是大家都想听的，必须为固有观念服务。所谓'媚俗'，就是用美丽、动人的语言表达固有观念的愚蠢。它惹得我们为自身、为我们平庸的感受与思想一掬热泪。在20世纪50—80年代，布洛赫的话变得更加具有现实性。由于必须讨好，也即必须获得最大多数人的关注，大众媒体的美学不可避免地是一种媚俗美学；随着大众媒体包围、渗入我们的整个生活，媚俗就成了我们日常的美学与道德。直到不久以前的时代，现代主义还意味着一种反对固有观念与媚俗的反保守主义的反叛。今天，现代性已经与大众媒体的巨大活力相融，成为现代人就意味着一种疯狂的努力，竭力跟上潮流，竭力与别人一样，竭力比那些最与别人一样的人还要与别人一样，现代人已披上了媚俗的袍子。"② 昆德拉揭示人类中存在的媚俗倾向，批评了媚俗行为背后缺乏独立思考精神和人类存在的盲目趋众心理。按照昆德拉的理解，人类的行为很容易陷入媚俗的生存状态中，因为人类不可能完全避免沿袭前人的思想和行为，因此，媚俗无处不在，成为人类无法摆脱的困境，成为一种常态的生存状态，正如昆德拉所说："我们中间没有一个超人，强大得足以逃避媚俗。无论我们如何鄙视它，媚俗都是人类境况的一部分。"③ 既然媚俗是每一个人不能逃脱的

---

① ［捷］米兰·昆德拉：《生命中不能承受之轻》，孟湄译，贵州人民出版社2002年版，第172页。

② 同上书，第205—206页。

③ 同上书，第172、174页。

困境，昆德拉对之也并非一味地批判，同时更是引发人们对于人性的深入思考，对于存在的探索，展示人性的多维性和人类丰富复杂的生存状态。在当代大众文化语境中，“媚俗”已经成为文化领域中一个常用的词汇，其含义较昆德拉已有所变化，但基本内涵没有变化，通常指以降低自身的独立品格来迎合大众的审美品位，其中的“不加独立思考”和“向大多数人讨好”这两点还是和昆德拉的定义契合。当下，以网络文学、影视和流行歌曲为代表的大众文化成为民众的主要文化消费类型，而文化生产者基于市场利益的考虑，则把作为消费者主体的大众视为上帝，不惜降低作品的思想和艺术价值，来百般迎合他们的欣赏口味和审美需求，“媚俗”成为他们严格遵守的生存原则。与“媚俗”相对的一词是“媚雅”，“媚雅”是一个新近出现的名词，有两种倾向的理解。其一，“献媚”的主动者是艺术创作者，指艺术创作者在进行创作时向某一特定的与“俗”相对的“雅”人群体献媚讨好，以博得他们的欢心。① 其二，“献媚”的主动者是普通大众，按王小波的意思，“媚雅”是“大众受到某些人的蛊惑或者误导，一味追求艺术的格调，也不问自己是不是消受的了”，“一入了高雅的门就是无条件的好”。② 质言之，“媚雅”就是不懂装懂，虚假地抬高自己的品位和修养附庸风雅。本书的“媚雅”拟采用第一种含义。“媚雅”和“媚俗”一样，缺乏独立思考的精神，也是人类历史长河中常见的一种现象，不过在当下大众文化时代表现得更为明显。

在当下大众文化时代的文化生产中，“媚俗”倾向占据主流位置，“媚雅”只是局部的存在，“俗”的主体是占绝大多人口的民众群体，“雅”的主体则指受到较好教育、具有一定经济基础的特定群体。我们

---

① 孙国亮：《名家的媚雅与媚俗》，《粤海风》2003 年第 2 期。
② 王小波：《关于“媚雅”》，《视野》2007 年第 6 期。

拟以梨园戏《陈三五娘》的改编为例，思考传统戏曲如何应对人类历史中常态存在的特别是大众文化时代表现更为明显的"媚俗"和"媚雅"现象，特别是借之来思考传统戏曲在大众文化时代下的自我生存和发展之路。

二　"陈三五娘"故事改编和发展之路的思考

"陈三五娘"故事自从产生以来，以此故事为载体的改编，出现了戏曲（梨园戏、潮剧、高甲戏和歌仔戏等）、传说、文人笔记、小说、俗曲唱本、歌谣、电影等多种艺术形式。仅就明清戏曲刊本而言，就出现了明嘉靖本《荔镜记》、明万历本《荔枝记》、清顺治本《荔枝记》、清道光本《荔枝记》和清光绪本《荔枝记》等，20 世纪50 年代，又产生了蔡尤本等口述本《陈三》和华东会演本《陈三五娘》。以上几个不同版本，产生于不同时代，内容也因时代的变迁发生不同程度的变化。除戏曲之外，在 16 世纪初还出现了根据陈三五娘故事改编的传奇小说《荔镜传》，到了清朝，又产生了《磨镜奇逢集》《荔镜奇逢集》《奇逢全集》等不同名称的小说；同时，也出现了如《陈三五娘》《陈三全歌》《五娘挨荔支歌》《陈伯卿》等形式的戏文、唱本和清曲；除了传统戏曲和小说之外，新文学中也出现了以"陈三五娘"故事为基础的作品，在台湾地区，剧作家吕诉上于 1947年出版了喜剧《现代陈三五娘》，张深切于 1957 年左右创作了电影剧本《荔镜传——陈三五娘》，此后，又有许希哲创作了《荔镜缘新传》《陈三五娘别传》等小说，章君谷创作并出版了长篇小说《陈三五娘》；而在大陆内地，颜金村创作了长篇小说《陈三五娘》，著名小说家张恨水创作了以此故事为蓝本的小说《磨镜记》，"陈三五娘"故事亦被改编成电影在全国放映，1956 年，"陈三五娘"故事被整理成豫剧《陈三五娘》以及潮州歌册《陈三五娘》公开出版。"陈三五娘"故事甚至传到海外，20世纪20年代，日本作家佐藤春夫以"陈三五娘"故事为基本框架，以日语为载体，创作了小说《星》。① 而到了20世纪90年代后，时代已经发生大的变化，进入大众文化时代，但"陈三五娘"故事一直没有改编本的出现。文化要进行创新，一成不变、墨守成规只能扼杀艺术的生命力，正如台湾文化人白先勇说："文化如果没有新的创造就一定会死掉，会僵化。所有文化的发展开头一定是创新的，颠覆的，慢慢大家跟着一定的模式学习，到了至极的时候也就慢慢死去。比如唐诗宋词以致明清文化都是熟透了，就没有创新了。但是创新是非常要紧的。"② 因此，他对传统经典《牡丹亭》进行了创新性的改编，其中的成功经验同样对于"陈三五娘"故事创新性改编有着借鉴的价值与意义。

（一）坚守艺术品位，可"俗化""雅化"而不"媚俗""媚雅"

《陈三五娘》从其诞生的源头来看，当属于一种偏向于"俗"的文学，走的也是"俗化"之路，但就以上提及的几个戏曲刊本来说，每个版本的情况会有所差异。最近产生的两个版本是20世纪50年代产生的蔡尤本等口述本和华东会演本，前者走的是具有民间特色的俗化之路，蔡尤本是一个民间艺人，所以其改编本表现出明显的"民间立场"。改编的内容有以下几个特色：剧本中保留了很多具有闽南特色的地方口语，具有明显的乡土特色，这是该剧最值得肯定的地方，其次，口述本有意突出了民间喜闻乐见的"色情"和"艳情"内容，加大了剧本的"艳情"叙事内容。在口述本中，陈三五娘从互相爱慕到私订终身很大程度上是建立在"慕色"的基础上。在蔡尤本等口述本第二出"睇灯"中，陈三与五娘初次相遇，一见钟情，陈三眼中的

---

① 参见朱双一《台湾新文学中的"陈三五娘"》，《台湾研究集刊》2005年第3期。
② 白先勇：《圆梦：白先勇与青春〈牡丹亭〉》，花城出版社2006年版，第88页。

五娘是"娇姿绝色","像仙女下瑶池",陈三不禁为之"心醉魂销",而五娘对陈三也是一见倾心,五娘的动心一方面是被陈三俊美的外貌和风流潇洒的言谈举止所深深吸引;另一方面可能与陈三出生于官宦之家的贵族身份有关。蔡尤本等口述本有意渲染了具有"色情"特色的性爱描写。这在第十一出"私会"中表现得最为突出,整出戏用比较赤裸的文字大胆描绘陈三五娘的闺房云雨之事。入闺房之前,丫鬟益春教导陈三该如何和五娘云雨:"邀枕上,睡鸳鸯,团圆就寝,好相温存,莫把花心残,致使蝶乱蜂狂。"然后剧本极尽铺陈陈三五娘云雨之事:"双双同入鸳鸯帐,梦入楚阳台,做出云情雨意。……甜梦初醒顷刻间,收了巫山云雨情,不觉香汗湿透了胭脂冷。"又以他人视角(益春)再渲染二人云雨之景:"罗帐里恰是鸾凤和谐,锦被中鸳鸯交颈。看阿娘如痴如醉,露出一支真消息,半合断约动人心。看三哥颠颠倒倒如痴醉,含触异香侧耳听。可怜阮阿娘譬如雕莺,含触异香侧耳听,真是个满面春风,自宿得云雨,令人伤情。"口述本大量的"艳情"叙事内容,必然为底层的老百姓所喜闻乐见,适合他们的欣赏口味,为他们所欢迎,底层老百姓识字不多,文化水平不高,像一些"反封建""追求个性解放、婚姻自由"等现代民主观念思想,以及一些"阳春白雪"的艺术形式,对于他们来说,也许不理解也不感兴趣。他们倒对于那些即使格调不高,但具有浓厚民间特色的内容和形式感兴趣。但我们对这些"色情描写"内容,却要辩证地评价,这些"性爱描写"由于没有把握好"度",抒写得有些过头,总体上品位显得有些低俗肉麻,格调和品位不高,有迎合民间低级趣味之嫌。如何评价这里体现的"民间"立场?这里引用陈思和提出的"民间"概念,"民间"文化是"来自中国民间生活世界的主体农民所固有的文化传统","能够比较真实地表达出民间世界生活的面貌和下层人民的情绪"①。但民间文化的构成是十分复杂的。不可否认，底层文化有自己独立的精神空间和审美传统，其中不乏大量的精华性内容。但总体来说，民间文化是"民主性的精华与封建性的糟粕交杂在一起，构成了独特的藏污纳垢的形态"②。对于体现民间特色的"性爱描写"，其精神实质既可以体现为"民主性的精华"，亦可以体现为"封建性的糟粕"。当这种"性爱描写"体现了一种自由自在、健康自然、具有强劲生命力的精神文化，当属于"民主性的精华"，就如沈从文"湘西"小说中的那些性爱描写，但"性爱描写"仅仅只是满足于赏玩性的、感官刺激层面的纯肉欲式描写，那就属于"封建性的糟粕"无疑了。在蔡尤本等口述本中，如果说"色情"和"艳情"的描写是封建性的糟粕还恐引起争议，那么其对陈三和益春关系的处理则必定是封建性的糟粕了。口述本的第十三出"簪花"，益春对陈三有意，想过人主生活，陈三也慕益春姿色想要纳益春为小妾。陈三的行为，按照传统观念，是有情有义的行为。因为益春的身份是一个丫鬟，陈三把她纳为妾，是提高了她的地位，妾是介于主奴之间、半奴半主的角色，妾的地位虽然不如妻，但高于奴（丫鬟）。陈三给予益春小妾的地位，当然对益春有好处，所以在剧本中，益春感谢陈三说："谢东君有情意。"面对陈三行为，五娘竟然没有吃醋，而是大度地准许二人成其好事。最后成为"二女同事一夫"的"大团圆"式的结局。口述本如此改编，也是为了迎合民间老百姓的审美趣味和价值观，作为中国的底层老百姓，深受传统儒家文化的影响，亦自然认同儒家所主张的婚姻制度、伦理观念、价值体系以及审美习惯，因此，对于口述本中的妻妾制度和"大团圆"结局必然会产生共

① 陈思和：《民间的浮沉——对抗战到文革文学史的一个尝试性解释》，《上海文学》1994 年第 1 期。

② 同上。

鸣。但按照现代观念来说，陈三的行为当属情感不专一，有滥情之嫌，也无法体现两性平等、相互尊重、个性解放、自由独立等现代内涵的思想，其遵守的封建社会男性中心主义的妻妾制度，本质上体现了女性物化、男女两性不平等的倾向，属于封建性的糟粕。

华东会演本走的是具有官方色彩的"雅化之路"，"雅化之路"借助于会演、调演和官方的"精品工程"，着眼于提高剧种的艺术品位和剧目的创新，"雅化之路"产生了许多为国家和地方赢得荣耀和光环的精品剧目。华东会演本部分内容的改编迎合了当时政治意识形态的需要（"媚官"或"媚雅"）。首先，华东会演本因为要参加华东地区戏曲观摩演出大会会演，并要参加评奖，因此，对于蔡尤本等口述本中许多具有"民间"色彩的内容进行改编。譬如对口述本的陈三纳益春为妾的情节，华东会演本则予以删除，益春只是一个纯粹的丫鬟的身份，因为，华东会演本要考虑到政治意识形态的需要。在当时，新中国的首部婚姻法正在全国范围内颁布施行，主张铲除一夫多妻的封建婚姻制度，实行以自由恋爱为基础的一夫一妻制的社会主义婚姻制度。因此，在这样的背景下，陈三纳益春为妾的行为无疑是一种封建陋习，应该予以大力批判，所以，华东会演本必然要将此情节删除，宣扬陈三和五娘的一夫一妻制度，直接配合当时新婚姻法在全国范围内颁布施行的需要。另外，蔡尤本等口述本中有许多"艳情"叙事的内容，华东会演本也做了有限的删减和净化，如果说蔡尤本等口述本中陈三五娘的爱情是建立在"慕色"的基础上，而华东会演本中两人的爱情则是建立在"慕才"的基础上，蔡尤本等口述本中出现了大量的性爱描写，华东会演本则将之过滤净化，将两人的爱情升华到精神的层面，重在精神的交流。为了配合社会主义社会反封建的需要，华东会演本有意凸显陈三五娘爱情对立面的封建性，对于林大，除了表现他的好色与俗鄙之外，还强调了他潮州富豪、官宦之家的身份，突出了其封建地主阶级的地位。而在口述本中，林大只是富豪，但却不是官宦之家，反倒是强调陈三官宦之家的身份。另外，华东本增加了一出"训女"的内容，表现的是黄父训斥五娘的情节，林大垂涎五娘，托人送入聘礼，黄父看中"林大乃相门后裔，武举出身，家财巨富，田业千顷"，甚为满意，而五娘不从，黄父大怒，斥曰："自古父母之命，媒妁之言，不可违背，你爹主婚，定要你顺从！"五娘追求自由恋爱，而黄父作为封建家长，却主张媒妁之姻，父母之命，实行包办婚姻。华东本刻意夸大两者之间的对立和矛盾，表现了符合意识形态需要的反封建主题，体现了相当的政治功利色彩。华东会演本由于"雅化"而不免导致剧本"草根味"和"民间气"的渐趋稀薄，例如在改编中过多地对语言进行加工，大量抛弃生动鲜活的地方口语，正如鲁迅所说，文人把民间的东西，"取为己有，越做越难懂，弄得变成僵尸"①。底层观众并不由衷喜欢。

以上《陈三五娘》的两个改编本的贡献自然不容抹杀，由于篇幅所限，此点不述。而其"媚俗"或"媚雅"（"媚官"）的倾向一定程度上导致了作品本真艺术面貌的模糊或扭曲，或作品思想或艺术水准的降低。因此，在将来的改编中，总体上可以走"俗化"之路，保持作品的草根性和健康的民间性，但不应走向低俗化、粗鄙化，坚持原剧的思想和艺术品位。亦可以进行"雅化"的尝试，但不可抽空原剧健康的"草根性"或"民间性"内容，模糊原剧的本真面目，消解原剧的古典精神，降低原剧的思想艺术水准，以这些为代价来"媚俗"或"媚雅"是不可取的。总之，在"陈三五娘"故事未来的改编中，如何在"雅化"和"俗化"之路上调节平衡，是要花一番工夫的。

---

① 鲁迅：《鲁迅全集》第12卷，人民文学出版社1981年版，第339页。

（二）突出积极进步的思想内涵，表现"情痴"之人类永恒主题

梨园戏在中国古代曾有过辉煌期，但是到了"二十世纪三十年代以后，梨园戏日益衰落，到 1949 年戏班只有二十多个"[①]。梨园戏在新中国成立后走向衰落式微引起了地方政府的重视，当时，国家在宏观文化政策层面，大力倡导"戏改"运动，重兴传统戏曲文化。在此时代背景下，梨园戏也做了积极的努力。首先，组建了比较正规的梨园戏剧团，为戏剧的改革发展提供了坚实的基地和依托。1953 年，福建省成立了两个省级的梨园戏实验剧团，其中之一就是由晋江专区梨园戏剧团改建重组的福建省闽南戏实验剧团。其次，梨园戏对"陈三五娘"故事有过两次大的改编，就是蔡尤本等口述本《陈三》和华东会演本《陈三五娘》。加上此前的几个明清戏曲刊本，版本应该不算少。常理而言，版本的更替往往是后版本以前版本的基本内核为基础，然后再做出适应时代特色的局部改编，通常是后版本的思想内涵比前版本的先进深刻，但在《陈三五娘》数个版本的产生过程中，却产生一个奇怪的现象：有些前版本如明嘉靖本《荔镜记》中的先进思想内涵却在后版本中被人为地淡化或消解了，导致了《陈三五娘》思想层次的降低。例如，在《陈三五娘》的母本明嘉靖本《荔镜记》的第十四出"责媒退婚"中有一段对白，当"李媒婆"告诉五娘"姻缘由天"时，五娘大胆喊出了"姻缘由己"的主张，公然对抗当时的"父母之命""媒妁之言"封建包办婚姻制度，其中体现了自觉的个性解放意识。中国女性个性解放意识的普遍觉醒形成于"五四"时期，那得益于西方现代思想传入中国，与此对照，五娘的个性解放意识的觉醒似乎很超前。五娘的个性解放思想

---

① 《中国戏曲志》编委会：《中国戏曲志（福建卷）》，文化艺术出版社 1980 年版，第 454 页。

不但体现在语言上，而且体现在行动上，她断然拒绝父母看中的林大，与所爱陈三私订终身，最后私奔外乡，勇敢无畏地对封建礼教进行反叛。在同一出戏中，有一场母女的对话，五娘之母看中林大，说他家"赤的是金，白的是银"，但五娘却认为他是"流薄之子"，"像猴狲一般"，并说出了自己的择偶标准："女嫁男婚，莫论高低。"这里的高低，主要指的是财富物质上面的，即认为婚姻的选择，不分贫富贵贱，而要做到同等对待，五娘更看重的是人品、才华和相貌。五娘爱情观的"平等"意识，重人品才华轻财富物质的观念，即使在现在看来，也具有积极意义。但这些具有进步意义的思想却在 20 世纪产生的两个版本中被稀释了，甚至不见了，导致了《陈三五娘》的思想性大打折扣。例如蔡尤本等口述本《陈三》中，充斥了过多的艳情叙事和性爱描写，也冲淡了戏剧原有的具有积极意义的思想主题，正如有研究者不无担忧地说："明嘉靖丙寅本《荔镜记》中的精华被床戏所取代、所玷污了，黄五娘，这个在中国戏曲史上难得一见的女性，这个较早公开表达'姻缘由己'自由思想，提出'平等择偶'主张的新女性，这个以大胆的行动来对抗世俗社会的'叛逆女性'——都不见了！在《陈三》一类的作品中，取而代之的是什么呢？似乎较多的是一个'私情'女子。"① 而在华东会演本的改编中，虽然其欲表达的思想不乏先进之处，但是由于站在政治功利的立场，过多地刻意配合意识形态的宣传，也一定程度上消解了该剧的本真特色。一部剧本在版本改编和传播的过程中，不是在思想上更加趋于先进，而相反把一些精华的东西丢了，无异于"挥刀自宫"，自己扼杀自身的生命力，因此，在将来的改编中，应该亟待恢复其本来面目或加强具有积极先进意义的思想内涵。

---

① 陈雅谦：《〈荔镜记〉的思想内涵及"陈三五娘"故事的演变》，《泉州师范学院学报》2011 年第 1 期。

就剧本题旨内容而言，"陈三五娘"故事可在"痴情"上下功夫。"爱情"是人类永恒的情感，任何时代都不会过时，任何时代都会得到观众心灵的回应，因此，突出"至情"或"痴情"主题都能唤醒人类心灵深处对爱的渴望。《陈三五娘》应该表现男女主人公在封建包办婚姻制度、乡绅恶霸、权贵金钱、世俗偏见意识，以及爱情追求过程中所产生的误会等不利因素的重重包围下，勇敢面对、大胆挑战、主动追求的精神，特别要重点凸显陈三为了追求爱情费尽心机、百折不挠、九死不悔的行为和细节。在《陈三五娘》华东会演本改编过程中，有改编者曾认为陈三故意打破黄家宝镜，然后卖身三年到地主家为奴，是向地主阶级妥协，有损陈三形象，遂主张将之改为失手打破黄家宝镜，以表示陈三向地主阶级卖身为奴不是主动，而是迫不得已，提高陈三形象。此主张最后虽然没有被采纳，但显然表明政治意识形态对改编者的巨大影响。这其实是一个并不成功的改编思路，事实上，越是表现陈三甘于自跌身价，为了爱情不顾一切主动追求的"痴情"行为和执着精神，就越能感动广大观众。

（三）借助"名人"效应，明确特定受众群体

"名人"效应在大众文化时代起着"一呼百应""万民皆知"的广告作用。《牡丹亭》在白先勇改编之前不是没有被改编过，但是只有到白先勇那里才产生轰动效应，张艺谋、冯小刚的电影也并非部部都是精品，但只要经张艺谋、冯小刚一导演，必然会妇孺皆知。因此，可否仿效青春版《牡丹亭》的"名人"效应，寻找一位在两岸（不仅仅局限于闽南文化区）有较大声望和影响力的文化名人来领衔策划改编"陈三五娘"故事？这位文化名人最好精通梨园戏、通晓闽南文化（但首先考虑声望和影响），有振兴传统文化的使命感，有核心凝聚力，能够像白先勇一样，虽然"不是编剧，不是导演，也不是严格意义上的制片

人，经纪人，但改编、培训、演出、传播、技术、服务，无不渗透、延伸、融汇着白氏的审美理想和文化理想"，是"一位充当主事者、组织者、制片人、经纪人多元合一的'知识主管'"①。

青春版《牡丹亭》定位于年轻人和大学生，《陈三五娘》可以福建闽南地区、广东潮汕地区和台湾地区不同年龄层次的观众为重点对象，但可适当扩延到非闽南文化区，重点进军大学校园，争取大学生观众。福建省梨园戏实验剧团曾经四次赴宝岛台湾演出，其中1997年的首次访台演出，知音寥寥，票房惨淡。2000年和2002年再次赴台演出，改变策略，主动走进台湾高校，争取了一大批大学生戏迷，产生了较大反响。事实证明大学生对《陈三五娘》是感兴趣的。

（四）采用"古典为体，现代为用"的制作理念以及适应大众社会的营销策略

我们可以吸取青春版《牡丹亭》的做法，以"古典为体，现代为用"为基本原则，在保留《陈三五娘》古典精神和传统特色的同时，有机吸收现代表现手段，在舞台演出的舞美、灯光、服装、音乐、道具等方面采取现代化的制作手法，给观众一种全新的视觉和听觉冲击力。还可以通过各种媒体、影视和网络进行宣传造势。

如果说在剧本的改编上要做到不"媚俗"、不"媚雅"，但在广告宣传上，要做到全方位的"媚俗"和"媚雅"，主动向大众或某一特定群体展示自己和推销自己，而不是锁在"象牙之塔"里，"孤芳自赏"，被动地等待观众来观赏。另外，在宣传的基础上，努力打造文化名牌，如同白先勇的青春版《牡丹亭》一样，成为一个知名文化工程，形成一定的市场效益（当然不以盈利为目的）。

---

① 白先勇：《圆梦：白先勇与青春〈牡丹亭〉》，花城出版社2006年版，第13页。

当下大众文化时代，影视是最有效的广告和营销手段，很多艺术载体必须借助于改编为影视载体才能产生影响，例如，像当代一些小说，本是寂然无声，但被改编成影视剧后特别是被名导演改编后，却闻名遐迩。"陈三五娘"故事之前虽然已有电影和电视剧改编本问世，但时代已经发生变化，它完全可以像《红楼梦》《三国演义》和《水浒传》一样，再推出适应时代特色的新版本。据悉，梨园戏的另一经典剧本《董生与李氏》近日将由著名导演冯小宁改编成电影。①

另外，现在泉州和潮州尚存关于陈三五娘的遗迹，例如，泉、潮两地残存的"陈三坝""五娘井""五娘墩"等遗迹完全可以同泉潮的其他文化遗迹进行共同包装开发，建造陈三五娘文化公园，展示"陈三五娘文化"，仿效见证陆游和唐婉爱情故事的绍兴沈园的开发思路，借之可以寻觅古代爱情踪迹，抒发怀古之幽思，进行文化寻根，带动旅游业的发展，并形成良性互动关系，反过来扩大"陈三五娘"故事的影响。

（五）倡议进入官方教育体系，进入乡土文化教材

以白先勇为首的有关文化人联合发布了《传承弘扬中国昆曲艺术倡议书》，倡议中国昆曲走进高校，让高校承担保护和发展民族优秀传统文化的责任，并呼吁政府大力支持这项举措。梨园戏也可吸取昆曲的做法，将它纳入国民教育系统，成为高校或中学的教学内容，考虑到梨园戏的影响不如昆曲，仅仅在闽南地区有影响，所以可以在福建省或闽南地区的学校设置相关课程，或至少成为乡土文化教材的一部分（必修课或选修课的形式），进而将梨园戏文化传承下来。在高校的艺术系、中文系，设置"梨园戏欣赏与研究""'陈三五娘'专题研究""泉州地方戏曲研究""闽南戏曲文学研究""闽南文化研究"等课程，并保证充足的学分，让当代大学生接受必要的民族传统艺术的教育，使"陈三

---

① 陈智勇：《梨园戏〈董生与李氏〉将拍成电影》，《泉州晚报》，2011 年 7 月 12 日。

五娘"等文化遗产在年轻人那里得到传承。在中小学，也可以通过形式活泼、通俗易懂的方式，凭借乡土文化教材、课外文体活动、专题讲座等形式，使中小学生初步感知"陈三五娘"等文化遗产的魅力，激发他们对传统艺术的热爱。

另外，"陈三五娘"可以借助并纳入泉州南音的保护系统。泉州南音是现存最古老的乐种之一，被誉为中国音乐历史的"活化石"，具有重要的价值，但也同其他传统艺术一样，面临着生存萎缩、传承出现"青黄不接""人亡艺绝"的危机。鉴于南音先后被国务院批准列入第一批"国家级非物质文化遗产名录"、被联合国教科文组织列入"人类非物质文化遗产代表作名录"，当地政府高度重视对南音的保护和传承，并制订相关计划。自20世纪90年代开始，南音开始进入中小学课堂，泉州师范学院也在21世纪初设立了音乐学（南音方向）本科专业。可以说，政府的政策支持和经费保障有效地促进了南音的传承和发展。因此，"陈三五娘"的传承与保护完全可以纳入南音这一官方的保护体系，谋求协同创新的"一体化"发展。

三 结语

美国人类学家朱利安·H. 斯图尔德（Julian H. Steward）最早提出了"文化生态"（Culture Ecology）理论。[①] "文化生态学"的研究对象之一是"文化层"上的"文化"，"戏曲剧种文化生态结构"是一个整体性具有内在逻辑性的系统，与剧种相关的每一个文化因素，都具有独特的内在力量，作为一种"合力"共同推动剧种的发展。"戏曲剧种文化生态结构"包括"内部生态"和"外部生态"，即戏曲剧种的内部，

---

① Julian H. Steward, *Theory of Culture Change*: *The Methodology of Multilinear Evolution*, University of Illinois Press, 1976.

包括剧目、音乐、表演、舞美和灯光等在内的艺术生产诸元素，以及外部的政治经济、意识形态、宗教信仰、民间风俗等社会影响因素。因此，当下全面转型的时代，必然引起戏曲剧种外部生态结构乃至整个生态结构的变化，因此，戏曲剧种应该积极寻找应对"外生态"因素的变化的对策，适当调整其内部生态结构，增加其内部自我调节、自我适应和自我更新的能力，使变化的"文化生态结构"重新趋于和谐，重新产生生命力。在当下文化语境中，中华传统戏曲处于濒临灭亡的困境是一个不争的事实，包括京剧、昆曲、梨园戏等在内的各种传统戏曲正面临薪火难传和断代的危机，观众寥落，戏班锐减，演员老化，后继乏人，全面呈现衰落和颓败之势。其原因主要是传统戏曲所赖以生存的"外生态"发生巨变，受到大众文化时代下以影视、流行音乐和网络文学为代表的新型的文化形态的冲击和影响，但又不能及时地进行"文化生态结构"的自我内部调整，表现为传统戏曲在大众文化时代下不能进行自我更新和主动争取观众，不能够与时俱进，推陈出新，适应新时代观众的需要。传统戏曲如何适应时代环境的变化，在危机中挽救、保存和发展自身，重建和谐的"戏曲剧种文化生态结构"，以期薪火相传，焕发新的生机，是一个亟待解决的重要问题。"复兴不是守旧"，在"回归古典"中"创新"，做到尊重古典但又不完全因袭，利用现代但又不过分滥用，既能保存古典艺术的精髓，又能有机吸收现代的审美艺术和表现手段，"古典为本，现代为用"，创作出古典和现代完美结合的创新性作品，满足现代观众的审美需求，在当前大众文化语境下，是完全有可能而且是必要的。青春版《牡丹亭》就是一个成功改编的范例，《陈三五娘》甚至所有的传统文化遗产都可以走这样的改编和发展之路，如20世纪80年代的舞剧《丝路花雨》就是凭借融合民族特色和现代意味而获得成功的典范，近年来如《云南印象》《印象·刘三姐》等作品也是走的类似的路径。

参考文献

一 "陈三五娘"故事的相关作品

1. 清代乾隆己亥刊本《绣像荔枝记陈三歌》，中国国家图书馆藏。

2. ［日］佐藤春夫：《佐藤春夫集》，高明译，现代书局 1933 年版。

3. 吕诉上：《现代陈三五娘》，（台北）银华出版部 1947 年版。

4. 于人：《陈三五娘》，上海文化出版社 1955 年版。

5. 张恨水：《磨镜记》，北京出版社 1957 年版。

6. 章君谷：《陈三五娘》，（台北）传记文学出版社 1970 年版。

7. 颜金村：《陈三五娘》，鹭江出版社 1987 年版。

8. 许希哲：《荔镜缘新传》，（台北）照明出版社 1990 年版。

9. 曾子良主持：《闽南说唱歌仔（念歌）资料汇编》第 3 册，台湾歌仔学会，1995 年。

10. 陈宪国、邱文锡编注：《陈三五娘》，（台北）樟树出版社 1997 年版。

11. 张深切：《荔镜传——陈三五娘》（电影脚本），《张深切全集》卷 10，（台北）文经出版社 1998 年版。

12. 泉州地方戏曲研究社编：《泉州传统戏曲丛书》（1—15 卷），

中国戏剧出版社 1999 年/2000 年版。

13. 饶宗颐、龙彼得主编：明代万历刊本《新刻增补全像乡谈荔枝记》影印，（台北）新文丰出版公司 1999 年版。

14. 吴守礼校注：《明嘉靖刊荔镜记戏文校理》，《闽台方言研究史丛刊》（1、2）；《明万历刊荔枝记戏文校理》，《闽台方言研究史丛刊》（3）；《清顺治刊荔枝记戏文校理》，《闽台方言研究史丛刊》（6）；《清光绪刊荔枝记戏文校理》，《闽台方言研究史丛刊》（8），（台北）从宜工作室 2001 年版。

15. 泉州地方戏曲研究社编：《明刊戏曲弦管选集》，中国戏剧出版社 2003 年版。

16. 郑国权主编：《荔镜记荔枝记四种》（明嘉靖、清顺治、清道光、清光绪戏文系列刊本），中国戏剧出版社 2010 年版。

17. 郑国权：《明万历荔枝记校读》，中国戏剧出版社 2011 年版。

18. 施叔青：《行过洛津》，生活·读书·新知三联书店 2012 年版。

二 相关的研究论文

1. 龚书辉：《陈三五娘故事的演化》，《厦门大学学刊》1936 年 6 月。

2. 向达：《瀛涯琐志——牛津所藏的中文书》，《北平图书馆馆刊》第 10 卷第 5 期，1936 年 10 月。

3. 厦门大学南洋研究所编：《南洋问题资料汇编》1958 年第 1 期。

4. 林颂：《"陈三五娘"文献初探》，《福建戏剧》1960 年 8 月号。

5. 郭汉城：《传统剧目整理改编的几个问题》，《中国戏剧》1962 年第 5 期。

6. 王育德：《台湾语讲座——歌仔册的话》，《台湾青年》，1963 年 5 月。

7. 章君谷：《写在〈陈三五娘〉之前》，（台湾）《联合报》，1966年10月1日。

8. 余承尧：《泉州古乐》（上），（台北）《福建文献》创刊号，1968年3月10日。

9. 余承尧：《泉州南戏》（续），（台北）《福建文献》第9期，1970年3月10日。

10. 邵江海：《芗剧史话》，漳州《文史资料选辑》1979年第1辑。

11. 蔡铁民：《明传奇〈荔支记〉演变初探——兼谈南戏在福建的遗响》，《厦门大学学报》1979年第3期。

12. 何韵：《发放芬芳话潮剧——与广东潮剧院艺员一席谈》，《中华日报》1979年11月20日。

13. 许书纪：《关于陈三墓志铭》，《泉州文史》1980年第2、3期合刊本。

14. 黄典诚：《泉州汇音妙悟述评》，《泉州文史》1981年第2、3期。

15. 王士仪：《七十年来的地方戏剧》，朱重圣主编《中国文化之复兴》，（台北）中国文化大学出版部1981年版。

16. 王士仪：《泉州南戏史初探——中国戏剧第六体系》，（台湾）《华冈艺术学报》1981年第2期。

17. 李晓：《南戏曲韵研究》，《南京大学学报》1984年第3期。

18. 王爱群：《论泉腔——梨园戏独立声腔探微》，《泉州地方戏曲》1986年第1期。

19. 王爱群：《续论泉腔》，《泉州地方戏曲》1987年第2期。

20. 刘湘如：《梨园戏三探》，《泉州地方戏曲》1987年第2期。

21. 王仁杰：《梨园一曲催人醉，菲华父老尽望乡》，《福建戏剧》1987年第3期。

22. 周颂伦：《简论近代日本人"脱亚"意识的形成》，《外国问题研究》1987 年第 2 期。

23. 刘天纯：《论外来文化与"日本化"》，《社会科学战线》1988 年第 1 期。

24. 陈兆南：《陈三五娘唱本的演化》，（台湾）《民俗曲艺》1988 年第 54 期。

25. 陈泗东：《闽南戏发生发展的历史情况初探》，福建省戏曲研究所、泉州地方戏曲社、莆仙戏研究所编《南戏论集》，中国戏剧出版社 1988 年版。

26. 林艳枝：《嘉靖本〈荔镜记〉研究》，硕士学位论文，中国文化大学，1989 年。

27. 彭飞：《新发现的宋元南戏——〈颜臣〉》，《上海戏剧》1990 年第 1 期。

28. 吴捷秋：《泉腔南戏的宋元孤本——梨园戏古抄残本〈朱文走鬼〉校述》，泉州地方戏曲社编《南戏遗响》，中国戏剧出版社 1991 年版。

29. 罗时芳：《近百年厦门"歌仔"的发展情况》，福建省艺术研究所、厦门市台湾艺术研究室编《闽台民间艺术散论》，鹭江出版社 1991 年版。

30. 陈益源：《〈荔镜传〉考》，《文学遗产》1993 年第 6 期。

31. 王顺隆：《谈台闽"歌仔册"的出版概况》，《台湾风物》第 43 卷第 3 期，1993 年。

32. 陈思和：《民间的浮沉——对抗战到文革文学史的一个尝试性解释》，《上海文学》1994 年第 1 期。

33. 丛滋香、吴明银：《日本"大东亚共荣圈"反动思想剖析》，《石油大学学报》1996 年第 2 期。

34. 蔡铁民：《一部民间传说的历史演变——谈陈三五娘故事从史

实到传说、戏曲、小说的发展足迹》,《民间文学论坛》1997年第2期。

35. 刘美芳:《偷情与宿命的纠缠——陈三五娘研究》,林锋雄总编审《歌仔戏四大出之二:陈三五娘》,(台北)宜兰县立文化中心1997年版。

36. 曾永义:《梨园戏之渊源形成及其所蕴含之古乐古剧成分》,曾永义主编《海峡两岸梨园戏学术研讨会论文集》,(台北)中正文化中心1998年版。

37. 陈美娥:《梨园戏两岸现况之省思》,《海峡两岸梨园戏学术研讨会论文集》,(台北)中正文化中心1998年版。

38. 吴晶晶:《我演黄五娘》,《福建艺术》1998年第1期。

39. 俞少川:《安海华侨与侨居地文化交流和贡献》,《晋江文史资料》第22辑,中国人民政治协商会议福建省晋江市委员会文史资料工作组2000年。

40. 孙崇涛:《中国南戏研究之检讨》,孙崇涛《南戏论丛》,中华书局2001年版。

41. 廖奔:《观念挪移与文化阐释错位》,廖奔《廖奔戏剧时评》,河南大学出版社2002年版。

42. [荷]龙彼得:《古代闽南戏曲与弦管》,泉州地方戏曲研究社编《明刊戏曲弦管选集》,中国戏剧出版社2003年版。

43. 郭汉城:《史料难觅 弥足珍贵——琐谈〈泉州传统戏曲丛书〉》,《中国戏剧》2003年第5期。

44. [荷]施舟人:《海上丝绸之路与南音》,《闽南文化研究——第二届闽南文化研讨会论文集(下)》,2003年。

45. 孙国亮:《名家的媚雅与媚俗》,《粤海风》2003年第2期。

46. 胡春霞:《"哭调"与台湾人的悲情意识》,《福建艺术》2003年第2期。

47. 冯蒸：《论中国戏曲音韵学的学科体系》，《首都师范大学学报》2003 年第 3 期。

48. 汪毅夫：《1826—2004：海峡两岸的闽南语歌仔册》，《台湾研究集刊》2004 年第 3 期。

49. 李冰：《白先勇：把〈牡丹亭〉送到美国》，《北京娱乐信报》，2004 年 9 月 26 日。

50. 叶小梅：《南戏遗响——轻歌曼舞梨园戏》，海潮摄影艺术出版社 2005 年版。

51. 朱双一：《台湾新文学中的"陈三五娘"》，《台湾研究集刊》2005 年第 3 期。

52. 李红：《程式的理解与人物的体验——梨园戏〈陈三五娘〉中"五娘"一角浅识》，《福建艺术》2005 年第 3 期。

53. 钟东：《掞荔与磨镜——对潮州戏文〈荔镜记〉中婚俗的探讨》，《戏曲研究》2006 年第 2 期。

54. 吴榕青：《明代前本〈荔枝记〉戏文探微》，《泉州师范学院学报》2007 年第 1 期。

55. 陈鲤群：《福建戏曲海外传播研究》，《闽江学院学报》2007 年第 1 期。

56. 武继平：《佐藤春夫的中国观论考》，《浙江学刊》2007 年第 5 期。

57. 王小波：《关于"媚雅"》，《视野》2007 年第 6 期。

58. 林立：《传统与现实之间的平衡——二十世纪五十年代梨园戏〈陈三五娘〉的改编》，《安徽文学》2007 年第 12 期。

59. 林立：《情欲与精神——戏曲〈陈三五娘〉情爱观的变迁》，《时代文学》2008 年第 1 期。

60. 骆婧：《经典模仿与民间想象》，《戏剧文学》2008 年第 8 期。

61. 柯子铭：《对"戏改"的再认识——福建"戏改的"历史回顾》，《当代戏剧》2008 年第 3 期。

62. 庄长江：《他救了"陈三五娘"——记晋江剧坛泰斗许书纪》，《晋江经济报》，2008 年 8 月 29 日第 5 版。

63. 陈怡苹：《"陈三五娘"歌仔册语言研究——以音韵和词汇为范围》，硕士学位论文，台北教育大学，2009 年。

64. 华金余：《一曲人本主义的赞歌——解读梨园戏〈陈三五娘〉》，《四川戏剧》2009 年第 2 期。

65. 陈智勇：《创作更多戏曲精品　打响城市文化名片》，《泉州晚报》2009 年 10 月 14 日。

66. 曾永义：《极其贵重的民族文化资产》，《福建艺术》2010 年第 4 期。

67. 王文章：《序〈荔镜记荔枝记四种〉》，《福建艺术》2010 年第 4 期。

68. 郑国权：《一脉相承五百年——〈荔镜记荔枝记四种〉明清刊本汇编出版概述》，《福建艺术》2010 年第 4 期。

69. 陈德华：《"行头"之于"人物造型"——简论梨园戏〈陈三五娘〉人物造型的演变》，《文学界》2010 年第 5 期。

70. 陈雅谦：《〈荔镜记〉的思想内涵及"陈三五娘"故事的演变》，《泉州师范学院学报》2011 年第 1 期。

71. 刘鹏：《泉州地区闽南戏曲传承中的社会文化功能之考察》，《艺苑》2011 年第 3 期。

72. 陈智勇：《梨园戏〈董生与李氏〉将拍成电影》，《泉州晚报》，2011 年 7 月 12 日。

73. 陈济朋：《大型交响南音〈陈三五娘〉在新加坡连演三场》，新华网新加坡，2012 年 2 月 13 日。

74. 吴国钦：《刍议潮剧编剧艺术的传承与创新》，《中国戏剧》2012 年第 7 期。

75. 陈喜嘉：《多承多感〈荔镜记〉》，《汕头广播电视报》2012 年 9 月 6 日。

76. 《艺术评论》编辑部：《中西交融　古韵新声——交响南音〈陈三五娘〉学术研讨会综述》，《艺术评论》2013 年第 6 期。

77. 陈瑜：《中西交融　古韵新声：交响南音〈陈三五娘〉学术研讨会综述》，《人民音乐》2013 年第 7 期。

78. 方文茹：《潮剧渊源及其艺术特点初探》，《黄河之声》2013 年第 10 期。

79. 路梅：《两岸艺术家共同创作交响南音〈陈三五娘〉将来京》，中国新闻网 2013 年 4 月 25 日。

80. 杜鸣心：《观音乐会〈陈三五娘〉：用民族语言讲述中国故事》，《人民日报》，2013 年 6 月 14 日。

81. 胡建志等：《电影〈陈三五娘〉演员今安在》，《晋江经济报》，2015 年 7 月 16 日。

82. 傅谨：《戏曲理论建构的新语境》，《中国文化报》，2015 年 8 月 17 日。

三、相关的研究专著及其他

1. （明）祝允明：《猥谈》，《烟霞小说》，明万历十八年刻本。

2. （清）邱炜萲：《五百石洞天挥麈》卷二，光绪二十五年（1899）观天演斋校本。

3. （明）徐渭：《南词叙录》，中国戏曲研究院编《中国古典戏曲论著集成》（三），中国戏剧出版社 1959 年版。

4. ［日］福泽谕吉：《文明论概略》，北京编译社译，商务印书馆

1959 年版。

5. ［日］宫川透：《现代日本思想史》第 2 卷，（东京）青木书店 1963 年版。

6. （明）汤显祖：《牡丹亭》，徐朔方、杨笑梅校注，人民文学出版社 1963 年版。

7. 《马克思恩格斯选集》第 1 卷，中共中央马克思恩格斯列宁斯大林著作编译局编，人民出版社 1972 年版。

8. 叶德均：《戏曲小说丛考》（上），中华书局 1979 年版。

9. 张庚、郭汉城主编：《中国戏曲通史》中卷，中国戏剧出版社 1981 年版。

10. 王国维：《人间词话新注》，滕咸惠校注，齐鲁书社 1981 年版。

11. 钱南扬：《戏文概论》，（台北）木铎出版社 1982 年版。

12. （清）郁永河：《裨海纪游》，（台北）成文出版社 1983 年版。

13. 福建戏曲研究所编：《福建戏史录》，福建人民出版社 1983 年版。

14. 陈香：《陈三五娘研究》，（台北）台湾商务印书馆 1985 年版。

15. 薛汕：《书曲散记》，书目文献出版社 1985 年版。

16. 刘念兹：《南戏新证》，中华书局 1986 年版。

17. 娄子匡、朱介凡：《五十年来的中国俗文学》，（台北）正中书局 1987 年版。

18. （明）阳思谦修，徐敏学、吴维新纂：《万历重修泉州府志》卷三，（台北）学生书局，1987 年影印本。

19. 唐湜：《民族戏曲散论》，上海古籍出版社 1987 年版。

20. 福建省戏曲研究所、泉州地方戏曲社、莆仙戏研究所编：《南戏论集》，中国戏剧出版社 1988 年版。

21. ［德］马克斯·霍克海默、特奥多·阿尔多诺：《启蒙辩证法》，洪佩郁、蔺月峰译，重庆出版社 1990 年版。

22. 王国维：《宋元戏曲考》，《王国维戏曲论文集》，（台北）里仁书局 1993 年版。

23. 朱立元主编：《现代西方美学史》，上海文艺出版社 1993 年版。

24. 赖伯疆：《东南亚华文戏剧概观》，中国戏剧出版社 1993 年版。

25. 《中国戏曲志》编辑委员会、《中国戏曲志·福建卷》编辑委员会：《中国戏曲志·福建卷》，文化艺术出版社 1993 年版。

26. 林连通主编：《泉州市方言志》，社会科学文献出版社 1993 年版。

27. （清）郑昌时：《诡娶黄五娘》，《韩江闻见录》，吴二持校注，上海古籍出版社 1995 年版。

28. 欧达伟：《中国民众思想史论：20 世纪初期—1949 年华北地区的民间文献及其思想观念研究》，中央民族大学出版社 1995 年版。

29. 吴捷秋：《梨园戏艺术史论》，中国戏剧出版社 1996 年版。

30. （明）陈懋仁：《泉南杂志》卷下，《四库全书存目丛书》史部 247，齐鲁书社 1996 年版。

31. 厦门市台湾艺术研究所编：《一代宗师邵江海》，光明日报出版社 1997 年版。

32. 薛汕校订：《陈三五娘之笺》，东方文化馆 1997 年版。

33. 陈耕主编：《歌仔戏资料汇编》，光明日报出版社 1997 年版。

34. 北京大学古文献研究所编：《全宋诗》，北京大学出版社 1998 年版。

35. 杨馥菱：《台湾歌仔戏》，（台北）汉光文化事业股份有限公司 1999 年版。

36. 周维培：《曲谱研究》，江苏古籍出版社 1999 年版。

37. 施炳华：《〈荔镜记〉音乐与语言之研究》，（台北）文史哲出版社 2000 年版。

38. 王耀华：《福建传统音乐》，福建人民出版社 2000 年版。

39. 孙崇涛：《南戏论丛》，中华书局 2001 年版。

40. 郑国权：《泉州明清戏曲与方言》，中国戏剧出版社 2001 年版。

41. 傅谨：《新中国戏剧史》，湖南美术出版社 2002 年版。

42. 周长楫：《南音字韵》，海峡文艺出版社 2002 年版。

43. 刘登翰：《中华文化与闽台社会——闽台文化关系论纲》，福建人民出版社 2002 年版。

44. ［捷］米兰·昆德拉：《生命中不能承受之轻》，孟湄译，贵州人民出版社 2002 年版。

45. 陈耕：《闽台民间戏曲的传承与变迁》，福建人民出版社 2003 年版。

46. 曾永义等：《台湾传统戏曲之美》，（台中）晨星出版有限公司 2003 年版。

47. 王一川主编：《大众文化导论》，高等教育出版社 2004 年版。

48. 张嘉星辑著：《闽方言研究专题文献辑目索引（1403—2003）》，社会科学文献出版社 2004 年版。

49. 鲁迅：《鲁迅全集》，人民文学出版社 2005 年版。

50. 叶小梅：《南戏遗响——轻歌曼舞梨园戏》，海潮摄影艺术出版社 2005 年版。

51. 王评章：《永远的戏剧性》，中国戏剧出版社 2005 年版。

52. 余从、王安葵主编：《中国当代戏曲史》，学苑出版社 2005 年版。

53. 曹顺庆主编：《比较文学学》，四川大学出版社 2005 年版。

54. 陈历明：《潮剧》，广东人民出版社 2005 年版。

55. 庄长江：《泉州戏班》，福建人民出版社 2006 年版。

56. 白先勇主编：《圆梦：白先勇与青春〈牡丹亭〉》，花城出版社 2006 年版。

57. 海峡两岸歌仔戏艺术节组委会：《歌仔戏的生存与发展：海峡

两岸歌仔戏艺术节学术研讨会论文汇编》，厦门大学出版社 2006 年版。

58. 洪卜仁：《厦门电影百年》，厦门大学出版社 2007 年版。

59. （宋）乐史：《太平寰宇记》，中华书局 2007 年版。

60. 傅谨：《老戏的前世今生》，人民文学出版社 2007 年版。

61. （清）李渔：《闲情偶寄》，杜书瀛评注，中华书局 2007 年版。

62. 陈世雄、曾永义主编：《闽南戏剧》，福建人民出版社 2008 年版。

63. 黄忠钊：《福建戏曲音乐概论》，中国戏剧出版社 2008 年版。

64. 孙崇涛：《戏曲文献学》，山西教育出版社 2008 年版。

65.（元）王实甫：《西厢记》，张燕瑾校注，人民文学出版社 2008 年版。

66. 黄科安：《延安文学研究：建构新的意识形态与话语体系》，文化艺术出版社 2009 年版。

67. 戴锦华：《雾中风景》，北京大学出版社 2009 年版。

68. 陈世雄：《闽台戏剧与当代》，厦门大学出版社 2011 年版。

69. 王汉民：《福建戏曲海外传播研究》，中国社会科学出版社 2011 年版。

70. 陈志亮：《漳州芗剧与台湾歌仔戏》，厦门大学出版社 2011 年版。

71. 郑国权：《荔镜奇缘古今谈》，中国戏剧出版社 2011 年版。

72. 宇文所安、孙康宜：《剑桥中国文学史》下卷，刘倩等译，生活·读书·新知三联书店 2013 年版。

73. 戴锦华：《经典电影十八讲》，中信出版社 2014 年版。

四、课题组成员的相关研究成果

1. 黄科安：《闽南文化与泉州戏曲研究》，《福建论坛》（人文社会科学版）2012 年第 3 期。

2. 古大勇：《大众文化时代下〈陈三五娘〉的改编和发展之路》，

《福建论坛》（人文社会科学版）2012 年第 3 期。

3. 王伟：《跨界的想象：当下梨园戏研究范式述评（2000—2010)》，《福建论坛》（人文社会科学版）2012 年第 3 期。

4. 宋妍：《审美现代性视野中的〈陈三五娘〉研究及其意义》，《福建论坛》（人文社会科学版）2012 年第 3 期。

5. 王伟：《〈陈三五娘〉的当代传播及其意义》，《兰台世界》2012 年第 17 期。

6. 黄科安、王伟：《曲同调殊：戏改语境中的陈三五娘》，《东南学术》2013 年第 4 期。

7. 古大勇：《"媚俗""媚雅"时代中的"坚守"——梨园戏〈陈三五娘〉和青春版〈牡丹亭〉的改编合论》，《大庆师范学院学报》2012 年第 4 期。

8. 古大勇：《"闽南"爱情故事的"日本印记"——从梨园戏〈陈三、五娘〉到佐藤春夫的小说〈星〉》，《东疆学刊》2014 年第 4 期。

9. 古大勇：《"重新创作，另给新意"——论许希哲小说〈荔镜缘新传〉对梨园戏〈荔镜记〉的改编》，《通化师范学院学报》2014 年第 11 期。

10. 王伟：《从前现代性到后现代性——"公共观演场域"中的闽南戏曲》，《戏剧文学》2012 年第 3 期。

11. 王伟：《从文本性到事件化——接受视阈下的戏剧史论》，《山东理工大学学报》2013 年第 1 期。

12. 王伟：《粉墨闽南：荔镜情缘的跨学科叩访》，《西安建筑科技大学学报》2013 年第 5 期。

13. 宋妍：《〈陈三五娘〉与闽南文化传播》，《长春工业大学学报》2013 年第 3 期。

14. 宋妍：《从〈陈三五娘〉看闽南文化的特性及其形成原因》，

《泉州师范学院学报》2013 年第 5 期。

15. 宋妍：《千年梨园，传承经典——浅论梨园戏与闽南文化之传承》，《艺苑》2014 年第 3 期。

16. 王伟：《闽台歌仔戏的文化地形与历史记忆》，《戏剧文学》2014 年第 6 期。

17. 宋妍：《浅论梨园戏与闽南文化之传承与传播》，《戏剧文学》2014 年第 10 期。

18. 宋妍：《梨园戏的当代传播及其未来发展路径》，《重庆科技学院学报》2014 年第 11 期。

19. 王曦：《明嘉靖本〈荔镜记〉方言词缀研究》，《东南学术》2014 年第 2 期。

20. 王伟：《闽南地方传统戏曲的现代性经验——华东本与邵氏本〈陈三五娘〉比较研究》，《南方论刊》2014 年第 9 期。

21. 王伟：《海丝寻梦：闽南戏曲的光影之忆》，《民族艺术研究》2015 年第 3 期。

22. 郑小雅：《"互文"视角下的明嘉靖本〈荔镜记〉》，《福州大学学报》2015 年第 5 期。

23. 郑小雅：《论嘉靖本〈荔镜记〉正文与上栏内容的互文关系》，《泉州师范学院学报》2015 年第 5 期。

24. 黄科安：《传承与嬗变：关于台湾"陈三五娘"俗曲唱本的"在地化"特征探讨》，《福建艺术》2016 年第 1 期。

25. 王伟：《闽南经验："陈三五娘"故事的跨剧种改编》，《齐齐哈尔大学学报》（哲学社会科学版）2016 年第 1 期。

26. 王伟：《海丝文化生态圈中歌仔戏的跨界传播及其当代发展——以"陈三五娘"为例》，《艺术科技》2016 年第 2 期。

27. 王伟：《记忆与想象：海丝文化圈中的"陈三五娘"研究》，

《艺苑》2016 年第 2 期。

28. 《闽南经验：两岸三地共同文化记忆中的"陈三五娘"影视改编》，《荆楚理工学院学报》2016 年第 1 期。

29. 王伟：《越界与跨域——两岸共同记忆场中的"陈三五娘"传说及其跨文类改编》，《泉州师范学院学报》2016 年第 4 期。

30. 王伟：《闽南物语：海丝人文交流中的荔镜情缘》，《理论月刊》2016 年第 6 期。

31. 王伟：《福建戏曲改革与古今荔镜情缘——海丝文化圈中的闽台戏曲文献整理及研究系列论文之一》，《艺苑》2016 年第 6 期。

32. 黄科安：《明代"陈三五娘"俗曲唱本之先声与流脉》，《民族文学研究》2017 年第 1 期。

后　记

当清晨第一缕阳光照进福建师范大学的旗山校区时，我正坐在寓所的电脑前敲下"后记"这醒目的字眼，我深知历时六年之久的国家社科基金项目"'陈三五娘'故事传播及其当代意义研究"即将走入历史，成为一部见证我和研究团队一路走来的生命记录史。

从学术价值而论，首先，课题研究不仅使原本零散无章的"陈三五娘"传说的史料，能够连缀起来以整体的面貌呈现，而且在此基础上对这些大量尘封已久的史料进行重审，让旧材料焕发新生命。其次，课题研究运用跨学科方法全面分析"陈三五娘"的故事传播，聚焦于具有范本意义的版本与事件的比较探究，在透析这一传说的现代转型路径的同时，超越传统的论述话语。再次，透过"陈三五娘"故事的传播研究，能够以小见大、由点带面地绘制出全球化语境中之闽南文化图景，探索其与城市商品经济发展、海外交通贸易、政治社会沿革的交互关系。

这里特别需要交代的是我虽为本课题负责人，但研究成果仰仗的是整个团队的学术力量。具体的研究分工如下：笔者负责撰写"前言"和第五章"'陈三五娘'故事的俗曲唱本"；王伟负责撰写绪论"'陈三五娘'故事的学术史回顾、研究方法和意义"、第七章"'陈三五娘'

的影视改编"、第九章"'陈三五娘'故事与戏曲改革"和第十章"歌仔戏'陈三五娘'的跨界实践研究";古大勇负责撰写第六章"'陈三五娘'故事的小说改编"和余论"大众文化时代下'陈三五娘'故事的发展与创新的思考";宋妍负责撰写第四章"'陈三五娘'故事的横向传播";郑小雅负责撰写第一章"'陈三五娘'戏曲刊本的纵向传承";王曦负责撰写第二章"'陈三五娘'戏文音韵的历时比较";曾华宏负责撰写第八章"'陈三五娘'故事的剧种表演研究";郑政负责撰写第三章"泉腔梨园戏现代整理本研究";最后由笔者负责最终的统稿。

本研究团队的成员分别来自中国古代文学、中国现当代文学、文艺学、音韵学、音乐学等不同学科领域。俗话说"隔行如隔山",在当今社会分工日趋精细化的背景下,学科壁垒难以打破,很多学者囿于一隅,自娱自乐,却与其他学科同人鲜有交流。然而,面对本课题所呈现的跨学科的复杂现象,我们逸出同质化组团的常规模式,构建了基于多学科优势的研究力量,从而既发挥各自的专业特长,同时又达到相衬互补之目的。这突出表现在课题申报下来后,我们多次采取封闭性的集中研讨会,让大家彻底抛开日常俗务,聚集一起,在切磋中搭建框架,在辨析中提炼观点,在交锋中达成共识,在磨合中凝聚友谊,从而使最终的研究成果经得起国家社科评审专家的评鉴,获得良好的成绩。

值得一提的是,近五年来,我们的阶段性研究成果陆续在《民族文学研究》《东南学术》《福建论坛》《理论月刊》《民族艺术研究》《兰台世界》《东疆学刊》《戏剧文学》《民族艺术研究》《福州大学学报》《泉州师范学院学报》等学术刊物上发表,累计达30余篇,另有1组论文获得泉州市社科成果奖。同时,我们的研究成果也获得地方政府和地方文化界的重视与支持。2015年11月,我们与泉州市洛江区政府联合成功主办了一场"陈三五娘学术研讨会",来自内地及台湾地区的专家学者 50 多位莅临本次学术研讨会，共同研讨"一脉相承五百年"的荔镜情缘。前些日子，我们又与泉州市洛江区文化主管部门探讨长期合作的议题，签订了一份"陈三五娘传说"的研究协议，为今后这一课题的持续研究注入了强劲的动力。

今天，笔者因工作变动离开了泉州师范学院，但追忆起这一切，恍若昨日，倍感亲切，弥觉珍惜。感谢诸位同人，有你们的一路相伴，人生多了一份包容、欢愉而温暖的情谊！最后，我借此机会感谢在泉州师范学院期间一直支持笔者工作的老领导、老同事，也感谢中国社会科学出版社郭晓鸿主任的支持和帮助。

本书稿既是集体协作的产物，自然也就存在各自关注的视野、阐释的观点、行文的风格等诸方面的迥异，仓促推出也定然存在着不少未发现的问题。因此，尚祈方家不吝赐教，以便我们今后进一步地吸收和改进，共同将"陈三五娘"故事这一课题研究往更深、更高、更广的方向推进。

黄科安

2017 年 6 月 6 日于福州